福翁夢中伝 上

荒俣宏
HIROSHI ARAMATA

早川書房

福翁夢中伝

〔上〕

目次

下巻目次

余計で、しかも長ったるい序文（読者よ、退屈をがまんして読みたまえ）

さて、昨今聞くところによれば、この福澤が速記させて世間にご披露した『福翁自傳』というものに、たいそう注目してくださっておるとのありがたき世情。感謝の言葉もありませぬが、あした自伝なる雑書を物することは、すでに欧米の学者先生のあいだで流行するところと承知しております。その建前は、あとの世代に生き方の手本を残すという教育上の配慮と申すべく、巷間に一流と名が知れた学者はこれを執筆すべき義務があるようなことになっておるらしい。わがはいもその流行に倣い、初めてみずからの半生を振り返ってみたのが、『福翁自傳』の真実でありますが、まあ、生き恥を他人様に晒すようでまことに気恥ずかしく、ついつい大ぶろしきをひろげて体裁を繕ったところが多々ありました。自分ながらチト物足りぬところがあったわけですが、先年、死ぬか生きるかの大病をわずらいまして、奇跡的にこの世に舞いもどったときに、ふと、その物足りなかったところを増補しておかねばならぬと気づきました。

そもそも、ヒトというものは、恥ばかり重ねてきた自分を顧みるとき、慚愧のあまりおのれ自身がいたたまれず、死期に際したときなどに、おのれに向けての罵詈雑言や不平不満を正直に告白したくなるものと見えます。わがはいもまったくご同様、まだまだ吐きだしておかねばならぬ隠しごとが残っていたという次第であります。

真実、明治三十一年にいちど死にかかった際には、地獄だかどこだかしらないが、枕元にたくさんの自分が押し寄せてきて、さかんにわがはいを叱りつけてきた。たくさんの自分というのは、あかんぼうの自分だったり、生意気盛りの中津時代にガキ道のかぎりをつくしていた自分だったり、あるいは『西洋事情』を書いて大売れしたのに、無断のニセ出版に利益の多くを横取りされて怒りくるった少壮学者の自分だったり、慶應義塾の経営に窮して金策に走り回っていた自分だったり、果ては、老いて出番のなくなった現在の自分、文明開化以後の日本人の行方に危惧をいだいて暗澹とするこの姿だったりが、みな枕元に集合して、さかんにわがはいを責めまくったのです。まことに薄気味悪いことかぎりなかった。

そのときわがはいは目をつむったまま、各時代のおのれ自身が吐きつける繰りごとを聞かされた。それで初めて、わがはいの一生がそのじつ失敗の連続だったと気づかされました。ただし、後悔はふしぎになかった。むしろ、妙に楽しかったのだから奇妙なもんです。

で、なぜそう思えたのか。この世に生還してよくよく考えたところ、わけが分かった。それは、老いさらばえた今の自分が、むかし世間の評判に乗せられていい気になっていた自分よりも、はるかに賢くなっていると知れたからです。肩で風切って道の真ん中を闊歩していた若い自分よりも、明治新政府の巨魁だった伊藤博文や井上馨を向こうに回して勢いよろしく切り結んでいたころの自分よりも、また旧幕臣にもかかわらず新政府にすり寄って高位高官をせしめたかに見えた勝海舟や福地桜痴のような喧嘩相手を罵倒していた自分――そんな恥知らずの自分がつくづく愚かだったと気づけた今は、つまり福澤がむかしより賢くなっている証拠でしょう。

だから、今ならばむかしの自分の愚かしさを批判できる。バカな自分を叱り飛ばせる。そういうことを自分が書いてこそ、正道の自伝といえるのではありませぬか。

それで、わがはいはひそかにあらたな自伝を書く気になりました。読者諸賢には、どうかこの一書を福澤の懺悔録と思って、大笑いしながら読んでいただきたい。とはいえ、各時代に生きていたたくさんの福澤自身からも、賢くなった死に際の福澤に対し、反論やら何やらが投げつけられるに違いない。そうした反撃をこの場でなおも無視するならば、むかしの福澤たちにさぞや遺恨が残るであろう。そこでわがはいは、このあらたな自伝の書き方に破天荒な超絶技法を、たぶんわが国で初めて応用する工夫を、考えついたのです。

すでに海外ではポリフォニイとか称し、時間と空間を超越して多くの〝自分〟を一堂に会させ、自由に討論させるという文学技法が試みられておるそうな。孔子と釈迦とクリスト主が面を突き合わせ語り合うというような趣向なのであります。ならば、過去の自分と今の自分が膝つきあわせて叱り合っても天則を犯すことにはなるまい。生涯を通して新しい日本語の改革にいどんできた福澤ならば、読者も黙ってやらせてくださるのではなかろうか。つまり、たくさんの福澤が寄ってたかって討論できるような場を「自伝」にもとめる。これは存外、よき思いつきじゃと、ひとり愉快を覚えました。

だが、いざ書き始めてみて、よーくわかった。たくさんの〝自分〟を霊媒よろしくここに召喚して、一時に発言させるには、日本語の構造自体から改良する必要があると。よってわがはいは、この自伝において、人生最後の大破天荒な実験をこころみることに肚を決めました。本書の中にさまざまな時代の福澤が登場し、さながら亡霊のごとくあちこちに出没しながら暴言を吐き、わがはいをつるし上げるという仕立てとなる。よって読者諸賢におかれては、これを尖端のべらぼうな戯文とお読み捨ていただきたく、ひらに御海容のほどをお願いもうします。

その代わりと言ってはテキ屋の口上めきますが、わがはいの恥ずかしき、すべて運だけを頼りにわたってきた人生を、包み隠さず、神かけて白日の下に晒すことを約束いたします。

福澤諭吉識す

序文（編輯者に依る）

『時事新報』編輯部主筆、石河幹明

「かねて慶應社中では、西欧の学者が自伝を残す習慣のあることにかんがみ、福澤先生にもぜひ自伝を書いていただきたいとする要望が高かった。しかるに、先生はつねに多忙であらせられるゆえに自伝執筆を実行する暇が得られなかった。だが一昨年秋に某外国人の求めに応じて維新前後の実録談を語った折り、風と思いついて幼児よりの経歴を速記者に口伝してみずから校正をなし、『福翁自傳』と題して『時事新報』に明治三十一年七月より翌年二月まで掲載をこころみられた。先生のお考えによれば、連載終了後はさらにみずから筆を執ってその遺漏をおぎない、また後世の人の参考のために事実による維新の顚末を記述し、別に一本として自伝の後に付す計画だったのである。だが、その腹案がほぼ成立した九月、思いもかけぬ大患に罹られ、まことに遺憾ながらその事業をはたすことが叶わなかった」

（序文のつづき、直筆による書き加えを写す）

「……しかるに天の援け（たすけ）か、福澤先生は大病を克服された。そこで、石河のいうところの事業とやらを実現しようと先生は再度決意されたのであるが、何分にも体がもはや病前の福澤先生ではあり得ぬゆえ、心身への負担を極力軽減する新工夫を模索した結果、かような『本人多声討議（仮）』型とも呼びうる新自伝執筆法を採用することとなった。時と所を違えた福澤先生本人が多数まかりいで、先生の記憶回復をたすけるべく直（じか）に対話に参加するという苦肉の実験であると承知されたい。

なお、次頁に掲載するまえがきは、福澤先生がとくに本書のために創案された斬新なる文学手法についての詳説である。よろしく一読願いたい

碩果生（せきかせい）　筆

特別前口上「新たなる対話編」の筆法について

三十一谷人福澤諭吉論述

わがはいは今、『時事新報』編輯者の石河君と討議を終えたところである。石河君からは、このような形式の自伝を「時事新報社」名義で刊行するには、読者に対し丁寧な説明が必要であるからと意見が出たので、わがはいの口からこの筆法がただの戯れでなく、日本の文学の真摯な新実験であることを説明しなければならなくなった。そのために序文やら前口上やら、どうでもいいような御託を延々と書き連ねたことをまずもってお詫びする。お叱りを受けぬ先になんとか短くまとめるつもりであるから、著者が科す拷問とでもお考えねがい、今しばらくお付き合いいただきたい。

まずもうしあげるが、わがはいはどうも、日本語を変革するために生まれてきた人間の一人ではないかと思うことがある。そもそも旧徳川幕府から委託されたわがはいの初仕事は、オランダ語あるいは後には英語なる異国語を、外交に資するべく日本語に翻訳する作業であった。しかし、文化文明のまるで異なる外国語には、日本語に翻訳できぬ言葉がいくらでも出てくる。そのゆえに、まず新しい日本の語彙を発明せねばならなくなった。

ところが意外なことに、父親に教えられた漢学が蘭語翻訳の役に立ち、いわゆる二字四字で意味をあらわす漢語・熟語のたぐいを使えば英語を容易に日本語に置き換え得る事実を発見した。むろん、漢学先生が見られたならば顔から火が出そうな間違いだらけの漢語に違いあるまいが、これにカナ交じり文を加え、文末には「そうろう」とか「ござる」といった余計なことばをもちいないという、不調法だが自由な俗文をさかんに創作できた。どうもこれが日本語改革の第一歩だったらしいのだ。実際、翻訳するときには便利きわまりない。コンステトゥーションなどという英語も、憲法という二字漢語にすれば分かるわけだ。したがってわがはいはこの俗っぽいヘンテコ仮名交じり文を日本文の新スタイルとすることに決めた。正統な学者からどんなにバカにされても、あらためる気持ちはさらさらありません。

そもそも世の人の益となることをめざす文章が、頭の古い漢学者みたような、読み方もわからんようなチンプンカンプンのむずかしい漢字や言い回しを好んでもちいるのであれば、これはうまい料理を作りながら、陶器の皿から食え、と言っているにひとしい。バカをいうんじゃアありませんよ。

あの真宗の開祖となった親鸞上人(しんらんしょうにん)が、なぜ食肉という慣習破りをおこなって教えをひろめたか。

食肉するような人々とも共にあることをめざしたからです。わがはいも、食肉をすすめるからには、みずからも食肉せねばならん。世間に向かって語りかけるなら、俗のことばで語るしかないのでしょう。

この覚悟をおしえてくださったのは、今から四十年も昔にさかのぼる大坂の大学医、緒方洪庵先生であった。この先生は普段は穏やかで出しゃばらないお方だったが、いったん文章を書くことになると、じつに大胆不敵、その書き方も自由奔放、型破りとなられる。当時大坂に緒方洪庵、江戸には杉田成卿先生という蘭学の両雄がおられた。ところがお二人は蘭学の教え方がまったく異なる。杉田先生は翻訳をされるとき、原文を一言一句漏らさず、漢字の字典などもくまなく参照して俗を脱し、高尚極まる文章をものされるので、ちょっと読みくだしただけでは理解ができず、好く言えば熟読数回趣味津々として尽きない名文であった。

ところが洪庵先生はちがった。細かいところは気にされず、ご自分で理解された部分を自分の書き方で縦横無尽につづられる。蘭学の翻訳書を読むのに漢学の字典が要るようでは本末転倒もはなはだしいと戒められた。だから、翻訳に当たっては、一字一句よく吟味してなるべく俗人に分かる平易な俗文を用いるようにと。とくに武士に読ませる文については、よくよく平易な言葉を用いるようにというのが、洪庵先生の教えです。なぜなら、武士は身分制度の頂上にいるが、中間以下の武士は俗語も知らなければ漢字も書けない、きわめて無知な人達だからだ、とおっしゃるんだ。たしかにその通りだったので、わがはいが最初に訳した築城書などは特段に解りやすく書いたもんです。

いや、正直にいいます、わがはいの父は福澤百助（ひゃくすけ）といって、じつは漢学者だったのです。漢字も文法も使い方が厳格だった。根が武士だったから生き方が儒学そのものだった。銭を勘定するようなことは武士にあるまじき汚らわしい俗事だというわけさ。わがはいは藩のお勤めの関係で三歳まで大坂にいたんだが、土地柄で子どもも手習いにはイロハと一二三の数を覚えさせる。それでわがはいらが計算などを覚えようものなら、父は烈火のごとく怒って、銭の数え方なんぞという武士にあるまじき知恵を刷りこむような塾は即刻辞めさせろと、母に命じたそうだ。だからね、わがはいがいま、俗文にどっぷりとハマり、あまつさえ日本語に存在しない外来語を訳すのに体（てい）よく漢字典を調べまくって蘭語や英語の意味をそこに乗っけるなどという雅俗めちゃくちゃの日本語を操っている姿を見たら、父の百助は黙って我が子を斬り捨てただろう。

　そういうわけだから、うちのまわりには漢学者の親戚がたくさんいる。なかには、めちゃめちゃな漢字熟語や俗語をまぜる文章を心配して、将来ちゃんとした学者にも認められるようになるには、漢文や漢字をただしく使える訓練をしたほうがよいから、自分が教えてあげよう、と言ってくれるお方もいた。母の再従兄弟（またいとこ）に高谷龍洲（たかたにりゅうしゅう）先生というお方がいて、ほんとに親身になって勧めてくれたんだが、かえってわがはいは俗文主義の志を固くした。そのときに、決意を表すための印章をこしらえた。今も使っている、ホレ、あの「三十一谷人」というやつだ。こっちも漢学者の息子だから、親父に強いられ幼年の時分に彫った印章の一つぐらいはあります。戯作っぽいんだ。世という字を分解すると三十一となるだろう。それから谷と人を合わせれば俗。つまり世俗に徹すという気分を込めた。これが一生の決意となり、日本語を壊す決心を固めました。

蓮如上人のみちびきもある

たとえば、「之を知らざるに坐する」とか書けといわれても、こんなむつかしい文章では同輩の武士にすら伝わらないよ。しかし、漢文調でもひらがなをうんとおぎない、解りやすい熟語に置き換えてやれば、だれにも分かる文になる。たとえば「之を知らざるは不調法にござる」としてやればいい。つまり、武士とか学者とかが権威をあらわすために無理やり絞りだした漢文、これを壊すには、俗語で翻訳してやればいいんだ。

それで、わがはいはむしろ、叩きこまれた漢文体を、俗字俗語にうまく組み合わせて使うフクザワ流の、ムチャクチャ日本語を創作する方に力を注いだわけさ。で、まずはカナ交じりの俗文を習得するに便利な手本を探した。きっかけは十七、八歳のころ。旧蕃地、いや、旧藩地の豊前中津にいるとき、死んだ兄貴が友人と何やら文章のことで談話しているのを耳にしたことだ。なにやら和文のカナ交じり文章についての放談らしいのだが、いきなり真宗の蓮如上人という名が聞こえた。わがはいが柄にもなく蓮如や親鸞のことに委しいのも、じつはこのせいなんだ。そのきっかけは兄貴の教えであって、和文のカナ遣いは蓮如上人の御文様に限る、あれは名文である、というんだ。これで蓮如の名が記憶に残った。しかし、その名文章なるものの実態は分からない。ようやく江戸へ出て、洋書翻訳を試みるようになって、御文様のことを思いだし、書肆でその合本を手に入れた。

この文章は、庶民に語りかけるように書いた法話である。また聞きやすいように、和歌のように七五調になっている。平易な文章を用いた名文で、読んでもじつに解りやすいし、聞くだけでも頭にはいる。カナ交じり文の手本としてうってつけだ。この聞きやすさの功徳（くどく）だろうか、信徒の中には漢字を読めない人も大勢いたのに、スラスラと教えを理解できたそうだ。書いた文章だが、聞ける文章にもなっている。じつはわがはいが文章を書くだけでなく、人々に語りかける文章こそが、最高の俗文だと感じはじめたのは、御文様のおかげだね。のちに西洋でも文章だけでなく演説というものが重要視されていることを知り、これこそが文明開化の武器であると信じたから、わざわざ演説館を建て、多くの演説をここで実践した。皮肉なことだが、この演説をもっと俗に利用したのは、川上音二郎（かわかみおとじろう）が試みた演歌だろう。この川上とはわがはいもチト因縁があるのだが、その経緯はまた別の機会に話しましょう。

もうひとつ、フクザワ流の創始に貢献したのは、わが家学ともいえる漢字の熟語法である。漢字嫌いという割には、何だ、結局はオヤジの学問を借りたのかと言われそうだが、そうではない。わがはいは外国の新知識を日本語に移すのに、漢字の二字熟語を便利に使った。最初は字書をいろいろ詮索したけれども、西洋の新文字にうまく当てはまる熟語はみつからなかった。元来、文字というやつは観念の符号にすぎないから、その観念のないところに文字も生まれるはずがないのだ。ついにはこれら新知識をあらわせる新日本文字を製造するほかはないと考えを改めた。

この新文字なるものは相当数にのぼるが、例をあげれば、スチームという英語に対する新文字を「汽」としたことだ。スチームは従来「蒸気」という漢字が使われていたが、これを一字であらわせないかと考えた。これというあてがないままに蔵書の康熙（こうき）字典を持ちだして、しゃにむに火扁(へん)や水扁などの部を検索するうちに、「汽」という字を見いだした。その註に、水の気なり、とあったので、これはおもしろいと思って、初めてこの漢字を用いた。いまでは汽船や汽車に使われておる字だが、三十年ほど前にわがはいが手さぐりして探し当てたものを即席の頓智(とんち)に任せて版本に載せたものだった。

また、本を書く者にとって重大なコピヒライツという新概念は、日本にこれをあらわす文字がなかった。官許というのがよく使われたが、これは政府が発刊を許可したという意味だから、書籍発行の権利や名誉を著者が占有するという意味合いは含まれておらん。それでコピヒライツの横文字を直訳して「版権」という新文字を発明した。むろん友人が発明した新字もたくさんある。ある男がドルラルを表す英語の記号「$」を見て、これによく似た漢字の「弗」を当てたのもおもしろかった。

もっとも、都合のよい漢字に気づかなかった失敗例も数が知れない。よい例がポストオフィスに対する新字だ。今は郵便局と書かれるが、当時はこの郵という漢字が日本では使われていなかった。それでわがはいも気がつかず、「飛脚場(ひきゃく)」という新字を考えだし、郵便切手に「飛脚印」という新字を用いたが、今日この言い方は世におこなわれていない。

このように恥ずかしい失敗も数知れずあったけれども、いくつかのフクザワ流新字は生き残った。カナ交じり文と、漢字熟語を活用した新文字とを組み合わせた新しい日本語の製造は、わがはいがもっとも愉快を感じる世の人への貢献であったといえる。

本書の題名について

さて、最後に本書『福翁夢中伝』の題名由来の辞を添えておく。

じつをいえば、わがはいは、おのれの一生をさながら夢の中でのできごとではなかったかと感じている。短いようでいて長い人生であったが、過ぎればすべてが夢まぼろしに見える。それゆえ、自伝の書き換え版に『福翁夢中伝』と新題を付し、自分が製造した新日本語をさらに徹底させた最後の著作を完成させることにした。一度は死にかかった身であるから、もはや恐るるものはない。また、冥界を覗いたゆえか、先に死んでいった人々やもう過ぎ去った若い時分のおのれの声も聴けるようになった。

そしてもう一言、肝心なことをもうしあげましょう。本書には物故者までが唐突に自説を述べる場面が頻出するが、こんな怪談ばなしじみた書き方でも、たくさんの物故者を語る際には直接その本人をあの世から呼び出して話をさせることができると分かり、どうせ本の上のことだから、だれでも自由に話にくちばしを入れられる書き方を試してみることにした。まあ、たとえていえば、この自伝は口寄せのバアさんやら神がかりの巫女さんやらが自由に故人の霊を呼びだして、生き残っている遺族と会話させるようなものだと思ってもらえばいい。どうです、蓮如上人には及びもつかないが、霊を呼びだして昔話をさせるという圓朝（えんちょう）ばり怪談話法まで使ってしまえというのだから、これは新しい日本語技法でしょう。

というわけで、どうか福澤の頭がおかしくなったと誤解しないでもらいたい。ここはソレ、新日本語の製造に尽くした福澤の一生に免じて、どりか寛恕（かんじょ）ねがいたし。ナムアミダブツ。

……と、石河君よ、これでよろしいか？　よろしい？　やれやれ、わがはい、いささか疲れもうした……

【（石河の声）、アッ、矢野（やの）クン、ソコハ速記スルナ。モウ、シマイダ】

（速記者、矢野由次郎（よしじろう））

第一話　すべては咸臨丸(かんりんまる)にはじまる

サンフランシスコにて、福澤と写真店の娘とのスナップ

緒言

回顧すれば六十何年、人生既往に想へば恍として夢の如しとは毎度聞く所であるが、私の夢は至極変化の多い「賑やかな夢」でした。

福澤諭吉『福翁自傳』より

ふたたび自伝を開始するの辞

いや、悩ましい、ナヤマシイ、も一つおまけだ、悩ましい。

幸運にもいのち長らえてわが自伝の足らざるをおぎなう機会にめぐまれたのはよろしいが、今回こそはあらゆる点に満足のいく文章にせねばなるまい。第一に訂正すべきは、自分のことをどういう風に呼ぶかということだが、これがまた満足な結論にいたらず、とうとう現在に及んでしまった。

そもそも前の『福翁自傳』では、諭吉自身を「私」という呼び方に統一したわけだが、あれは座談を速記者に書きつづらせ、それを後から手入れしたもので、実際にそのように話し聞かせたわけではない。とはいえ、自分のことを自分が語るにしても、長い一生のことだから各時代の各部分を多数の「諭吉」で分担するほかあるまい。

五歳のころのできごとは、五歳の自分が分身となって語るべきであろうし、三十五歳のできごとならその年齢の自分が声をあげて、まさにそれらしく語っていくのが自然だよ。声色がちがい、方言もちがい、身振りまでちがってくることもあり、場合によっては、五歳の話の中に六十を超えた今のわがはいへの批判が割ってはいることもアリだな。老人の目から子ども時代の自分を叱ったり、懺悔させたりするよりも、よっぽどおもしろい。

これが落語か講談ならば、声真似(こわいろ)の芸でも使って噺家(はなしか)よろしく語り分けることができるのだが、あいにく文字を使う文語すなわち文章では、そうもいかない。わがはいは幼少のころ大坂ことばを語っていたから、「わて」とか、「わてら」とかを使っていたろう。また江戸へ出てからは、「おいら」とか、「あっしゃ」とか、あるいは「はく」とか「てまえ」とか使い分けていたのだろう。それはその時期に使っていた人称詞として そのまま活かして使うことにしたい。

だがやはり、文章の場合にはおのれの一生を外側から批判的に評価できる「客観的な自分」というやつに語らせる必要がある。いや、正確には自分を批判できる自分がいないと心の問題は表現できない。そういう語り手には、自分をどう呼ばせればいいか、これがなかなか悩ましいわけだ。これだけは、自分を統一的に支配できる人格にしたい。

それで、いろいろと候補をさがしてみたが、結局、いちばん年齢をかさねた現在の賢明な自分しかいなかった。したがって、この本の支配的人格が語る場合には、「わがはい」という呼び方を用いることにする。「吾輩」と漢字で書いてもいいが、いかにも明治の書生っぽくなるので、なるべく時代を感じさせないフラットな平仮名を使うことにする……。

とか言っておるうちに、待ち人の到来だ。芝居ならばここで、チョンと木がはいり、第一場はわが交詢社（こうじゅんしゃ）にある大机（おおつくえ）室、上手（かみて）からご登場の紳士は、わがはいの古い友人、矢野由次郎殿、いや、大儀、いざまずこれへ、といった芝居気分になりそうだ。ならばこれより、いちど死にかかった六十余歳、現在の福澤諭吉がおのれを「わがはい」と名のりながら、この新自伝の主役を演じることにいたしましょう。


「や、これは福澤先生！　いやあ、お元気になられて」

と、矢野由次郎が破顔一笑、片手をのばしてくるので、わがはいは椅子から立ちあがり、両手をひろげ、客人を抱きしめた。なに、自分が病（やまい）を克服したことを証明するための、すこしばかり大げさな出迎えをして見せたまでだが、純情な矢野君は涙ぐみながらわがはいを抱き返してくれた。わがはいも挨拶する。

「公はいままで議会（コングレス）の御用だったそうだが、ご苦労なこってすな」

わがはいの弾んだ声は、語尾に江戸訛（なま）りの促音までいれたせいか、矢野君の耳にはここちよかったらしい。

カラ元気にふるまうには、せっかちであらっぽい江戸訛りを使用するのがいちばんなのだ。いまやわがはいは、中津弁に長崎弁、これに大坂弁と江戸弁まで交じりこんだ、奇妙奇天烈な日本語である。これに英語がカタカナ交じりに出てくるのだから、自分ながらみごとなるフクザワ流だな。

そこへ行くと矢野君はさすがに腕利きの速記者らしく、訛りの使い分けが上手で発音もはきはきとして、まことに気持ちがよろしい。

「どういたしまして、議会のほうは、ありゃ仕事ですから、かまいません」

と、七五調でまとめてくるのだから、おそれいる。わがはいはそれに、こう応じるが、ことばのメリハリはまだまだまどろっこしく、慣れぬ江戸弁もサマになっておらぬ。

「さようであるならありがたいことです。わがはいのほうは、いってみりゃあ私用みたようなもんだ、老人の気まぐれに付き合わせてしまい、申しわけない、申しわけない」

と、これじゃあカラっきし文明開化の日本語になっておらぬから、はずかしい。

矢野は、見事な七五調でこの後を引きとってくれるんだ。

「わたしには、こちらが本業、なによりも、先生から直に、お話なぞ、おうかがいできますこと、まさに速記者冥利、大特権というものでござりまする」

と、きた。新聞人とはいえ、やはりみごと、矢野君のあやつる字あまり七五調は、じつにここちよい（これでわがはいのことばもいくらか走っ〔て〕きたかしら？）。

さてこの御仁は、わがはいが創刊した『時事新報』に勤める速記者で、『福翁自傳』を担当した人でもある。だからわがはいが、ここへ呼んだ理由も、承知の上であった。

「とにかく、お話を聞かせてください。今回も『福翁自傳』のときと同じ手順でやりましょう。ではまず、福澤先生の人となりを、読者に紹介するため、有名人になられるまでの、幼少期について、お話しいただけますか？」

と、矢野はすでに鞄からノートを出して、身構えている。わがはいもいきなり本題にはいった。

「いやいや、こんどは前とはずいぶん違いますよ。その証拠に、自分のことを〝わがはい〟と呼ぶようにしたいんだ。前みたいに、〝私〟という身もふたもない言い方はしない。それから、いろんな時期の諭吉がたくさん出てくるから戸惑わぬよう願いますぞ」

「え、と、いいますと？」

「いやなに、今回の自伝に、ポリフォニイという西洋の多重発声法を取りこむことにしたんだ。ほら、西洋音楽にあるだろう。たくさんのひとが、同時にそれぞれの歌詞をうたいあげる。すると全体がふしぎな音の混交状態になって、神がかってくる。教会でもやるね。わかりやすく言えば、演説家が多数登壇して、勝手に討論するとおもえばよろしい。その方式でやってみたいのだ」

「どんなものか、ピンとはきませんが、試してみましょう。お話しください」

「わかった。やってみよう」

横槍の多いおさらい？

ということになり、これよりわがはいの経歴のおさらいをする。

あれはたしか、安政六年の冬だった、とんでもない僥倖がこの身に舞いおりた。ハッピネスとも、ラッキヒ・チャンスとも、なんとでも言ってくれ。身分の低い若侍が日本最初の洋式軍艦に乗って、アメリカ国まで出かけることになったのは、尋常ではないことだからね。

わがはいはそのとき、まだ数えの二十六歳にすぎなかった。大坂の緒方塾で塾長を務めてはいたが、まったくの無名だった。おまけに赤貧洗うがごときびんぼったれの家の生まれで、父親は中津奥平藩に細々と禄を食む下級武士ときていた。

いや、ほんとうに下級武士はみじめなもんです。上級と下級のあいだには、越すに越されぬ大きなさかいめがある。しかもこのさかいめを、徳川二百五十年のあいだ、だれも埋めようとしなかった。わがはいの計算するところ、幕末のころは中津藩におよそ千五百名の藩士がいたけれども、その身分は水と油のごとくで、下の者が上へあがるという大出世は、絶えてない。奥平家が治めた百五十年ちょっとのあいだでも、藩内で下等から上等へ昇進できた侍は、わずか三、四人しかいなかったというのだから、絶望というほかにないだろう。むろん、上等と下等の間で縁組がなされたという話も、聞いたためしがない。

九州大分の中津奥平藩領地は、悪くいえば、救いがたい因習に縛られたド田舎にあり、封建の暮らしが青黴のように染みついたところだった。父の福澤百助は、なんと、あの三浦梅園の学統につらなる漢学者で、本意は学問によって世に立つことだったんだが、大坂在勤になった。いちおう出世といえそうだが、毎日が俗っぽい借金の交渉や銭勘定の明け暮れで、学識を活かす機会すらなかった。勤番の大坂で飼い殺しにされ、憤死したも同然の心持ちでいる父は、息子たちに自分と同じ悲哀を味わわせたくない一心で、末っ子のわがはいを僧侶にしようとした。僧侶だけには、門閥の鎖がないように見えたからだった。

だが、その父はわがはいが三歳のときに世を去った。末っ子のわがはいをふくめ、男二人の女三人という子どもは、みな大坂勤番の家に生まれている。母は中津の生まれだが大坂の暮らしに染まって、中津の生活とは縁が切れていた。けれども、肝心の父が亡くなった後、難波(なにわ)の地には身寄りもないため母子だけで郷里に戻らざるをえなくなった。

ところが言葉も着物も大坂風で、都会暮らしが身についた家族だったから、まるでカビでも生えたような封建士族の暮らしに馴染めるわけがない。いっそ周囲に合わせて、無知で無気力な家柄に戻れたならば、隣人とも折り合って行けただろうが、大坂帰りのうえに、なまじ学問を修める家系だったせいで、中津では完全に孤立してしまった。

ことばがことなり、着るものがことなり、貧乏だが厳正な儒学を守る母子の家が、まわりの田舎者になじむのは至難の業だ。だから自然に家族の結束が固くなり、どこへ行くにも、なにをするにも、きょうだい五人が一緒だった。兄や姉とケンカしたこともない。それから、これも父に感化された母の方針で、歌舞音曲はいっさい寄せつけなかった。芝居も見なかったし、宴会にも出なかった。

それでいて、偏屈な子どもになったわけでもない。『福翁自傳』にくわしく書いたが、とても活発で、いたずら好きな子に仕上がった。よくあそびまわった。仲間がいなかったから、木登りは不得手で、泳ぎもまったくできなかった。学問を学ぶ前に父が死んだために、最初の習いごとは学問でなくて、居合い抜きだった。五歳のときだ。今に至るまで、この鍛錬だけは欠かしていない。

　それから、好奇心が人一倍強くて、自分が良いと思うことは、曲げなかった。たとえば、兄がなにか反故(ほご)のような書きつけを畳にひろげていたとき、その上を踏んづけたことがある。すると兄から、この書には奥平大膳太夫(おおかしわでのかみ)という御名があるではないか、跣(はだし)で踏みつけるのではない、とたしなめられたことがある。わがはいは、「ああ、さようでございますか、わたしは知らなんだ」、と云いかえした。そうしたら、「紙であろうとも、殿様の頭を踏んで無事に済むと思うか。いったい、臣下の道ということをどう考えておるのだ、おまえは」となじるので、自分が悪うございました、堪忍してくださいとあやまったんだが、本心はまったくそうではない。もしも殿様の反故を踏んで悪いなら、神様のお札(ふだ)を踏みつけたらもっと悪いだろう、と思った。そこでお札を踏みつけてみたところ、何の天罰もくわえられるようすがない。これはおもしろいと思い、こんどは便所にはいって神札を試したところ、ちょっとビクビクしたが何も罰がくわえられない。

「それ見たことか、何にもおこらぬじゃないか」と、気分がスッとした。

　そういうことが十二か十三の歳にあって、さらに一つ、二つ歳をとると度胸がよくなって、年寄りが口にする神罰、天罰とかいうのは大ウソじゃと確信して、ひとつこんどは稲荷様を試してやろうと、稲荷の社(やしろ)をあけてご神体を覗き見てやった。そしたら、そこに石が置いてあるばかりなので、その石を外へうっちゃり、代わりの石を拾って、そこへ入れておいた。隣家の稲荷も検めてみると、木の札があるだけなので、これも取って捨ててしまった。まもなく初午になって、町の衆が幟を立てたりお神酒を上げたりしてワイワイお祭りをするので、わがはいは大笑いした。

そんなわけで、わがはいは幼少のころから神様や仏様をありがたがることはちっともない、占いやまじないもまるで信じない、狐狸が憑くということも初めからバカにして取り合わなかった。子どもながらも精神はまことにカラリとしたものでしたよ。

そういえば、わが家族は、まわりの下級武士に対して、見下げるようなところがあった。これは母の感化だろうが、なんでも殿様のいうことにしたがうという意気地のなさが歯がゆかったからだ。門閥制度は親の敵というのが、わが福澤家の口癖でな。幕末のころわがはいが勤皇家と佐幕派の双方から距離をおいて、お偉方のいがみ合いに巻きこまれるのを嫌ったのは、さかのぼればこの苦痛と義憤が原因だったんだろう。

と、ここで、わがはいの惧れていた「横槍」がはいった！

いきなり、バカバカしく軽薄な声がわがはいの語りのなかに闖入してきた。いよいよポリフォニイの実験となるのか？　矢野君、【ここで少年時代の諭吉が口をはさむ】とかなんとか、註を入れてくださらんか、時代が違う声だからね。わがはいたちの奇妙な文体を読者に慣れてもらわにゃならぬから。

（矢野注記：これ以後は対話参加者が入り乱れ、誰の発言か非常に判別がしづらくなるゆえ、速記者の権限により時と場所を違えたところから出る発言者に対しては、その発言を【】で囲む）

【失礼ながらお話に割りこみます。死ぬ間際の老いた福澤諭吉先生のおことばですが、少年だったおれの目から見ると、いろいろと疑問や異論が出てきます。ふつうなら、老成したおのれ自身の評価には黙ってしたがうのが子の務めでしょうか、新しい自伝の文章法をきわめようという趣旨の自伝ですから、子どものおれが老人の自分に遠慮なく反論しますよ】

わがはいはいはこの一声で覚悟を決めた、すべては日本語の発展をめざす実験だと割り切って。

わがはいは言った。怒らず騒がず、「よかろう」この声をおのれ自身の老いさらばえた分身と思って、少年期の諭吉には何でも好きなように口に出したらよろし」と、返事をした。すると少年諭吉がこう問うてきた。

【それではさっそくうかがいます。中津時代のおれの振舞いと父上の性格については異論があります。なるほど、おれが父上から儒学の感化を受けたには違いないけれども、父上は豊前中津奥平藩大坂詰めの蔵番として不遇をかこち、愚痴ばかり言いながらおれが三歳のときに急死してしまった。とすれば、このおれのカラリとした自由な精神をはぐくんだのは、もっぱら母の慈愛の賜物だったのではないですか。そんなに父親に義理立てする必要もないでしょう？】

と、バカを言うので、わがはいはこやつの父親にでもなったつもりで怒鳴りつけてやった。

「おい、諭吉、えらそうな口をたたくでないぞ。父上もさぞや泣いてござろう。そもそもおまえが書きつづっておる新しい日本語なるものは、ありゃいったい、なんじゃ？　漢学者の息子が書く文章とも思えぬ。しかも、敬語というものを知らんようだな、叱る気にもならん。わがはいの主義は人間すべて平等であるから、今日はとくべつに目こぼしするが、父親のことを批判するのは三十年早いぞ。父は不満を肚の底に抑えつけていたのじゃから」と叱りつけると、少年諭吉めが口答えしてきた。

【だから、あなたの父上は甘いお方だったというのです。勤番がいやならはっきり言ったらどうなんですか？　けっきょくは封建制に順化しただけでしょ。ところが母上がどういう性格だったかというと、厳格な武家の妻という側面があったにしても、ずいぶんと奇妙なことをよろこんで、世間とはいささか変わっていました。つまり、文明開化の用語でいうなら自由主義だったのです。独立した人だった。

われわれの父上はひょっとすると、母上の気性をご存じなかったのではないですか？　長崎蘭学だ、緒方塾だと、あちこち飛び回っていた諭吉さまがご存じないのは当然かもしれませんが、おれは母上の面目躍如とする武勇伝を、この目で見ております。話はちょっときたないけれども、中津にひとりの家なし女がいて、毎日市中をもらいものして歩く生活をしていました。着物はボロボロ、髪はボウボウ、頭にはシラミが無数にたかっているので、おれでも、ちょっと近づくのがためらわれるほどでした。しかし母上はちがった。この女の面倒をよく見て、かわいがっておられた。天気のいい日には「チエ、チエ、こっちへおいで」と女を表の庭へ呼んで、草の上にすわらせ、自分はたすき掛けで女の頭のシラミ狩りを始めるんです。おれも加勢に呼ばれるのですが、さすがに引いてしまう仕事でした。ところが母上はまことに楽しそうにチエのシラミ取りをする。終わるとご褒美にご飯をふるまいなさる。したがって、女は母上を実の母のようにしたっておりました。父上なら、その女を即座に追い払ったにちがいありません。息子が言うべきこと

ではありませんが、どう見ても今の諭吉をつくったのは、母上のお力ですよ】

——と、責めてきたものだから、いかに少年時代の自分自身とはいえ、腹に据えかねた。

「やい、やい、諭吉！　子どものくせしおって、黙っておれば図に乗りよる。なんでこんなややこしいケンカを売るのだ。おまえにはまだ、当時の下級武士の辛い心なぞわかりはせん！」

と、冷たく言ったら、文章の中から出てきた子ども時分の諭吉はさらに勢いづき、原稿用紙の上に乗りだしながら、遠慮会釈なく、こまっちゃくれた批判をぶつけてきた。

【だいいちですね、こんなヒチ面倒くさい方法で、子ども時代のおれに意見を言わせるなんて、それこそ頭がどうかしてらっしゃる。すなおに三人称あつかいの文章にすればいいじゃないですか！】

「言わせておけば、このガキ。ならば、この福澤も一言いい置かねばならん。新時代の西洋小説がもたらした文章法のおもしろいところは、こういう人称の混乱ぶりにあるのだ。このおかげで、読む人が小説の中のいかなる人物にも感情移入ができるようになった。これがほんとうの、文明開化的な『虚構』の効用なのだ。現にわがはいは、欧州御用の際に英国で小説というものに接し、一人称、二人称、三人称なる話者の書き分け法に驚愕した。時代がよみがえり、登場人物の感情が読む側の感情と共鳴して、ただ文字を読むのではない、文中に参加する気分にさせる。小説の中で多数の『我』、『貴殿』、『かれ』が交錯し、時間と人格とを違えた複雑な発言がからまり合うのである。過去ばかりでなく、未来をも巻きこめる。これを称して『文学空間』という。架空の世界じゃが、現実よりもはるかに深い精神世界の表現ができる。わがはいはこの新日本語を根付かせようと思うておる」

　だが、少年諭吉は引き下がらない。

【そうはいきませんよ。いいですか、父上が大金をはたいて入手された多くの漢籍、あれなんかも息子のおれにいわせれば、まったくの無用の長物ですよ。母の援けにはならなかった。かれこれ千五百冊もありましたが、父上が残した借金が四十両あった。穴埋めしようとして本を売り払いましたが、入ってきたのは半分にも満たぬ十五両でしたからね。本の中には、父上が天下の希本じゃと自慢していた『上諭条例』とかいう六、七十冊の唐本もありましたね。父上は、この希書を手に入れた喜びの日におれが生まれたので、これは縁起がいいと、諭吉という名を付けたそうだ。そうした因縁もある本だったから、これだけは売れなかった。まだ、うちに残してありますよ。それから『易経集註』全十三冊も、父上の自筆で「これは世に二冊とないものだから、売らずに子々孫々までつたえよ」って、遺言みたいに書いてあるじゃないですか。でも、大した金にはならなかった】

　と、ここまでいわれて、わがはいは小癪な子どもの自分に兜を脱いだ。ほんとうに、なんて意地の悪い、こまっちゃくれたガキだったものよ、と後悔しながら。そして、思った。さすがにこの西洋渡りの多声文章術の威力はモノすごいと。

身に着けた処世術

　さてそれで、いまにして思うに、わがはいの精神というものは、まず母から受け継いだ自由志向と、田舎臭い中津での息苦しい毎日をどうやりすごすか、という独自の工夫とから生じたものだと信じられる。それについて一つの思い出がある。あるとき、何か漢書を読んでいるときに、「喜怒哀楽を顔に出さぬようにせよ」という一句をみつけて、ハッと悟ることがあった。

これはどうも金言である。だれがほめてくれても、だれになんと軽蔑されても、ただ表面にほどよく受けておき、こころの中では喜んだり怒ったりしないことだ。わがはいは以後、これを座右の銘とした。だから、同輩とも喧嘩はした記憶がない。老年の今日でさえ、わが手を怒りにまかせて振り上げたことはない。

ただ、こっちも生身の人間であるから、激怒することもあった。多年にわたり衣食をほどこして世話してやった塾生のなかに、じつに不埒(ふらち)な放蕩者がおって、ある晩に酒気を帯びて迷惑なふるまいをしながら帰ってきた。さすがに怒り心頭に発して、きさまは今晩寝ることはならん、起きてチャンと正座しておれ、と申しわたしたのだが、しばらくして行ってみると、大いびきをかいて眠っておった。それを捕まえて、肩を引き起こし、目がさめてもなおグングンとゆすってやった。しかし、後で冷静になってみると、なんだか坊主が戒律をやぶったときのようなさみしい気持ちになった。自らに腕力の使用を禁じていた手前、今夜は済まぬことをしたと詫びたくなったことがあった。

が、それはそれとして、わがはいは一方で少年時代から口が達者であったから、議論すれば他人に負けなかった。ただし、書生がやるような青臭い議論はしない。顔を真っ赤にしてどうあっても相手を言い負かそうと口角泡を飛ばすようなことはなかった。議論を始めて、相手が激昂してきた場合は、スラリと流してしまう。この馬鹿が何を言うかというふうに追い詰めたりもしない。深入りは避けていた。そのおかげで、わがはいはどこへ行こうと自立していける自信を得た。ただ、この中津にいたくない、どうにかして出ていきたいと、そればかり思ったのが、長崎を振り出しに大坂や江戸にまで出かけるそもそものきっかけとなった。

　マア、それほどに中津藩の状況は旧態依然たるものがあったわけだが、わがはいだけは幸いにも外へ逃げだして、蘭語を習得することができた。それはもう、時代が嘉永になったあとだよ。

中津藩の知られざる裏側

　その嘉永年間に、日本の事情が様変わりした。ペルリの黒船が来て以来、にわかに、蘭語の習得が叫ばれだしたからだ。もっとはっきり言えば、各藩ともに西洋ばりの軍艦や大砲が必要になり、外国と交渉するのに蘭語がわかる人材探しも欠かせなくなったのである。

　中津藩もまったくご同様で、藩内にそういう知識のある人材は見当たらなかった。藩のお偉方はあわてて他藩の蘭学者を教師に迎えたが、とにかく金がかかる。ほら、後に寺島宗則（てらしまむねのり）を名のった薩摩藩士の松木弘安（まつきこうあん）を、雇い入れたのだからさ。ところがその松木もすっかり事情が変わって、早々に他藩教師の職を返上してきた。さ、困ったのは中津藩さ。お偉方が頭を抱えているところへ、藩内にも蘭語ができる下級武士がいるぞとの報せがはいった。藩は天の援けとばかりに、いきなりわがはいに白羽の矢を立ててきたという次第だ。

　まさか藩に注目されるようなことはないと諦めていた蘭学が、思いがけず幸運を呼んでくれた。

江戸へ呼ばれて蘭学塾を開くことができました。中津藩江戸中屋敷のお長屋は、鉄砲洲(てっぽうず)という場所にあって、そこは昔、同藩の蘭学者・前野良沢(まえのりょうたく)の屋敷があったところです。『解體新書』の翻訳が行われた蘭学発祥の地なのだから、まことに縁とは奇なるものです。

と、ようやく話が流れだしたとたん、またも聞きなれぬ訛りのある日本語を口にする男が割りこんできた。

【ちょっとお待ちください！　そこにも疑義があります】

と、話を中断する声がした。

「ち、また少年諭吉かい？　何度も話の腰を折るんじゃないよ」

と、わがはいは追い払いにかかったが――、

【いえ、別の者です。お邪魔して申しわけないが、その中津藩江戸中屋敷についてお聞きしたいんです。同屋敷は築地の外国人居留地にあって、いま聖路加(せいるか)病院という病院が建っている。これまでの話では、中津藩というのはよほど時代遅れの田舎藩に聞こえるが、ならばどうして中津藩の中屋敷が江戸では蘭学のメッカとまで謳われるのか、そこを教えていただけませんか？】

わがはいは振り返って、声の主を捜したが、どこにも見つからない。

「どなたさんか？　声は聞こえど姿が見えぬがな」

すると、声は冷ややかに、

【ぼくは未来に属する者ですから、ここではまだ日に見えないでしょう。しかし自分の紹介は後でいたしますから、先に疑問にお答え願いたい】

わがはいはすこし膨れっ面をしたが、みずから播いた種なので、しぶしぶ同意した。すると、その声が問いかけた。

【わかりました、なるべく手短に済ませます。では、うかがいます。福澤さんは中津藩をド田舎大名といわれたが、それはすこしちがうと考えます。たしかに九州の中津ではそういう印象もあったかもしれませんが、じつは江戸の中津藩中屋敷のほうは、蘭学の発祥地であって、中津藩第五代藩主・奥平昌高というお方は、熱心さのあまりシーボルトに会いに行ったほどの蘭癖大名、あの島津藩主・島津重豪の実子ですよ。重豪はこの昌高を連れて、シーボルトに会見したのですから、当然ながら中津藩主も熱烈なオランダ文化の愛好者になるわけです。その証拠に、この五代藩主は、当時のオランダ商館長から、フレデリック・ヘンドリックなる蘭名まで献上されています。それから一代前の四代目藩主、奥平昌男にしても、もともと重豪の蘭学仲間で、重豪の次女を嫁に迎える予定になっていたんです。しかし二十四歳で早死にしたため、重豪は娘の代わりに江戸育ちの次男昌高を婿養子として中津藩主に縁づかせたわけです。したがって、中津藩は代々、薩摩由来の相当な蘭癖大名の系譜をつくっていったことになる。

その昌高が中津藩主となってから、中津藩の蘭癖はすごいことになりました。江戸中屋敷には「オランダ部屋」というガラス張りの部屋までできあがり、ここにオランダ製品がずらりと並んだそうです。昌高は蘭学を深めるために藩主の座を息子に譲り、安政二年に没するまで蘭癖三昧の暮らしを通した。福澤さんが江戸へ来たときもオランダ部屋は邸内にまだあったといいますよ。

つまり、中津藩は良沢の時代から日本の蘭学のセンターであったとも言えるわけです。だからこそ、薩摩藩士で当時もっとも蘭学に通じていた一人の松木弘安を、中津藩が蘭語教授として引き抜いてこれたのです。松木は一年で教職をやめて、そのあとは蕃書調所（ばんしょしらべしょ）に出仕して教授手伝いなんかにもなった。その後釜にすわれたのがあなたでしょう、福澤さん。だったら、中津藩が蘭学ぎらいだったはずはないと思うのですがね。もしかしてあなたが江戸で蘭語塾を開けたのも、そういう下地があってのことじゃありませんか？】

　と問い詰めたので、わがはいはいささかあきれ返り、こう言ってやった——。

「ところが現実は複雑なんだよ。まず、わがはいが江戸へ出るちょっと前までは、たしかに中津藩中屋敷にはたいへんな蘭学熱が吹き荒れていた。それは認めよう。だがその熱は中津まで伝わってこなかった。というよりも、わがはいが江戸へ出るころは、それを消してしまおうという気配さえあったんだよ」

【どうしてですか、おかしいですよ】

「いや、全然おかしくない。原因は嘉永六年にやってきたペルリ艦隊のせいだ。当時引退して中屋敷に『オランダ屋敷』を構えていた蘭癖の昌高様は、さっそく歓喜して開国論を表明された。ところがね、昌高様は御隠居ですよ。ということは、権力を握っていたのは上屋敷に君臨されるお孫で当主の昌服（まさもと）様だ。この方が、翌月になって正反対の鎖国論を表明された。これで藩論が真っ二つに分かれた。でも、やっぱり隠居は立場が弱い。藩を長いこと牛耳（ぎゅうじ）ってますからな。ところがその隠居様が安政二年に亡くなってしまった。さあ、そうなると、蘭癖家の薩摩系だった昌高様と違って奥平本家の血筋である昌服の力が強くなる。蘭学派の旗色が一気に悪くなったんだ。

わがはいもそのへんのことは部外者だから詳しくないが、そのころ藩内で開国派として頑張っていたのが杉亭二という侍だった。この人は勝海舟の知り合いだし、緒方塾にも入門していた逸材で、中津藩の砲術講師の岡見彦三という蘭学派の藩士から、三顧の礼をもって中津藩に招かれ、オランダ語の塾を開設した。この人物が、対立する二派の間に挟まれたのだろう、気の毒にも辞任してしまうのだ。

さあ、これでますます蘭学派が弱くなった。これを跳ね返そうとしたのが、いま名を出した岡見先輩ですよ。岡見さんは旧薩摩人脈を使って、後釜に呼んだのが、ちょうど安政大地震のために住む家を焼かれて困っていた薩摩の松木だった。岡見さんは家作を提供する約束をして松木に蘭学塾を引き継がせた。ところが、その松木も薩摩藩主島津斉彬の国元帰還に伴って故郷へ戻るお供を仰せつけられ、とつぜん蘭学教室を去ってしまった。さあ、困った。岡見さんは開国派が鎖国派に敗れる危機を感じ、この蘭学塾を護ることを通して開国派の延命を図ろうと努力した。そんなときに、大坂の適塾に学んでいたわがはいの存在が江戸にも知れて、最後の希望をこの若造に賭けようと決めた。それでわがはいは江戸へ引っ張り出されたのではなかろうか。もっとも、杉亭二先輩みたいに有力な蘭学者の人脈など持ちあわさなかったこの諭吉が後継ぎでは、さぞや頼りないと思われたろうがね。だが、岡見さんは最初からわがはいを支援してくれた。中屋敷の一部屋を開けてくれたのも、塾の開設を支援してくれたのも、岡見さんです。この大恩人は不幸にも文久二年に亡くなられたが、慶應義塾の土台を築いてくれた最初の人だ。そうでなければ、中津藩の蘭学の伝統は忘れられたはずなんだ」

すると、また、例の声が響いた。

【あれ、ずいぶん弱気なお話ですね。中津藩が影の蘭学王国って話じゃなかったんですか？　でも、そんな裏事情があったわけですか、あまりここを語っておられないのも道理ですね。いろいろ楽屋裏が見えてきましたよ】

わがはいはすこし怒りはじめた。

「いや、それよりも、あんたなァ、どこの何もんや。そういう詮索をされたら埒もないじゃがな。当時は幕末だ。明日はどうなるかわからぬ時代だ。今日は開国でも、あすは鎖国に鞍替えするような混乱期だ。どこだって二つの派閥がいがみ合っていたんだよ」

【失礼しました。申し遅れましたが、ぼくはこの本の作者です。おおよそ百年ほど後世で、作家をなりわいにしております。福澤先生の一生に関心を抱くものです】

「それでわがはいの身の上にチャチャをいれたのかい。いま明かしたとおり、わがはいを世に出してくれたのは、正直に言うと、この岡見という藩士だといえる。中津藩内で苦境に立った蘭学派が、最後に探しだした期待の星だったといえば、大げさだがな。たぶん岡見さんが期待してくれなかったら、わがはいは世に出られなかったろう。今まで、幸運だとか運命だとかと便利な言葉で説明してきたが、もう降参だ。たしかにわがはいが安政五年に江戸へ呼ばれた時期には、保守派が藩の主権を奪取していた。そんな時期だったから、蘭学を学ばせようというのは身分の高い名家に限られておった。たとえば、奥平家に連なる家柄の家老で奥平壱岐(いき)という知り合いがいて、わがはいと同じく長崎に勉学に来ていたが、むこうはお坊ちゃまの遊学だ。壱岐のやつは箔付けが目的だったが、こっちはオランダの原書が読めるようになるという目標があったから、ものすごく勉強して差がひらいた。さいわいなことに、わがはいが寄宿した山本(やまもと)という蘭学家には、オランダの兵器教本があったから、それを貸して金をとる役目までおおせつかった。だから蘭語の読解力がおもしろいように伸びたんだ。

そんなわけでわがはいは、奥平家のお坊ちゃまから嫌がらせを受けた。わがはいを長崎から引き揚げさせる奸計もめぐらされた。母上の病気が重いので、すぐ国元へ帰れといってな。そうしないと、不勉強な壱岐の立場が悪くなるからだ。おかげでわがはいは長崎から引き揚げさせられたが、どうしても故郷に帰る気がなくて、思い切って江戸へのぼることに決めたという次第さ。ただし、中津藩には実際のところ、自発的に蘭学を学ぼうという者は、ひとりもいなかった。江戸詰めの藩士ですら、上役やら藩の幹部に取り入ることにしか関心がなくなったようだった。こういうのを〈自立しない人間〉という。封建時代の門閥主義が生みだした最悪の人種だ、とわがはいは言いたいのだ。

わがはいは、たしかに徳川の門閥制度を嫌ったし、叩き壊そうともした。だが、攘夷派がいうような王政復活も気に食わん。だから中津で友人もおらず、へりくだる付き合いもしなかった。中津で母上きょうだいもろとも孤立していた、それで自然に、独立独歩という生き方が身に付いたんだと思っておる」

と、ここで外からまた声がはいった。

【さっそく疑義があります。福澤さん、あなたは中津の田舎にはカビが生えてたとおっしゃいますが、事実はそうじゃなかったじゃないですか。ほんとうは、中津藩の政争をあまり大っぴらにしたくなかった。そして、ご自身が中津藩で唯一の、蘭学ができた人材だという印象をつくろうとされたように見えてしまいます。中津藩のお国元に覇気のある人材がおらなかったのではなく、やる気のあった同僚や先達、まして前藩主だった奥平昌高らのことなど、蘭学派の系譜をあえて自伝で伏せたのではないですか。藩校の指導者だった野本真城だって、「海防」の理論では世を動かす影響を与えたでしょう。たくさんの人材も育てたし。いま話に出た奥平壱岐さんだってその一人だった。蘭学をやってたわけですからね。それとも「海防」ということばがお気に召さず、中津藩に海軍を創設するという真城さんの提言も攘夷派じみてお嫌いだったのじゃありませんか。そういえば、福澤さんは海防とか海軍という主戦派に批判的ですよね。たとえば一時期「両福」と言われて競い合った福地桜痴さんも、小栗上野介や水野外国奉行と一緒に主戦派の先陣を切っていた。勝海舟だって、小栗さんとの対比から江戸城の非主戦派ということにされたが、本心は海防を重視し、海軍設立を悲願とした人だったし……そういう対立関係にある名士とのかかわりが、前の自伝ではモヤモヤとしてましたよね？」

　わがはいは大声を出して、誰だか得体のしれぬ声の主を制止した。そうでもしないと、この自伝が初めから収拾の付かない雀の囀り合いになりそうな気配だったからだ。

「ちょっと待ちなさい。話が飛びすぎて、読者のみなさまに失礼だ。そういうごちゃごちゃした裏の事情は席を改めて話してやるから、まずわがはいの話を、横槍を入れずに聞きなさいよ。その前に、おまえさん、もう一度訊くよ。あんたはいったい何処のどなたなんだ？」

と問い詰めてやった。すると、声が言った。

【何度も訊かないでください。ぼくは、この『自伝』を直接原稿にしようとしている作家です。著作権すなわちコピヒライツの所有者であって、この本の著者です。お見知りおきを】

「著者だと？　この自伝はわがはいが語り、わがはいの書林で版をおこすのだから、著者はこのわがはいだろう？　あんたに何の権利がある？」

【お言葉を返すようですが、百年後の未来社会では、ぼくだって共同の著作者とみなされるんです。福澤さんのしゃべりっぱなしを速記してそのまま出版するわけに参りません。字句を正したり、不都合なことや史実にあわない話を訂正したり、注釈を追加せねばなりませんから、ふつう本の売り上げの二、三割は共同著者の分として収益をいただきます】

「おい、いつからそういうことになったんだ？　おまえさんの言い分は理解するとしても、お願いだから妙な質問を挟みこんで、勝手に話の腰を折るな。これはみな、わがはいの体験した真実なのだからな」

【いいや、ぼくはあなたよりもくわしく福澤諭吉の全生涯を知っています。なぜなら、ぼくは百年ほど未来の人間ですから、あなたの亡くなったあとのあとまで知っているのです】

　わがはいは仰天し、凍りついたが、あえて平静を保ち、理詰めに言い返した。

「よし、わかった。ならば印税分に見合う仕事をしてくれ。百年先のことまで知っているなら、話がおもしろくなるように、注釈を好きなだけ入れてくれ。だが、話をひっくり返すな。よろしいか？」

本書の共同著者だという詐欺師みたいな男に引導をわたすと、わがはいは矢野に目配せして、速記を再開するように命じた。このあとはおそらく、わがはいの話も滑らかに進むであろうことを期待しこ。

江戸で運が向いた恩人のこと

「とにかく、とんだ邪魔がはいって失礼した。話に戻る。わがはいが大坂で緒方塾に拾われ、さらに江戸へ出て蘭学塾を開くまでの話をしよう。このくだりは本人しか知らぬ体験ばなしであるから、百年後の注釈者なんぞに口は挟ませない。

さて、奥平壱岐の陰謀にかかって故郷に戻ることになったわがはいだが、帰郷の意思はさらさらなく、かえって江戸へ出る決意を固めることにした。しかし、なにせ銭なしの一人旅なもので、さまざまな人の世話になったし、逆に人をペテンにかけたこともあった。生きるか死ぬかの旅だったんだ。だが、やっとの思いで中津の大坂屋敷にたどり着いてから、幸運が巡ってきた。

大坂勤めの兄がわがはいを迎えてくれ、とにかくこれからは蘭語の習得が入用だから、長崎でダメであったら、こんどは大坂で先生につけ、というのだ。そもそも、これからは蘭語の原書を読めなければいけないと言って、長崎行きをわがはいにすすめた当人が、この兄だったのだ。

わがはいが大坂で入門したのは、あの有名な緒方洪庵先生の適塾だった。安政二年卯年の三月だ。幸運の神が手を差し伸べるのがひどく遅れたものでな。緒方塾に入門し、はじめて蘭語を正式に学んだことで学力は自分でもあきれるほど高まったが、一年ほど過ぎたときに、腸チフスにかかった。兄の方もリウマチスが重くなって、二人してにっちもさっちもいかなくなった。洪庵先生はりっぱな医師であってわがはいを我が子同然にかわいがってくれたが、医師であっても自分の子には治療するなということわざなんぞがありますとおり、治療だけはしなかった。親は子を救いたい一心で、いろいろな薬を飲ませようとする。治療にも迷いが出て思い切れない。だからわがはいを自分では治療せず、親友の医師にそれをゆだねた。そのかわり、先生は毎日のように大坂の中津屋敷に見舞いに来られ、養生の方法をいろいろと指示して帰られた。

そう、あのころの緒方塾は、師匠と弟子が家族の関係にあったといえる。師匠は弟子を我が子のように遇した。今の学校には、偉い教師や優秀な学生もおるけれども、その関係はあくまでも子弟のそれを越えない。残念ながら、わが慶應義塾も、今や緒方塾のようではない。

そんなわけで、わがはいは緒方先生に命をたすけられた。しかし、兄の方はそうはいかなかった。故郷で養生していたけれど、わがはいが大坂に戻ったあと、とつぜん世を去ってしまった。急いで帰郷したときは、もはや葬式一切が終わっていた。驚いたことに、幼いときに叔父の家へ養子にいかされたわがはいが、勝手に本家に籍を戻されて福澤本家の当主になっていた。死んだ兄には男の子がなかったので、わがはいにお鉢が回ったのだが、まったくの有難迷惑だ。本家の当主としてこの先も黙って、その役割を務めねばならない雲行きとなった。親戚がそろって、大坂へ戻ることに反対したんだ。

わがはいは窮した。最後に恃むは、母しかない。福澤家は五十有余歳になる老母と、わずか三つでしかない兄の娘しか残っていないのだ。自分が身勝手に大坂に戻れば、この家は風前の灯火となる。か、わがはいは心を鬼にした。母にむかって、どうしても大坂に戻り、蘭語を修めたい、と頼んだ。しまいには、おっかさんはおれが幼少のときに、坊主にして家から出そうとされたじゃありませんか、とまで口にした。それほど必死だったんだ。すると母が承知してくれた。母とわがはいは、さっそく旅費を準備するのに家財一切、売れるものをすべて売り払った。その騒動については、さきほど割りこんできた子ども時分の諭吉が語ったとおりだ。そのとき、黙ってわがはいのわがままを聞いてくれた母のことばを、永遠に忘れられない。〈わかりました。いいですとも。生き死にのことはなんともなりません。おまえが出ていきたいなら、自由にしていいですよ〉と。

これで母子の決心はつきました。わがはいは緒方塾に戻り、やがて江戸の中津藩中屋敷で蘭語塾をひらく運命を拾った。この裏にはいかなる奸計もありません。すべては、神のような人々の援けがあって、今の福澤諭吉が生まれたまでのこと。わがはいがこうやって今もやせ我慢して塾を経営しつづけているのも、そんな私塾の伝統に共鳴するからなんだ」

すると、この本の作者だとかいう未来人が割りこんできて以来ずっと黙りこんでいた若い諭吉が、大きくうなずいてくれた。しかし、作者の方は引き下がらない。

【よくわかりました。では、ぼくの疑問は措きましょう。すべては母上の献身があったことで、中津藩時代の窮状にもめげなかった、と理解します。だって、幕末期の日本婦人くらい損得抜きに次世代を育てようとした女性は、ほかにいなかったと、山本周五郎も言っていますから。そういう無私の親切の例には、あなたにアメリカ同行を許した咸臨丸提督、木村摂津守の場合も含ま

れますね？】

「もちろんだとも。木村様に対しては感謝のことばも見当たらないほどに」

と同意したが、こんどは若い諭吉がするどい目つきになって問い詰めてきた。

【でも、そうであるなら、その後に江戸詰めになった奥平壱岐も、行きがかり上、大恩人とみなすことはできませんか？　今のお話では、おれを長崎から追いだしたのは奥平壱岐という家老筋のぼんぼんであって、こやつがわざわざ藩に偽手紙を書いて、おれを長崎から出ていかせたことになっていますが、おれにすれば、あやつは中津で数少ない知り合いだった。だから、そこまで恨んではいないのです】

「おい、おい、本人のおまえがいちばん憶えているはずだろう？　偽手紙に、母上が重篤な病になられたから長崎留学をあきらめて国へ戻れと書いて、おまえが長崎にいられなくなる工作をした男だろう」

と言いかえすと、若い諭吉がこう反論した。

【あれはいわば嫉妬から出たいたずらでしょう。おれは壱岐とけんかもしたが、同じ仲間として助け合いもしました。藩に通らぬ要求も、壱岐に味方してもらって通すことができた。たとえば壱岐はめずらしいオランダ築城書の書き写しを許してくれた。いや、じつはおれが壱岐をだまして、築城書の中身を書き写してしまったんですが、やつはおれの心を見抜いていて、わざとだまされたふりをしたようです。あの写本が、あとでおれの懐に利益をもたらしてくれた。で、ここが肝心ですが、おれが江戸で蘭語塾を開けるようになったのも、この壱岐が江戸の塾の蘭語教師

に推薦してくれたおかげと感謝しているんです】

たしかに、壱岐はある意味ではわがはいの「悪ガキ」仲間といえたかもしれない。持ちつ持たれつの微妙な関係だった面もある。そこでわがはいは、答えた——。

「たしかに、どっちが悪かったかといえば、わがはいのほうがずっと悪がしこかったのが事実だ。だまされてくれたのは壱岐のほうだったともいえる」

白状ついでに、壱岐との因縁をもう一つ話す。時期は忘れたが、壱岐が奥平家の家老となって羽振りがよいときに、わがはいは金に窮したことがあった。蘭語の塾生を養っていたころだと思うが、故郷の方でも母が金を必要としていた。そこで自分が持っている原書を藩に買い上げてもらおうと思いつき、壱岐のところに本を持って行った。壱岐も蘭語は多少こころえていたから、これは良い原書だ、たいそう高価だったであろうと、やけにほめる。しかしこっちが、高価だけれども内容の貴重なことを考えると、ずいぶん安い買い物にござるよ、とでも口にすれば、壱岐の罠にかかってしまったにちがいない。というのも、壱岐もわがはいも、原書をタネにいろいろと金を稼ぐ工作を知っていたからだ。あのときわがはいが、もしもそんなことを言おうもんなら、壱岐はすかさず、それほど安い買い物ならどこでも買うだろうから、他藩へ持っていけ、と言い返したにちがいない。それで工作は水の泡になったはず。

じつは壱岐も、彼自身が買った原書をちゃっかりと言い値で藩に買い取らせたことがあったんだ。だから壱岐は、わがはいが金に窮して原書を藩に買い取らせる魂胆だと察しが付いていた。そこでわがはいは作戦を考え、壱岐に正反対のことを言った。おれは金に困っている、なので、この原書を売らねばならないが、藩に買ってもらって本をそのまま拝借させてもらえば、おれは金をただで使えることになるんだが、どうだ、助けてくれないか、と。壱岐は自分もうしろめたいところがあるから、いやとはいえませんよ。わがはいもじつにさもしい小悪人だったが、あの頃の社会は全体がさもしかった。わがはいもそこに気づいてからは、あるときから藩の給金も受け取らず、自立してまっとうに金をかせぐほうに考えを改めた。だから、本を書いて売ることにしたんだ。これなら、他人に堂々と正義を説けるから。

わがはいは、書いた本でその代金を取る商売を正当化した物書きのハシリだと自負しておる。その片棒を担いだ壱岐には、詫びをいれねばならんと思うようになってきた。

【そうですよ、それでこそ諭吉の偽りない自伝といえます】

と、若い諭吉は満足して引き下がった。

「……やア、いい調子に、なってきた。先生、この流れで、行きましょう。おもしろい自伝になりそうですよ」

と、速記していた矢野が顔をあげて言った。わがはいは照れ笑いしながら、うなずいた。

「そうかね。それはありがたい。このまま話をつづけることにしたいが、ただし、こうして多忙な公を煩わせておるうえは、ベリー・スペシャル・サープライズを用意しないわけにいかないだろう」

矢野は、速記の手を急に止めると、例の七五調で問い返した。

「え？　サープライズ？　ありがたいですな。ならばひとつ、先生と勝海舟氏との、深いご因縁についてなど、もすこし、深掘りしたところを、うかがわせて、くださいませんか。仲がよろしいのか、よろしくないのか、お二人を指して、犬猿の仲などと、噂する東京雀が、なかなかに、八釜(やかま)しいことでありますから」

　わがはいはあいづちを打った。

「そうそう、それもあります。何なら、少しその話をしましょうか。先年、勝安芳(やすよし)が亡くなったときも、わがはいのところに、よその新聞が取材にきました。ここらで語っておかないと、真相は闇の中、ということになりそうだ」

　速記者も単刀直入にことばを返してきた。

「そのとおりです。こうしてまた、『福翁自傳』のつづきを、筆記させていただくのも、わたしの天命と、思っております。忌憚(きたん)のない話を、おうかがいしたい。前回はご病気のために、『福翁自傳』の、続巻計画が、二年遅れたこと、まことに残念です。そのあいだに、だれかがどこぞで、『福翁自傳』の偽書でも、出版されたりしたら、たまったものじゃ、ありません。『西洋事情』の二の舞は、もうこりごりで……」

　と、矢野由次郎が、眉を吊り上げ、七五調をくずすことなく、要請した。

「正直にもうしますがね、矢野君、さすがのわがはいも、あの病気には観念しました。この歳で脳溢血というんじゃ、もうどうにもならんですからなア。それじゃ、勝との因縁からお話ししましょう」

維新史の「因縁」は咸臨丸にある

明治三十一年九月、身体頑強を表看板にしていたこの諭吉は、とつぜん脳溢血に倒れた。ついに福澤もこれまでかと思われたが、天がそれを許さず、奇跡的な回復をとげられて、幸いだった。ところが、病気の養生に専念するあいだに、咸臨丸以来の宿縁にむすばれた勝安房が、先に逝ってしまったのだ。翌明治三十二年の一月であったか。勝の死を知らされて、だれもが一つの時代の終わりを、感じたにちがいなかろう。

あの御仁は、いわば盟友のような仇敵だった、熱くて冷たい間柄だった。きっと勝安房のほうも、いま存命ならば、あの甲高い声を張り上げ、こう言うにちがいないな——やい、福澤のバカ野郎、死人に口なしと屁理屈こねて、べらべらと一方的なことしゃべるんじゃねえぞ、とかね。だから、わがはいも冷静にお話しする。思えば、勝とは不幸な因縁です。そうだ、つい忘れていた。わがはいは徳川の世から勝を知っていたので、うっかり勝安房守という名が染みついているから、略して勝安房と呼んじまうが、本人はそう呼ばれたくないらしくて、維新後は安房を安芳と好字に変えてた。房も芳も、ホウと読むんで同音だ。ならば、本人が望んだように、わがはいも勝安芳の字を使うことにするが、古い馴染みだからつい、カツ・アワと呼び捨てにしちまう。

まあ、その因縁のおおもとをいうなら、咸臨丸ですかな。わがはいと勝との因縁を調べていくと、かならずこの船にぶちあたるんだ。まるで、亡霊のように、あの船が姿をあらわす。

そう、正直言うとね、わがはいはこの新自伝の軸に、咸臨丸を置くつもりなんだ。すべては、忘れられた咸臨丸を通じて読むことで、維新史も明治の文明開化史も一つの因縁につながる。

わがはいが咸臨丸に乗船したときから、船内の雰囲気は勝に冷たかった。なにしろ勝安芳は、乗船の最初っから不機嫌だったんだ。本人は言いわけがましく、ひでえ風邪っ引きになっちまって、ずっと船室に閉じこもっていたが、そのどこが悪い、ってね。だが、どうやら原因は、自分がちっとも役にありつけないということだったらしい。なんにでも八つ当たりするし、咸臨丸提督の木村摂津守様にもダダこねて困らせつづけた。わがはいになんかは、ロクに口もきいてくれなかった。奴婢の扱いさ。おまけに勝は船に弱くてさ、往路なんかほとんど寝たきりだったよ。

勝安芳にしたら、嵐のときでも何でも平気で甲板を歩き回れるわがはいが、疳にさわったんだろうね。ジエラシイとでもいいますか。下僕のくせしやがって、ってな気分だったでしょう。それから、操船指導官という立場で咸臨丸に乗りこんできたアメリカ海軍のブルック大尉に対しても、片意地はって高飛車に接しておった。むこうの大尉がキャプテン・カツと声を掛けたら、勝が、無礼者！　キャプテンとは何事だ、アドミラールと言いなおせ、ってどなりつけるのを聞いたこともある。キャプテンでもアドミラールでも肩書なんぞどっちでもいいじゃないかと思うんだが、妙にからんできた。なぜあんなに牙をむいたのか、最後まで腑に落ちなかった。

ところがわがはいのほうは、第二の幸運がこの江戸で巡ってきた。ちっぽけな蘭語塾を中津藩の長屋内に開いたことが新たな運の始まりだった。中津藩の長屋周辺には、前野良沢以来の因縁があったせいで、蘭学者の住居が自然に集まっていたが、鉄砲洲のほうには、当時江戸蘭方医の宗家と目された桂川甫周（かつらがわほしゅう）の邸宅があった。今の築地本願寺裏手にあたるから、歩いてもわずかな距離だった。ここがまさに天の援けだったんだ。

　桂川家には千坪もの敷地があり、庭には鶴も飛来した。大名相手の医者であったから各地から名産がとどけられ、しばしば宴会でも開かないと食べ物が消費できないという豪勢な暮らしぶりだし、そのうえ庶民の治療もおこなっていた関係もあって、人々の出入りがいたって自由な家だった。いつしか蘭学者のたまり場となり、また新橋金春（こんぱる）の芸者連が羽を伸ばしに来る開放地ともなった。わがはいも酒好きなものだからこの一員にくわわり、大好きな酒にありつくため桂川家に出入りしたもんだ。まだちょっとは、さもしいところも残っていたらしい。ただ、わがはいは生来、論争を好まない。ただひたすら、酒を鯨飲できるという一事によって、足しげく通っただけのことだ。その証拠に、桂川の奥方が遺した回想録には、芸者あそびにまるで興味のないわがはいが、いつも朴（ぼく）ネンとして酒を飲みつづけている場違いな光景が、書きのこしてあるよ。

　ところで桂川甫周の奥方という女性だが、これがまた逸物の婦人であって、浜御殿（今の浜離宮）を管理する任にあたる名門、木村家から嫁入りした人であった。この奥方に、木村喜毅（よしたけ）という旗本の兄があった。安政七年に提督として咸臨丸に乗りこみ、無事に渡米を成功させた木村摂津守その人さ。何の因果か知らないが、わがはいも酒場代わりに通った蘭方医の奥方が、咸臨丸に乗船できるというあり得ない幸運を導いてくれた。まさしく幸運の女神さ。

　しかし、この奥方の縁にすがって、一足飛びにアメリカ行きの切符が手にはいったというわけでは、決してなかった。あの咸臨丸に乗船できるようになるまでには、もう一つ大きな幸運が微笑みかけてくれる必要があったんだ。

それはこうだ。わがはいが江戸へ出た翌年に、折よく横浜が開港され、外国人に横浜居留が許された。さっそくわがはいは蘭語の修練のために横浜へ出かけたが、味わったのは途方もない衝撃だった。横浜で流通していたことばは、もはや蘭語ではなく、聞いたこともない英語だったからだ。開港地に出かけたものの、看板一つ読めない現実を知って、わがはいは即座に、習得すべき言語を英語に切り替えた。といっても、英語の習得は咸臨丸乗船時点でようやく一年を迎えた程度にすぎない。しかも、その勉強方法は辞書を片手に本を読むという独学方式だったから、たぶん、ろくに英語を喋れなかったはずさ。早い話　わがはいは度胸一つでこの遠征にもぐりこんだようなものだ。

そんなわけで、安政六年に咸臨丸の渡航が決まった時点で、提督に任じられた木村摂津守様が桂川の奥方の兄だという奇縁が生まれた。桂川甫周に頼みこんで紹介状を書いてもらい、木村摂津守様の従者として同行を許されるよう嘆願した。摂津守様は最初のうち、変な奴が来たとおどろいたらしいが、生来、公明正大な気質で、偏見のない進歩的なお方だった。それにくわえて、桂川に嫁いだ妹からの推薦も功を奏したのだろう。木村様はその場でわがはいの願いを聞き届けてくださった。このとき摂津守様は三十歳、わがはいよりも五歳年長だが、勝海舟より七歳ほど年少であった。どうやら、勝にとっては年少の旗本が上司になったことも、不機嫌の原因であったらしい。

たしかにそうだろう。世間はさも勝安芳はじめ幕府海軍方が自力でアメリカまで幕府使節を運んだように言いふらしておったが、じつは咸臨丸は渡米使節とはまったく関係がなく、条約批准の使節なんぞ一人も、咸臨丸には乗っていなかった。幕府のお役人方は、咸臨丸より十倍も大きいアメリカの黒船ポウハタン号に乗って、渡航したんだからね。操船の主役がアメリカ側に委ねられていたから、日本の海軍などどうでもよかった。じゃあ、なぜ咸臨丸が危険を冒して随行したかといえば……。

……幕府海軍の面目を立てること、これが主たる目的だったと推察するんだよ。オランダから船と教師を都合して、わずか二年で洋船の操作を叩きこまれたのが、急ごしらえの海軍伝習所に集まった修業生たちだった。その修業生を長崎で面倒見たのが勝だったんだ。勝は海軍こそが日本を守る主戦部隊だと自負した。そういう訓練生も幕府内でりっぱな教授方に任じられて、肩書も士官になった。勝も、摂津守様も、あの榎本武揚(えのもとたけあき)も、咸臨丸で操船や測量を担当した士官たちの多くも、みなそこの訓練生上がりだった。条約批准の幕府正使をつとめた新見(しんみ)豊前守だって、同じ訓練生だったんだ。勝にとってみれば、みんな自分が面倒見た後輩です。それから咸臨丸の水主(かこ)として乗りこんだ塩飽(しわく)の島々の人たちも、伝習所時代から幕府海軍に雇われておった。日本海軍の創設を目的とした人々だったんだ。

もひとつ、裏の事情を話しておこうか。みんなも知ってのとおり、ほんとうに西洋列強と戦争しようと考えていた主戦派は、幕府内でもほんのわずかだった。主戦論の元祖は水戸藩主徳川斉昭(とくがわなりあき)といわれるが、水戸の老公もバカではないから、強大な軍力を持つ列強と戦をする気はなかった。どちらかといえば海防、すなわち防御を重んじたのであって、まずは海防のために大砲と軍艦の製造を急いだ。小栗上野介も主戦派と勘違いされているが、小栗が戦おうとした相手は官軍のほうで、外国からは近代的軍備を整えるために横須賀造船所建設などの援助を引きだしていた。攘夷を叫んだ威勢だけの幕末攘夷派は、外国勢の軍備の本質を知らない戯け者連中だよ。わがはいも咸臨丸下船後に外国方に雇われて外国文書の翻訳をやったからわかるのだが、すくなくともまともな幕閣クラスで列強と戦争して勝てると信じた者は、ひとりもいなかったろう。

したがって、大砲と軍艦の製造は外国との和平交渉を有利に運ぶための脅し道具だった。その証拠に、幕府が創った海軍伝習所は、幕府のためでなく、「日本国」のための施設だったんだからな。第一期生は、海軍の意味を最初から「日本国海軍」と理解していた。その海軍に所属した咸臨丸も、単なるバトル・シップではなく、日本を護るための戦艦だったといえる。すくなくとも、勝はそのつもりだった。国の防衛を任務としたから、太平洋に浮かぶ国籍のあきらかでない島々の回収も、喫緊の課題だった。そこへペルリ艦隊が太平洋から出現した。しかも、通商という形の「開国」を求めてきた。

だがあいにく、当時の幕府は通商なんぞという観念をまったくもっていなかった。わがはいも同様だよ。商売という名目によって国を奪い取ることだ、としか思わなかった。まして共存共栄の国際ルールがあることも知らなかったはずだ。と、そのとき国際問題としていちばん心配されたことは何だったたか。おい、さっきの作者とかいうお兄さん、おまえさんに答えてもらおうか。返事はどうだ?

すると、作者なる者がこう答えた。

【ぼくは百年後の人間ですから、わかります。国土問題でしょう。植民地にされるのを恐れた】、と。

半分合格で、半分失格の解答だった。おかげで、作者と称する男の知識の程度がわかった。半可通の見栄っ張り、とでも評価しておこうか。しかし、答えが微妙に外れたことはむしろありがたい。正解を出されていたら、この自伝のサープライズは空振りするところだったから。答えは、あとに残しておこう。

ついでに言っておくがね、咸臨丸に乗船して航海を成功させた日本人船員は、勝の教育のおかげかどうか、みごとなまでに日本国船員という誇りを刷りこまれていた。箱館(はこだて)戦争まで尾(つ)いて行った者が多かったし、蝦夷地で咸臨丸と運命をともにした者もいた。それからもちろん、明治維新のあと、日本海軍の教育や技術伝授のために一生をささげた者もいた。中には坂本龍馬(さかもとりょうま)の海援隊にくわわった兵(つわもの)だっているのだから、みごとな日本国軍人といえる。官軍でも賊軍でもない、江戸幕府が組織した最初の〈日本国軍〉だ。けっして幕府の軍人ではなかったことを憶えておいてくれ。咸臨丸渡米とは、いうならば日本海軍の出陣式だったと。

だからわがはいも、このときの乗組員すべてを誇りに思っている。咸臨丸の事績をないがしろにする昨今の風潮を捨てておけない。この自伝の巻頭を咸臨丸の話で飾らなければならない理由も、そこにあるんだ。この渡米では、早くも殉死者が出ている。水主が三人も命を失った。殉死者の第一号といってもいい。また、多数の病人も出て、アメリカに残された者もいた。かれらの看病にあたるためアメリカ残留を申し出た者もいた。わがはいは、三人の死者を葬ったサンフランシスコの墓が今も忘れられない。

わがはいみたいに船酔いに強くて、文明開化の洋艦が沈むわけないと頭から信じこんでいた西洋かぶれにも、かれらの矜持は痛いほどわかる。だから、アメリカの船長と水夫が咸臨丸に同乗して航海の技術指導をするという話が出発直前に漏れ伝わってきたとき、勝がどんなに憤ったことか。アメリカ人水夫が甲板に出ることすら禁じたし、帆や計器にも指一本触らせなかった。こう言っては何だが、アメリカ側も勝の虐待によく辛抱してくれたものだよ。

咸臨丸航海、前半の記録

……日本開闢以来まさに未曾有の大事業となる日本軍艦の渡米航海は、外交上から見れば、日米修好通商条約の批准書交換を運ぶ使節の護衛という役目を果たしたにすぎなかった。しかしながら、咸臨丸乗員にとって、そんな建前はどうでもよかった。日本人の力で海を渡るということが、かれらの目的のすべてだったからだ。それ以外には、なにもない。勤皇派・佐幕派に二分されていた時期ですら、幕府海軍の設立についてだけは両陣営とも反対が出なかった。それだけに、咸臨丸乗組員は奉行から水主まで全員が、使節団とは質の違う重責を感じていたといわれる。

その証拠もある。同乗するアメリカ測量船の船長格、ブルック大尉をふくめて十二名が咸臨丸に乗船する際、勝も木村摂津守様も、甲板上で大尉を出迎えず、自室まで挨拶に来させている。そして出航時には、わざわざ「総員甲板ニ寄レ」の太鼓を打ち、アメリカ側の水夫をも列席させ、今回のために選びあげた海軍の新たな船旗を掲揚する儀礼を挙行している。そのとき咸臨丸に翻った旗こそが、日の丸だった。この旗印は、やがて日本国旗として後世に引き継がれた。日本海軍を創立させた男たちの執念がそうさせた。

その咸臨丸の事績が、いまは政府から無視されていることが、わがはいには許せないのだよ。徳川時代のことであったというだけの理由なら、なおさらだ。

咸臨丸の最高責任者に指名された木村摂津守様も、勝と同じ覚悟をもって渡航にのぞんだ。しかし、海軍とは何の関係もない従者のわがはいには、この航海に命を託す彼ら幕臣たちの大義名分が理解できなかった。現に、わがはいなぞは、同乗してきたアメリカ水兵のことを、ちょうどよい英語の教師とか親しい話し相手とか思って、親しみすら持てたほどだ。

それなのに、木村様はなぜ、縁もゆかりもなかったわがはいの乗船を許してくださったのか。よく、そのことを考える。聞けば、ほんらい従者として乗るべきだった木村家の家来衆は、誰一人として航海の伴（とも）をすることを望まなかったといわれる。みんな尻ごみしたらしいのだ。そこへ、自分を連れて行ってくれと志願してきたのが、わがはいだった。摂津守様にとっても、気が進まない従者を無理に船に乗せるよりは、どこの馬の骨か知らないが自分から名乗りでた者を使うほうが、はるかに気楽だったに違いない。

つまり、この船旅には死の危険がついてまわっていたということだろう。

おまえだって、ほんとうは船旅がこわかったんじゃないかと、わがはいに問いかける者がいたよ。しかし、はっきり言うが、わがはいはほんとうにこわいと思わなかった。なぜなら、西洋文明の力を絶対的に信じていたし、本心はアメリカの文明をこの目で見たかったからだ。好奇心は、おそれを忘れさせる。西洋で造られた軍艦が沈むはずはない、という空念仏を信じさせた原因でもあった。

なるほど、正使一行が乗船したアメリカ軍艦ポウハタン号ならば、東インド洋艦隊の旗艦なのだから、まず沈没の恐れはないだろうさ。だが、わがはいらが乗った咸臨丸は、いちおうは蒸気船だが規模と能力に現在とは雲泥の差があった。まさか沖に出たら帆走で進むような中途半端な船とは知らなかったからだ。それがまあ、出航してはじめてわかったわけだ。おまけにだ、あのときの太平海の荒れ方は常軌を逸していた。さすがのわがはいも、いきなり死を覚悟させられた。これはほんとうなんだ。アメリカの水夫ですら、三十年に一度あるかどうかの大荒れだったというのを聞いて、ぞっとした。

船上での反目と和解

それにしても、もと上流武士ぞろいの士官たちたの、アメリカのいかつい水夫たちだのが同乗している船上では、わがはいのごとき生っちょろい下っ端なんぞ、気おくれを感じるばかりの毎日だった。それでも虚勢をはって、

「そんな気おくれなぞ、おれはまるっきり感じませんぜ。そもそも江戸へ出てきたのも、藩士の子弟に蘭語を教えてやるためだったのであるから、こっちが江戸で何かを教わりにきたわけではないのだ。江戸には、大坂の緒方塾ほど方針の定まった蘭学塾がなかったから、あくまでもこっちが先生の立場ですよ」

と、毎日のように口走っていた。

しかし、わざと上からの目線に立ったのは、気おくれせぬように自分に呪文をかけたまでのこと。わがはいはヒトが悪いし、ずる賢いのだ。摂津守様の従者になって、なんでも言われるとおりに働き、口論もせず、誠をつくしたが、酒を飲みながらも、冷めた目で人々を観察していたんだね。論争を好まないから、人を言い負かしたりすることはせず、いつも黙って聞き役に徹することで、自分の立ち位置をこしらえた。また、どんなにさげすまれても、意地悪されても、怒ったことはない。ただ、わがはいのいちばん悪いところといえば飲酒なんだが、艦内ではそれにも用心して、決して他人を不快にさせなかった。わがはいは自分のことを話すと照れる性質で、たいがい気恥ずかしくなるから、これ以上話すのは勘弁してくれ。ここから世渡り術を学ぶとするならば、我慢が肝心、堪忍が肝心だと、〆ておきたいのだから。

もっとも、アメリカ側の親分ブルック大尉だけは、尊敬できるお方だった。ほんとうに軍人の戒律を守っていた。日本人が上役も下っぱも船内でかなり自由に酒を酌みかわす光景を見て、こんなことは規律ある海軍にあるまじき無秩序である、というふうに映ったにちがいない。しかし、それを口には出さなかったところもみごとだったよ。

とにかく、前の話は咸臨丸が外洋に出るまでの状況を語ったにすぎない。そのあと、洋上に出たところで事態は一変した。日本海軍の意気を示すはずだった当初の気分は、荒天にぶつかったとたん、もろくも吹っ飛んだ。ほぼ全員が持ち場につくこともできないほどの船酔いにやられた。

海は一転して地獄の猛威となり、ただ神頼みするほかない修羅場の連続となったからだ。

こんな状況になった咸臨丸の中に、まだひとりだけ、わがまま放題をつらぬく男が残っていた。お察し通り、勝安芳だ。木村摂津守様に次ぐ操船方の責任者だったが、悲しいことに身分が低い。この航海で船将と呼ばれる重職を与えられたのだが、位はやっと四位そこそこだった。艦内では畏れられたけども、人望がなかった。年下の摂津守様とも折り合いが悪く、わざと不愛想を通していた。言っては悪いが、まるで赤ん坊の駄々っ子だ。すねたらさいご、船将の責任もとらない。船室に閉じこもってフテ寝する。

海軍操練所の教授方が指示を仰ぎにきても、なんでも勝手にやるがよいさ、と言いすてて、ふてくされる。あるいは決められた仕事を放りだして、行方をくらます。気に入らないと、だれにでも当たりちらす。航海中も、勝を簀巻きにして海に叩きこんでやろうか、という物騒な密談が、士官方のあいだにはあったらしい。

だから、船内になんだかうすら寒い雰囲気がただよった。アメリカの水夫たちと日本の士官もいがみ合っている。艦長が下士官全員と対立する状態なんだから、これで航海ができますかっていう話なんだよ。すぐに反乱がおきるか、操船の手順にまちがいがおきるか。まったく先が思いやられた。

ところが天の配剤か、外洋のものすごい荒波が日本側の諍いを吹っとばした。全員が船酔いでブッ倒れてケンカもできなくなったからだ。とんでもない状況なんだが、それでも勝安芳だけは身勝手を通したね。誇り高いのはいいとしても、此の人の場合はむしろいやがらせにちかい。誇り高いというのはね、平たく言えば、やせ我慢ができる、ということだ。だが、あのお方は咸臨丸でやせ我慢なぞしなかった。いや、船酔いの我慢すらできなかったね。ただ、悪口(あっこう)をぶつけるだけだ。そうして荒海に乗りだした日から、勝は、すがたさえ見せなくなった。水夫にいわせれば、あれほど船酔いに弱い船長は前代未聞だという。

　そうだ、矢野君は、江戸の芸者や魚河岸のにいさんたちが、意地、ということばをよく口にするのをご存じか？　たとえば、おいらんの太夫(たゆう)さんが、小判をちらつかせて無理に言い寄ってくる客を、毅然として跳ね返したりするだろう。はたで見ていて、胸がスッとするじゃないか。意地ってのは、力で動かそうとする野暮天(やぼてん)に反抗する心持ちなんだね。つまり、やせ我慢。ただのへそ曲がりじゃなくて、どうも『美』の意識らしいんだ。粋(いき)ってことばにもつながるような。だが、勝にはそういう可愛げがない。いや、あやつがめざした日本海軍には、見栄を張る野暮天の気配さえあった。

　あのね、たとえば「咸臨丸」という小むずかしい船名があるでしょう。あれ、どういう意味かご存じか。『易経』から引いた漢語がネタ元というんだ。咸は、みんな心をそろえて、の意味。臨は、一致協力すること。つまり共同ということ。臣も君も力を合わせて事に臨む、という意味らしい。この名もコチコチにかたいでしょう。そういう海軍精神を標榜したいんなら、それでもかまわんのだが、船将みずから船名の由来になった協力精神を破って、どうするんだい？

　……と、まあ、いろんな諍いもあったんだが、船が外洋の荒波に襲われたとたん、日本勢の総崩れとなった。ただし、咸臨丸が出航するまでにもちあがった紆余曲折には、同情の余地もすこしある。

語るべき第一の問題は、咸臨丸の太平海横断がはたして偉業だったのか、あるいはみじめな失敗だったのか、という点だ。

幕府は使節を乗船させたアメリカ軍艦ポウハタン号の護衛のために咸臨丸を随行させた、というふらしているが、正直にいってしまえば、助けが必要だったのはむしろ、咸臨丸のほうだった。

それに、この大航海は、航海以前の段階からケチが付いていた。最初は、幕府の軍艦朝陽丸が出る予定だったのに配船の都合がつかず、同じ幕府洋艦の観光丸に変更された。たくさんの積み荷をそっらへ積み直したところで、同乗することが決まったアメリカのブルック大尉ご一行が試乗してみると、外輪型の船では外洋を航海できないとわかった。それで再度評定がおこなわれて、外輪がない蒸気船の咸臨丸に決まったのだ。いいかい、咸臨丸は内航でこそ蒸気船と称しているが、本来を訊ねれば何のこともない、ただの帆船だったんだ！

このブルック大尉一行というのは、フェニモア・クーパー号という小船でアジア近海の測量をおこなっていった船員団のことだ。しかし船が薩摩沖で座礁したので日本に上陸し、船が改修されるまで足止めとなった。すると幕閣がこの優秀な船員団に目をつけ、咸臨丸に乗船して操船の指導をしてくれれば、諸氏をアメリカへ送り届けるから、とブルック大尉に誘いをかけた。幕府上層部の腰抜けどもが航海の失敗をおそれた結果らしいが、一説に、なんとしても渡航を成功させようと考えた木村摂津守様が、幕府に嘆願した結果だともいわれる。ただ、おかげで決死の自力航海という大義が消えてしまった。海軍方は気色ばんで、もしも異人を同乗させるなら水兵を船室に閉じ込めて甲板へは登らせぬ、と警告を発したのも当然だった。

だから、すでに荷役を終えていた観光丸から、すこし大きくて蒸気機関も備えた咸臨丸へ荷積みをやり直すことになった。突然の船替えになったため、日本側の水夫は大きな迷惑をこうむった。この変更で、日米両乗員の確執は決定的になった。

さらにもう一つ、手に負えない厄介ごとが起こった。日本側の両指揮官、木村摂津守様と勝安芳の確執だ。これがまた厄介な揉めごとに発展したんだ。なんのことはない、幕府が航海を命じる際に、指揮命令系統を厳格に定めておけば済む話だったのだが、そこまで気が回らなかった。木村様は海軍伝習所にも籍を置いた体験者だったから、幕府上層部に対し、規律を定めよ、乗員ほかの給金手当も明確に定めよ、と何度も要求したそうだが、幕府上層のボンクラどもは海軍の規律など知りもしない。できるだけ安くコキ使おうというケチ臭い根性だったので、乗員に対して身分や給金の配慮をしなかった。勝安芳を怒らせたのも、これが原因だった。

そこから、摂津守様には人に言えない苦労が生じたのだ。まずは、外国の船員を助っ人に雇ったことを日本側の士官や船将に納得させねばならん。上級士官と、塩飽島などから集めた水主とのあいだにも、ひどい給金の差をつけたんだが、これも理不尽すぎる。支度金や船内の食事、寝る場所に歴然と差がある点を納得できなかろうから、そういう不平を言う船員たちの懐柔が木村様を悩ませた。木村摂津守というお方は、この時代にはめずらしい公正な感覚を持った上司だったから、そもそも身分による差別に反対だ。下々の水主にまで十分な給金を支払うよう、しつこく幕閣に嘆願したそうだが、すべて無視された。

日本に海軍が創設されたとはいえ、まだ五、六年の歴史しかない時期だった。だから航海術の習得がなによりも緊急課題でね。規律だとか指揮命令の順位だとか、実際の運用や遭難時の退避順、また乗員の手当をどう決めるか、といった事務的な雑則にまで手が回らなかった。だいいち、航海にぜひ必要な天文観測や測量ができる者すら、わずか数人しかいないのだから、事務を仕切る決めごとなんかが忘れさられたのも当然だよ。

すると、上級武士と士官連中とのあいだばかりか、つらい下働きの水主や火夫とのあいだにも、待遇の差を巡るいがみ合いが起こった。これを収拾するのは奉行の木村様しかいないわけだ。わがはいは木村様の従者だったから、初めから俸給を受ける資格がないが、塩飽の水夫のひどい待遇には同情を禁じ得なかった。部屋は雑魚寝で、布団は到着まで替えがないんだ。足は草履履きだし、着た切り雀で、食事と手当にも武士連とは雲泥の差があった。この不平不満を木村様一人が受け止めようというのだから、とても見てはいられなかったよ。

はっきり言えば、この海軍はまだ組織の体をなしていなかった。規律も確立してはいなかった。それでも日本人だけで渡米を実行しようと言い張ったのは、海軍方の過信だ。たかだか内航の訓練航海が成功しただけで、太平海を渡り切れると信じたこと自体が、幼すぎたのだ。

繰りかえすようだが、そういういざこざをいっぺんに粉砕してくれたのが、出航直後から襲いかかった海の大時化だったわけだ。

ただし、こういう大時化のことも、ふつうなら事前にわかる問題だった。冬の太平海は、大荒れになるってことは、伊豆あたりで調べればすぐにもわかる（作者註：この事実は現在もかわっていない。二月に小笠原航路を旅する大型客船は、一万トンもある巨船であっても、時化にあたるとほぼ全員が部屋から出られなくなるほど揺れる。食事もとれなくなり、強烈な船酔いに苦しむ。父島に到着しても、沖合で艀を着けることができない。太い碇の索ですらすさまじい音響をあげて断ち切れる。これは、本書の作者が実際に体験した事実である)。

そんなおそるべき季節だったのだから、航海は初めから時化に耐える準備が必要だった。たとえば、積み荷や水樽や火を使う場所などは、備品が大揺れして動きださないよう、どこぞに縛りつけておかねばならない。大時化の場合は机や長持などが、勝手に動きだし、転がりまわる。食器も測量器具も、床で飛び跳ねて踊りだす。実際、同乗したアメリカ側の技師の測定でも、咸臨丸は三十九度ちかくも傾いたことが何度もあったと判明している。常識によれば、船は四十五度以上傾けば転覆、そして沈没である。

そういう具合で、往路の前半、それも日付変更線を抜けるまでは、危険な大時化がつづいたのだ。乗組員全員が力を合わせて沈没を防がねばならなかった。ところが当初は、指導のために乗船したブルック大尉一行は、日本側の意向により甲板での作業に出られなかった。気分を害したブルック大尉は、配下の米兵をすべて船室に引き揚げさせ、日本人とにらみ合う状況であった。

だが、海はそんなことをかまっちゃいなかった。船が黒潮に接するあたりから、海上は嵐となった。船が上下にひっくり返るかと錯覚するような動揺が始まった。前帆も後帆もあっという間にもぎ取られて、翼を失った鳥と同じ状態になった。この激しい風と波に立ち向かうには、あらゆる帆を畳みこむしか手がない。

にもかかわらず、日本人水兵のすがたが甲板から消えてなくなった。甲板に立って作業できる者がいなかった。方向舵を操作する係は、その輪に体を縛りつけて、かろうじて踏ん張っていた。三十二方向の羅針盤を注視する測量方も、器具を抱きかかえて観測しつづけた。帆を畳む仕事も不可能に近く、ほんの数人の気丈な者が索にしがみつくか帆柱に体を縛りつけて、かろうじて甲板にとどまれただけだった。

　甲板がそんな修羅場だったとしたら、船内も似たような地獄のありさまだった。ハッチの不具合が発生した入口からは、大波が途切れなく船内に流れこみ、大樽も長持も、テーブルも椅子も、あらゆる調度品を押し流した。飲み水を入れた大事な大樽は、まるで手妻を見るかのように踊りまわった。

　このような地獄で、甲板に踏みとどまって船を沈没から救える日本人が、いるわけはなかった。だが、アメリカ側の証言によれば、ごく少数の日本人が嵐と格闘したという。これが、元漂流者のジョン万次郎（まんじろう）だった。下っ端あつかいされていたけれどもガタイがよく、片言の英語を用いてアメリカ人と積極的に交流していた。このわがはいはというと、嵐の航海のあいだ、どんな働きをしたものやら覚えがない。だが、必死で木村奉行を看護したことだけ覚えている。そして、あの修羅場の中で鬼のように力強く船を護っていたアメリカ人水兵たちの姿も、忘れられない。船外に出ることを禁じられていたはずが、知らぬ間に甲板で作業に邁進していたのだ。そのおどろくべき体力と技量を目撃し、ただただ信じられない思いだった。

　船将の勝はどうしたかって？　すでに出航直後から寝室に閉じこもりがちだった。どうやら、船酔いにくわえて病気にもかかっていたらしかった。冬のことであるから、現在の流行性感冒に類した疾病といわれている。結局、勝が船将の責務を果たせるようになったのは、往路の三分の二を過ぎたあたりからだった。提督の木村摂津守様は、勝よりもいくらかましであったが、それでも船室で寝たきりだった。

こうして出航からわずか二日にして、船上の事情は変わった。ついにブルック大尉の力を全面的に借りるはめとなったからだ。

後事を託されたブルック大尉によれば、このときなんとか甲板に出て作業できた日本人は、通弁のジョン万次郎、教授方で測量を担当する小野友五郎、同じく教授方で運用方に任じた濱口興右衛門のみだったそうだ。船の上はブルック大尉も匙を投げるほどの無秩序状態に陥っていたこと、まったくの真実である。

なかでもぶざまだったのは、提督の木村摂津守様が閉じこもった船室だ。いちばん広く間取りされ、荷物を収める納戸の類も設置されていたが、木村様はそれを優に超える荷物を持ちこんでおられた。それがまた、こまごました書類や備品や、アメリカ上陸後に贈呈する土産物やらだったから、始末に悪い。大嵐と大波がここへ押し寄せ、船内に海水が流れこんだ。水が引けばあたりはゴミの山に覆われる惨状となった。

これには木村様も茫然となったようだ。あとでブルック大尉からハンモックという道具があることを教えられ、天井に吊るせば浸水があっても寝床だけは水びたしにならないというその道具をサンフランシスコで仕入れたので、帰りはハンモックで寝ることができたが、往路には間に合わなかった。

提督の部屋は波に襲われ、部屋中にぶちまかれた荷物に占領された。仕方なく船室の戸をあけ放ち、なかの品物が外へ流れでるように工夫した。するとこんどは荷物が通路をふさぐので、部屋へ出入りすることがさらに困難になった。木村様はそれでも船室から出ず、ごみの山のなかで乗組員の無事を祈りつづけたという。

そうだ、ここで、取って置きの珍談が惹起したのを記憶している。

提督室で事件が起きたのだ。わがはいは海軍の船員よりもはるかに船酔いに強かったので、全員が倒れたあとも摂津守様はじめみんなの世話を一人で焼いた。海軍奉行付きの従者なんだから、そこまでやらずとも済むはずだが、わがはいはヒトの役に立つことを進んでやる性質だったので、人命救助は苦痛でも何でもない。海軍のほうがほぼみんな寝室で唸っているありさまだったから、余計に張り切って救助をした。

しかし、そういう悲惨な船内だったにもかかわらず、摂津守様はどうしても船室から出ようとされなかった。懐手をされ、口をへの字に曲げて、じっと辛抱されておられた。それであるときジョン万次郎さんと内緒話をしたことがある。摂津守様はおそらく、非常に大切なお品を船室に置いてらっしゃるのではないか、と。それはきっと、サンフランシスコでお金に換えられるものじゃないか、とわがはいたちは推測した。ところが、ひょんなことで、船室にしまっておいた秘密の品物の正体がわかったんだ。

何だと思う、読者諸君？　わがはいだって腰をぬかしたほどの品物だった。じゃ、答えを申しましょう。なんと、それはアメリカ弗（ドルラル）だった！　それが床いっぱいにバラ撒かれていて、外の通路にまで散っていた。その銀貨の上に木村様は拝領のお座布団を敷いて、思案投げ首といった渋いお顔をなさりながら、すわりこんでおられた。

　ドルラルの山は何万弗あったかしれません。しかも自前で調達したものだった。あとで伺ったところでは、なんでもお上から拝領の品々、奥方のお着物、そして屋敷も含めて一切売り払って持ちこまれたお金だそうですよ。合計八万ドルラルはあった。そんな大金を内緒で運びこんでおられたことには、むろん、わけがある。ですが、こっちは従者の身分だ、まさか主人にお金の使い道までお尋ねできなかった。そこへ運悪く勝が駆けこんできたんだ。勝はその金を見て怒りだした。それはご用金か、それを私（わたくし）するつもりだったのか。そうであれば、提督といえども容赦せぬ。船将の権限を以て金子（きんす）を没収いたすが、どうじゃ、と。勝船将にすれば、世のなかを肩書だけで生きる朴念仁（ぼくねんじん）と見下してきた木村摂津守であるから、ついに化けの皮が剝がれやがったな、というつもりだったと思う。その証拠に、乗船以来決して手放さなかった白銀のすばらしい太刀を握りしめ、すでに鯉口に指をかけていたのだからね。

　これには摂津守様も返事に窮した。ここには勝だけでなく、わがはいも万次郎も居合わせていたからにちがいない。しかし、波が船体を激しく揺するなか、摂津守様はドルラルの上に胡坐（あぐら）をかかれ、あきらめたようにサバサバとした笑みを浮かべ、勝船将に詫びを言った。

「これは思いがけぬところで我が目論見（もくろみ）が露見してしまいました。みどもの負けにござる。だが、決して怪しい金ではござらぬ。ご用金に手をつけたのではない。誓って申し上げる。これはまぎれもない、みどもの持ち金にござる。貴公に黙って運び入れたこと、心よりお詫び申すが、疚しいことは一切ござらぬ」

だが、怒りを抑えられぬ勝は、振り上げたこぶしを下ろさない。重ねて、「そのような大金を持ちこんだ理由を申せ。申さねば容赦せぬ」と、いきり立つんだ。摂津守様も覚悟を決め、ちょうど居合わせたわがはいら従者にも顔を向けて、語りかけた。

「勝殿、これはみどもの無力に起因することにござる。貴殿が公儀のなさりように不満をお持ちのこともよく承知しております。みどもも幕閣に何度かかけ合い、身分などという古臭い定規で上下関係をきめるのでなく、仕事や職分の配置により公正に、しかも苦労に報いられるだけの地位と給金をお与えいただけるよう建議いたしたのでござる。だが、それも水の泡、まったく無視されてしまい申した。

じつは幕閣から示された規律や御手当の項目を見て、みどもも憤慨したのでござる。これでは、渡航に参加される諸君に申し開きができぬご処置であると、心底怒りを禁じ得なかったのです。が、さりとて、上役の決めごとには従わねばならぬのが武士の定め。考えに窮したみどもは、わが奥と相談し、持てる家屋敷をすべて売却し、渡航が成ったのちに諸氏をいくらかでもご慰労しうる礼金とすることに決めたのでござる。勝殿、いまここにおる従者の出で立ちをご覧あれ。すべて粗末な草履をはき、衣服は破れた筒袖の単衣。この寒さを防ぐに蓑や藁を被るに等しい拵えを、なんとご覧あるか。みどもは、せめてサンフランシスコ上陸のあかつきに、諸氏に洋式の長沓なりと履いていただけるよう、この金を費やす所存にござった。まったく他意はありませぬ。

死ぬ覚悟で参るのですから、と奥もこころよく同意してくれました」

それを聞いたとたん、さすがの勝も白銀の刀を下ろしましたよ。そして水びたしの床に正座し、摂津守様に頭を下げたもんだから、さらにびっくりした。勝はこう言った、

「木村さん、おれは頭を下げるよ。これでおれの胸の支えも下りた。じつはおれも死ぬ覚悟で乗船したんだが、あいにく熱病を発しちまってな。妻が心配するので、ちょいとばかり品川で船に乗ってくらぁ、とだけ言い置いて、そのまま乗船したら、この始末だ。面目ネェもんだからさ、不機嫌な顔して船室にかくれてたんだ。我が家には残念なことに、あんたのような蓄えがないから、水兵たちに金をくばってやることができねえ。代わりにこの命を捧げることに決めていたんだよ」

そう言い終えると、勝は決まりが悪いのか、すぐに甲板へ飛んで行って、「総員甲板ニ寄レ」の太鼓をガンガン叩かせた。

それでわがはいらも行ってみたら、やっと勝らしい言い方で水主たちに訓示を垂れているところだった。「おまえら、この大海を乗り切ったら、家が建つほどのご褒美を摂津守殿が下さることになっておるから、安心して命をかけてくれ。運わるく死んでも、褒美はおいらがじきじきおまえらの女房のところまで持っていってやるぞ」、とかなんとか。いい気なもんだと思いましたが、あれが精一杯の虚勢だったんでしょう。ああ、わがはいは虚勢を張るほどの矜持もないもんだから、勝よりもずっと生きやすい身の上だ、ありがたいありがたいと、つくづく思った。やつはやつで、精一杯だったんだねえ。

あれ以来、船将と提督の間がいくらか風通しがよくなったな。わがはいも従者でありながら、木村様のお気持ちに気づかなかったことを悔やんだ。まだ年若い摂津守様のことを、ただ物分かりのよい若殿としか見ていなかったからね。しかし、あの一件があってから、わがはいは真の意味で木村摂津守の従者となり、重責をわが身に背負ってくださるお方に仕える気になった。

しかしね、こう言ったら摂津守様にお目玉食らいそうなんだが、あんな大金を船に運ぶ必要はなかったんだ、まったくの話が。だって、あの頃にはもう横浜に西洋銀行が建っていて、為替を組めばサンフランシスコでもどこでもドルラルを引き出せたんだからね。あとで万次郎さんと笑ったもんだよ。わがはいがアメリカに上陸して、現地の為替制度を学んだのも、この一件のせいなんだ。摂津守様を最後に、もうあんなに現金を持ち出していく旅行者がなくなることを、望んだからね。


話がだいぶん核心に迫ってきた。そうだ、咸臨丸の日本側乗員にジョン万次郎という傑物がいたのに、まだちゃんと紹介してなかったな。万次郎こそ、幕末の時代にいちばん大きな貢献をなした日本人というべきだろうよ。なのに、日本ではどうしてかれの業績が話題にならぬのか。あのブルック大尉だって万次郎の働きには感心してた。日本政府はなぜ万次郎を船将か提督にしなかったのか、まことに不思議である、と語っていたほどだ。

言いたくないことだが、当時の幕閣がどうしようもない馬鹿ぞろいだったことも、ほんとうだ。自分の体面を守ることしか考えていないから、勝が不平を言ったのと同じことが、万次郎さんにも起きていた。元気だったわがはいが、その一部始終を見ている。日本の士官方は気のいい若者たちだったが、万次郎さんに対しては意識せずに見下すところがありましたね。万次郎さんはね、仕事の責務からいっても教授方と同格の士官扱いであるべきなんですよ。じゃのに、士官方は無意識に、召使いのように用事を言いつける。また、下の水夫のほうも、元来は土佐の漁師だった万次郎が士官扱いされるのを妬ましく感じたのか、自分たちが心を許し合える仲間とまでは思っていないようでした。わがはいと同じ孤立した立場です。なので、わがはいは万次郎さんに非常な親しみを覚え、英語の教授から商業の秘訣までも教えてもらった。万次郎さんは、鯨漁の有望性をアメリカで確信してから、小笠原島って島を開発して日本の領地にすることが重要だと、かねがね幕府に建言してましたが、幕府は底抜けのアホぞろいだから、そういう大事な声に耳を貸さなかったナァ。

勝安房守に下された密命

勝は航海わずか三日目にして「其の苦、生来かつてこの如きを知らず」と語るほどの試練を味わった。この勝の世話を焼いたのも、じつは万次郎だった。二日間放置されていた勝をジョン万次郎が見舞って、かゆを食べさせたのが、勝によれば最初の救いだったそうだ。これ以降、勝に薬や食べ物を持参する役を、万次郎が引き受けている。

航海五日目、風が猛威を振るい、前帆を突き破った。風と揺れのため炊事ができず、みな死人のような顔色をしていた。余裕があったのは万次郎さんとわがはいだけだった。ただこのころから勝に代わって指揮権を行使するようになったブルック大尉は、ようやく日本海軍の計り知れない愚かしさに気づいて、激怒しだした。

するとごく自然に、操船の責任者である勝船将に怒りの矛先が向くわけだ。大尉は勝を呼んで、こう忠告した。

「日本海軍が無能である理由の根源は、命令がすべてオランダ語で出されることにある。日本人には日本語の航海用語をつくるべきではないのか」と。

まさに正鵠を射ているじゃないか。わがはいが渡米して得た最大の教えは、これだ。文明開化を進めるには、まずその開化の内容に、わかりやすい日本語をあてはめねばならぬとね。それでわがはいは、万次郎さんと一緒にサンフランシスコでウエブスターの英語辞書を買った。日英字書も書いて出版した。これ、すべて、文明開化を日本語で理解できるようにするための土台となることを望むがゆえであった。

航海六日目だったか、万次郎さんが日本人水夫たちにマストへ登るよう命じたところ、かれらは反抗し、万次郎さんを帆げたに吊るして脅迫した。この報告を聞いたブルック大尉は堪忍袋の緒を切らし、船内の規律を一日も早く確立するため、役にも立たない勝船将から船内指揮権の委譲を要求した。自分の手足と頼りにする万次郎さんを、日本人の手で私刑にされたのでは、この船も終わりだと信じたからだ。そのときブルック大尉は、権限の委譲を受けたあと、もしもこのような私刑をおこなう者が出たならば、自分は相丁がたとえ船将であろうと、ただちに処刑する、と明言した。

ブルック大尉は別の機会に、もしアメリカ側の船員が日本の士官から仕事を命じられて拒否するようなら、直ちに撃ち殺してくれてよろしいと、船将に明言している。こうした毅然たる姿勢が船将の真の姿であることを、勝もひそかに肝に銘じたらしい。それ以降、勝は操船のほぼすべてをアメリカ側の船員に委ねるようになり、ブルック大尉に対しても、「自分はこの船の乗員が規則に服さぬ場合、米兵といえど斬り捨てる覚悟にござる。しかしてもし貴殿に船将を委ねるときは、万が一我が日本の士官が貴殿の命令に服さぬならば、その銃にて撃ち殺すも可にござる」と言明した。この船に西洋式の秩序と規律が、こうして確立したのだよ。

さらに、このブルック大尉がみごとだったのは、そうした日本海軍のぶざまな状況を世界に公表しなかったことだ。航海の往路でブルック大尉は日記をつけたが、日本海軍への批判が多かったことを慮（おもんぱか）り、自分の死後五十年を経た一九六〇年まで、航海日記の公表を許さなかったんだそうだ。これはすばらしい配慮だよ。

ここでわがはいは、ブルック大尉についての記憶をもう一つよみがえらせ、あわてて矢野に伝えた。

「矢野君。今度の自伝にはぜひブルック大尉のことを書いておきたい。最初はあれほど嫌われた人だったが、復路ではすべての日本人がブルック大尉を称賛してやまなかったことを。ただし、大尉は復路には乗船しなかったがね。復路の航海はまさしく規律の保たれた日米海軍の航海が実現しました。しかも、その主役が日本人に委ねられた。このことは大尉の希望だったそうだ。あんなに有能な船長はどこをさがしてもいない、というのが木村摂津守様の意見だった。

あのお方は規律に非常に厳しいが、まことに公明正大で、人をその能力によって評価し、けっして身分で差別しない。わがはいは咸臨丸に乗船した当時、まだ英語で会話する力がなかったんだが、筆談で教えを受けました。すると、ブルック大尉は航海技術や操船指揮に長けていたばかりか、星図造りや方位測量、そしてとくに海底の地形測量や水深調査、海底の砂の採集方法を確立した科学者でもあることが分かった。欧米ではいま、海底電線の敷設が盛んで、電話回線を敷設するための海底調査が行われておるが、底に引かれた砂を採取する器具は、ブルック式とよばれて、あのアメリカ海軍大尉の発明品なんだそうだ。そんな功績のあるお方が、よくぞ咸臨丸に乗船してくださり、航海の指揮をとられたと考えると、まさしく奇蹟というべきでしょう。じつは、いまやっと話をする覚悟がかたまった事件が、もう一つありました。日本人がすべて船室で船酔いに苦しんでいたあのときに、船内でとんでもない事件が起きた。ブルック大尉がほんとうに日本の船将に向かって発砲したんだ」

矢野は話に引きこまれ、速記しながら問いかけた。

「え、ほんとうですか？」

そう聞かれて、わがはいはうなずいた。

そう、この一件はまだ差しさわりがあるかもしれんから、日付や場所などは伏せさせてほしい。

出航後十日以上を過ぎて、日付変更線も遠くないと思われる辺りだった。太平海のど真ん中で暴風雨に翻弄され、だれもがもうだめかと観念した夜間のことだった。

　さっきも言ったように、日本人のほとんどが船内の小部屋に引き取り、海水に濡れた冷たい布団の上に横たわっているときでね。突如、船内に太鼓の音が鳴り渡った。「総員甲板ニ寄レ」という、あの勝船将からの指令だ。わがはいらは誰もかれも疲れ切っておったが、体を引きずるようにして甲板に参集した。

　すると、ブリッジの中央に勝船将が立っているんだ。とにかく海が大荒れで立つこともできぬ揺れ方をするから、勝はマストに体をしばりつけていた。いや、縛りつけていたのでなく、そうせざるを得なかったんでしょうな。船将は荒れ狂う大波よりも殺気を帯びた目をしていた。わがはいらも咄嗟に、そこらにある固定されたものにしがみついて耳を澄ました。勝船将はあのとき正気ではなかった。血走った目を見開き、わがはいらを睥睨(へいげい)しながら、身をよじるように叫ぶんだ。あのときの恐ろしさは忘れたくても忘れられない。勝は叫んだ、

「おれを今すぐ、下船させろ。そこのバッテーラを一隻、海面へ下ろすんだ。おれは引き返す。ひとりでも引き返す！　止めるんじゃない、止めるやつはたたっ斬るぞ！」と。

　信じがたい命令だった。だいいち海に落ちたら最後なんだ。バッテーラなどという木っ端みたいな小舟をおろしても、漕ぐことなんか不可能に決まってる。しかし勝船将はついにあの、一時も身から離さなかった白鞘の刀を引き抜いた。

　瞬間、雷光が光って、刃を照らした。船将は刀で綱を切ってマストから離れると、バッテーラ船が置かれてある舷側まで駆けていった。

誰もが、船将はついに乱心した、と信じた。あまりにバカげた命令だったからだ。でも、見ている前で、勝は舷側に固定されたバッテーラの支え索を斬りはなし、その小舟に乗りこむと、マストの上にいる水夫に白刃を向けて、号令を発した。早く舟を下ろせ、と。水夫はどうしていいか分からぬながらも、小舟を吊っている索を緩めようとした。

そのときだ、ブルック大尉が船室から駆けあがってきたのは。バッテーラに乗りこんで刀を振り回す勝を見つけると、思わずオランダ語で叫んだ。このことばなら勝にも理解できると踏んだからだろう。通弁のジョン万次郎も遅れて甲板に出てきたが、ブルックは万次郎を押し止めて、バッテーラの上にいる勝に叫びかけた。

「やめろ！　刀を捨てろ！　コンモドールの命令である！」と。

ブルックは揺れ動く甲板に両脚を突っ立て、微動もせずに勝を睨む。一瞬、勝も刀を止めた。そしてブルックを睨み返し、「コンモドールだと！」と叫んだあと、ブルック大尉を威嚇した。

ブルック大尉は背筋を船索のごとくにビンと伸ばし、みごとにバーランスをとりながら、片手を腰に置き、残った片手をぶらりと下に垂らした。神がかった軍人の立ち姿だった。

そしてブルック大尉は、下げた片手を後ろに回すと、いきなり拳銃を握って勝の顔面に狙いをつけました。わがはいらはもう、凍りついて、神の降臨でも拝するかのように二人の姿を見つめた！

そのとき、勝船将は歯ぎしりするように見えた。ブルック大尉は銃を突きつけて、さらにこう命令した。「キャプテン・カツから指揮権を委譲された自分は、アメリカ合衆国海軍法規にもとづき、ここに命令する。ただちに刀を捨て、投降せよ。これはコンモドールの命令である！」
まさしく鬼のように抗（あらが）いがたい命令とはあのことだ。コンモドールとは代将のことであり、キャプテンよりも格が高いけれど、その上官にアドミラールすなわち提督がいる。提督とは合衆国の海軍全体、ないしは大艦隊全体の指揮にあたる将軍を意味する。ただし、当時のアメリカ海軍には軍艦十隻以上で組織される大艦隊が存在しなかったから、提督と呼ばれる指揮官は実在せず、臨時の役職として代将が置かれたのだ。ゆえに、軍艦四隻うち蒸気艦二隻という小構成で日本に来航したペルリも、じつは代将であり、英語ではちゃんとコンモドールと表記されている。

ブルック大尉とアメリカ政府は、木村摂津守様をしばしばアドミラールと呼んだが、これはある種の外交辞令であり、敬意をあらわす言い方だったと解釈できる。海軍規律はこうした役職名にも厳しいルールを課していたのだ。だからブルックは、勝に対しても、頑としてキャプテンという職名でしか呼ばなかった。代将ではない、まして提督でもない。ただのキャプテン、すなわち船長にすぎない。

その勝を服従させるために、ブルックが咄嗟に口から発したのが、自分はコンモドールである、というひとことだった。まさに切り札だった。この名称だけが勝を動かせるのだから。日本に開国を求めたときのペルリがコンモドールだったことを、ブルックはこの瞬間、咄嗟に思いだしたかもしれない。

もちろん、以上のことは全世界の海軍に定められた鋼鉄の規律であるから、勝も承知していたはずだ。現に勝は金縛りにあったように動けなかった。そこへ、船室から這うように上がってきた摂津守様が、この場面に遭遇した。摂津守様はいきなりブルックの足元へ倒れこみ、その足にすがるようにして立ち上がった。大きな揺れが船を襲った。しかし摂津守様は耐えた。揺れが静まると、勝に向かって語りかけた。

「勝殿、お気持ちお察しする。しかし犬死なさるな！　貴殿の面目は後世が判断することぞ。まだ、帰路があるではないか。死ぬならば、帰路でも遅くない！」

だが、勝も吠えた。

「くどいわ、摂津守！　おれは是が非でも下船する。命なぞはいらねえ。これは幕府海軍頭取の使命なんだ！　いいから船を下ろせ」

すると、ブルックが腕を大きく振って摂津守様の手を振りほどき、銃を勝の心臓あたりに向けて叫んだ。

「最後通告である。バッテーラ船とキャプテンを失えば船は危機に瀕するゆえ、下船は許可できぬ、命令にしたがわねば、ただちに発砲する！」

上官の命令に勝はたじろいだ。しかし、すぐに立ち直って、絶叫した。

「うるせえや！　亜人の指図なんぞ受けねえ。これは日本海軍に下された大命だ。いくらあんたの命令でも、止められねえ。それが気に入らなきゃ、撃て、おれを殺しやがれ！」

その瞬間、咸臨丸を揺るがす風と大波の怒号をも黙らせるような轟音が、あたりに響いた。

ブルックは銃身を腕いっぱいに伸ばすと、片眼で照準を合わせ、間髪を入れることなく発射した。この恐ろしい轟音が人々の耳を麻痺させた。甲板に集まった面々が一人残らず目をきつくつむった。そしてふたたび目を開けたとき、ゆっくりとバッテーラのうちへ崩れ落ちていく勝船将の姿が見えた……。

ここで、わがはいが今いる交詢社の執務室にも沈黙が降りた。矢野の速記がぴたりと止まった。そのまま喘(あえ)いでいる。わがはいはわがはいで、乗りだしていたからだを背もたれに預けて、宙をみつめた。

「ど、どういうことなんですか。勝さんの命は……」

矢野がつぶやいたので、わがはいは片手をあげ、速記者のことばを制した。

「心配しなさんな。知っての通り、大事なかったのだ。あのときは船の揺れで手元が狂ったと思ったが、ブルック大尉がそんなヘマを犯すはずもなかろう。あの軍人は規律の鬼だったが、たぶん勝に手加減したのだろう。なぜかといえば、大尉は直感的に、勝が幕府から何か秘密の軍令を受けて、ここへやって来たと確信したからでしょう。軍人同士の心が通じ合った、としか言えません。いや、武士の情けだったというべきかな」

わがはいはそう言って、しばらく黙った。矢野が茫然としながら、肩で息を継いだ。

「軍令って、幕府がどのような……」と言いかけたので、わがはいは声を荒くした。

「わがはいのような一介の従者になんぞ漏らせないような、極めつきの秘密指令があったんだろうね。あのとき咸臨丸にしか実行できない外交上の任務がね。ひょっとすると、提督の摂津守様もご存じなかったことかもしらん。それは、使節の船を護衛するとか、海軍の名誉を保つとかいった類の話じゃない。下手をすると日本国の国益が失われるのを、体を張って防ぐ大仕事を、勝は命令されたにちがいない。だが、あのとき、勝はわがはいに教えてくれなかった」

「でも、今ならご存じでしょう。木村様からも聞いておられませんか？　そんな大事な使命とは……」

と訊かれて、わがはいはどうしたわけか、おもわず笑ってしまった。

「この諭吉も先が長くないから、後世の参考のために持論を残しておこうか。たしかに木村様からこの真相を聞かされている。それによれば、勝と木村様は城中の幕閣のひとり小笠原長行（ながみち）から密命を受けていた……小笠原島すなわち南海無人島（なんかいぶにんしま）の一件だった」

「え？　無人島？」

矢野の当惑を見て、わがはいはすこしことばを足した。

あの南海の無人島群。古く、秀吉（ひでよし）の時代に御船手衆（みふなてしゅう）だった小笠原貞頼（さだより）が、南海探検の末に発見した三島からなる無人島のことだ。貞頼はこれを「巽（たつみ）無人島」となづけたという。しかし、のちに外国船がこれを発見し、ブニンシマという日本名にあやかり、ボニン諸島と命名した。幕末時点では、アメリカ、イギリス、フランス、ドイツなどがそれぞれに島の領有を宣言していた。咸臨丸が渡米を決行するにあたって、幕府はこの島々を日本領とする必要を感じていた。なぜなら、すでに欧米の移民団が島に暮らしており、イギリスやアメリカの国旗が翻っていたからなんだ。

噂では捕鯨船相手の補給基地までできたらしい。ところが、肝心の日本人はあの島に一人も住んでいなかった。頼りになるのは小笠原貞頼の巽ブニンシマ発見記録だけだ。が、悪いことに江戸幕府はこの文書を偽書とみなしていた。かつて貞頼の子孫と称する者がその文書を証拠として、無人島の私有を幕府に願いでたからだ。

だが、いまは相手が列強国家群である。こうなれば、島を実効支配するしかあるまい。あの無人島を早く日本領土に編入せよと、老中じきじきのおことばが勝にあったんでしょうよ。一刻も早く日本人を住まわせないと、列国にあそこを奪われる。だから、勝さんは咸臨丸渡航に名を借りて小笠原島を巡検し、できればそこが日本領であることを異国の住民に認めさせるという任務を負わされたのだと。

条約批准とはまるで関係ない咸臨丸にすれば、そっちのほうこそが真の使命だったにちがいない。

「ほんとうのことですか？」

と、矢野が念を押すものだから、わがはいはこう答えた。

「ほんとうもなにも、真相はわからんよ。だがね、よくもまあ、小笠原が日本の領有と認められたと感心するほど、この問題では日本に運があった。まさに危機一髪だったんだからね。この推測には根拠もある。わがはいらがサンフランシスコに到着し、街中（まちなか）をあるきまわって本を買い集めたときに、例のペルリの報告した『日本遠征記』の原版が手にはいった。運がいいとはこのことで、この本は四年前に出たばかりだった。摂津守様も、これは大事な本だというので咸臨丸で持ち帰り、仙台藩士の大槻磐渓（おおつきばんけい）という学者に譲られた。ちなみにいうと、そのころわがはいは仙台藩にも友人を持っていた。あの藩は徳川家の存続を支えることを先祖代々の家訓にしていたから、すぐに『日本遠征記』を翻訳させた。そうしたら、むかし林子平（はやししへい）という藩士が書いて謹慎処分になった因縁の本『海国兵談』を、あろうことかペルリも知っていて、無人島が小笠原貞頼の発見だとかいう伝説があることまで承知していたことがわかった。

　仙台藩はその事実を知り、急ぎ幕府に注進した。わがはいも仙台藩の友人から、あとでその話を聞いた。この大槻というのは、蘭学者として著名な大槻玄沢（げんたく）の息子ですよ。玄沢は晩水とも号して、あの前野良沢の弟子だった。バリバリの蘭学者ご一統だ。その息子が仙台藩の重鎮の一人で、奥羽越列藩（おううえつれっぱん）同盟の結成に尽力したんで、官軍につかまり謹慎を命じられた。漢学者だったが、ばりばりの開国論者でもある。あのころ開国を口にすると、攘夷派に首を狙われたが、この人は死を覚悟で、京都へ行っても開国論を語ろうとした。

　ま、大槻のことはどうでもよろしいが、この本が大槻を経て仙台藩にわたり、アメリカがすでに島に代理政庁のようなものを設置していることもわかった。また、それを知らされた摂津守様もすぐさま幕閣に報告したので、幕府はあわてて無人島に開拓民を送りこむことを決意したという次第なんだ。

　つまり、勝は早い時期から小笠原島への上陸を果たさなければと心に決めていた。そこへ咸臨丸の渡航が決定されたわけだよ。

　おまけに、そもそも米国渡航船として初めに選ばれたのは、咸臨丸じゃなかった。だからひょっとすると、勝は米国渡航とはいっさいの関係なく、咸臨丸を使って単独で小笠原にわたることを考えていたかも知らん。

　わがはいにはそう思える。もしかすると、小笠原探検の方が先に決まっていたミッションじゃなかったか。開国派の主役だった水野筑後守（ちくごのかみ）という人物も、みずから乗船して小笠原に上陸しようと考えていた。ところが、そこへアメリカ渡航という急なミッションがはいった。さらに運悪いことに、偶然にも外国水兵の殺傷事件が起きて、水野は責任を取らされた。これがなければ、アメリカ渡航も水野と、その腹心だったわがはいの好敵手、あの福地源一郎（げんいちろう）が、同乗したはずなのだ。だが、水野は失脚し、代わって木村摂津守様と勝海舟が乗りこむことになった。おまけに外国まで行ける能力を持った洋艦にトラブルも起きてしまい、手持ちの軍艦をやりくりした結果、蒸気船とは名ばかりで実際は帆走しかできない咸臨丸しか使えなかった。で、この二つのミッションを兼務させようとしたのではなかろうか」

　と、わがはいが一息ついたそのとたん、

【ちょっと待った！　幕閣内ではそういう苦悩もあったにちがいないが、文久二年当時のおれは、ただの従者なんだから、そんな裏側を知っているわけがないでしょう！　いつどこで、そんな機密事項を知ったんです。咸臨丸を降りて江戸へ戻ったあとも、おれは何も知らなかった。下船してすぐ外国奉行の翻訳方に雇われて、アメリカから買ってきた英漢辞書を翻訳することに、熱中していただけで】

　と、咸臨丸に乗船したときのボロボロの姿で青年期の諭吉があらわれた。他所の時空から侵入してくる者どもは姿が見えないと思っていたが、現場に実在したことのある過去の諭吉の場合だけ例外らしい。また、うるさいのが出てきたものだ。

わがはいはそこで、咸臨丸時代の諭吉本人に、こう言ってやった。

「むろん、咸臨丸時代のおまえさんにはわからなかったに決まっているよ。摂津守様がわがはいに真相を告げてくださったのは、明治のずっとあと、勝が死んで、とうとう咸臨丸の幹部生き残りが木村様しかいなくなったときだ。小笠原どころか咸臨丸そのものの記憶が日本から消えかけていたからだ」

そしたら、ボロボロの着物をまとった従者時代の諭吉が食い下がってきた。

「いや、おれだって下船した後、仙台藩の洋学仲間からペルリの航海記を借りて読んだ。そこには、アメリカが小笠原島に開拓団を入植させて、合衆国の新領土とする意向があったことが記されてました。おれもおどろいたんです。幕閣も、木村様が持ち帰ったペルリ報告を待つまでもなく、風説書を通じてそれを把握してたでしょうよ。あの時期に攘夷を宣言した張本人の幕閣にも、バリバリの開国派は相当数いた。みんな、アメリカの修好通商条約なんていう提案を疑っていた。小笠原を体よく自国の領土にするんじゃないかと。小笠原長行(ながみち)や水野忠徳(ただのり)といった外国奉行たちはその代表だ。だいいち、咸臨丸をアメリカ渡航させる決断をくだせるだけの度胸を持った幕閣がいなけりゃ、わざわざ咸臨丸に日本人を乗せて随行させるなんていうことが実現するわけがない。証拠はまだありますよ。アメリカ渡航の際に予定した小笠原島の検分が失敗したあと、同じ咸臨丸がすぐに水野忠徳奉行を乗せて小笠原回収へ向かわせてます。本来の使命を思いだしたかのように。ジョン万次郎さんも同乗したし、アメリカ渡航に雇われた多くの水夫たちも回収航海に参加して。

　ということは、アメリカ渡航よりも前に小笠原渡航は秘密裏に計画されていたと考えられる。なら、どうして明治も末になっても、咸臨丸のミッションはアメリカ渡航ばかり喧伝され、もっと切実だったにちがいない小笠原上陸の一件を隠したんですか。そこにどうも裏があると思うから、しつこく食い下がるんですよ。小笠原を巡る秘密のミッションとやらがもっと早く公になっていたら、勝安芳もあそこまで嫌われることはなかったのに。今や大文化人におなりになった福澤先生も、ずっと黙っておられた。それはつまり、あなたが勝を毛嫌いしたからですか？　私情の怨みを晴らすために？」

　と問い返されたので、こちらからも青年期の諭吉に言ってやった。

「おまえ、ほんとは勝のことが好きだったんじゃないのか？　死んだモンは仏だから、ここらで勝の行動を免罪にしようと思ってるなら、日本人とはよほどおろかで呑気な人種だというしかないぞ。あの時代は、私情をはさんでいる余裕のない状況だった。わがはいが今、この話をするのは、その当時大きな外交問題の渦に巻きこまれた小笠原島や咸臨丸の真相が、もうすっかり忘れられかけたことへ警鐘を鳴らすためだ。おまえは武士の情けで勝を許せというのか？　じゃ、言うが、わがはいはあの航海を通して、ジョン万次郎の偉さにいちばん学んだ。勝じゃない。万次郎こそ、咸臨丸の秘密のミッションを成功させた殊勲者だよ。だから渡米航海のあとも、同じ咸臨丸に乗って、小笠原の探検と回収の案内役をつとめた。命知らずの開国派幕閣だった水野忠徳もみずから乗船してな。万次郎は開拓団と一緒になり、捕鯨会社まで創設しようとがんばった。だが、その万次郎さんに対し、明治新政府はほとんど何も報いなかったろうが。

それに比べれば、勝がなした咸臨丸での行状は、ほとんど悪あがきでしかなかったよ。おまえさんは実際に勝と航海をともにしたのだから、わかるだろう。木村摂津守様やブルック大尉と比べてみろ。先にあの世へ行った勝に代わって、わがはいは、咸臨丸の名誉回復を果たさねばならないんだが、その名誉とは、勝のものじゃない。下士官や水夫たちのものだ。

若き諭吉よ。だって、おまえも現場で体験したろうから、よくわかるだろう？　咸臨丸がサンフランシスコで改修を終え、日本に帰ろうというときに、たくさんの水夫がまだ体力回復せず、病院の寝台にいた。それでおまえも、かれらの看病を率先してやったし、亡くなった者は手厚く埋葬もしてやった。数人の看病役も現地に残した。木村様も勝も、あのころとしては海軍の正規軍人並みに敬意をはらったといえる。もっとも、水夫たちが数多く倒れたのは、勝が持ちこんだ流行病のせいもあったといわれるから、水夫たちに合わせる顔がなかったのかもしれんが。さいわい、サンフランシスコの日本人には、この問題をふかく研究調査している人物がいるんだ。わがはいも文通しているが、咸臨丸のことを風化させてはいかんという決意は、わがはいや、木村様や、勝と一致する。咸臨丸の一件について真相をあきらかにできれば、日本が国際社会に生き残れるかどうか運命の時期であった幕末が、いずれ正しい姿で歴史に書かれるだろう。攘夷派や薩長だけに関心を絞りこんだら、歴史はゆがむ」

すると、矢野がしばらく黙考したのち、わがはいにこう告げた。

「福澤先生、お話を聞くにつけても、歴史の真相とは探究困難なものでございますな。ペルリが残した『日本遠征記』は、わたしも読んでおります。なんでも、米人の指揮する開拓団が天保時代から小笠原に移民し、野生の島に文明と無縁な楽園村を築こうとしていたが、すでに文明の蛮力がその理想を壊しかけていたとか。なんとあの島にはすでに、全身にタトゥーという彫り物を施したマルケサス島の土人さえ住んでいたとか……」

と、そこへ、令和とかいう未来の時代に生きている本書の著者、仮に「作者」と呼んでいる架空の人格が、突如として話に割りこんできた。これが小説の魔術というものだろうか。

【あ、失礼します。本書の作者ですが、令和時代にこれを読まれる読者のため、「マルケサスの入れ墨土人」のことを補足し忘れてました。天明時代に漂流してロシア船に救われた津太夫とい う日本人一行が、太平洋まわりで日本へ送り返されたとき、邦人で初の世界周航を果たしたことがありました。その津太夫一行が幕府に尋問されたとき、このマルケサス諸島に立ち寄ったことを明かしました。津太夫はディアナ号というロシア船で島に着いたとき、歓迎に出た島人をひと目見て、凍りついたといいます。髪の毛は左右に一つずつ丸く束ねて立ち上げており、恐ろしくたくましい肉体を持ち、なによりも全身におそろしき彫り物をしたいで立ちであったといいます。それで一行は即座に、ここが伝説に言う「鬼が島」であると判断しました。島人は、どうみても鬼そのものだったからです。この尋問書は『環海異聞』の名で知られております。ご参考までに】

って、いったいこやつは何者か、とわがはいはふたたび嘆息してしまった。

というのも、この発言がまた咸臨丸乗船当時の記憶をよみがえらせたからだった。

「そう、小笠原奉行の一行も、小笠原で全身が彫り物だらけの大入道と遭遇したね。さぞやおどろいたろう。しかもマルケサス島の蛮人が、あろうことか日本の傍にある島にも住み着いていたんだからさ。が、もっと驚いたのは、あそこに文明人の村までできていたことだと思う。星条旗がなびいていたんだ。そこの村長はセイボリーといって、じきじきにペルリから、アメリカ新領土の仮の長官として開拓民をつかさどるよう依頼されていた。そうした穏やかでない事態が島で進行していたことが確認されたわけだ。木村摂津守様が運よくアメリカから持ち帰った『日本遠征記』の記述が事実だったんだから、日本国内の考え方が一変したことはたしかでしょう」

ここからは、わがはいも冷静に語ることにしよう――文久二年八月、小笠原には八丈島から開拓民三十八名が入植したのだが、ここで不運にも、遠い横浜で生麦事件がふいに起きてしまうのだ。これでイギリスと戦争になる寸前まで行った。小笠原がイギリスに盗られることを危惧した幕府は、いったん植民団を帰国させることを決め、文久三年に日本人全員を離島させた。これで日本人の小笠原開拓は中断され、植民事業は忘れ去られた。この話が蒸し返されるのは、小笠原の国有化をめざすイギリスなどが日本に対し、小笠原開拓を放棄したことを確認するよう迫ってきた明治九年十二月以降のこととなる。

――じっさい、イギリスやロシアがそんなに簡単に小笠原を諦めるわけはなかったんだ。案のじょう、列強は小笠原を狙ってきたわけだ。だが、そのときもまた奇蹟が起きて、小笠原は奪われなかったのだから、信じがたいよ。

奇蹟とは、こういうことだ。

一つ目の奇蹟は、このとき日本側に小笠原貞頼の「亡霊」が出現したことだ。この小笠原島は、天明五年（一七八五）に林子平が出した『三国通覧図説』に、南海の果てにある無人の島々として記載されており、「本名小笠原島と云ふ」となっていた。なぜ本名かといえば、豊臣秀吉による文禄・慶長の朝鮮戦役に加わった小笠原貞頼が、家伝の航海術を活用して南海を探検し、香料の得られる島を発見したという伝承が関係しているからだ。秀吉は朝鮮の役で活躍した水軍に与える褒賞に窮していた。そこで貞頼に、遠い南の海を開拓する許可を与えたのだが、貞頼は文禄二年ごろに巽無人島と称する島群を発見した。この領有が家康により正式に認められたときに、貞頼はその島に、「日本国の領土、小笠原島」と書いた碑を樹てたというのだ。

だが、この話は家康の死後、徳川政権下ではまったく忘れられた。鎖国の実施により、船が国外に出られなくなったせいでだ。ところが、延宝から享保にかけて貞頼の曾孫と称する小笠原貞任なる浪人が現れ、先祖に与えられた無人島をふたたび開拓する航海を許可してほしいと、町奉行の大岡忠相にもとめてきた。まさに「亡霊」の出現だよ。貞任が証拠として、先祖がおこなった無人島探検の古記録、すなわち「巽無人島記」を提出したので、一度は幕府も渡航を許可した。ところがその探検船が行方不明となり、貞任から二度目の渡航願いが出された際には、幕府も「これは浪人どもの国外亡命を目指した偽りの話ではないか」と勘づいて、貞頼なる先祖の徹底調査をおこなったという。小笠原宗家も含めた調査の結果、貞頼なる人物がどの家系にも存在していないことが明らかとなり、子孫たちは捕縛された。財産を没収され、重追放に処せられたそうなのだ。

だが、奉行所が偽書と決めつけた小笠原貞頼の古記録が、思いがけないことで生き返った。海外にも知られた小笠原貞頼の事績を事実と認定し、日本固有の領土である間接的な証拠に使用できたからだ。日本の領土として回収できる証拠品ならば、お化けだろうが幻だろうが、なんでもよろしい。小笠原貞頼の亡霊を呼び返して一芝居打たせるぐらいのことは、当時の幕閣でもやりかねない手管だったといえるだろう。

そこでわがはいは執務室にしまっておいた書付けを探しだして、これを矢野君に示した。

「これはね、文久二年に咸臨丸が島に運んだバヵでかい石碑の拓本だ。『小笠原島新はりの記』と題して、こんな文面になっておる」

この碑文を選したのは水野奉行だった。文面は、ざっと次のようなことである——

八丈島の南、北緯二十七度、江戸の東に四度二十七分に当たり、広さいくばくかの島があったので、徳川家康公時代の文禄二年に、小笠原民部卿貞頼という者が許しを得て初渡島したことにより、この島に小笠原島という名を賜った。だが波路のいと荒ければいつしか渡り通うこともなくなり、享保十三年に貞頼の子孫と称する小笠原宮内貞任が出てふたたび島に渡らんと申請し、出向したが、その頃には公事も繁忙になって、いつしか御定めもなくなり小笠原のことも沙汰止みになった云々。

文面は、このあともつづいており、水野奉行の権限によりこのたび「新はり」すなわち開発を再開することになった、と書かれている。かつて騙り者(かたりもの)にされ重追放に処せられた小笠原貞任の名も、みごとに忘却から蘇生させたところが、まことに奇蹟的といえる。

そして二つ目の奇蹟が、アメリカからの意図せざる援護だった。まず、前にあげた貞頼の伝説を含めて、日本人がどこよりも早くから小笠原に渡っていたという伝承が、ペルリの『日本遠征記』に載ったことだ。ペルリはツュンベリーやシーボルトらが書いた文献まで引用して、この話の裏どりをおこなった。そして、この群島を日本領と認めたのである。まさか！　噂が真実だったことをアメリカが立証してくれたのだから、これほど楽な話もないだろう。しかも当時の合衆国政府は、建国以来の対外不干渉政策こと「孤立主義」を通していたときでもある。南北アメリカの権益には介入するが、国内にまだ広大なフロンティアが存在し、むしろ自国内に移民を受け入れるのが先決という状況だったおかげで、小笠原については列強に領有されるよりも日本の主権を認めておいた方がやりやすかろう、と判断したようなのだ。ペルリの本心も、交易航路としての小笠原が確保できれば、敢えて自国領にする必要もなかったのだろう。小笠原はいずれアメリカ領にするが、しばらくはか弱い日本に預けた方が、他の列強も手出しできぬであろうと判断したようなのだ、と、わがはいはこの問題を締めくくった。

無名の神のこと

速記していた矢野もうんざりしてきたようだ。ふと手を止めると、そろそろ先生もお疲れのよ

うすであるから、話の締めにおもしろいものを見つけたので、ご披露しましょう、と立ち上がり、鞄を開け、二枚の写真を出してきた。

「咸臨丸話にふさわしい、おもしろい写真です。二枚の写真をごらんなさい」

矢野から出された写真に、全員が食いついた。

一枚は、わがはいがサンフランシスコで写真屋の娘に声をかけ、一緒に写ってもらった写真だ。あれを咸臨丸出航まで隠しておいて、船が港を出てからみんなに自慢して見せた。そうでないと、みんながわがはいの真似をして、外国娘と一緒の写真を土産にするにちがいなかったからさ。真似をされないように、わざと隠してたもんだから、みんなに恨まれたけれど、じつは勝さんもちらっと見ている。苦笑いして、福澤の野郎が悪戯しやがって、と言いたげに。

ところが、その勝安芳もチャッカリと記念写真をとってた。それが二枚目の写真だ。ごらんなさい、咸臨丸渡航の際は死人みたいに臥せってばかりいた勝が、晴れ晴れしく写っている。

いつも抱いて離さなかった白銀の名刀も、ちゃんとある。これは余程の名刀だろうと思っていたが、いつだったか、和歌山の濱口梧陵（ごりょう）さんから教えていただいて、事情が分かった。あの刀は伊勢松阪の豪商で、梧陵さんのように開国日本のために尽力した竹川竹斎（たけがわちくさい）という先覚者が、勝の才能を見込んで贈った家宝だったそうなんだ。竹斎は、貧乏だった勝を支援し、海防策などの腹案を提供した逸材だったらしい。でも、惜しいことにご一新のあとすぐに亡くなったので、明治期に才覚を示せなかった、と濱口さんがいわれた。そんな立派な人たちが、陰であの勝麟太郎を支えたおかげで、日本は危機を何とか乗りきれたのでしょう。竹斎は、自身が支援した勝がアメリカまで外交使節団を護衛していくお役目をいただいたときに、大切な家宝を与えたんだそうです。もしも外国人が日本人を愚弄するようならば、この名刀で斬り捨てるなり、自分の腹をかっ捌（さば）くなりして、名誉を守りなさい、と。そのとき竹斎は、

まつろはぬ　えみしがどもを　きりつくし　君が御稜威を　世に照らさなむ

と激励の歌を贈ったそうです。勝も心から感謝していたんでしょうな。咸臨丸渡航が決まった

ときは、この刀をアメリカまで携行し、いざとなれば異国の敵を斬りはらう覚悟だったそうです。サンフランシスコに到着した勝は、その覚悟と感謝の念を竹斎に伝えたくて、手早くあんな写真を撮らせたんですよ。

矢野がこの話の後をつづけた。

「そういう写真です。わざわざサンフランシスコで白銀の太刀を持つ写真を撮らせたり、アメリカ娘と二人で写真におさまったり、福澤先生も勝安芳も、どうしてどうして、ちゃんと一本取ってるじゃありませんか。いい勝負でしたね、咸臨丸でのお二人は」

と、笑いながらつぶやいたので、わがはいも苦笑しながら、こう結んだ。

「正直に言うがね、暴れん坊の勝がとらせた凜々しい写真のほうが、写真屋の娘を誘っていかにも自慢げな顔してるわがはいの写真よりも、はるかに品格があるんじゃないかね」

が、これで楽しく話が終わると思ったとき、例の「本書の作者」なる人格があらわれでて、こう尋ねてきた。

【また本書の作者ですが、失礼します。もう一つだけお答えください。福澤先生が遭遇された咸臨丸での事件のうち、もっとも忘れがたかったことは何でしょうか？】と。

不意を突かれてわがはいは答えに窮した。が、しばらく考えるうちに、脳裏をさまざまに駆け巡った幻像のうちから、ただ一つの思い出が浮かびあがった。それは、サンフランシスコの墓地とおぼしい寂れた草地に建てられた粗末な墓石だった。碑銘は、日本語で、富蔵、峯吉、源之助と読める。

　これが、先ほどの問いへの答えであった。わがはいは、くぐもってはいたが、きっぱりとした口調で「本書の作者」といいはるケッタイな人格に、こう告げた。

「サンフランシスコに残された、三人の殉死者の墓だ。わがはいの思い出はこれしかない。なぜなら、日本を開くという大事業を果たしながら、だれにも記憶されることなく、どこにも顕彰されなかった英雄たちだからだ」

【名前は？　そしてその偉業(いぎょう)とは？】

「平田富蔵　享年二十七、峯吉　享年三十七、そして岡田源之助　享年二十五。二人は水主で、一人は蒸気方。ともに咸臨丸の乗組員だった」

【この人々が忘れえないのは、なぜですか？】

　わがはいは胸を張って、答えた。

「それはね、あの地獄めいた航海に病み、傷つき、死んで、故国に戻らなかった無名の神だからだよ」


（第一話　了）

第二話　討ち入り武士との出会い

長坂欣之助（のちの松森胤保）　　所蔵＝松森昌保

金欠ながらも楽しい我が家

わが『福翁夢中伝』には、声で結集した人格たち、とでも呼ぶべき奇怪な集団が関与している。かれらは、わがはいが自伝を語る際にだけ、どこからか時空を超えて出現する。これは西洋でいう小説（フィクション）の構造に属する現象だから可能なのだそうな。最近の変態心理学説によれば、これは人間の脳が所有する深層意識層という謎めいた無意識世界が、想像や言語を介して意識の世界と接続し、ついに架空経験に対しても「現実感」を生みだしてしまう現象だという。ごく簡単に言えば、悲しい恋の物語を描いた小説を読んだだけなのに、ほんとうに涙が出てくるといったようなことに近い。文字を読んでるだけなのに、体がほんとうに反応するんだ。どうも人間の脳だけはウソとホントの区別ができない、いや、区別できないどころじゃなく、どちらの世界に対しても現実感を体験できるという驚くべき機能があるらしい。つい最近では、フランスにキネマトグラフという「動く画像」が誕生し、その中では人が消えたり、別の世界に突然現れたりできる世界が、技術的に製作できるようになった。日本でも大阪に大きなスクリインに写しだし、暗い場内がまるで別世界になったようだと評判になったが、早くも日本製のキネマが興行されるそうで、まったく都合のよい大ビックリ箱ができたものさ。したがって、いろいろと勝手な雑言を吐く、面倒くさい架空の参集者どもは、そのような脳内世界の住人と考えていただければよろしい。ついでに書くが、わがはいもこの自伝を語ることに熱中しすぎると、ある時点で意識が飛んで、自分の魂が肉体と物理的世界の限界から自由になり、架空であるはずの小説の世界に迷いこめる事実も発見した。いま、ちまたで大騒ぎしている催眠術のほうでは、自働催眠とも呼ぶらしい。

それで今回だが、わがはいもこの集団に交じってウソ・ホントの世界を体験しようと思う。この方法により、我が自伝もリアリチイというものを獲得できるからだ。この集団に請われるがまま、わがはいが嫁を迎えて子持ちになった時期に任んだ築地鉄砲洲まで離脱し、自伝の聞き取りをさせることにした。どういうわけだか、かれらは当時の長屋を見たいとせがんだのである。それも条件がいろいろと付随しており、集合場所の日時と時間が指定された。ときは慶応三年、季節は師走はじめがいいと、こだわった。とにかく寒くて、おまけに物騒な年だったから、あんな物騒な時期に時間を合わせるのはやめろ、と反対したのだが、わがはいの言うことを聞かない。とうとう、勝手に押しかけてきた。

わがはいは致しかたがなくなり、新妻（にいづま）の錦（きん）に頭を下げて、連中のわがままを許してもらった。その代わり妻から、母屋まで覗いちゃいやですよ、と釘をさされた。貧乏所帯の家の中を覗かれることは、妻女にとって最大の屈辱であるらしい。たしかに、あの手狭さは、他人様に見てもらえるような代物ではなかった。

だが、いろいろ懐かしい現場で話していくうちに、この場、この時刻こそがわがはいの人生における重大な転機であったことを痛感するにいたった。その日は、わがはいがはじめて洋学塾の看板を掲げることになる芝新銭座（しばしんせんざ）の土地を取得する数日前にあたっており、加えて、江戸の徳川政治が終焉するきっかけとなる「ある討ち入り」がおきた日の前でもあった。

そうした歴史の因縁を、声の人格集団は承知していたのである。しかし、この厚かましい集団にも、多少の遠慮はあったらしく、わがはいの前歴を承知していないふりをして当時の騒動の真偽を洗いだそうとした。それで、いちいち不器用な、しらばっくれた問いかけをしてきたのが、見え透いていた。話を切りだしたのは、「本書の作者」を名のるコピヒライッ、すなわち著作権を主張する男である。

【なんでもこの時期には、西郷隆盛（さいごうたかもり）が黒幕になって江戸市中の治安を破壊しようという陰謀があったと聞いております、ぜひ当時の福澤塾の緊迫した雰囲気を追体験したく、願いをお聞き届けください】

と、芝居がかった口調で申し入れてきたのが、笑えた。

しかし、わがはいにも思いだすことがあった。その当時、江戸市中には薩摩浪士と呼ばれる暴徒の集団が出没しており、大店やら花街やらに入りこんでは難癖をつけて大暴れし、店を破壊したり、金品をかすめ取っていく事件が多発した。攘夷派と称する無頼どもとも結託していて、なんだか理由もわからず気に食わない要人を暗殺するという物騒な機運が生じていたんだ。しかも不運なことに、この「気に食わない要人」のうちには、わがはいを含めた洋学者が含まれていた。

ではまず、中津藩奥平家中屋敷の長屋にお連れしよう。ここは、わがはいが江戸に出てきた当初、居候した屋敷であった。しかるにその後、咸臨丸の渡米から帰ってから、文久元年に幕府の翻訳掛に採用されたのを機に、新銭座というところに転居した。新居を構えるついでに嫁ももらってしまえということになり、同藩の上役、土岐太郎八の娘で錦というひとを嫁に迎えた。錦の実家は上級武士で、我が実家よりは格が上だったが、身分制度を壁と考えないわがはいは、平気で錦を嫁にもらった。養子縁組ではなく、独立して一家をかまえた。それでいよいよ、本腰を入れて塾を経営しようと思っていたら、その十二月にこんどはヨーロッパ派遣の幕府使節団に随員として召喚された。おかげで新婚の一年目を丸々海外で過ごす羽目になり、翌文久二年の暮れに帰ってきた。これでやっと新婚の暮らしが始められたわけだが、文久三年には江戸に来ておられた緒方洪庵先生が六月に亡くなり、その数か月後にわがはい夫婦も元の鉄砲洲奥平家中屋敷に舞い戻った。子どもが生まれ、おまけに攘夷を叫ぶ浪士たちが暴れだしたこともあって、家族とども命を守れる場所を探さざるを得なくなったからだ。古巣の奥平中屋敷は多少安全だったけれども、所帯を構えたうえに塾生もふえたので、さすがに以前の四畳半というわけにいかず、少し広い座敷に移った。それで翌年の元治元年三月には、いったん故郷の中津に戻って母と会い、小幡篤次郎ら七人ばかりの若者を江戸へ連れてきた。

ただでさえ食べ盛りの書生たちを食わせなければならんので、幕府外国奉行の翻訳方に出仕して、百俵の禄をもらうことになった。だが、世の中は攘夷運動で騒然となっており、学問なんかしている場合ではなくなった。ところが、金だけはかかる。苦肉の策としてわがはいは横文字新聞を翻訳して、あちこちの藩に買ってもらう副業を始めた。好きだった酒も控え、刀なんぞもすっかり売り払った。そうしたら、慶応三年一月に、三度目の海外御用を申しつかった。こんどは幕府軍艦受取委員としてアメリカに出張である。半年かけてアメリカの東海岸を回り、ありったけの金で洋書を買いこんだ。これが塾の一大財産になった。日本国中どこを探しても、わがはいの塾より多く洋書を持つところはないというほどになった。でも、貧乏だ。この頃に『西洋事情』を書き、『雷銃（ライフル）操法』を書き、とにかく時世に合わせた売り物を出版した。そんな内外火の車のごとき慶応三年師走、早めにすす払いを終えた畳の上が、今回の舞台と思っていただきたい。

怪しき「多声の会合」と悪だくみのこと

いま、わがはいと名のっているこの老体は、実体が明治三十二年という時空に存在する病み上がりの死にぞこないである。したがって、今回の舞台は時間的に言えば、三十年ばかり昔にさかのぼっていることになろう。昔暮らした鉄砲洲の家は、いま老人となって再訪してみると、冗談抜きで肌寒く、隙間風が部屋の中まで吹きまくるのが辛いところだった（もちろん、このボロ長屋はすでに存在はしていないが）。だが、まだ女房をめとったばかりの若い諭吉にとっては、隙間風などはどうでもよい。心身ともに元気そのものであって、他の人格どもを引っ張りまわすくらいの馬力もあった。しかし、会合も二度目となると、さすがに老齢になった実体としてのわがはいに忖度（そんたく）して、障子だけは貼り替えてくれた。小さな火鉢も用意してくれた。これは福澤家の家風であって、若い諭吉人格であっても老若のけじめだけは忘れなかった。

そうそう、忘れないうちに書いておく。前回の聞き取りは実体のわがはいが存在する時空世界でおこなわれたから、架空の集団は声だけでしかリアリチイを有せなかった。けれど、今回はわがはいが精神変容して架空世界に没入したために、いままで見えなかった架空集団の姿かたちがちゃんと見えた。これはまことに便利なもので、話も対面でできる。本書の作者なる人物の間抜けた顔も、まだ若さにあふれた、ちょっといい男の諭吉自身も、見ることができた。おもしろい現象だと思ったが、こんどはわがはいの老いさらばえた姿が集団にちゃんと見えたのかどうか、そこのところを聞き忘れたのが口惜しかった。

朴念仁のうぶな若造としか映らない所帯持ちの諭吉だが、話だけは活気があった。わがはいと同じく精神変容によって時空を超えてきた速記者の矢野は（まず、速記などというただことでない精神集中をおこないながら、まるで夢遊病のごとく記号を書きつづっていく男には、離魂状態に没入することなどたやすかったにちがいないが）、意味のないグタグタな聞き取りはお気に召さぬらしく、老齢のわがはいがしゃべるとあまりうれしそうに筆を動かしてくれないのに、若い時代の諭吉の早口は聞き具合がいいらしく、ペンの動きも滑らかだった。それでわがはいも話を冗長にさせないために、遠慮も何も知らないたわけ者の、自称「本書の作者」と言い張る輩（やから）に、まずは言いたいことを言わせることにした。この架空人格を語らせるのはわけもない。矢野が原稿に、【 】をつけて野卑な言葉を書きつければいいだけなのだから。

計略は当たった。しゃしゃり出てきた令和時代の人格は、うまい具合に、話が大きく膨らんでいきそうな下司話をぶつけてきた。どこの馬の骨かもわからぬ「本書の作者」は、約百二十年先の世に実体が存在する未来人にしては、頭が空っぽのようだった。かれが発した質問の下品さ、おろかさをご覧じろ。こやつはこう切りだしたんだ——。

【いやー、それにしてもむさくるしいところですな。息が詰まるし、へんな魚臭い匂いもする。これが慶應大学の始まりですか？　まったく貧乏くさいにもほどがあるナァ。あ、ぼくはですね、はるか未来になりますが、いちおうこの学校にはいる塾生の一員ですので、早いところ校舎の新築をよろしくお願いします】

と、きたので、こいつを居合いで斬り捨てて、その軽薄な口と目玉を離れ離れにしてやりたい気分になった。こういう輩が将来の塾生かとおもうと、涙が出てしまう。すると、やつも一人前に殺気を感じたのだろう、まわりに気を使い始めた。

【それで福澤先生、本日は先生の御家族についてすこしお聞かせくださいませんか。第一回目の聞き取りで母上のお話は伺いましたので、奥さんのことも聞いてよろしいですか】

わがはいは機嫌が悪くなったから、答える気になれない。そこで、威勢のよい鉄砲洲時代の論吉にべらべらしゃべってもらうことにした。

【錦のことかい？　はっきりいえば、もう我が家の大黒柱だよ。おれはすでに頭が上がらぬ。人間的には、おれより一枚も二枚も上級だ。父が亡くなったあと、女手一つで子どもらを故郷中津に連れ帰ったあとの、我が母の気性とそっくりだ。自立しているんだな。我が母は歌舞音曲など一切見せてくれなかったが、お錦は歌も芸能も好む。結局おれは、いい妻をもらって、我が子にそういう寂しさを味わわせないで済みそうだ。人びとりを、なるべく習いごとや遊びに連れだして、思い出を作ってやれそうだよ。子が生まれてから物心つくまでのできごとも文章にして記録しておき、大きくなってからその書付を渡してやるつもりだ。だから、どの子も自分の生まれたときからのことを、ちゃんと知れるわけだ】

【なるほど。それはよいお嫁様です。先生と同じ野暮で不風流な子にはさせないという】

【おいおい、野暮で不風流とは余計なこったろう。父親が極めて厳しい漢学者であったので、家風もただしかった。俗な欲望やら享楽やらをきらった。ゆえに我が家は田舎ながら、立ち居振る舞いはきわめて高尚だったぞ】

【いや、それは失礼。しかしそうなると、外の人たちとの付き合いがないわけですから、家でもっぱら読書ですか。え？　十四、五歳になるまでは何もしなかった？　そうならば、日本中に知られた文明開化の盟主であられる福澤先生が、いったいいつ、社会問題——それも経済や商業や女子の結婚問題などを含めて——にお目ざめになられたか、ぜひお聴きしとうございます】

【いやホントに、おれは十四、五歳になるまで、根っから何もしなかった。母も勉強せよと奨励しなかったから、手習いすらしてないことに、あとあと気づいた。それで、田舎の塾に行きはじめた。ところがいざ素読（そどく）などをはじめると、自分が学問に向いていることを発見した。朝に素読をするが、これはおおむね読み方の学習でね、奇妙なことにすらすらと文章が頭にはいり、内容も理解できた。午後は会読（かいどく）といって、みんなで内容を説明しあうのだが、これがまた怖いくらいによくできて、しまいには会読の先生にも勝ってしまうようになった。とくに会読がよかった。

わからない部分を自分で発見し、みんなで解決しあう。自分が分かることは、ヒトに教えてやる。そのうちにこっちが教える一方になるから、一段上級の塾に乗り換え、そこに四、五年通ったら、知らないうちに漢学者の前座が務まるくらいまで上達した。しかし、塾の先生が漢書だの左伝だのむずかしい史書や漢学の信奉者だったので、詩や俳諧はバカにして学ばなかったのは失敗だった。廣瀬(ひろせ)淡窓(たんそう)とか頼山陽(らいさんよう)とか、そういう文章を味わうのにこだわる先学をバカにして、詩を読まなかった。おかげで無趣味になり、おれの不風流に磨きがかかった原因だろうね】

【そうですか。お堅い漢学で通されたと？　でも、昨今はお偉方が廓(くるわ)通いに熱心で、多くの方々が娼家をお持ちです。娼家くらい持てぬと、かえって馬鹿にされると聞きます。ですから、先生も江戸のお暮しが長くなったわけですから、ちょっと風流な、色気のある場所にもお出入りの機会ができたのではありませんか？　いま、政府高官や有名政治家が、偉くなると男女のことに熱心になりますが、あれはつまり、若いときに勉強バカ一本槍で来た悪影響でしょうか？　先生には馴染と申すべきお方などいらっしゃいましたでしょうかな？】

　しまった、やられた！　とわがはいは心の中で叫んだ。何でも聞いてくれと隙(すき)を見せたのが命取りだった。明治三十年代のいまは、欧州では世紀末と称して風俗がいちじるしく乱れている。文学も芸術も「性」にとり憑かれている。明治の末の巷にも、この影響が押し寄せていた。高潔な振りをして倫理や道徳を語りながら、陰では茶屋遊びや妾宅通いに血道をあげる〝有名人〟が闊歩している。ただれた関係を公然の秘密として吹聴する有名人に罠をかけて、醜聞を暴露する新聞も増えている。『萬朝報(よろずちょうほう)』の黒岩涙香(くろいわるいこう)はその代表株だ。伊藤博文から川上音二郎まで醜聞を暴いて有卦に入っている。声の集団も、悪だくみというか悪戯っぽい学者いびりを楽しんでいるようだ。不風流で色気のない、いかにも無粋な勉強バカをからかうことで、世間も溜飲を下げている。案のじょう、まだ新婚の青年諭吉が、急にどぎまぎして頬を赤らめた。おそらく声の集団のなかに、下世話なネタをもとめる雑誌記者を本業とする者がいるにちがいなかった。

福澤先生〝不倫〟疑惑と、男の〈痩せ我慢〉を語る

わがはいは貌(かお)をふいに緊張させ、声の集団の悪だくみに対峙した。

「おい、よせったら。きたない話はやめろ。わがはいの流儀に合わない」

と、かれらを叱りつけたが、むしろ、火に油を注いでしまったようだ。わがはいは一喝した。

「何かと思えばおなごのことか。あいにくわがはいは物心ついてからおなごとお付き合いしたことがない。妻一人を敬愛し、〝めかけ〟とか〝なじみ〟とかいったものには一切の縁もねえよ」

と、受けた。すると、未来の作者は、えらそうに、ホォ〜とかいいながら、

【世間じゃ道徳を教えるはずの女子高の教授や校長までもが、フリーラヴと称して不適切な関係をなす事例が多いと聞きますが、福澤先生のご主義とはえらい違いでございます。しかし、念のためにひとことといただきたいことがあります】

と、ほめるような、くさすように問い返した。若い諭吉人格が、なんじゃ？　とただすと、そやつは下卑た sneer なぞ浮かべながら、言った。

【昭和時代にすこしは鳴らした文芸評論家がいて、昭和三十年代の明治ブームを当てこんで明治

史の逸話を新聞に書きまくった人物がおります。木村毅という名で、出身は早稲田大学のくせに、この人物、やたらに福澤先生の逸話を語る癖がありました。『福沢先生』など題して、自称「インテリ大衆文学」本まで出しております。そこに「西航日記抄」と副題したローマンスを載せているのです。読んでみましたら、開港延期談判の交渉使節として欧州に行かれたときの、世に知られぬ「オランダの恋の物語」なんですね。先生が一連の使節ご公務を終えられ、ハーグで一日の自由時間を得られたとき、街中で外国美女と知り合い、夜まで語らいあった。楽しい会食をして、日本の印籠を記念にプレゼントし、できればベルリンまで一緒に来てくれませんかと、彼女に告白したんだそうです。しかし、娘は、祖父を独り残してはいけないと、涙ながらに断りました】

「おい、おい、なんだ、それは？　だいいち、欧州へ渡ったときのわがはいは、嫁をもらったばかりなんだぞ。花嫁と泣き別れして欧州に来たわがはいが、妻に隠れて浮気なぞできるもんか」

【そうですよね。ですが、当時の先生は三十歳でしたんで、ほら、同室だったらしい通事仲間の福地源一郎にでも誘われて、異国女性とローマンスを演じられても、ふしぎはなかったでございましょう？　それに、咸臨丸のとき、サンフランシスコの写真屋でかわいい少女と一緒に写真を撮り、帰りの船内でそれを披露して仲間をうらやましがらせた〝前科〟がございます。ですから、欧州でも金髪美女と恋の一夜を為して見せて、帰りの船内で福地や松木さんたちご同輩を大いに口惜しがらせたというような？】

「ばかいっちゃいけませんよ。いくらわがはいがイタズラ好きだとしても、わが妻を裏切るようなことはせん。それは悪意のデマだ。証明してやろうか？　そのでっち上げ話の元ネタは知っている。一緒に暮らす約束までできながら、不幸な娘とハーグで離別したこの諭吉が、帰国後にその娘から、お爺さんが亡くなり自由の身になりましたから、あなたさえよろしければ、これから日本に参りますっていうような手紙が来た、というんだろ？　しかもその話が『インテリ大衆文学』と称して、どこぞの三文雑誌に出たって？　そんなもん、インテリじゃなくとも、ネタは割れるよ。鷗外先生の『舞姫』をちょっと拝借してカラカッてみた、という落ちなんだよ。バカヤロメが、うまく騙されやがって！」

【なるほど、たしかに。あの戯作者にしてやられました。では、ついでにもう一つ、これも疑惑の噂ですが、『西洋事情』を著されたときに、先生はこれによって幕府内に高職を得るつもりがあって、お取り上げを願う上書きを添えて幕府に届けられたという噂があるんです。その添え書きが今も某所に存在するとかしないとか？】

　わがはいの堪忍袋の緒が切れた。

「バカも休み休み言え。わがはいは、金輪際、幕府の禄は食まぬと決意した人間です。自立をみずから実践しておる。だから、今も金欠に苦しんどるでしょう？」

【いえ、それがです、その上書きを保管していた幕府の文箱が太政官に差し押さえられ、福澤の肚が知れたと……】

　わがはいは爆発した。

「この下司野郎め、まったくの事実無根だよ！　おまえの額をコンクリートの道路にゴリゴリこすりつけてやろうか、あやまりやがれ！」

　と、こんどは若い諭吉が横から一喝した。よほど、我慢ならなかったらしい。

【その木村毅先生とかにはすまないが、これは福澤諭吉の名誉にかかわる悪質なデマだ。裁判所に訴えるが、よいか】

　と。それでわがはいも、この御仁とは話ができぬと腹をくくり、引導を渡してやった。

「いいか、そっちの作家先生に言っておくぞ。たしかに明治以降は政府の大物やら御用商人やらが、やたらに妾を囲って恥じ入ることもない時代になっちまった。いや、芸者あそびする方が政治家としちゃあ出世するご時世だよ。だがね、幕末になって薩長の田舎者が江戸にのさばるまで、ほんとの江戸っ子は、欲望をとげる目的で妻以外の女子を身近に置くような真似はしなかった。簡単にいうとな、妻ってのは人生の戦友で家族の柱だ、そして、おめかけさんってのは女神なんだよ。無粋(ぶすい)な日常をはなれて、神仙の世界へでも連れて行ってくれるような。その区別がちゃんとついていた。それが〈男子のやせ我慢〉ってもんだ。力ずくで婦女を意のままにすること、力ずくで反対者を排除すること。この二つは、わがはいがもっとも嫌悪する封建時代の悪弊だ！」

　この怒鳴り声が、本書の作者を名のる未来人間を動転させたが、そやつもしつこかった。

【いや、さすが、まことにごもっとも！　開明的なご主義です。謝罪して、話題を取り下げます。が、あともう一つうかがいたいことがあります。教育者の自堕落ぶりについてです。蓄妾の悪習が日本人の品位を瑕(きず)つけている点は、明治の世でも論議がかまびすしかった。さっき、生徒と不適切な関係を結ぶ女学校の校長とかいう話がでましたが、あれは女学校の生徒にドレスを着せて鹿鳴館で異国人とダンスをさせたとされる元帝大植物学教授の矢田部先生のことですよね。あの人も堅物で、本来なら植物学で名をあげるはずが、森有礼あたりにいろんな教育の仕事を押し付けられた。女学校の校長をつとめたり、あるいは新体詩という西洋のローマンチックな詩風を日本に広めたりした。女学生も鹿鳴館にデヴューさせたので評判がすこぶる悪かった。だが、さいさん聞くところでは、矢田部先生は日本国が社交もできる文明国であることを示すために、あえて女生徒の有志に声をかけたらしいのですね。古い風紀を守ろうとする連中の標的にされて。おかげで女学校校長は非職になり、その女学校まで廃校になった。女学生に自由恋愛を刷りこんだと顰蹙の的にされたのは、西洋文化の排斥を叫ぶ漢学者らの逆襲を受けたためだったらしいのです。あれはどうも、漢学者による言いがかりだったんじゃないですか。そこで質問なんですが、国内に吹き荒れた攘夷派や漢学派の巻き返しに、進歩派の教育者がたはどのように対抗されたのですか。矢田部先生みたいな西洋の道徳を修めた力を救う動きはなかったのですか？】

先生と呼ばれるほどの……

まったく、下卑た質問だった。要するに、明治時代に教え子と愛を交わしたような教育者の末路を聞きだして笑いものにするつもりなのだから。そこでわがはいも、少し本気で叱りつけた。

『それなら教えてやろう。封建社会を向こうに回して女性に新知識や道徳を教えた新時代の先生はいくらでもいたよ。矢田部君だけじゃない。福澤塾でも一番の古株といわれる小幡篤次郎っていう高潔な先生がいる。この先生こそ、教育者の鑑だ。ちょうど鉄砲洲時代に福澤塾の塾頭として頑張った。昼はわがはいの門人として塾の学生となり、学生であるにもかかわらず幕府の大学校となる開成所では洋学を教える教師になった。塾では学生だが、よそでは教師や校長までやる門人がたくさんいたよ。篤次郎は当時の女性や小児がまだ干支だとか陰陽五行だとか、古臭い迷信に縛られていたので、一気に最新科学を教える教科書を書いて読ませた。雷、地震、彗星といった自然現象の科学知識を教えた。もちろん、男子も女子も平等で、知力に違いはないことも。そしたら、攘夷派に因縁をつけられた。それでも、篤次郎は新知識を子どもや婦人に教えつづけた。新知識を女性に教えることが、守旧派の弾圧に打ち勝つ最大の抵抗だ、と信じたからだ。わがはいもまったく同感だ」

老齢のわがはいが発した反論に勢いを得たのか、若い鉄砲洲時代の諭吉がすっくと立ちあがり、腰に手挟んでいた手拭いを引き抜くが早いか、それを頭にかぶると、声を荒らげた。まるでコソ泥のように手拭を顎の下で結んで、小刀の鯉口を切った。

【いいか、よく聞け！　きさまが存在するという百年先ならいざ知らず、このおれがいまいる慶応年代の鉄砲洲あたりじゃ、西洋の話をするだけで暴漢に命を狙われたんだ。まして、それを教える教師は、命がいくつあっても足りなかった。だから、外へ出ていく場合は、陽が沈んでから、こうやって頰被りして外へ出ていかなきゃならなかった。まさに日本の真っ当な学問が死んだ時代だった。女子に学問をさせろなんぞと口走るには、死ぬ覚悟が必要だったんだよ。女子に教育を施すこと自体が、死闘だったんだ】

【お若い福澤先生！　ちょっとまってくださいな。これから難しいご時世のお話をうかがうので

すから、そんな野盗みたいな恰好をされては困りますよ。ほら、その頭、すす払いのほっかむりをお取りになったらいかがですか】

若い諭吉人格はあわてて頭を触った。たしかにまだ頰かむりをつけたままだった。すす払いの途中で呼び出されたからだ。バツがわるくなって、それをつかみ取り、丸めて懐に押しこんだ。

しかし、わがはいには其の頰被りが懐かしかった。ほんとうにそういう姿で、コソ泥みたいに街を歩いた。当時はすでに腰の大小を売り払い、塾生の食費にしてしまったから、襲われても武器がない。ただひたすら、逃げるしか手がなかった。

ところが、本書の作者なるこの面妖な男は、涼しい顔で頰被りしている若い諭吉を笑っていた。ようやく笑うのに飽きて、こんどは唐突に話題を変えた。

【あ、そうでした、福澤先生のお弟子さんのこともお訊きしたかったんです。ちょうどよかった。有名な一番弟子の小幡篤次郎様もそうでしたか。ずばらしい！　令和というずっと後世から割りこんだ者ですが、ぼくの時代では福澤先生はもうよいから、亡くなるときまで慶應義塾の心配ばかりしつづけた小幡先生にも関心をむけようという機運が盛り上がっておりましてね。あなたの著作集も出て、小幡株は急上昇中です】

わがはいはまたカチンときたので、ちょいと居住まいを正しながら、作者を睨みつけた。

「なんだと、おい、後の時代じゃあ小幡君のほうに関心が向いてるだと、それは聞き捨てならんな」

といったが、これはむろん冗談だ。正直な話、慶應義塾がつぶれることなく現在まで存続できたのは、小幡のおかげなのだ。実際の慶應経営も、ここ三十年間は、かれが指揮してきたといってもいい。英書の翻訳や読みこみがわがはいよりも上手で、しかも学生への教え方がずぬけてうまい。私設の議会みたいな言論クラブを創ったのもかれだし、『時事新報』発刊で地方と世界の情報網を築いたのもかれだ。わがはいは明治にはいると本を書くのがいそがしく、そのネタとなる英書の読書も彼の手を借りねば済まなくなった。そういう俗事がらみの仕事は世の中から注目されぬが、さすがに今から百数十年も未来になると、人物の評価はうわべでなく深層を見るようになるもんだ。

わがはいはふたたび作者を問い詰めた。

「おい、参考までに訊くぞ、そっちの時代では、小幡君とわがはいはどう見られているんだ。正直にいえ」

【え、正直に言ってよろしいんですか。じゃ、いいますね。福澤氏にあって、小幡氏にないもの】

「うん、それは聞きたい。何だ？」

【はい、それは〈先生〉という敬称です。そこだけ除けば、あとは小幡さんの頑張りで慶應がどうにかなったといっていいみたいです】

「こいつ、ぬけぬけと！」

【あれ？　だって正直にいってよいとおっしゃったじゃないですか。困るなぁ。じゃ、逆の質問。小幡氏にあって福澤氏にないもの】

これもなかなかおもしろい。先に答えを聞いてから、と思って解答を出させたら、

【そりゃ決まってますよ。小幡さんにあって、福澤先生にないのは、〈故郷の中津愛〉ですよ。ま、大坂みたいな都会で生まれた福澤先生とはちがうんでしょうけれども】

それはないだろう！　わがはいがいちばん言われたくないことを、こやつはしゃあしゃあといいおった。

【あ、これじゃあ福澤先生の面目がまるつぶれですね。いいことも申しましょう。本気で喧嘩させたら腕力で先生の方が強い。でも議論したら小幡さんの方が断然強い】

「ばかもん、もっと悪いじゃねえか！」

わがはいがそうどなると、すかさず速記者の矢野氏が口をはさんだ。

「ふたりとも、くだらない話はやめてもらえませんか。速記する方の身にもなってください。今の発言は記録しませんよ。せっかくまともな話題が出たところへ戻ってください。慶応三年の師走です！」

この一言のおかげで、談話の流れが変わった。はおかぶりして顔を隠さねば命が危なかった幕末史の内幕に、話題を絞りこむきっかけができた。

頬被り（ほおかぶ）と居合い抜き

わがはいは、気分を改めると、慶応三年当時の真実を語りだした。

「たしかに忘れもしない。福澤先生はほんとに頬被りがお好きという変な御趣味がおありじゃな

いのか、と、塾生たちの内緒話が出るくらいだった。毎朝早起きして居合い抜きの稽古をするのはまだしも、塾生たちに食させる米をひとりでぜんぶ搗きあげるのだから奇妙な師匠もあったもんだが、いつも頬被りとはもっと変だったことを認めますよ。夜の外出時なんかも、かならず、手拭いをかぶってましたな。攘夷派の刺客がうろうろしていた時分は、とくにだ。わがはいが夜おそく塾に戻ると、まるで盗みに入りこんだ空巣と間違えられた。留守番していた塾生たちは、こそドロが忍びこんできたと言って、刀を構えたりしましたよ。ちょうど忠臣蔵五段目、中村仲蔵の演った斧定九郎みたいにみごとにハマッた姿だとかなんとか。だから表門を締められると、頬かむりを投げつけて、セリフをいれるんです——おのれ攘夷派、なぜ洋学者まで狙われねばならんのじゃ。師匠を締めだすとはなにごとじゃい！　ってね。ところが塾生は謝りながらも、クスクス笑ってましたよ。あのかむり方はとても素人わざじゃない。忍び足と逃げ足もサマになってる、と言って。英語なんていう因果なもんを習う以上は、まず忍者修行をするのが先決じゃなかったろうか、とね。それほど洋学者は売国奴あつかいされた。わがはいは中津のほうでも、命を狙われたんじゃ」

　わがはいはそう話しながら思いだした。たしかに、毎晩、忍者みたいな歩き方をして塾に帰ったものだった。

「攘夷派がだれかれ構わずに暗殺を企てだしたのは、開国を強行した井伊大老の桜田門事変があってからのことで、それから明治六、七年までの十数年間がいちばん物騒だった。小幡君を故郷の中津から引っ張ってきたときも、帰りの船は長州の港にはいったから、変名をつかって散髪に行かなくちゃならなかったし、とにかく異様に危険だった。仕事を聞かれて、蘭学者だと返せば、その場で殺されかねないから、医者か、あるいは砲術家で通さなければいけなかった。でも、皮肉な話だよ。砲術のことをやってるのは、だれが考えても蘭学者だし、お医者といえば役に立つのは蘭方医だからね。一方は人を殺す兵器の専門家で、もう一方は真逆の、命を救うお医者だからね。天と地も違う仕事を両方ともやれるのは、天下広しと言えど洋学者しかいなかった。わがはいはつくづく思う。蘭学者ってのが『日本を守る職』についていたおかげで、国内が割れることなくご一新を達成できた原因じゃないかってね。

じっさい、攘夷派といっても、薩長の侍ばかりじゃない。開国を強行した井伊大老のおひざ元だった江戸城なんかも、まちがいなく攘夷派の巣窟だったからね、個人の家でも、親子、兄弟で二派に分かれた。だから、わけのわからん殺し合いだよ。じつはわがはいも親戚に殺されかけた。明治三年に、中津に残っていた母を江戸へ連れに帰ったときだった。昔から親しくしていた、またいとこの増田宗太郎(ますだそうたろう)って男がいた。わがはいが久しぶりに帰郷したというので、愛想よろしく遊びに来た。宗さん、宗さんと呼び馴らした仲だったから、歓待したよ。ところがこの増田は、がりがりの攘夷派で、ひょこひょこ舞い戻ったわがはいを叩っ斬ることに決めていたらしい。なにしろあやつは西郷軍に身を投じて、最後は城山で戦死しているからね。一種の人物ですよ。歳はわがはいより十三、四も下だが、宗太郎の母方には水戸学派の学者もいて、福澤家とおなじように潔白頑迷の武士家族だ。したがって、そこで学んだ宗さんは、かわいい年下の親戚とはいえ、いわゆる尊王攘夷の家柄だ。じつは我が家にしげしげとやってきたのは、わがはいを暗殺するための下調べだったというわけだ。
それで、いよいよ福澤を殺(や)るという夜、宗さんがひそかに我が家に来て、隙を狙いだした。ところが運よく、その夜は服部五郎兵衛(はっとりごろべえ)というわがはいの師匠が訪ねてきたので、夜中すぎまで話に花が咲いた。外に潜んでいた宗さんはさすがにしびれを切らし、その夜の斬り込みを断念したという。これなどは、わがはいが大の字が付く酒呑み、夜更かしの大将じゃった功徳ではあるまいかね。酒は呑んどくもんだよ、わはは」

と、豪傑笑いしてやった。もっとも、例の「本書の作者」氏はそのあとの時代を見て事情を知っているから、和んではくれない。

【しかし、福澤先生、水を差すようですが、増田宗太郎は後に日本が清国(しんこく)と戦争を始めたおり、福澤株が下がって増田株が大上昇し、神社まで建立されたのですよね。暗殺未遂のはなしも、増田が隠れて先生の話を聞いているうちに感動し、暗殺をやめて塾に入門したという別説になって】

と、余計なことを口走った。この野郎め！

前にも言ったように、わがはいはそうした危険を冒して、中津に門人を見つけに行ったものだった。小幡篤次郎という塾の一番弟子も、いわばその収穫であった。かれも最初は、それほど危ない洋学者になるつもりなぞなかったろうが、中津藩家老筋の家柄にもかかわらず、わがはいを兄と慕って江戸までついてきてくれた。いや、正直に言うと、わがはいがかれの秀才ぶりに目をつけて、かれの弟もろともかどわかすように江戸へ強奪したのだ。諭吉の家塾で英語を仕こもうという考えだった。以来、小幡氏は漢学から洋学に転じ、おそろしい速度で英語に習熟した。『学問のすゝめ』も、じつは初編だけ二人の共著として出版したほどだよ。交詢社を建て、『時事新報』を創刊し、塾が苦境に立ったときも、よくわがはいを支えてくれた。現在は慶應義塾の副社頭を務めてもらっている。

さて、そういう昔話に区切りをつけるように、わがはいの若い人格が不細工な江戸弁をつかいだした。

【ところで、この頬被りの件なんですがね、おいらは好きでしてたわけじゃねえんだ。ほっかむりは武士が自分の体面をたもつためにする布の兜なんだ。昔はな、江戸詰めの藩士どもは、金がねえもんだから、町へ出て安上がりの屋台なんかで蕎麦をすすったもんだが、武士の面子がないから、ほっかむりして暖簾をくぐったものさ。ざまはねえや。そのへんの町衆よりもずっと貧乏なくせして、顔だけは上流を取りつくろうってんだからな。布の兜とはチトかっこをつけすぎだ。正しくは照れ隠しだったんだな。こっちもそこに気がついて、しまいにわざと顔をおもてに出してさ、蕎麦屋でも質屋でも、堂々とはいることにしたんでぇ。それでも、攘夷派だけはあぶないから、あいつらには顔を見せなかった】

本書の作者は左手に持った変な扇子をパチリと閉じると、自分の額をピシャリと打ち、皮肉を効かせて応酬してきた。

【あれあれ、若い諭吉先生もずいぶん柄の悪い江戸ことばが染みついちまいましたなァ】

【あったりめえよ。わしゃ武家ことばってやつが、ほんとはでえ嫌えなんだよ。やはり江戸っ子

の啖呵がいいぜ、こういうときの口調にはな】

『雷銃操法』を買いに来た武士

わがはいはそのとき、時空を超えて鉄砲洲に来る手土産代わりに、自分の書斎から持ってきた一束の古原稿のことを思いだした。わがはいはふところからその紙束を引っ張りだして、目の前に置いた。

「そうだった、そうだった、わがはいはさっきまで塾の図書館の大掃除してたんだが、思いがけぬ収獲がありましてな。まあ、ご覧あれ、原稿です」

原稿用紙の半折をおよそ三十枚ばかり糸で綴った手稿だった。

その一束を拾い上げ、題字のところに「薩摩屋敷討ち入りの話」と書いてあるのを披露した。

一座の人々がそれを眺め、うなずきかける。

【ああ、戊辰（ぼしん）戦争の発端となった薩摩屋敷の襲撃事件ですね。幕末にあっても、江戸がいちばん大騒ぎになった火事の現場じゃなかったですか？　どうも噂じゃ西郷さんが絡んだ事件だったらしいですね。最初は薩摩の攘夷派の乱暴狼藉（らんぼうろうぜき）にすぎなかったが、それが徳川方の討ち入り事件にまで拡大してしまった】

「そうなんだが、赤穂浪士の討ち入りと比べたら、時世へのインフルーエンスはまるで違う。こっちは仇討ちというよりも戦争といったほうがよかった事件さね」

【先生、あの事件が引き金になって、とうとう幕府の息の根が止まる戊辰戦争にまで行っちまい

ました。で、その原稿はなにか、そのときの考証物ですかしら？】

と、本書の作者がうながすもんだから、わがけいも身を乗りだし、人々の顔を見まわしながら説明した。

「そうだ、見ての通りだ。だれぞが筆写した反故のまた写しだが、年末すす払いのおかげで、忘れていた資料がひょっこり出てきた。今日はイヤでも攘夷派と佐幕派の対決に話が及ぶと予想できたから、渡りに船とばかりに持参した。や、懐かしい名前が中身に書いてあるよ」

【え、それは……どなたの名です？】

と、返してきたから、わがはいは低い声でつぶやいた。

「庄内藩の武士だ。長坂欣之助（ながさかきんのすけ）という人だ。それから、羽柴雄輔（はしばゆうすけ）という名も、憶えがある」

わがはいはすこし低い声で話しはじめた。

「……この書き癖は、羽柴の手なんだ。あのご老体も庄内出身だった。文筆をよくする人物で、たしか旧松山藩に仕えていた。いつだか、三田の書館に調べものをしに来た。わが塾には、ふしぎと庄内の人間が多いから、その伝（つて）でもあったのだろう」

【松山といえば、庄内藩の支藩でしょう。たしかに、慶應の書館には元庄内藩士がよく人類学関係の調べものをしにやってきます。その理由は、日本の人類学の本場が庄内だったということがひとつ。なにしろ、東大のエドワルド・モース先生にかみついた論客も学会にはおりましたからな。それからあの藩は最後まで頑固に佐幕を貫いたもんだから、新政府にひどく冷遇され、学問さえも大っぴらに許されなかった。それで自分の藩の歴史を後世に伝えようと、地方史研究が盛

んになったことが、もうひとつの理由です】

と、未来の作者がえらそうに補足した。

「そうそう、庄内藩は最後まで幕府を支えた藩だったから、いまも乱暴な佐幕派が群れる鬼の巣窟だったと断罪されている。だから、羽柴という人も、薩摩邸討ち入りの真相を書いて誤解を解きたかったんだろう。これは君、世間の誤りを糺す大した資料かもしれないよ」

と、わがはいはささやきかけた。その羽柴がまだ下書き段階の原稿をわがはいの許へ送ってよこした。慶應義塾ならば新政府の息がかかっておらんだろうから、真相を世に伝えてくれると、一方的に信頼してくれたせいだろう。焼き討ちされた薩摩のほうは、三田藩邸に不逞浪士を出入りさせて江戸の風紀秩序を混乱させ、幕府のほうから刀を抜かせる撒き餌にしたというから、どちらも胸を張って語れないようなできごとだった。

「つまり、薩摩が内戦を始めるために罠をしかけ、庄内藩がその罠にはまったと考えていい事件だ。わが塾の書館は民間にも閲覧を許し、庄内藩とも文書資料の交換をしておるから、はるばる山形鶴ヶ岡あたりからもここを頼ってきてくれる。我が塾としても、そういう埋もれた地方の歴史資料をしっかり収集する義務がある」

それでわがはいは、まだ塾を開いたばかりの若い諭吉に向かって声をかけた。

「おい、鉄砲洲の諭吉どん、なんといっても、学校は文書資料の所蔵が命だ。おまえさんも今から本を大切にしろ。大きな声じゃいえんが、我が塾は貴重な蔵書があったからこそ、明治の末までつぶされずに済んだところがあるんだ。最初の咸臨丸のときも、おまえさんは自腹で字書を買ったな。あのときアメリカで買えた本はたった一冊だったが、それでもその一冊が塾を救ったといえる。中国語で出版された中英辞書を日本語に訳して出版することができた。あれで暮らしの糧がいくらかでき、世の役にも立ったんだ」

若い諭吉は目を輝かせた。

【そうでした、題は『増訂華英通語』だ。あれは著書というより翻訳だったが、大いに英語修練の役に立った。あのときから新しい日本語をどんどんつくりましたからね】

わがはいも同感だった。

「そう、横文字にちょいと仮名を振っただけの本だったんだが、収穫は一冊分の本を書く以上にあっただろ。そもそもVなんて文字にすら、あてる仮名がなかったんだからさ。しかたないんで、ヅとかヷなんてな新文字をこしらえた。ポーリスを「差役」、すなわちポリスマンの意と訳したまではいいが、盗人ということばとなると英語にもいろいろ言い方があって、じつに困った。thiefを賊子と訳せば、robberすなわちカッパライの方がチト困る。そこでカッパライを〈小手〉なんていう漢語で訳し分けたが、どうも流行らなかった。それからweekという英語があるだろう。今は〈週〉と訳すが、わがはいは礼拝日のサンディが七日後にまためぐるので〈ヒトマワリ〉と訳すことにして、〈一周礼拝〉なんて漢字を当てちまった。これなんかは誰も使ってくれませんよ。結局、ヒトマワリでなく週と書くようになっちまった。

まあ、一事が万事この調子ですよ。それでも、どんどん訳語を易しくしていった。漢語の意味を英語で確認し、それからまた日本語に訳していくんだから、重訳もいいとこだけど、そこが福澤式文明開化の世に広まる理由だったんだ」

　と、わがはいは説明した。そうなんだ。わがはいはこう言いたい。武器を一個買う金があったら、兵器ではなく本を買え。何冊も買える。これを大勢の子弟に学ばせれば、あとでたくさんの人材が生まれるんだ、と。だから、三回目の外国行きのときなんぞは、わがはいは武器購入用に託された金を、ぜんぶ本に費やした。だがな、それがお役人には公金の不正流用に見えたんだな。教授方の小野友五郎なんかにサンザ文句をつけられ、帰港後に謹慎処分を食らった。まあ、雑用を押しつけられず、楽な謹慎にしてもらったのが、かえってありがたかったがね。いろいろ本が書けたからな。しかし間違ったことはしておらんよ。その証拠に、あちこちの藩士が我が塾に入門してきたからな。庄内もいれば、薩摩もいた。入門はしないでも、本を借りに人がたくさん来た。本の力はすばらしいよ。

　わがはいは一息おいてから、話を討ち入り事件に戻した。

「ところで、あの危急存亡といえるご時世だったから、刀を質に入れてまで学問をする侍なぞは、もう一人もいなかった。しかしながら、わがはいはあの頃に、とびっきりめずらしいお侍に出会ったんだ。とても興味深い、働き盛りといった歳かっこうの武家だった。塾に来たのは一度きりだったが、これがじつに記憶に残る漢だった」

「ほお、それはおもしろいですね。先生を感心させたその御仁、名はなんとおっしゃる？」

　と、めずらしいことに速記の矢野が尋ねた。わがはいは即座に答えた。

「それが、すす払いで見つけたその原稿、そこにしっかり書いてある、長坂欣之助だよ。ありゃ、幕末史の知られざる傑物だったかもしれんぞ。わがはいに会いに来たとき、こうやって頬被りしてたのも、なんかのご縁だろう。塾に入門したくて来たわけじゃなかった。それこそ、わがはいのところへ本を買いに来たんだ！」

わがはいはそういうと、座敷の後ろを抜けて、汚い玄関口にあるかまちに腰かけた。

「ちょうどいい。みんなにこの原稿を読んで聞かそう。そうだ、むかしわがはいの塾でもやった素読か、あるいは会読でもいい。おい、鉄砲洲の師匠殿、わるいがその原稿を読んでくれ。それから、みんなに茶でもだせ。すこし長い話になるからな。わがはいが読み上げたいが、あの脳出血以来どうにも記憶が悪くなって困るんだ」

若い諭吉は、原稿を受け取ると、つっかえながら読み始め、いちど目を上げた。

【ええ、おもしろそうだ。〈兵馬倥偬（へいばこうそう）の閑〉というやつですか、戦争のさなかにも閑はある。師も走り回るというこの年末に、幕末の実録が読めるとはありがたいことです】

奥で女房のお錦が、すばやく番茶を淹れている。気づいて、わがはいが若い時代の妻を見つめた。まぶしいくらいに初々しかった。わがはいは運ばれてきたお茶を一口すすってから、体を冷やさぬ用心に厚い羽織をまとったあと、耳をかたむけた……。

薩摩屋敷討ち入りの真相

〈作者註：以下は諭吉が素読、すなわち文字のままに読み下した文章である。ただし、原文は古い「候文（そうろうぶん）」であったため、単純な素読文を話しことばに修正した。いろいろと原文を口語文に置き換えながら、いたるところに注釈も織りこむという、江戸の私塾にいた教師でないとできない会読の技術も借りて作成した。会読とは、文章を読み上げた者が、その解釈や註を加えて、参加した人々に教授する方式である。仲間からの質疑があり、異説が出たりして、非常に理解が深まるのだ。それをさらに、当時の福澤の動静までも追記したので、まるで福澤が現場で見てきたような文章になった。これすべて、福澤流の会読術の賜物(たまもの)である)

前段　慶応三年の福澤先生

(以下、敬称を略す)あれは慶応三年も末のこと、二十四日の夜が明けて翌日二十五日の朝に近かったと記憶する。文久元年に欧州へ条約履行の延期をもとめるために渡航して以来の、わがはいとしては最後となった海外渡航を無事に終えた年にあたる。三度目の渡航先はふたたびアメリカで、御用の向きは同国に発注した軍艦を受け取り、そのついでに鉄砲をたくさん買ってこようというものだった。艦長は操船術に明るく、測量もできる小野友五郎という男で、かれは咸臨丸にも乗船していた。

だが、洋行が三度目ともなると、わがはいの立場は大きく変わった。最初の咸臨丸では便乗者みたいな小者であったから、ほとんど漂流者に近い姿で帰ってきた。本を買うどころではない。船の中には寝床も風呂もなかったので、体は真っ黒だしひげは茫々だしで、あまりのみすぼらしさに出迎えの知り合いさえ目を背けたほどだった。それが、二回目の欧州渡航で幕府から手当が出る翻訳方に出世し、三度目のアメリカ再訪では御用金と各藩預かりの金がふんだんに使える身分になった。書物を何十箱も持ち帰ることができ、その時点で日本一の洋書持ちになれた。

その間にわがはいは、きわめて重大な難事をやりとげていた。中津藩の頑迷な年寄連に身分違いと反対された婚姻を、強行したことだ。すなわち文久元年四月、築地鉄砲洲の上級武士の娘を嫁に迎え、奥平家中屋敷から見ると海浜に面した新銭座に新居を構えたからである。これは明治ご一新以前にわがはいが達成した最大の快挙だったかもしれない。ひととき芝新銭座に移って新婚生活を送ったが、文久二年はお上の命により、ほぼ一年にわたり欧州使節団に随行し、文明のさきわう国々を歴訪した。そして翌文久三年の秋、鉄砲洲の奥平屋敷が参勤交代制の緩和によって手すきになったのを縁に、また鉄砲洲屋敷へ舞い戻って塾を開くことにした。ここで長男一太郎（いちたろう）が生まれている。また慶応元年に次男捨次郎（すてじろう）も生まれた。さらに慶応三年には第三回目の洋行としてアメリカ合衆国を再訪する機会を得たのだった。

ところが、そこから悪運に襲われるのだ。鉄砲洲を外国人居留地にするとの幕府決定が出て、居住することが不可能になった。

前野良沢により蘭学が始められた故地ともいえる鉄砲洲が、外国人居留地に指定されたため使用できなくなったそもそもの原因は、井伊大老が暗殺されたことにある。安政の五か国条約が結ばれたときに江戸の開港を約束した幕府が、桜田門外の事件でその実行を五年間延期せざるを得なくなった。開港の約束を反故にしてもらう代わりに、長崎出島のような外国人居留地を江戸市内に建てるための土地をさがすことにしたら、たまたま築地の軍艦操練所一帯が焼け野原になった。慶応二年のことである。このとき鉄砲洲も焼けたので、幕府は体よく奥平家から領地を取り上げた。

だが、この偶然の再移転が、わがはいに大きな転機をもたらした。次の転居先とした芝新銭座で、独立自営の私塾を開くことに決めたからである。一生の覚悟を決めて生涯を在野での教育活動にささげることにした。これが慶應義塾の正式な発足となった。ゆえに、慶應義塾は三田ではなく、この芝新銭座に発祥したとする。

そういうわけがあって、鉄砲洲に居られなくなったわがはいは、偶然にも短期間ながら新婚家庭を営んだ地である新銭座へ、ふたたび移転を余儀なくされた。ところが移転の手続きをおこなう当日に、事件が起きた。その朝、三田方面の空が黒い煙にかすんでいた。遠くから、ドーン、ドーンと不吉な低い音が響くのも、わかった。錦も不安そうな目で見つめ返した。ちょうどこの日は、多事多難だった前半生を締めくくるかのように、芝新銭座の旧有馬屋敷を三百五十五両で買い取る契約を結ぶときにぶつかっていた。引っ越しの準備もあらかた済ましていたのである。

慶応年代は日本国にとって、けっして輝かしい時期ではなかった。いや、むしろ最悪の時代だったというべきだろう。まず、安政の初め頃から各地に大地震が発生し、江戸までも激震に襲われた。さらに世情は過激攘夷派の活動にざわめき立ち、人心はうわついて学問も教育も死に絶えたかと思われるほどに沈滞していた。

したがって、わがはいもこの一時期を天下の文運が大きく却歩(きゃくほ)した「文化の大後退期」と呼びたい。江戸ですら読書する人の姿は消え、塾生が一気に三分の二も減ってしまい、日本国中の文学のうち十分の九は消滅した感があった。

桜田門外の変から発した因縁

江戸と京都が物騒な町に一変したのは、井伊大老が桜田門外で暗殺された前後からである。安政七年三月三日、雛祭りの祝いのため大名連が登城するというその朝、物見高い江戸っ子がその行列を見物しようと江戸城外桜田門に人垣を作った。手に手に『武鑑』を持ち、通りかかる行列の家紋を調べるというのが、江戸っ子の楽しみ方だった。しかし暗殺者の一団もこの群衆に交じっていた。ご丁寧に、『武鑑』までも携えるという念の入れ方で。

かれらは水戸と薩摩の尊王攘夷過激派浪士だった。十八人の刺客が待ちかまえるなかを、井伊大老の駕籠が門外に現れたのは、今の時刻にして午前九時すぎだったという。

そのとき、大老の行列は六十名の護衛を従えていた。対する尊攘過激派の暗殺団は、水戸藩士十七名。薩摩藩士は一名と少ない。この数なら彦根の護衛侍が井伊直弼を護りきれたのではないかと思いたくなるが、あいにく雪が降っていたので刀に柄袋がかけてあった。これを取らないと抜刀できないのだ。しかも、襲撃側はまず駕籠に短銃を撃ちこみ、大老に重傷を与えてから、一斉に斬りかかっている。彦根側は不意を突かれたために、迎え撃つ準備が遅れたのだった。

それでも彦根には、河西忠左衛門と永田太郎兵衛という二刀流の剣豪がいた。二人とも刀から柄袋を外したあとは、放りだされた井伊直弼の駕籠を護って激闘をくりひろげた。河西がこのとき使った無銘の刀は、現在も保存されている。刀長が三尺におよぶ大刀に、深い刃こぼれが残っている。河西は顔面を割られて斬り死にしたが、若い永田のほうはなお抵抗をつづけ、浪士の一人に重傷を負わせた。しかし、永田も銃撃を受け闘死してしまう。井伊の首級は薩摩藩浪士有村次左衛門により斬り落とされた。有村も江戸で北辰一刀流を学び、薩摩で自顕流をおさめた手練れであり、猿の絶叫を思わせるあの奇怪な気合を発して井伊の首を刎ねたという。しかし、その有村も逃走中に後頭部を斬られて深傷を負い、自刃した。

この暗殺団の一部が逃げこんだ場所が、三田の薩摩屋敷だった。よって幕府は、これ以後、薩摩藩三田屋敷にきびしい警戒の目を向けるようになる。

薩摩がなぜ井伊直弼暗殺団の後ろ盾になったかといえば、前藩主の島津斉彬が、朝廷に無断で国を開く条約を結んだ井伊直弼を、幕政から追放しようと画策したからである。これには将軍世継ぎ問題が絡んでいた。斉彬が水戸の血筋である一橋慶喜を押し立て、紀州の血筋を推す井伊大老に対立した。世継ぎ争いが一橋派の敗北に終わると、尾張藩主徳川義勝、越前藩主松平春嶽、水戸藩主徳川慶篤ら一橋派は、逆襲の意図も含めたらしく、条約問題で井伊の政策を糾弾した。そして、一橋派の重鎮であった水戸の徳川斉昭が、朝廷をないがしろにした井伊を詰問するため不時登城を強行すると、こんどは幕閣がかれら反対派大名に謹慎処分を命じて、応戦したのである。

一方、斉彬はこの処分を知って、ひそかに西郷隆盛を京に遣わし、孝明天皇に対し幕政刷新と攘夷派大名の結集を呼び掛ける密勅を出させようとした。すると、この動きを察知した井伊直弼も即座に反応し、一橋派の尊攘浪士や貴族、はては町民までも一挙に捕縛して、斬首・切腹の刑に処する強硬手段に打ってでた。これが世に言う「安政の大獄」である。

どちらの陣営も殺すか殺されるかの武力衝突に走った。攘夷過激派は暗殺集団と化し、対する幕府側も徹底弾圧で対抗した。ただし、この図式は内実が妙にこんぐらかっている。開国を断行し紀州家を将軍に迎えようとした幕閣井伊大老に抵抗する勢力は、「一橋派」と呼ばれたけれど、それをつぶすべく強行された安政の大獄では、標的がもっと広げられて、井伊にたてつく者をも無差別に狙う弾圧政策に変わっていた。おまけに、一橋派にも攘夷派と開国派が入り交じっており、幕閣も開国容認派一色というわけではなかった。もっと過激な攘夷派はむしろ幕府側に多かった。それどころか、勤皇派という括り（くく）で見れば、徳川幕府、御三家をふくめて勤皇でないグループなど日本のどこにも存在しなかったのである。

こういう、訳の分からない、恐ろしい殺し合いが始まったとき、わがはいは何も知らずに、咸臨丸でアメリカ渡航から帰ったのだった。この事件で年号が変わった万延元年の五月五日に浦賀へ帰着したとき、出迎えに来た木村摂津守の従者で島安太郎（しまやすたろう）という老人から、わずか二か月前に起きた井伊暗殺事件を知らされている。しかし、わがはいは咸臨丸出発のときから、このような事態がおこるだろうことを予測していた。なぜなら、攘夷過激派はすでに、洋書などを携えた人物と見ただけで、襲撃を開始していたからだ。

騒乱の累（るい）がこうして町衆にまで及ぶにいたって、治安を担当する幕府も反撃に出た。市中取り締まりを強める手段をとらざるを得なくなったが、新たに打つ手があるわけでもない。そこで、江戸の治安は庄内藩に、京の治安は会津藩にと、考えられ得る最強の軍団を割り振ることとしたのである。けれども、なお安心はできない。幕府はさらに、不逞の輩との斬り合いを武家だけに頼らず、浪士や町人、農民の腕利きまでも戦闘要員に登用することにした。新選組は、まさに、その落とし種である。

そんななかでも、わがはいは私塾をひらく身であったから、おいそれと江戸を逃げだすわけにはいかない。こうなったら、堂々と洋書を講義してやる、と開き直った。だが反面、自分が斬られたら、日本で学問をおこなう者が一人もいなくなるとも信じられたので、自分はどうしても死ねない。それゆえに、ほとぼりがさめるまで塾に引きこもることにしたのである。どうしても外出せねばならぬ場合は、例のごとく頬被りして町へ出た。

モニがない、モニがない

ついでに書くが、そのころわがはいは、命が危ないどころか、家族や塾生を食わせる金にも窮していた。中津藩に俸禄を返上して、自由気ままに学問だけで食っていく独立生活を始めたはよいが、要するに無収入の身である。こういう場合、いちばん大事なのは、学問や教育ではなく、金を稼ぎだす才覚だった。さいわいわがはいは長い貧乏暮らしの中でその才覚を鍛えてきた。手っ取り早くいえば、職人技を身につけたのである。藩に飼い殺しにされたも同然の父や兄とちがい、わがはいは手先が器用だったから、細工ができた。道具も使えた。それから、学問のほうでも、手間賃が稼げる翻訳の仕事に目をつけた。この能力は職人技に近い。江戸という時代はおもしろいもので、何か具体的な物産をこしらえると、そのような手仕事には金が支払われた。だから、食えない貧乏武士は、剣術ではなく手仕事を頼りにした。傘張りをしたり、寺子屋を開いたり、帳簿づけの代行をすることで、「職人」と化したのである。しかし教養だけは、なにをしても金にならなかった。

ただし、わがはいは職人としての収入だけで満足するような人間ではない。どうかして、日本でも教養で飯が食える仕掛けを確立したいと願った。そこでひらめいたのが、本を書くだけでなく、出版と販売も自分で取り仕切れる出版業も兼業する、ということだった。仕官しない学者たちは、本居宣長（もとおりのりなが）も平田篤胤（ひらたあつたね）も、自分の著作を自分で出版し販売するという方式を採用した。こうすれば、物書きは本屋、出版屋となり、金の取れる職人に格上げされる。つまり、収入を得るのである。断っておくが、印税などといった著作権にからむ収入の口が存在しなかった江戸時代では、本を書く著者には儲けがほとんど分配されなかった。

それでわがはいは自分の書物を売るのに、広告ということを始めた。この方式が斬新だったと自負している。まず、一銭にもならない原稿執筆だが、これを「手仕事」にするには、他人から執筆の依頼をしてもらって、原稿書きを手間仕事にしてしまうのが良策なのだ。気がついてみると、蕃書調所（ばんしょしらべしょ）からの依頼を受けて外交文書を翻訳している自分は、まさしく執筆が手仕事になっている。「これだ！」と、わがはいは気づいた。翻訳で原稿料を稼ぎ、その原稿を自分の手で出版して売る。これこそが経済なのである。

わがはいはさっそく、手紙を書いて広告した。現在でいう「ダイレクト・メール」だ。一度でる。

も自分の本を買ってくれたことがある大名や、せっかく高額を払って入手できた洋書を日本語にできないで困っている豪商が、このご時世ゆえにあちこちにいた。翻訳の仕事を受けつけ、原稿の量で単価を定め、自分でその原稿の複写を取っておけば、あとで出版して二重の利益が得られる。

わがはいはさっそく売りこみを開始した。見こみのある所に手紙を送り、有力な藩主には自著を献呈する。大量注文には数冊の無料上乗せや、のちには割引価格制まで実施した。

だが、わがはいはただの利益至上主義者ではない。利益を求めるには理由がある。そうして稼いだ金で、新時代のための人材を育てていく目的が。

実際、その頃の福澤塾は、名もなく金もない浪人か、あるいは山賊のようにむさ苦しい若者が集まるところだった。門弟というよりは居候（いそうろう）である。したがって、金の匂いがまったくしない。どだい、師匠のわがはい自身が、独立自営の道を歩きだしていたので、理想はあるけれども「モニ」がなかった。それで、「モニ」がない、「モニ」がない、と言いつづけるので、門弟も銭といわずに「モニ」すなわちmoneyというのが、最初に覚える英語となったほどだ。

ただし、その「モニ」は生活費に充てる資金ではない。金の使い道は、外国の書物をなるべくたくさん買いこむためにあった。暮らしは本を書いて売れば回っていくだろうが、この山賊みたいな若者どもに英語を叩きこむためには、教材ならびに参考資料、原書や字引が要る。そっちの方が先決なのだ。ついでに、最小限度の飯と酒もあれば上出来だが、それはあくまでもおまけでしかなかった。

さあ、それでは原書の購入をどうしようか、と思案する先に、わがはいは幸運の女神に愛された。時代が慶応へ移るまでの約十年間に、欧米へ三度も航海することができたからだ。洋書を一船分買いあさってくれば、自分の塾は一躍、日本一の教育機関となれる。こんな幸運を味方につけたびんぼったれ学者は、他に誰がいたろうか。

実際、明治初年ごろ、東京には竹橋に文部省なる役所ができたのだが、新しい教育法を示す立場の文部卿は、竹橋でなく三田のほうにいる、と言われたものだった。文明開化をうたう明治は、幕末から一変して教育が日本国の一大関心事となったのだが、英語の本で学べる学校がほかに一つもなかった。寺子屋や漢学の藩校はもはや不要だ。洋書があって、外国のことが学べるところといえば、結局のところ、わがはいが維持しつづける家塾しかなかったのだ。

庄内武士との出会い

そんな状況だった慶応三年の十一月末、ほどなく引き払わねばならなくなった鉄砲洲の福澤塾に、一人の侍が訪ねてきた。痩身だが、いかにも鍛錬を積んだと思わせる、芯棒がピリリと通った壮年の侍だった。身なりが卑しからぬところを見ると、どこぞ小藩の家老職か組頭のようにも思えた。

侍は塾生に導かれ、奥平家中屋敷の奥にある借り屋の門口に歩をすすめたが、なぜか頬被りをとらない。眼光が鋭く、その視線がわがはいを吸いつけるように注がれていた。

わがはいは来訪者のただならぬ気配を感じて、すこし鳥肌が立った。得体のしれぬ相手と対するには、まずざっくばらんに会話し、あとは何事も用心してかかるのが秘訣だ。わがはいは、毎朝米搗きに使っている杵（きね）をかつぐと、侍の前に立った。それは奇妙な風景だった。頬被りした侍と、場違いな餅つき用の杵をかついだ学者が対峙した。杵は武器には見えないが、いざとなれば応戦に使える得物に変わってくれるだろう。

侍は、わがはいが気軽に近づくと、はじめて頬被りをとり、一礼した。若いというほど若くはないが、どこかに青年武士の危険な気品が残っている。こういう侍には、武具を持たせるより書物を持たせたい、と一瞬だけ思った。しかし、我が目をもっとも惹いたのは、何かきらきらと輝く相手の鋭い両眼だった。といって、猟師のように血なまぐさくはない。どういえばいいのか、純真な子供がおもしろい形をした甲虫（こうちゅう）を熱心に観察するときのような、純真な好奇の光があった。

わがはいは、刺客ではないと判断し、すこし表情を和らげた。

「諭吉に御用とは、どちらさまでございましょうかな」

侍はまた一礼して、

「失礼ながら、仔細あって藩名は名のれませぬが、長坂欣之助と申します。この書物、福澤先生がお書きになられたものでございますな」と言って、懐から薄い和綴じの冊子を取りだした。

単刀直入な言いようだった。見ると、『雷銃（ライフル）操法』の第一巻である。イギリスからはいったライフル銃という新型銃について、その操作法を記した翻訳書であった。わがはいは怪訝（けげん）な顔をして答えた。

「いかにも手前が翻訳した書物です。ごらんなさい、Copyright of Fukuzawa 氏、とあるでしょう。これは福澤氏蔵版という意味で、この本は福澤の所有かつ版元でもあるから、許可なく偽版を売り出しちゃいかん、という警告です。こうでもしないと、すぐに偽版が出て、元本を作った者が報われない。これでは学問なんぞ、発展するわけがありませんからな」

侍は、先生の説明を聞いて、すこし驚いた様子だった。声を潜めて、また問いかけた。

「福澤先生は版元もおやりでしたか。外国奉行の翻訳方としてお仕えなさっていると聞きましたが、ご本をご自身でお売りになるとは」

「いいえ、翻訳方に仕えてはおりますが、あそこでは翻訳の職人として手間仕事を引き受けているにすぎません。ただ、職人ですから翻訳料という賃金だけはもらえます。しかし、それじゃあせっかくやった翻訳が民間に広まらない。それで自分で版元をひらいて売っているわけです。だから、ここでは出版所の福澤屋諭吉です。これでようやく、書いた人に一定の金子が転がりこむわけですな、いや、面倒なものでございます、あははは」

わがはいが笑ってみせると、侍も微笑を返した。

「さようでございますか、それならば公儀に気兼ねすることもございませんな。この書物、第二巻も出たと耳にいたしました。ぜひ両巻とも購いとうぞんじまして推参つかまつりました」

「そうですか。では、大口のお客様でございましたか。これはありがたい。昨今、戦の新兵器といえば、雷銃ですからな。さいわい、この本は引っ張りだこでありまして、第二巻を最近開版いたしました。何部ほどご入用で？」

「第一巻と合わせ、おのおの十部ほどいただければ」

「え、そんなにですか。ありがたいことです。立ち入ったことを伺いますが、どういう御用でこの書物を？」

そう聞かれて、長坂が一瞬、こわい表情を見せるのを、わがはいは見逃さなかった。長坂はすこし黙ったが、やがてうつむき加減に口を開いた。

「それは御時世ゆえ、申し上げにくいことにござる。それがし、藩命を受けまして、早急に雷銃を操作できる要員をそろえねばなりません」

「なるほど、戦用ですか。じゃ、野暮な詮索はよしましょう。たしかに雷銃は威力抜群といえます。さきの長州征伐で幕府軍が無残な敗北を喫しましたのも、こうした新式銃の威力が旧式銃の性能を大きく上回ったからにほかなりません。わたしもそれを聞いて、ぜひ雷銃を研究したく思いました」

すると、長坂が言った。

「それがしも同意見にござる。我が藩は田舎藩ではございますが、火縄銃はすでに五十年前に使用をやめております。以後、高島秋帆（たかしましゅうはん）先生、江川（えがわ）代官様に教えを受け、新式銃、大筒を装備してまいりました。このたびは、雷銃という新式銃を知り、ぜひとも我が藩に導入いたしたく思っている次第です」

「え？　五十年も前から火縄銃をやめられた？　それはすごいですな」

「いえ、足軽鉄砲だけはまだ火縄ですが、あとは燧石（すいせき）式の銃に切り替えました。ムスケット銃と呼ばれるものの新型です。火縄ですと、鉄砲隊を凝集させて連射いたすことができません。十分に間を置いて撃ちますから、効果もありません。もし撃ち手が集まって発砲しますと、隣の銃の火縄にあやまって火がつくなどという不慮の事故が起こります。しかし燧石式ですと、燧石を使用いたしますから鉄砲隊が密集して射撃できるのです。しかし、この雷銃、英語ではライフルというそうですが、これには劣りましょう。あちらは撃つとき衝撃があって、よく狙いがずれます。命中率がよくないのです」

「長坂さん、それぞれの銃の特長をよく知ってらっしゃる」

「はい、我が藩には外国商人から新式銃を入手する伝がござります。おそらく、いま戦になっても、薩長の新式銃に対抗できるかと愚考いたします」

「おやおや、そこまで進んだ藩が我が日本にあったとは、認識を改めなきゃいけませんな」

話がそこへ至ったとき、長坂が機会を待っていたかのように、緊迫した顔をあげた。

「福澤先生、長州征伐のお話が出ましたから、まことにぶしつけなお願いを申しあげます。それがしは、あのとき長州がもちいた新式銃を凌ぐ武器を探しております。おそらく薩長軍はやがてその新兵器で会津を討ちましょう。その後、奥州の奥に潜んだ小藩をも制圧する算段を立てましょう。そうなってからでは遅うござる。それがし、ご覧のごとくの田舎侍にござりますが、知り合いに仙台藩ゆかりの者がおりまして、その御仁より、先生が本年のアメリカ行きに際し、仙台藩より兵器調達の役をお引き受けになられたと聞きました。そこで福澤先生に、雷銃操作の教本ばかりでなく、操作訓練を藩士に直接ご教授いただけないかと、ここに参上いたした次第です」

わがはいは一瞬、声を詰まらせた。

「ちょ、ちょっとお待ちなさい、長坂さんとやら。そいつは穏やかでない。ここでは話ができないから、中へいらっしゃい」

　わがはいはあわてて長坂を上がらせ、奥座敷に招き入れた。長坂も黙って、したがった。

　わがはいは座敷の障子を閉めてから、膝がぶつかるほど長坂のそばに座った。

「じょ、冗談じゃありませんよ、長坂さん。どちらの御家中か知りませんがね、そいつはお引き受けできません。たしかにわたしは砲術の本を出しました。先年亡くなった兄も、これからはオランダの砲術を取り入れないと戦に勝てないから、おまえ、長崎で蘭語を習得し、兵術書を翻訳してみないか、と言われたのが、そもそも洋学に志したきっかけです。長崎では、たしか二十一のときだったかに、山本惣次郎（そうじろう）という地役人の砲術家の食客となりました。なんのことはない、山本家には伝来の砲術書がありましてね、その本を貸して礼金を取るというのが収入源でした。その出し入れをわたしが任され、いろいろな人物に本を貸し、オランダ語もついでに教えるうち、西洋の砲術に委しくなって、砲術家の番頭みたいな役回りになりました。わたしは大砲なんか見たことも触ったこともないのに、図面が引けて操作法も知っている妙な人間なんです。

　そんなわたしが芝口の古本屋、和泉屋善兵衛（いずみやぜんべえ）の店へたまたま立ち寄ったとき、一冊の本を見せられました。それが雷銃の使い方を記した本だったんです。そこでさっそく、その本を買い入れ、奥平藩の鉄砲方に頼みこんでその実物を借りまして、本と首っぴきで銃を分解し、また元へ戻すことに成功しました。そこで確信が得られたので、こうして翻訳した次第です」

　長坂はうなずき、すこしおどろきの表情を浮かべた。

「さようでしたか。先生が大砲をごらんになったことがないとは、意外でございますな。教授方としてご出馬いただけないのでしたら、雷銃の買いつけだけでも、力をお貸しくださらんか」

　しかしわがはいはかぶりを振った。

「武器の買いつけも御免蒙ります。あなた様の藩に出入りする商人に申しつけなさいませ。なぜなら、わたしはそういうことができないからです。わたしは一発の弾も撃ったことがないのです。先日も、雷銃の手引の隅々を、いろいろとお尋ねになる方がおいでになり、いちいちお答えするのに往生しました。雷銃を実際に撃ってる方に根掘り葉掘り突っこまれたら、こっちは一言もありませんからね。そのお方は村田（むらた）さんといって、なんでもご自分で高性能の雷銃を発明なさるのが望みだということでした。まあ、こういうお方が日本で雷銃の大家におなりになるのでしょう。ですが、わたしが自分の目利きで仕入れられるのは、書物だけです。しかも、これをできるだけ安く販売したい。仙台藩からはたしかに兵器調達のお役を引き受けましたが、銃なんてもんは素人に買いつけできやしませんよ。古臭いやつをつかまされて大損を食らうのがオチでしてね」

「さようでしたか」

　長坂はすこし落胆した様子だった。わがはいはさらに言葉をつづけた。

「長坂さん、お見かけしたところ、あなた様も兵器に慣れたお人のようだ。悪いことはいいません。武器の調達なら、信頼できる商人に頼むほうがいい。でも本ならば、こっちは専門ですから、なんでも手に入れて差しあげましょう」

　長坂はそこまで聞くと、急に居住まいをただした。

「福澤先生、それがしは先生のようなお方とはじめてお会いしました。今はどんな侍も攘夷を叫び、そのくせ武器だけは洋式に頼ろうとしております。武士も町人も、名を挙げることに汲々としております。しかし先生はそうではありません。それがしも、我が藩の存続は新兵器でなく新しい学問教育によって成し遂げるべきと信じる者にございます」

「いやなに、わたしは志なんてもんが嫌いなだけです。自藩が存続できるかどうかなんてことは、時の運というべきものでしょう。それを知るために学問があるのです。幕府から職人手当を貰ってる身で申すのもなんですが、幕府はもう潰れますよ。そんなもんに命を託す気はありません。だいいち、井伊大老も徳川家も、ほんとは攘夷の本家なんですからな。といって、薩摩や長州の連中は、あれはいわば浮浪の徒で、天下をとったら、今の幕府よりも始末の悪いことになるでしょう。だからわたしは、兵器を売ることとなんぞに手を染めません。本屋ならいくらでもやりますけどもね、ははは」

わがはいはそう笑ったが、前の渡米で兵器調達を試みた際に、業者にカモられたことがよほど癪にさわっていた。仙台藩から武器購入の注文を受けてサンフランシスコに行ってみると、南北戦争の直後で中古の銃がいくらも売りに出されていたのはよいが、現地の商人が非常にこすっからく、もう誰も使わぬ旧式を新式と偽って売りこもうとしたのである。こんなズル狐みたいな連中と武器の大量購入を交渉しても、結局カモられるだけだと思い知った。

長坂は目を輝かせて聞いたあと、わがはいにこう告げた。

「先生、それがしも故郷に、先生のごとき学問教育の師をお迎えするほうがよいと信じております。学問はまことにすばらしい。この世のあらゆるできごとは、すべてにおどろきと感動を宿しています。それがしも未熟ながら、お役目の余暇に江戸中の動物商、植木商、珍しい生きものの見世物に花鳥茶屋や薬品会、それに薬草園までも見物にまいります。どれも心が震えるような感動がございます」

「さようですか。珍獣や珍花がお好きとは、おしあわせなことだ。本草(ほんぞう)学やら博物学やらが今時の流行でもございますな。どちらも平和な学問で、結構じゃありませんか。日本には和歌や俳句と申す四季の趣を詠む技がありますが、本草学は文明開化の時代の和歌でもあると、わたしは思っていますよ。自然のありさまをふかく研究できます」

「はい、これからはこのような学問が民間でもおこなわれましょう。しかし、今は時世がそれを許しません。それがしは幼いときから花鳥虫魚の趣味があり、高じてオランダの本草書も読むようになりました。しかしながら、蘭書が読めるということは、本草や博物の知識を得る技術に長じる近道であるのと同時に、最先端の兵器についても知ることができる戦人(いくさびと)の利になるとも言いかえられましょう。気がつけば、それがしも知らぬ間に西欧の兵器を取り扱う重い役目を仰せつかっておりました。たぶん、それがしはこの役目を果たすため、我身を捨てねばなりません」

　急にあたりが静まり返った。わがはいは慎重に言葉を選んで、こう訊いた。

「ほう、それはおもしろいお答えですな。生物の命をいとおしむはずの西洋の学問が、今は殺し合う機械を操作するために使われている、と。しかし、あなた様がどこかの藩士で、しかも表向きは徳川を安堵する立場であるなら、そうならざるを得ないというわけですな。ならば、そうした立場を捨てようという気にはなりませんか」

「いえ、立場や役目のことはよいのです。強いて申しますなら、援けるべきものを援けるため、と心得ております」

長坂の答えを聞くと、わがはいは懐手して、ウーンとなった。そして重い静寂を掃うように、こう問いかけた。

「ならば訊きますが、長坂さん、あなたがいま援けねばならぬのは、だれですか？」

ここでも、長坂は即答した。

「命にございます。父母の、妻の、子の、藩民の。そして、藩内の生きものの、海や川や山の……」

長坂の声が小さくなった。わがはいはしばらく、長坂が発した答えを反芻したが、どうしても訊き返したくなって、長坂の顔を正視した。

「どういうことですね？　なんで山や川の生きものの命まで援けなさる？」

すると、長坂は静かに答えた。

「いえ、高邁な自説があるわけではございません。藩と藩の対立は、いわば人間の勝手にすぎず、どちらが勝とうと、海や山や森には何の関係もないということです。ただし、海山がそのために踏みにじられれば、それがしのような心持の者は死に絶えます。そうであるなら、それがしは人の諍いから出て、海や山のほうを護ることに命をかけたく存じます」

その説明で、わがはいは合点がいった。

「長坂さん、あなたは寛大なお人だ。そういうお侍が、一人でもおいでになることを知って、わたしはうれしい。だが、今は武器をもって戦わねばならぬとすれば、武器でどのように海山を救いなさる」

するとと、長坂が毅然として、言葉を返した。

「福澤先生、武器が破壊した命はもはや還りませぬ。が、その魂を忘れず、その子孫を援けて繁栄させることで、失われたものもこの世にとどまれるのではございませんか」

わがはいも思わず笑みを浮かべた。

「長坂さん、あんたは、御坊様ですか。まるで釈迦か菩薩のようなことを言わっしゃる」

長坂は軽くかぶりを振った。

「いえ、しがない本草家にすぎませぬ。ですが、山や川の成り立ちや、生きものの暮らし方を究明する学問を磨くことで、失われたものを戻せるのではありませんか」

「オ、そうでしたな！　あなたのやっていなさる学問は、いま欧米で盛んに研究されているナッラル・ヒストリヒと同じだ。その学問は、緒方塾でも大切にされてましたよ。この世に棲む生きものをすべて同朋と見る。これ以上に寛大な学問は、ほかにありません」

わがはいは感心して、長坂を見つめた。しかし、長坂の目はなぜか哀しかった。

「先生、それがし、西洋の書で学び大安心いたした論がございます」

「ほう、どのような論ですか？」

「イギリスのお医者さまで、エラスムス・ダルウィンと申される方の本です。その本には、生きものの最大幸福ということが説かれておりました」

「生きものの最大幸福と？」

「はい。生きものは自らが死んで、仲間のだれかを生き延びさせる。自分が死ぬことで次の世代の誕生の糧になる。だから死ぬことは幸いであるというのです。こういう幸福な死に方ができることが、生きものの特権である、と」

「も少し、詳しく話してくれませんか？」

「はい。生まれて、生きて、子をなして、老いて土に戻り、また生まれ直す。生命が自然にしていることがこれです。素直に生き、死んでいくこと、どのような生命もふつうにしていることこそが、生命の最大幸福だというのです」

わがはいはそれを聞いて言葉が出なかった。腕組みしながら、しばらく黙った。今まで考えてもみなかった発想だったからだ。長坂は、さらに言葉をつづけた。

「桜田門外で井伊大老が斬られたとき、それがしも現場を見分しました。凄惨としか申す言葉のない光景でございましたが、それがしはそのような場所にもダルウィン医師の論の正しさを見いだしました。大老は異常な仕方でお命を絶たれましたが、それでもその死のあとに次の日本が生まれるのではないかと思いました。いや、そうしませんと、日本という命は失われます」

わがはいは不意に立ち上がり、長坂の骨太い肩に両手を置いた。

「長坂さん、あなた、我が塾に入りなさらんか。あなたまでがいま死んでは、もったいなさすぎる。死ぬなら、次の命にあなたの魂を伝えてからでも遅くないですよ。侍なんぞよして、学びなさい。殺し合いに出ていく必要なんかないでしょう」

しかし、長坂は丁寧に低頭して、静かに立ち上がった。

「いえ、それがしの定めは闘死にございます。残念ながら無益に消えていく命の一つです。ですが、死ぬことで、すくなくとも次の命が生きやすくなる世の礎にはなりたく存じています。この騒がしい江戸にそれがしが召されましたのも、それゆえであると心得ます。この新式銃の書物は、かならず役に立たせていただきますれば」

諭吉、秘本を押し売りすること

「長坂さん、あんたの存念はよくわかった。わがはいに戦争を止めさせる力はない。あなたを信用するしかないから、お望みの『雷銃操法』はお売りしよう。じゃがな、これを売る代わりに、もう一冊、わがはいはあんたに押し売りしたい本がある。この本は、我が塾の秘本だ。まだ出版もしておらぬ。だから写本だ。したがって手間賃がかかっておるから、高価ですぞ。これだけは、高値を吹っかける。それればかりじゃない。この戦乱のせいで、もしもこの一書が焼かれることになったら、焼いた奴らに天罰を食らわす。我が塾には大砲を撃てる者もいるから、幕府軍であろうと薩長軍であろうと、遠慮なく大砲をぶっ放す。日本文明の命運がかかった秘伝です。そういう秘本なんだが、どうだ、あなた、一緒に買ってくれますか？」

長坂は、おもわず生唾を飲みこんだ。

「日本文明の存亡を左右する著作とは、いったい、なんという本でござるか？」

「まだ、決まった題名がない。刊本も出ておらんし、写本というのも、著者の原本と、その弟子だった大槻磐水に贈られた写本の二書しかなかったからです。ただ、著者には題名に関して二つ腹案があったそうだが。この著者というのは、奇縁だが、わたしが江戸で蘭学塾を開いた中津奥平家の中屋敷にもよく通ってきていた御仁です、名を杉田翼という」

「え、杉田翼ですと？　それはよもや、杉田玄白先生の本名ではありませんか？　あの『解體新書』を訳された？　ならば秘本とは、その……」

「おっと、早まってはいけませんよ。たしかに『解體新書』はあの本の仮題のひとつだが、あの頃から幕府の禁忌に触れる恐れのある本でした。それじゃありません。もっと切実な本だ。蘭学そのものが日本で広まるかどうかという危険な時期に、この学問こそが医学ばかりかすべての知識を改革する我が国将来の存亡にかかわる新学問であることを報せる本だった。なるほど、『解體新書』には杉田氏の訳と表記されていますが、じつはほんとうに訳したのは中津藩医の前野蘭化先生なのです。杉田氏は蘭語ができなかったが、訳文の清書を担当し、表題に杉田玄白の訳と明記したのも、蘭化先生こと前野良沢の名が幕府に知られることを避けたからだそうで」

「さようでしたか」

「まあね、わたしは常々、自分のことをド田舎者だの、中津は封建気質の塊だのと言いふらしてはいるが、正直に言うと、世間を偽るためなんです。じつは中津奥平家の藩主は代々、とびっきりの蘭学びいきだったんですよ。だからわたしも故郷を誇りに思ってるんだが、手前みそになるから言わんだけなのです。前野氏に思う存分蘭学をやらせたのは、第三代藩主の奥平昌鹿で、前野氏が藩医の仕事もおっぽりだして蘭学に命をかけるさまを見て、こやつは蘭学の化け物だと言われたとか。それで前野氏はみずから蘭化と号したわけですな。ほんとうなら、らんか、と読まずに、らんばけ、とでも読ませたかったんでしょう。それから第四代目の奥平昌男も父親の感化があって、当時の〝らんばけ〟大名では極致といってもいい、藩主島津重豪と仲がよかった。その縁で後継ぎの第五代中津藩主になったのが、重豪の子だった婿養子の昌高です。父親以上の蘭(らん)癖(べき)でしたから、もうシーボルトの親友という間柄でした。昌高はシーボルトとの付き合いに熱中するあまり、家督を早々に息子に譲って、蘭学に励んだ。で、じつはわたしの藩主、昌高は養家の祖父だった昌鹿が前野氏や杉田氏が屋敷内で苦心惨憺(くしんさんたん)して『解體新書』を訳出する現場の話を、よく知っていた。だから、蘭学の翻訳を奨励するために『蘭語訳撰(らんごやくせん)』という中津版の蘭語辞書まで作らせたんです。その藩主が亡くなられた直後に、蘭語塾の教師としてわたしが江戸へ招かれたのです。ですから、江戸の蘭学仲間だった杉田玄白は、前野良沢邸でおこなわれた血のにじむような翻訳作業の現場を後世に伝えようとしておるのです。杉田氏には蘭学仲間に奇人・平賀源(ひらがげん)内(ない)もおりまして、非業の死を遂げた源内の遺作保存にも心を砕いていたと思います。それで、これから蘭学をまなぼうとする後進のために、先輩の拓(ひら)いた苦難の道の意義を報せようと考えたのでしょう。杉田氏は今度こそ本物の自作を仕上げて、その原本と、弟子の大槻に与えた写本の二書を、この世に残しました。ところが安政二年の大地震に見舞われて、杉田家は秘蔵書をすべて焼失してしまったのです。

　わたしは、その秘本の冒頭に、次のような文章があったことをよく覚えています。〝蘭書翻訳という未曾有の難事は、さながら艪舵のない船で果てしない大海に乗りだすごとき茫洋にして寄る辺なく、ただあきれにあきれていたるまでなり〟とね。その遠大な思いは、先年わたし自身で体験した咸臨丸の航海と重なりました。それでも、あの大地震で燃えたのだから、もはや杉田玄白が記した蘭学修行の記録は永遠に消滅したろうと、あきらめていました。ところがです、奇跡はおこったんですよ、長坂さん！　ちょうど幕末のころ、我が友の神田孝平という者が、府下本郷通を散策していた折、たまたま湯島の聖堂裏に出ていた露店にかなり古めかしい写本が並んでいるのを見つけました。ぺらぺらとめくってみると、なんと、冒頭に、翻訳事業は艪舵のない船で大海に乗りだすかのごときあきれごとだと書いてあるではありませんか。びっくりして精査したら、まぎれもない杉田玄白の日記だったのですよ。この大発見で、ようやく『解體新書』訳業の真実が残りました。わがはいも親友の箕作秋坪とともに全文を読み、感涙にむせびました。だから、塾生にも読ませ、写本を造らせました。この一書は、学問の困難な道をすすむ学徒の聖書でなければならんと思いました。しかし今はこの戦乱騒ぎ。いずれ、薩長軍と幕府軍は江戸を火の海にするでしょう。だから、わたしはこの書を杉田氏の腹案どおり『蘭学事始』と題して我が塾で秘蔵し、日本中の学芸と書物が戦火に失われても、この一書の励ましで学問が再生すると信じるのです。わたしはあなたにもこの本を護ってほしいのです」

　長坂はじっとわがはいをみつめるばかりなので、ふいと立ち上がって書庫から『蘭学事始』の写本を持ちだし、畳の上に置いた。

「これです、おそらく兵器の本よりもはるかに日本を護れる武器ですよ」

長坂はそれを手にとり、しばらく黙読したあとに、口をひらいた。

「お説のとおりとおもいます。福澤先生、失礼ですがいかほどで購えましょうや？」

「さようですな。百両……と言いたいところですが、あなたはほかに多くの本を買ってくださった。ここは福澤屋本店のおやじとして、せいぜい勉強させていただきましょう。なにせ押し売りした本ですからな、特別のおまけということで、無料とさせていただきます」

「無料……で、よろしいのですか？」

「はい、どうせ丁銀みたいなお金を受け取っても、価値がさがる一方に決まってます。それなら気前よく、タダでよろしかろう。そのかわり、戦が終わったら、この本を兵器書に代わって役立ててくださらんか」

長坂は笑みを浮かべ、一礼した。

「かたじけない。頂戴してまいります」

わがはいはそこで沈黙した。しかし長坂欣之助は、いかにもいとおしそうに、買い入れた雷銃の教本を袱紗(ふくさ)に包み、小脇に抱えて座敷を出た。長坂を玄関口で見送るとき、わがはいは諦念まじりの笑いを浮かべて、こう告げた。

「長坂さん、それにしても洋学者ってやつは、よほど因果な商売だと思いませんかな。蘭語や英語がなまじ解せるもんだから、わたしらはご時世の命じるまま、兵器製造屋にもなれば、花や鳥を愛でる神仙にもなれる。ありがたいのか、拷問なのか、よくわからない。しかも戦が終わったら、わたしらはお払い箱でしょう。せいぜい在野で好きな自由研究をするほかなくなる。でも、幸せはむしろそこから始まるような気がします。あなたのように草や花、鳥や魚を愛でながら暮らすべき人が、戦場に出ねばならぬとは無念です」

雷銃の手引書を買いに来た侍は、別れのときに、こう付け加えた。

「まことに同感です。それがし、もしも生まれ変わることができましたら、まよわず先生の塾に入門いたします」


わがはいの意識は、ここで現実に戻ってきた。しばらく言葉を切らし、瞑想した。鉄砲洲時代の諭吉も会読——というよりも原稿の前段として参考になるべき解説を即興で語っていたが、その流れも途絶えた。


わがはいはゆっくり目を開き、天井を見あげたが、視線を若い諭吉の見慣れた顔に落ちつけた。

「お、すまん、すまん、夢を見るような気持ちになった……原稿は、これでまだ半分も会読になってないが、あんた、この長坂欣之助っていう侍、覚えはないかね？」

若い諭吉は悔しそうにかぶりを振った。

【おれがまだこれから出会うお侍ですよ。いまはまだ薩摩屋敷の焼き討ちも起きてませんから。そんな発想を持っていたお侍なら、是非にも会っておきたいです、楽しみだ】

「そうかね、それならば、楽しみを壊してしまって申しわけないが、原稿をも少し先まで読んでくれ。おまえの解説がとても詳細だったので、まだ肝心な薩摩邸討ち入りのことが出てこないだろう？」

【さようでした。これは、すこし前口上が長すぎました。まるでおれの演説みたいに。この先は、もう、すなおに原稿を素読しましょう】

「いや、おまえの解説も得がたいものだから、話がより明確に伝わるでしょう。構わないから、お好きなように、素読でも会読でもかまわないから」

原稿の会読：後段

（承前）慶応三年十二月二十五日の朝まだき、市中取り締まりの責をになう庄内藩江戸市中見回り武装隊が、あろうことか管内にある三田薩摩藩邸へ討ち入ったのである。豪勇で鳴る庄内藩、および高崎、白河、中村の各藩、および庄内藩お預かりの浪士隊「新徴組」がこれに加わった。文久三年四月、幕府より命を受けて以来、庄内藩および支藩の松山藩は、江戸市中警備の任を果たしてきた。戊辰戦争が始まる直前の慶応三年十一月まで、江戸が最大の危機に直面したその五年間を、しかと護りぬいたのはかれらである。

　戊辰戦争を引き起こす火種となったこの事件は、すでに述べたように、わがはいが鉄砲洲から芝新銭座へ移転するときと重なって起きた。わがはいの新しい住みかが、芝浜御殿に近い有馬家の中屋敷に決まったのだ。家塾のほうもここで組織をすべて改め、「慶應義塾」という看板を掲げる四か月前のことである。四百坪ばかりの土地を三百五十五両で買い受ける契約が結ばれ、二十五日はその代金を売主に交付するはずだった。

だが、すでにその前夜から、江戸は危険極まりない巷に一変していた。政権の中心に座る将軍慶喜と幕閣の主だった幹部は、大坂に移動して朝廷との交渉に集中しておって、江戸はいわば空き家状態だった。これに乗じて、薩摩藩が江戸に騒乱の種を播いた。市中に不逞浪士を暗躍させ、乱暴狼藉から火付まで、さまざまな秩序破壊工作を仕掛けさせた。

いっぽう、この騒乱を封じこめ、江戸市中の治安を維持する警備の責任は、庄内藩が負っていた。

また別に、清河八郎により将軍上洛の警護を名目に組織された浪士組も、途中で尊王攘夷に鞍替えして江戸に戻った一派が、新徴組を名のって、警護の一翼をになった。清河が暗殺され空中分解した旧浪士組を、幕府が拾いあげ、あらたに江戸警備を担当させたのだった。新徴組の取り締まり役には山岡鉄太郎と高橋泥舟が就き、元治元年に庄内藩酒井家のお預かりとなった。これで庄内藩一統が独力で江戸の警護を引き受ける体制ができあがった。

一方の「薩摩浪士」隊も、剣豪や過激派の志士を大量に集めて、三田薩摩屋敷を根城とした。その数は数百人もいたらしい。中には、後に「早すぎた官軍」と呼ばれた赤報隊の創設者、相楽総三もいた。十一月末には下野の出流山で、竹内啓の率いる薩邸浪人が、これまた早まった挙兵をおこなったが、幕府軍と衝突したことで関東全体が不穏な空気に包まれた。元医師であった竹内は捕縛され、背後に薩摩藩がいて残党を三田藩邸に匿っている事実を自白した。

この自白を受けた庄内藩は、武力で鎮圧する作戦を選んだ。藩士も新徴組も戦闘装束に身を固め、その上に羽織をまとった。江戸城の防御はすぐに堅固なものになった。和田倉門内には砲列、および銃列が配備された。数寄屋橋門にいたる一帯には　新徴組の剣士を配置し、松山藩を含む警備隊も要所に屯所を設置した。各部隊は二十五名一組を構成し、昼夜市内の巡邏をおこなっている。

十二月にはいると、薩摩浪人がさらなる挑発を仕掛けてきた。二十三日には三田同朋町にある庄内藩屯所を放火し、下手人たちが薩摩屋敷に逃げこんだ。屋敷の主は島津修理大夫である。市中警護隊が無断でここへ踏みこめば、公儀がその責任を取らされる。

だが、薩摩の手の者に藩の屯所を燃やされた庄内藩にも意地があった。手だしができない幕府の弱腰に匙を投げ、薩摩屋敷討ち入りの許可を幕府に強要する手段にうったえた。

十二月二十四日、放火した浪人らが残らず薩摩邸内に逃亡したという件で、庄内藩以下の市中警備隊が薩摩屋敷に浪士の引き渡しを求めて押しかけた。しかし薩摩は、藩主の深い思し召しにより浪人を三田邸に集めているが、そのような暴行を犯した事実はない、と突っぱねてきた。庄内藩の使者はこの回答を不服として、その場で「それならば討ち入り止むなし」と言い置いて立ち去った。

わがはいが新銭座の有馬屋敷を買いとるために現金を払いこむ日は、薩摩と庄内の交渉が決裂した翌日にあたっていた。大戦になりそうな予兆は、前夜から市中に繰りだした戦装束の見回り隊を見れば、だれにも感じ取れた。だからわがはいも前夜から気色ばんでおり、声が大きく、荒々しかった。

「篤さん、明日は支払いだというのに、なんだか新銭座の方がきな臭いよ。市民は知らされなかったが、三田一帯に捕り方が集まり、庄内藩が大砲を引っぱって品川のほうへ向かって行ったぞ。大丈夫か？」

小幡篤次郎も気が気でなかったろう。いつになく息が上がっていた。

「何だか知りませんが、江戸の空気が緊迫してました。火消衆も支度して集合していますよ」

「もう一つ気がかりなことが、立ち売りの読売に出てたよ。薩摩に掛け合った幕府方使者の名がぞろぞろ出てるけど、そこに松山藩から家老格の長坂血槍九郎（ちやりくろう）って侍が出たと書いてあった。おい、血槍九郎だぞ！　なんておそろしい名なんだい！　だが、長坂という名にピンと来た。もしや、わがはいが数か月前に出会った男じゃないかと。そいつも長坂だったからな」

小幡も慄然として、

「なんか気がかりですな。ライフル銃の操作法を十部ずつ買っていったとかいうお人でしょ？」

と、応じたから、わがはいもつづけて、

「あの人はどうも奥州からでてきたように見えた。庄内藩の家中だったら、どんぴしゃりかもしらん」

じつはわがはいは、あの侍に出会ってから、にわかに庄内藩に興味を持ったのである。そしてその藩の内情を調査したのだが、調べれば調べるほど興味がわいた。

まず第一に、この藩は設立以来、いちども転封（てんぽう）を食らったことがないのだ。ずっと山形の鶴ヶ岡で、譜代の酒井家が統治している。一時経営があぶないときもあったが、本間光丘（ほんまみつおか）という豪農が藩政改革を断行して領民を救い、学問を奨励して回復させた。本間家は書物収集という点でも、一目置かれる存在だった。それに、藩政改革といえば上杉鷹山が有名だが、鷹山が学んだ師というのが、この光丘だったことを知って、わがはいは仰天した。

そして第二は、庄内藩の武力の高さである。

こと剣術にかけても、奥州では庄内藩にまさる藩は存在しなかった。たとえば、北辰一刀流だ。江戸の千葉周作が於玉ヶ池道場を開いて一世を風靡し、全国にその名をとどろかせた流派だった。だが、周作には弟もいて、こっちの方は桶町に千葉道場を開いて、ここに坂本龍馬も来た。庄内藩ともかかわり深い柏尾馬之助という剣豪も、門を叩きに来た。この侍がじつに強かった。江戸を護った新徴組は、この柏尾が剣術の指南役なのである。新徴組といえば、兄弟分は京の新選組であろう。この両方を生み出した浪士組を最初にこしらえたのが、尊攘武闘派の家元ともいえる清河八郎だった。じつは清河も庄内藩出身で、北辰一刀流だ。新選組の山南敬助、新徴組の山岡鉄舟、みんな同門である。沖田総司のねえさんも、庄内藩の侍に嫁いでいる。戊辰戦争で西郷が手を焼いた庄内藩には、やたらに強くて優男の酒井玄蕃という若武者がいて、鬼玄蕃と恐れられた。おまけに酒井家は戦争のあと官軍の死体さえも手厚く葬ったというから、戦闘マナーもわきまえている。

わがはいは、居合抜きの名手でもあったから、剣術事情にくわしいのだ。いつだったか、板垣退助がこう語ったことを憶えている。

「武闘では会津藩ばかりが美化されてるが、ほんとは庄内藩が最強だったよ。会津と違うのは、庄内藩が武士だけでなく領内の全員が一丸となって敵にぶつかったという点だ。会津は、そうじゃなかったらしい。武士だけで戦おうとした。ただし武家の女たちが目覚ましい活躍をしたけれどな。会津若松城攻撃にあたり官軍を指揮した板垣によると、あとで大山巌（おおやまいわお）の細君になった捨松（すてまつ）という娘が、たった九歳で籠城組に加わり、負傷兵を看護したり、飛んできた焼玉に濡れ布団をかぶせて爆発を防ぐなんていう役をこなしたという。薩摩の大山巌がこの娘に一目ぼれしたのも無理はない。だが、庄内藩はそれ以上に覚悟のある人たちがいたってことだよ。奥州人はとにかく強くて、賢かった」と。

ついでに言えば、あの頃、敵も味方も北辰一刀流が多かったのは、稽古に特別な工夫があったからだった。竹刀と防具で稽古した。怪我もしないし、理にかなった流派だった。そして、長坂が我が塾に来た理由も、はじめて分かった。庄内藩には、エドワルド・スネルと名のる国籍不明の武器商人が控えていた。ここから新兵器を買ったわけだ。スネルという商人も最後まで奥州を見捨てなかった。負け組を集め、アメリカへ連れて行って新しい開拓村を開かせようとしたとも聞く。若松コロニーとか呼ばれたそうだが、これが成功していたら、新庄内藩とか、新会津藩なんていう日本の飛び地がアメリカにできたかもしれぬ。

つまりこの藩はすでに早い時期からアームストロング砲やスペンサー銃の導入を検討していたことになる。どうりで長坂が塾に雷銃の教本を買いに来たわけだ。近代兵器まで備えている奥州の小藩？　いや、ちがう。庄内藩は日本随一の軍力を備えた雄藩だったのではないだろうか。

わがはいの危機感は、これでさらに強まった。しかし、あすは家の買い取りを決める支払いのほうに集中したい。

わがはいはうんうんとうなずいたあとで、平静を取り戻し、

「気をもんでも仕方ないから、もう寝るよ」

と言い残して寝室にはいった。妻の錦はそこに残された読売を横目で見た。

いかにも粗雑な読売の紙面に、薩摩屋敷へ乗りこんだ幕府方の氏名が書かれていた。松山藩の家老格、長坂血槍九郎の名が大書されていた。長坂は討ち入り隊の隊頭であった――。


十二月二十四日夜、薩摩との交渉を打ち切った庄内藩から、二十五日か二十六日のどちらかで「夜討」をかけることを決めたという触れが回った。しかしどちらの日にするかは保留しておいて、今夜から出陣態勢を整えておくようにという指令が、各隊に通達されただけである。

桜田門内板倉侯屋敷に屯所を置いた長坂は、自分が宗藩の酒井紀伊守（きいのかみ）に代わって総指揮をとるよう、藩士じきじきに命じられている。その立場であるから、夜討を告げる通達を見て、即座に「夜討は今夜」と確信した。なぜなら、夜討が明日二十六日夜以降の決行となるなら、前日に当たる二十五日にも出動態勢を組ませる必要はないからである。今晩から準備をしておけ、ということは、今晩討ち入る、という意味に違いないと解釈したのだった。

長坂は間髪をいれず、市中警備隊を屯所に集合させた。小藩の衛士を併せて総勢六十名の夜襲隊が整列した。大砲は三門、銃撃隊は十三人である。少人数ではあるが、松山藩は志願により先鋒に立つことを許された。

だが、肝心の攻め口を知らせてこないのだ。長坂は主将の石原倉右衛門（いしはらくらえもん）に対して、どこを攻めるか再三にわたり問い合わせた。だが、返事がない。長坂はまたも自身で決断をする羽目になった。攻め口の決定が大幅に遅れれば、夜襲そのものが困難になるかもしれないからだった。ならばと、長坂は夜襲隊に桜田門内からの出陣を命じ、三田にむかって行進させることにした。出陣を命ずるとき、長坂は隊士に向かって問いかけた。

「これよりの出陣は、上から承認を受けたものにあらず、それがしの独断でござる。それがしは無学、不肖の若輩にござるゆえ、藩内諸兄、諸先達のみなさまには異論がこれあるも不思議ではありませぬ。若輩に従うべからずと賢察された向きには、出陣を控えなさるもご自由でござるゆえ、お考えある方々はこの場で申し出ていただきたい」

しばらく待った。だが、隊士全員はひとこと、異存なし、とだけ答えた。長坂は背筋を伸ばし、震える声で隊士に謝した。

「この長坂、重ね重ねての不肖者にもかかわらず、死生をみどもに託され異存なしとのお言葉、まことにかたじけなく存ずる。されぱかならず生死を共にすべし。定めの合図は、松に山でござる。もしこれをたがえたる場合、闇夜ゆえ親子兄弟の差し違えとなるも、ゆめゆめ私怨お持ちくださるな！」

そして、深夜の行進が開始された。隊列は最初に西の丸下へ向かい、そこで宗藩の小姓頭に面会し、何か下知がないかどうか尋ねた。すると、小姓頭は、宗藩討手の主将、石原倉右衛門より達しが来る手はずだとだけ、教えてくれた。

ところが、三田の薩摩屋敷に到着しても、攻撃口をどこにするかについての決定がなされていなかった。長坂が心配したとおり、重役たちには決断ができないらしい。おまけに、幕閣よりも耳が早い江戸庶民が、夜だというのに垣を作り、薩摩屋敷を遠巻きにして見物しているではないか。

これが江戸なのか、と長坂は心の中で震えた。殺し合いが、ここではすでに見世物でしかない。井伊大老が暗殺されたときも、民衆が見物していた。それどころではない、あの黒船が来航し、たった四杯で日本国がひっくり返ったときも、浦賀は見物人で黒山になった。これはいったい、君子の豪胆なのか、それとも赤子の無邪気なのか。

いったい我らは何を護ろうとしているのか？　長坂の心のどこかが崩れかけた。かれは必死に剣柄を握りしめ、固く両目をつむった。それから激しく呼吸すると、最後の息をできるだけ長く引っ張ってから、いさぎよく目を見開いた。

事態はまるで変わっていなかった。戦場であるにもかかわらず、遠くで民衆の声が響いていた。何も始まっていないのに、すでに祭りのような陽気がみなぎっていた。長坂は誰にともなく毒づいて、意味のない待機をつづけるほかなかった。

ここで長坂は初めて憤りを感じた。主将の前に出て、「まったく指令がないのであるから、やむを得ず自身の判断で攻め口を選ぶこととするゆえ、しかとお聞きおきくだされ」と言い残し、全隊士を三田薩摩邸の三つ角へ移動させると、独断で大砲をそこへ押しだした。ところがここでも宗藩とぶつかった。われら宗藩が駆けつけたのだから、支藩はこの場を明けわたせというのだ。

考えられぬ物言いであった。

　長坂は討議する猶予なしと悟って、こう吐き捨てた。「今回の先鋒は松山藩に許されたゆえ、一歩も引けませぬ」、と。とうぜん、双方で口論が起きそうになったが、そこへ参謀面（さんぼうづら）をした上司がやって来て、「ならばここより東に手薄の攻め口が二、三か所あるから、そちらへ廻って先鋒に出てくれぬか」と横柄な提案をしてきた。が、口論をしている暇はない。長坂は即座に承知した。

　指示された東の攻め口は三か所あった。一本目は通り沿いでおもしろからず、二本目は宗藩が先に陣取っていたのであきらめ、三本目の通りにすすんだところ、そこは大岡侯の屋敷脇で、道幅も広く、薩摩藩邸まで三十間の距離がある誂（あつら）え向きの攻め口であった。おどろくのは、この辺まで見物が押し寄せていたことだった。これから大砲を構え、最新式の銃で撃ち合いが始まるのを、まるで場末の的当てかなにかを待つように、へらへらと見守っている。長坂は、あやうく町衆を護るという本来の仕事を放棄しそうになった。

　しかし長坂はすぐに鬼に戻った。大岡侯から借りた畳を立て、陣を築いた。ここまで来るのに、三度も大砲の設置場所を変えねばならなかった。すでに時刻は夜明けに近づいている。衛士が引っ張ってきた大砲は五門、これを三門と二門に分けて左右に置き、薩摩屋敷に侵入するための梯子（はしご）を三挺用意した。そのときようやく、使い番が馬を飛ばして駆けつけてきて、待ちあぐねた上層部からの下知を伝達した。

「交渉手切りとなりたるゆえ、打ち掛かられよ」と。

長坂は烈火のごとく怒った。こんな腑抜けた一文を、おれは待っていたのか、と。自分にも腹が立った。やっと届いた下知にも、どの攻め口から打ち掛かれとは、一言も書いてないではないか。

戦は人を愚鈍にする、と、長坂は心底から思った。

長坂はその怒りを薩摩屋敷へ向けるしかなくなった。長屋下まで単身進んで、塀の彼方に向かい、大声を張りあげた。

「これは庄内藩酒井紀伊守が隊頭、平胤保と申す、先鋒を承りて繰りだせる者。薩摩邸の賊ども、心得て出てまいれ！」

平胤保とは長坂の名である。

とたんに大砲二門が火を吐いた。鉄砲隊が一斉射撃を開始した。轟音が消えなかった。つづいて三門の大砲が長屋下まで押し出され、そこから火を吐いて塀を破壊した。三門の大砲の両脇に整列した足軽鉄砲も、いっせいに弾丸を発射した。

あたりに血なまぐさい風と火薬の匂いが立ちこめる。白煙と悲鳴が上がった。

最初の白煙が薄れたとき、薩摩屋敷から袴姿の老人が一人で現れた。老人は大げさな身振りで両手を広げ、

「お待ちあれ、ただいま応接中にござるゆえ、どりか撃ち方おやめくだされ」と、叫んだ。

長坂はすぐに、撃ち方を止めさせた。しきりに頭を下げる老人に向かって、こう叫び返した。

「薩摩浪人を出すのか、出さぬのか、ご返答あれ」

「いや、居らぬのでござりまする。そのような罪人は、この屋敷内には」

「ならば、邸内を見分させていただきたい。われらは江戸市中取り締まりの庄内藩にござる」

するると、老人はまた両手を振った。

「ここは薩摩藩邸にございます。撃てば御藩にお咎めがございますぞ！」

長坂は、埒も明かぬ老体を交渉役に差し向けてきた薩摩の魂胆を見抜いた。

「ご老人、危のうござるから、お退きくだされ」

言うが早いか、大砲隊に発射を号令した。ふたたび焼玉がさく裂した。見ると、老人は奥へ逃げこんで、影もない。

「撃て！」と、追い打ちの号令が飛んだ。今度は一斉射撃だった。しばらく轟音と白煙が消えなかった。ようやく白煙が薄れたとき、門と壁の一部が吹き飛んでいた。破壊がはじまったのを見て、また見物人が前へ寄ってきた。西側に目をやると、裏手の門のあたりに群衆が集まっている。その中に、門内から外へ出ていこうとする町人姿の一隊があった。

長坂は大刀を抜くと、抜刀隊を西に向かわせた。

「逃がすな、やつらは町民ではない。薩摩浪人であるぞ！」

斬り合いがはじまった。西の門は瞬く間に庄内藩士で塞がれた。逃げたものはしかたがないが、あとは袋のネズミにできそうだった。

そこへ第二の伝令が馬を飛ばしてやって来た。今度も、「手切れとなったゆえ、打ち掛かられよ」だった。この指令も、実働部隊にとってはまったく意味がなかった。

そうこうするうちに長屋下に梯子が掛けられ、そこから火炎瓶が投げこまれた。さすがに火の力はすさまじかった。たちまち邸内から大勢の浪人が逃げ出てきた。これを斬り捨てようとしたが、四方に逃げ去るので、追うことができない。足軽鉄砲隊に狙い撃ちさせたが、これがまた旧式銃の操作がむずかしいためか、狙いに命中しないのだ。長坂は業を煮やし、足軽鉄砲を一挺もぎ取ると、自分で撃ち放った。

しかし、長坂も時代遅れの火縄銃で人を撃ったことがない。十匁の火縄銃を握って、浪士に狙いをつけようとしても、筒先が揺れ動いて定まらない。見当を付けて引き金を引いても、火が届かずに、ノスリと音だけして弾が飛ばない。長坂は正気を失うほど動揺した。家老職の特権で猟銃を持つことが許されているおかげで、平生は鳥を撃つのに狙いを外したことはなかった。だが、戦場ではそんな遊びごとなど何の助けにもならなかった。

長坂は最後に砲車を押しだし、散弾を連射させた。それでも、やっと一人の浪士を倒すことができただけだ。

そこへ、一人の侍が勇敢に薩摩邸内へ躍りこむのが見えた。猩猩緋のあざやかな陣羽織を着た、目立つ若武者だった。それを合図に、斬りこみ隊が邸内に押し入った。銃砲が後へ退いた。混戦となった場合は敵味方の区別をつけやすくするため、味方に猩猩緋の派手な羽織を着けさせたことが、意外にも効果を発揮した。同士討ちが回避されただけでなく、凱旋する際には、この鮮やかな羽織の行列が江戸の市民の喝采を浴びたからだ。

邸内に躍りこんだ侍たちは、賊が潜んでいる中庭へ突進した。しかし、遅すぎた。浪人どもの姿はない。大砲が二門、泥水の中に放棄され、弾もそこらに捨てられていた。裏手に倉が十棟以上も並んでいたが、どの扉も泥が表から塗られていた。ここも手遅れだった。討ち入りを予感してか、倉が焼けないように泥塗の手を打ったのである。倉は薩摩藩の所有だから手がつけられないが、長坂は構わず砲撃しようとした。だが、外から泥が塗られているので、中に人が潜んでいるとも考えられぬ。それより先に、逃亡する賊を捕縛するほうがいい、と決断した。

（ちなみに書く。三田屋敷に隠れていた相楽総三ほかの浪士たちは、薩摩の軍艦に乗船して脱出した。その薩摩船を追跡した幕府側の戦艦の一隻が、奇縁というべきか、あの咸臨丸であった。しかし、すでに蒸気機関を外され、帆走だけの運搬船に改造されていたため、薩摩の軍艦に追いつくことができなかった）

だが、激闘はここから本番になった。林猪右衛門（いえもん）が槍を繰りだして、一人を倒した。相手は三十歳ばかりの若首である。長坂は戦の古式にのっとり、一番首であるから印（しるし）にして挙げよ、と命じた。

林が、首を掻いてよいなら挙げましょうというので、それを許した。一番首が挙がると、大歓声が湧いた。長坂は当初、敵の首を取って手柄にするなどという悪い習慣を止めるつもりでいたが、戦が思いにまかせぬため、つい荒びた習俗に追従してしまった。林が首を掻いて目の前に持ってきたときに、長坂はようやく、自分がこのような野蛮な行為を許した事実を自覚して、慄然とした。激しい後悔と嫌悪に襲われた。太平の世があまりに長かったため、戦国以来の「首を挙げる」習慣はすでに過去のものだった。あとで町奉行に渡して懇ろに弔ってもらおうとしたが、与力たちは気味悪がって受け取らない。仕方がないので、陣屋に置いたら、若侍がこの首に矢を射て遊びだした。長坂はそれを見て、若侍を激しく叱った。結局、首級は二つ挙がったが、長坂は自分を呪いながら、近くの寺に葬らせた。

たしかに、平和な時代がだらだらとつづきすぎたのだ。腑抜けた平和が。だから長坂ですら、戦国時代の鎮魂作法を心得ていなかった。戦で敵を倒すことは誉でも忠義でも何でもない。敵に背を向けて逃げ去ることも、不忠ではない。逃げて命冥加、また討手にすれば、逃げる者は追わないのが作法だった。

しばらく、脱走者を追う展開になった。東海道を南に逃げた薩摩浪人は、新徴組の手で打ち倒された。あちらの浪士組も、腕に覚えのある猛者ぞろいだったから、血路を開いて逃げ延びた者もかなりいた。しかし韮山まで逃げたところで代官に捕縛されたようだった。また、すでに述べたとおり、軍艦で薩摩へ逃亡する一群もいた。

朝が明け切ったあと、焼けた薩摩邸に戻った長坂は、討ち入りの成果を報告された。生け捕りが四十二名、うち取った者二名。生け捕りが多かったのが、長坂には救いだった。ところが隊士たちは最初の戦に勝利したことで高揚し、戦利品を獲ようと、薩摩屋敷に残された刀や銃、大砲などを拾い集めては荷車に積みだした。

その光景を見つめた長坂は、またしても立ち尽くした。邸内の焼け跡には、町衆も入りこんで、記念になりそうなガラクタを掻き集めている姿が、さながら餓鬼地獄に見えた。

長坂はなおしばらく立ち尽くしたが、ようやく正気に戻ったとき、思わず毒づいた。

「なんと愚かな！　これはほんとうに戦か？　まるで児戯か芝居の舞台ではないのか？……」と。

ここで、長い原稿を読み終えたようだった。語り終えた鉄砲洲時代の諭吉は、羽柴雄輔が書き残した薩摩屋敷討ち入りの覚書を封筒に戻し、わがはいを振り返った。

【……というわけです。長坂が戦闘の後で、あまりにも空しくてつぶやいたとおり、戦なんてもんは、実際にやってみれば児戯にひとしいものなんですな。世間では、あれはすべて幕府をつぶすために薩摩が仕組んだ芝居だった、と言ってますが、そのとおりなら薩摩の勝ちでしょう。だって、庄内藩はその罠にかかったのですから】

わがはいは腕組みして天を仰いだ。

「ご一新のきっかけも、つまりはそれほど神聖な話じゃなかったわけさ」

【ええ、化かし合いです。命をかけた人たちがかわいそうだ。だが、戦がいかにばかばかしい児戯であったとしても、明治という大改革が達成されたことはたしかでしょう。政治が変わり、学問が変わった。経済だけはまだ西洋並みとはいかないが】

若い諭吉はそう言って、いちど息を入れ直してから、わがはいにこう訊いた。

【で、親父様は、まさにあの討ち入りの行われた日に、新銭座の新しい住所へ代金を支払いに出かけられた。なんという日に。その一日を、これからおれも経験しなきゃならんのですね。それも、もうすぐに」

「そうだ。あれは前夜だったかしら、真夜中さかんに半鐘が鳴っておったよ。でも、わがはいは朝早く、何ということもなく築地から新銭座に向かって歩きだしたんだ。支払いが終了次第塾を移すというので、みんなして早起きし、荷造りにかかっていたね。もちろん、三田方面は遠いから何が起きたかはわからなかった。だから、塾の宝である蔵書を束ねて、一つずつ荷車に積みこんでもいた」

わがはいも忘れてはいない。大金の三百五十五両を馬に積んで、夜明け前に新銭座を出たことを。早出した理由は、今度の家探しで、木村摂津守様に一方ならぬお骨折りをいただいたからだった。口をきいてもらったことの礼を木村家に伝えたかった。それで、先に木村邸にうかがうと、門戸がしっかり閉じてある。どうやってもあかないから、門をどんどん叩いて、福澤がご挨拶に参りましたと要件を怒鳴った。そうしたら顔見知りの門番が中に入れてくれたんだが、どたばたやってると、なんだか南の方で黒い煙がもうもうと湧き上がっている。それで用人の大橋という人を呼んで、いったい何の騒ぎですと訊いた。そりしたら、大橋——じつはこの人が実際に有馬屋敷とのつなぎをしてくれたんだが——は妙に周囲をはばかって、「おまえさんは何も知らぬか？　じつは昨晩、庄内藩が三田の薩摩屋敷に討ち入った。たいへんなことだ。薩摩屋敷が砲撃され、火事になった。こりゃもう、庄内と薩摩の戦争にござる」と教えてくれた。

わがはいもキモをつぶして、遠くに見える黒い煙をみつめた。しかし、それはそれとして、今日はどうでも金を支払わねばならん。「大橋様、とにかくまずこの現金を有馬屋敷にわたしてやってくだされ」と頼んだが、大橋は狼狽していて、こっちのいうことが耳にはいらない。「ブルル……とんでもない。屋敷の支払いどこじゃありませんぞ。こりゃもう、江戸じゅうの屋敷は一銭の価値もなくなった。それを大金だして買うなんぞと、馬鹿な真似をしなさんな。あんたはどうかしてる」という。

だが、わがはいは不承知だ。「いや、約束は約束だから、金を支払って、屋敷を買う。どうしても金をわたしたい」と抵抗した。すると、この大橋は根が正直ものらしく、こう言った。

「いいや、福澤殿。いま三百五十五両も支払ったって、明日には江戸中が戦火に包まれましょう。そうなったら、あの屋敷も価値は半分、いや、百両でも喜んで売るだろう。見合わせましょう、やめだ、やめだ」

と言い張るんだ。だからわがはいはこう説得した。

「たしかに、こうなった以上は有馬様も喜んで百両に値をさげてくれるかもしりません。しかし、契約の法というものがある。欧米では、約束したあとに契約書というものを交わし、たがいにそれを履行する責任が生じる。しかし、そんなもんは外国人のすることだ、日本では通用しないというなら、その通り百両で話をつけたとしよう。そして、いずれは戦乱もおわりましょう。復興もするでしょう。そんなとき、我が塾の前を有馬の衆が通りかかったとする。その人たちはどう思います？　福澤のやつめ、混乱に乗じて二百五十五両も安くあの屋敷を手にいれやがって、と不満をぶつける。そんな不愉快な屋敷に、わがはいは住もうと思わない。お気遣い無用だから、こうして運んできた金をどうか先方にわたしてください」と。

これでようやく受け取ってもらえたが、これけわがはいの気性だからいたしかたない。商人が聞いたらバカにされるだろうが、武家の性根で正しい行為をしなければ気が済まぬ。福澤とはそういうひねくれもん、やせ我慢の人間だ、と納得させた。

しかし、大橋と押し問答に時間がかかった。金を置いて木村邸を出てみると、例の黒雲はなおも空に吐きだされている。半鐘もまた鳴りだした。海岸の方でも騒々しい。こっちへ走ってきた町人に訊くと、江川様の大砲隊が、戦闘準備にはいったという。

えらいことになった。夕べは討ち入りの話を聞いたが、まさかほんとうに戦争状態になるとは思っていなかった。そうなると、どうしても、討ち入りを指揮している酒井様の家中の侍が気にかかった。

それで、金を支払いおわったことだし、様子を見に薩摩屋敷のほうへ行ってみようと思い立った。運がよければ、長坂という侍にも会えるかもしれないと、勝手な成りゆきを期待しながら。

わがはいは坂道を上がっていった。黒煙が目的地の方向を教えてくれた。しばらく歩くと、むこうのほうがだんだん人混みになっていく。前方から何人もの町人が走ってくる。その一人が、聞きもしないのに叫んだ。

「すげえことになっちまったぞ。薩摩浪人が首斬られたってんだよ。門前に大砲が並んでてよ、ばんばん撃ってやがるんだ」

わがはいは青ざめた。そして、矢も楯もたまらず、三田屋敷に向かって走りだした。

そのあと、どうやって三田薩摩邸へ駆けつけたものか、まるで覚えがない。訳も分からぬまま三田のほうへ出ていくと、向こうからやけに派手な猩猩緋の羽織を着た一団が、ぞろぞろと引き揚げてくるのにぶつかった。すぐに庄内藩士とわかった。これは凱旋だと判断したが、そんなことはどうでもよかった。あの侍が生きて帰還できたことだけを神に祈った。

わがはいは、馬に乗って行き過ぎる侍たちの顔を、いちいち覗きこんだ。一人の顔を見て人違いとわかるごとに、不安が募った。そして行列が半ばまで行き過ぎたとき、探し求めた顔が騎乗して帰還するところに出会った。

顔を見て、凍りついた。予感が当たった。そこに、あの長坂欣之助がいた。疲れ切って、生気がなかった。わがはいは一歩だけ馬のほうに踏みでた。侍は、とっさに馬の歩みを抑える。

先方も、わがはいに気づいた。そのまま二人して立ち止まった。お互いを凝視した。長坂の顔におどろきがあふれてきた。

「これは……」

と、長坂が言いかけるのを、片手で制して、わがはいはこう返した。

「やはりわたしの勘があたりました。もしや庄内のお方ではないかと」

馬上の侍は、血を浴びた袖をひるがえして、一礼した。

「これは福澤先生、かような身なりでおはずかしき限りです」

「いやいや、これでわたしも、高みの見物衆と同じ真似をしでかした甲斐がありましたよ。ほんとうにご無事で、なにより」

だが、長坂はかぶりを振った。

「いいえ、なにもかも失敗でござった。戦は人を愚鈍にします」

くやしさをにじませた相手の顔をわがはいはしげしげと見た。それから、

「いいや、失敗はお互い様です。学問で飯が食える世の中は、遠くなるばかりだ。あなた様も、今度のことで薩長の敵に回った。幕府にはあなた様を護る力がありますまい。どうぞお命大事に」

と、付け加えた。

長坂欣之助は、無言で別れを告げると、馬の手綱を絞った。が、行き違うときにふと振り向いて、長坂はこうささやいた。

「先生、つくづく魚や鳥はみごとだと思います。われらと違って、子孫も絶やさず、山野を壊すこともしません。戦が終われば、すぐに野に巣も張ります。それがし、もしも帰郷が叶ったならば、山野の生きものに学ぼうと存じます。人を殺さず、殺したならば鎮魂することに、誠をささげます」

じつに無常を感じる言葉だったから、わがはいもむなしく笑みを返した。

「長坂殿、絶望なさるな。あなたはまだ若い。日本の山野も、人の世も、まだ堅固にございますからな」

長坂はそれを聞くと、無言で通り過ぎていった。後ろ姿を見送るほかなかった。庄内と松山、

両藩士がはでな猩猩緋と鮮やかな黄色の羽織をひるがえしながら、街道のかなたへ去っていくのとは、ずいぶん対照的だった……。

しばらくは言葉が途切れた。あたりはいつの間にか、鉄砲洲のむさくるしい塾の畳部屋に戻っていた。わがはいは夢から覚めたように、そっと嘆息したあと、

「じつは、あのとき無理にでも長坂を塾に引っ張っていこうとしたんだ。だが、なにもかも運命と覚悟した長坂の顔をみると、そういう甘っちょろい誘いは無駄だと思った。だから、見送るほかなかったんだ」

と、つぶやいた。

ところが、ここで口を開いたのが、「本書の作者」と自称する未来人格だった。この男はいろいろ細かいことをよく知っているようなのだが、おそらく先々の世界ではそうした情報を簡単にさがしだせる器械でも完成しておるのだろう。このあとはしばらく、じつに非礼だが悪気はなさそうなこやつに話をさせてやろう。

【先生、ありがとうございます。ぼくは長坂という武士のその後をいま検索しました。先生も喜ばれる話をおしらせできます。長坂欣之助は三田薩摩邸討ち入りのあと、明けて慶応四年閏四月に松山藩の軍務総裁に任じられました。そして、奥羽越列藩同盟結成にも奔走したそうです。この同盟は、元来「朝敵」の汚名を着せられた会津と庄内両藩の赦免嘆願を目的とした組織だったのですが、新政府側の奥羽鎮撫総督が嘆願を却下したため、反官軍を旗印にする地方独立政権に

衣替えしたものだったようです。一説に東北新国家樹立の構想を持ち、会津に逃れていた輪王寺(りんのうじ)宮(みや)を天皇とする東北朝廷の設立も画策されたというから、ほんとうに東日本に独立国家を創る気だったんでしょう。いやいや、輪王寺宮は会津にまで逃れて、実際に東北朝廷を開き、みずから東武天皇と称したそうですよ。元号も「大政」と改め、政府高官の名簿まで残されてる】

わがはいは即座に、「そりゃまたすごい。南北朝時代への逆行か」と無駄話をやめさせ、そんなことはいいから、長坂のその後をしらせろ、と促した。

【わかりました、すみません。長坂はしかし、政治的には動かなかったようです。あくまでも庄内に押し寄せた官軍との戦いに挺身しました。この同盟が結成されると、長坂は、松山藩一番隊長と庄内藩一番大隊参謀を兼職して新政府軍に対峙しました。

そして会津藩とともに、あくまでも幕府を支援することを天下に宣言しました。これに対して徳川慶喜は、感謝の意をこめて出羽の寒河江(さがえ)柴橋に保管する年貢米二万一千俵を庄内藩に与えました。庄内藩はすぐに寒河江の陣屋に討ち入り、そこに置かれていた年貢米を最上川の川船に積んで庄内へ運びいれています。一方、戊辰戦争を継続する資金にこと欠いた新政府軍は寒河江の年貢米を押収するため出兵しましたが、すでに後の祭りであったといいます。これを薩摩領への討ち入りの一つと勘定すれば、長坂は二度も討ち入りに成功したわけで、薩長も堪忍袋の緒を切らしたのでしょう。新政府は、すかさず庄内藩を朝敵と呼び、徹底討伐の決定をくだしました。

対する長坂はといえば、戦闘指揮官として横手や角館など六か所を転戦し、いずれの戦いにも勝利しました。戦の詳細は彼が著した『北征記事』に委しく記されています。最後の出陣は秋田の刈和野でしたが、それ以外の戦闘でも、庄内勢は最後まで負けを知らなかった。鬼玄蕃と恐れられた二番大隊大隊長の酒井了恒（のりつね）も秋田方面で連戦連勝をつづけ、激しい銃撃戦に勝って天童まで進んでいます。戦線の拡大を望まない藩主が鬼玄蕃に戦を中止させ、庄内へ撤退させたほどに、庄内軍は強かったといえます。が、庄内藩は正式に朝敵の汚名を着せられた。さすがに庄内藩主、酒井忠篤（ただずみ）も、錦の御旗に抗うことを望まず、戦闘を中止させざるを得なくなったのです。そして、長坂もここで戦闘を止め、晩年を殉死者の鎮魂に捧げることになりました。

庄内松山両藩の奮戦はみごとでしたが、それは最新兵器の活用が新政府を上回ったという面にとどまらなかった。長坂が藩内に徹底させた軍律こそが、真の文明開化だったというべきなんです。ここでかれは、日本の陸軍ではじめて世界的な普遍性を備えた軍律を制定したといえるからです。

それは、勝安芳が日本海軍のために採用した軍律と同様の意義を持つ、国際仕様の軍律でした。しかも庄内藩から広がり、列藩同盟でも尊重されていったわけですが、骨子を定めたのは庄内の長坂欣之助です。内容は軍人にもとめられるモラールを定めたもので、軍内の日常的な規律、食糧の供給法と実費の支払い義務、そして宿営でうける民間からの供給に対し代金を支払う義務などが、とくに厳しく定められていました。

しかし、さらに重要なのは、官軍において無視された人道への配慮項目でしょう。「投降および捕虜となった敵兵を辱（はずかし）め、苦痛を与える所業を許さず、戦死した兵の遺体は敵味方を問わず敬意をもって埋葬執り行うこと」との内容であって、官軍において無視された人道への配慮が明記されました。長坂はこの心得を軍人にもとめようとしたんですね。

これは、上野戦争や箱館戦争で官軍がとった姿勢とは対極に位置する軍律です。敵の戦死者の埋葬を許さなかった官軍とはまるで違う。

長坂は庄内を守る戦争に、その軍律をもって臨みました。新式銃、新式砲の対決では、新政府軍と互角に渡りあいましたが、軍律では庄内藩が明らかにまさっていました。しかし、慶応が明治元年に変わった九月、戦況は新政府軍に有利に傾きだします。同盟の主軸だった米沢藩と仙台藩が降伏し、盟主二藩が倒れた結果として、残った各藩も次々に降伏していき、二十三日には最後まで奮闘した「朝敵」庄内藩が、ついに降伏しています。城内に在る兵器をすべて外へ出し、開城したうえに新政府軍黒田了介（くろだりょうすけ）あてに謝罪の願書を差しだすことを、降伏受諾の証明として約束したそうです。

なお、ここでもぼくをおどろかせたのは、長坂でした。官軍に降伏したあとの九月二十六日、松山城下を新政府軍から守りきった長坂は、松山を守った偉人を意味する「松守（まつもり）」という姓を藩主から賜りました。長坂はこれを固辞したのですが、許されず、明治三年に「松森胤保（まつもりたねやす）」と正式に改名しました。守ではなく森にしたところに長坂の気持ちがこもっていますね。維新後は長坂でなく、この名で知られていきます】

……うーむ、まさに絶句であった。わがはいは後世におこなわれた長坂の評価を未来の人間から聞かされて、ただ唖然とするばかりだった。

官軍と戦って、ほぼ全勝した朝敵軍がほかにいただろうか。信じられない強さである。わがはいはあらためて、あのとき見た長坂の表情を思いだした。あの顔は鬼でもあるが、菩薩でもあった。その原因が、いまようやく理解できた。

長坂党の最終報告

わがはいはまた、長坂が維新後、松森胤保という名に改名していたことを知らされた。

松森胤保!?

ここでも、わがはいのおどろきは激しかった。この名前なら、書館の塾員が何度も口にするのを聞いたことがあったからだ。なんでも山形にはすごい博物学者がいて、自転車、水陸両用車、ミシン、飛行機をはじめとする多くの機器類を試作ないし構想し、『両羽博物図譜』と題した途方もない動植物大図譜を書き上げた化け物のような人物だというのだ。ただ不幸にも、維新前に長坂欣之助という名で庄内藩を率い、三田薩摩屋敷に討ち入りしたその人であるというところへ、つながることがなかった。

しかし、この事実を知って、ほんとうに嬉しかった。幸福な気持ちに浸れた。あのとき、すべての平安をあきらめて、戦のために福澤塾を訪れた悲壮な長坂欣之助は、すでに存在せず、かわりに大学者・松森胤保に再生していたからだった。

わがはいの今回の昔話は、思いがけぬ情報を得て、幸福な終わりに近づいた。そろそろしめくくりの話題にはいろうと、わがはいは提案した。ところが、どうやって調べ尽くしたのか知らないが、「本書の作者」氏がまだ言い残しがあるようなので、仕方がないからしゃべらせることにした。

【まことに申しわけありませんが、あとひとことだけ。じつはぼくも、長坂氏の一代記をはじめて知って、思いを新たにした一人です。いわば、にわか長坂党です。

そこで、長坂あらため松森胤保の事績ですが、かれはご一新以後、藩の戦後処理と復興に一身をなげうったそうです。なにしろ庄内藩は朝敵にされたんだから、どんな罰を受けるかしれない。新政府がまず命じたのは転封でした。江戸時代を通じて領地替えをされたことがない藩なんですよ、庄内は。代々の領地が奪われるというのだから、長坂、いや松森にとっては、国の喪失に匹敵する過酷な処分と思えたにちがいないです。そこへ明治元年十二月二十五日、庄内藩主は岩代(いわしろ)国(こく)若松城にお預けとなり、この地に転封のうえ十一万石を与えられると内示があった。庄内の旧領は佐竹(さたけ)、溝口(みぞぐち)の両家へ渡るとのことでした。ところがですね、転封先が磐城平(いわきだいら)に変更され、さらに事情が変わって庄内を酒井家に戻し、代わりに七十万両を献納することで沙汰止みにするというお達しが出ました。ようするに、罰の代わりを金で済ませる、というわけですよ。絶対に何か裏があります。で、その罰金を本間家が用意することになったんですが、三十万両だけ献納し、あとはうやむやになったというのです。不思議でしょ。では、裏でだれが動いたのか。じつは大隈(おおくま)重信(しげのぶ)でした。福澤先生の盟友、慶應と早稲田の両雄のかたわれですよ】

わがはいは、明治史の事情に精通する本書の作者から、さらに詳しい庄内藩再生の話が明かされて、激しく感動した。次のような内容だった。

【……あ、ここの部分はぼくが最も詳しく検分したところです。ぼくは将来、慶應の図書館に散骨をしたいと思うくらいに、蔵書には関心があるんです。慶應図書館は庄内の図書館とも資料のやりとりがありまして、その経緯にも興味を持っています。福澤先生が世界史的視野で思考されるなら、ぼくはぐっと視野を狭くして地方の事情をほじくり返す。たとえば、庄内藩が目の敵にされたのは、最後まで官軍に負けなかったこともあるが、藩の内政があまりに庄内の住民の安寧に密着していたからでしょう。だから廃藩置県の目的は、そのような統治が半ば信仰のように各地方に制定され、英語でいうならアドミニストレーション、すなわち自治のような形式を確立していた状況を解体する方向にかたよりました。新しくできた中央政権が権威をしめすことができないからです。それで、自治的あるいは自律的にうまく経営されていた藩に対しては、それまでの地域の絆を壊すことになった。つまり、地元の藩主を磐城平に追いだして、庄内に新しいガバメントを築く。新政府依存的な体質に変えるわけです。

ですから、庄内藩も黙っちゃいられなかった。地元と切り離されたら、藩主はただのお供え物になる。新政府のやり口が明白に読めたので、庄内藩の中老を務めていた菅實秀（すげさねひで）という人物を、酒井家と縁がある佐賀の鍋島家に送りこんで、なんとか転封をやめさせようとしました。それで佐賀の実力者だった大隈さんに相談が回った。すると大隈さんは義侠心をおこし、どうせ封建制度は廃止だから今さら国替えの必要もない、ということを、兵部大輔の大村益次郎（おおむらますじろう）に伝えたんだそうです】

本書の作者がそこまで言うと、わがはいも先刻承知という顔をして、話を引き取った。

「その通りだ。わがはいも、盟友の大隈から庄内藩のことは聞いた。極秘事項だったけれどね。新政府の陸軍は庄内藩が強すぎるから、これを弱体化する目的で国替えにこだわったが、大村益次郎の方も国民皆兵の計画を推進する軍事教育を始める必要があって、学校建設資金が欲しかった。それで大隈さんの申し入れを容れて、国替えの代わりに七十万両献納で話をまとめたというカラクリだった。大村益次郎の軍事教育なんかより松森の庄内藩軍律を教える兵学校にしていれば、わがはいはよほど日本軍のためによかったと思うがね。ただ、菅という男もなかなか知恵者だったようで、大隈にこう訴えたらしい。わが庄内藩は聖上陛下のご命令とあれば国替えでも七十万両支払いでもご命令に従いますけれども、いま庄内藩は農民から武士まで疲弊しており、こんなときに金を厳しく取り立てれば聖上は無慈悲なお方と恨む気持ちも生じるでしょう、いっそ献金を免除くだされば、かえって聖上のご慈悲に感泣するのではありませんか、と言ったとか。これはわがはいの考えとも一致する。それで、献金も半分の三十万両払っただけでケリがついたのだろう。こうした政治的な交渉を通して松山藩領と長坂の故郷鶴ヶ岡の復興が実現したのだと思うんだがね」

わがはいは思った、それにしても、庄内人のすることは賢すぎると。新政府は処世術でも庄内に負けていたのだ。わがはいはますます庄内藩を気に入った。塾のほうでも旧庄内藩から出る書簡類は今後ますます大切に扱うだろう。維新の真実を語る裏の史料だからだ。

そういえば、以前に書館のだれかが、松森さんは死ぬべきものをよみがえらせる花咲か爺さんのような裏技を心得ているといった者がいたな。学問のほうでは民俗学や人類学を日本に根つかせたのも松森と奥州勢の力だ。地質学もそうだ。我が塾も庄内の人たちと一緒に、こうした大地の学問の普及に力を注いだから、欧州との交流ができあがった。東大のモールス先生は明治十年ごろから我が塾にも来て、ダーウィンの進化論を講義してくれたが、松森はどこでそんな最新理論を知ったのやら、まったく独自の進化論も考えていたと、噂に聞いた。あの人は、わしに約束したとおり、新兵器が破壊した野山や学問を、あとからちゃんとよみがえらせた。今の東北の復興ぶりを見ればわかるだろう。

と、わがはいが心でつぶやいたとき、誰かがかすれた声でささやくのを聞いた。

「ある意味で、もう一人の福澤諭吉が奥州におられたということですか」と。

かすかな師走の騒音が、はるか昔の英語塾の陋屋（ろうおく）で、しばし木霊（こだま）したように響いて、われわれ全員を交詢社の執務室という鉄壁の現実界に引き戻した。鉄砲洲のボロ長屋はすでに消えていた。

わがはいは溜息を吐き、この話を、ここで止めた。

追記

興味深いできごとが、この焼き討ち事件に関連して、もう一つ起きているので、あらためて補足する。本文中でも述べたことだが、この一件に咸臨丸がからんでいた。

その経緯を示す。咸臨丸は米国渡航から帰着後の六月、神奈川港を警備する幕府艦隊に配置されたが、幕府の軍艦が手薄な状態だったため、咸臨丸にも雑多な任務が与えられた。たとえば文久元年五月には、対馬の尾崎浦というところでポサドニック号事件が起きた。かねてロシア国は不凍港を極東にもとめていたが、このときポサドニック号なるロシア軍艦が尾崎浦に侵入して、対馬藩の許可を取ることなく、湾内に投錨したのである。急ぎ藩主が退去を命じると、ロシア側は艦の修理を理由にこれを拒否。さらに芋崎に上陸して兵舎を建て始めたばかりか、同時に軍艦補修のための工場や、練兵場まで増設していった。これに対する日本側の反撃が弱く、ロシアはその弱みに付けこんで、物品の略奪や日本人の捕縛までも引き起こす騒ぎとなった。

幕府は、ロシアに退去を納得させる交渉役として、外国奉行だった小栗上野守を対馬に急行させた。このとき小栗を江戸から運んだのが咸臨丸だった。小栗は、日米修好通商条約の批准に際し、咸臨丸とポウハタン号の船団に同乗してアメリカに渡った目付でもあった。

しかし慶応三年には、老朽化がひどくなったことを理由に、咸臨丸の蒸気機関部分が撤去され、裸状態となったうえで帆船に改造され、輸送船に転用された。が、それでも同年十二月二十五日、薩摩藩邸焼き討ち事件が起きたときには、薩摩藩の軍艦「翔凰丸」に乗船して江戸から逃れようとした薩摩浪士団の追跡を命じられたのである。咸臨丸は幕府洋艦「回天」とともに出航したが、帆船に変わった船体では追いつくことができず、途中で撤退せざるを得なかった。さらに、鳥羽・伏見の戦いではすでに軍船として出る幕もなく、その後は運搬を専門とする船に格下げされてしまった。

なお、咸臨丸の最期については、場を改めて語ろう。

（作者註：薩摩邸焼き討ち事件の参考にした資料は、羽柴雄輔著『薩摩屋敷討入の話』である。庄内藩士だった羽柴氏は、かつて山形県の教育雑誌にこの記事を投稿し、のちに慶應義塾図書館員となった際、記事の全文謄写〔大正五年作成〕を寄贈した。作者は松森胤保の御子孫・松森昌保氏のご厚意でこれを閲覧できたことを、心より謝する）

（第二話　了）

第三話　まぼろしの渡航群像（上）

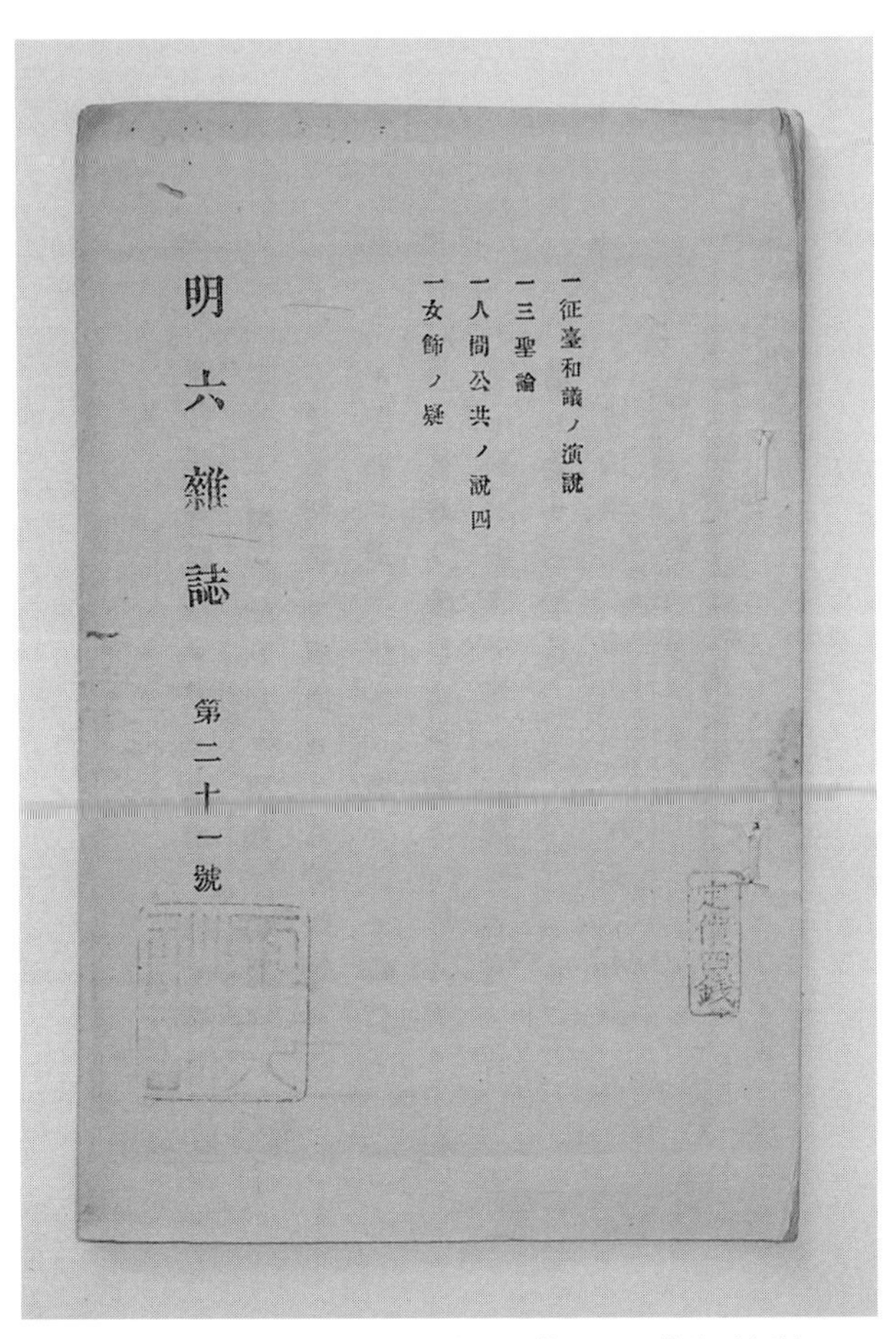

福澤による「征台和議ノ演説」が掲載された『明六雑誌』。
明治七年三月、第二十一号表紙　　　　　撮影＝荒俣宏

文明開化で命が狙われる

さて、わがはい福澤がいちばん熱く文明開化なるものを語った時期は、おそらく明治八年か九年ごろではなかったろうか。

その当時、わがはいは洋学者の主だった者たちと語らい、もっぱら議論を盛んにして同朋の交誼を広めるため、「明六社（めいろくしゃ）」と呼ぶ倶楽部を創設し、これからの日本をどのように文明国たらんとすることができるか、政治のこと、学問のこと、日本語改良のことなどを論じる私的な会席を経営しておった。この私的な会席ということに留意ねがいたい。商売でもなければ、権力筋からの押しつけでもない。自由に意見をぶつけ合うということで、民権の行使にほかならない。

だが、自由には面倒臭い面もある。西洋かぶれの明六社社中が意見を出し合うと、議論百出となってどうにもまとまらぬ。まあ、全員がほぼ一致するのは、そのころ巷で威勢がよかった攘夷派の生き残りどものごとき蛮力をもって日本国の方向を決めようというやからだけは仲間にいれるな、という件ぐらいであった。なぜなら、この暴れん坊どもは西洋嫌いなだけでなく、始末のわるいことには聖上陛下への想いだけはすさまじいものがあったからである。やつらの趣味は大政奉還、聖上親政とくるから、警官もむやみにゴロツキあつかいできなかった。

そんな物騒な時期だったが、堂々と文明開化を論じることができた命知らずは、この明六社の社中ぐらいのものであったろうか。だが、肝心の文明開化という話が、世の中にはまだどうやっても正しく伝わらんのである。市民の大半は、牛鍋でもつついて、男女でくっつきあっておどるのが文明開化だと勘違いしている始末だった。

それでわがはいが、アメリカとヨーロッパを親しく見物してきた体験から、西洋人の暮らしに接していちばんおどろいたことは何かということを、しばしば説いた。まわりの西洋かぶれは、やれ議会というもんがあるのがすごい、だとか、汽車鉄道があるのがすごいとか、あるいは政党があって民主主義が普及しているところこそ尊い、とかいう。だが、わがはいの意見はちがうのだ。たしかに汽車も、銀行も、便利は便利なんだが、わがはいは本を読んで知っていたから、そういうことにはもうおどろきを感じない。ところが、わがはいがいちばんおどろいたことは、男が厨房にはいり、奥方がやるべき料理や食器洗いを助けてやっている姿だった。亭主が女房の家事をよろこんで手伝うことだが、この仲睦まじさには驚いた。まったく女尊男卑というべきものだったが、うらやましくもあった。

それから第二も家庭に関している。咸臨丸渡航のとき、わがはいがあの有名なワシントン大統領の子孫が今はどうなっているか知りたかったので、出会う人ごとに尋ねたんだが、ほとんどの人が知らないということに度肝を抜かれた。初代大統領の子孫といえば、日本ならば徳川家康の子孫と同じだろう。日本人はみんな、二代秀忠から十五代慶喜まで、子孫の名を知っている。だが、アメリカの人はそんな封建じみた門閥のことなど気にもせず、ワシントン一家の子孫がどうなっていようが、系図というものに関心がない。

有名人の子孫だから尊敬するなんてことが、まるでないのだ。みんな平等に付きあい、対等に話ができる。

こういうと、われは西洋の事情に精通する者なり、としゃしゃり出て、異国人こそ無礼な野蛮人であると反論する御仁もおることだろう。たとえば、幕末に日本に来たオールコック公使などは、その標的であった。かれは紳士の国イギリス人とかいうが、日本人にとって霊場である芝の増上寺境内に騎馬で進入する狼藉をはたらき、無礼千万、おまけに日本のことを本国へは悪く伝えて侮辱したのであるから、やつらのほうがよっぽど野蛮な鬼ではないか、と反論する向きが多かったわけだ。しかしながら、わがはいがイギリスへ行って新聞やら何やらを読んでみると、日本を擁護する親切な論調もたくさん掲載されていて、むしろイギリス公使館が吹っかけた無理難題のほうを叱る内容が多かったのである。それでわがはいは、イギリス本国の言論の公明正大なことを知り、ますます開国を叫ぶ自信がついた。

つまりだ、アメリカ人やイギリス人がふつうに思っている公明正大な生活実感のほうに、わがはいはおどろきと羨望を感じたのである。こういうふつうの市民がふつうにやっているふつうのことが、いったいこの日本でいつになったらふつうになるだろうか。文明開化の文明生活というのは、つまりそういうことなんだ。

イギリスやフランスも回ってみたが、やっぱり彼（か）の国々の日常はあか抜けていた。ワイフを殴りつけたり、身分の高い人とみると奴隷みたいにへりくだる日本人なんてものは、あちらじゃ笑いものになる。恋した女性には、人目もはばからず、堂々と告白をする。また、女性から男に恋心を打ち明けることも多いそうだ。

だからわがはいは、そういう「ふつう」を日本に根づかせることこそが自分の仕事と考えたい。それを一言でまとめたことばが、〈自立〉、あるいはわが社友の小幡篤次郎君が唱えるところの、〈独立自尊〉というわけなんだが、いまだに真意がわかってもらえない。ややもすると、おのれ勝手の屁理屈を他人に押しつけ、人前で尊大にふるまうのが自由の思想じゃと誤解されている。

この際あえていわせてもらうが、我が英語学校〈慶應義塾〉というものも、単に異国語を教え読み書きそろばんを仕こむ私塾にあらず。「スピーチェ」という文明人の日常能力ともいうべき自説開陳の術を学ばせるところなのである。このスピーチェなる異国語がどんな意味なるか、わがはいもトクと考えた結果、いま仮に〈演説〉という新日本語をあてることにした。

われら日本人をふつうの文明人に一変させるには、まず、われら自身の念ずることを相手につたえる方法、すなわち「スピーチェ」に習熟することが肝要と考える。したがって、今回の夢中伝は、いつものように速記録によらず、わがはいの直なるスピーチェによって読者諸氏にお届けしたい。

「スピーチェ」、日本に上陸す

明治八年も暮れかかる頃であったろうか。ある日、わがはいは築地精養軒の食席にあって、むかし馴染みの洋学者先生らと歓談の卓を囲んだ。この人々とともに設立した明六社の、定例となった集会でのことである。

じつはこの年六月、突如として発効した讒謗律と新聞紙条例の災いを蒙ることとなり、新聞や雑誌は新政府からの言論弾圧にさらされた。わがはいにすれば、いわれのない弾圧だったけれども、日本に議院を建て、討議を盛んにして何ごとも民意による政治へ転換せよとの声が上がりだした時期とぶつかり、明六社は口うるさい政府批判の総本山だと誤解されたことを恨むばかりであった。

じっさい、世の大新聞、小新聞ともに、この新聞口封じの悪法を正面切って批判する社は出ていない。何か反論すれば逮捕されることはわかっている。わがはいが怒っていたのは、そういう言論機関の弱腰ぶりにもあったのだ。そこで、わがはいら慶應の一統が深く参与する両国薬研堀の『郵便報知新聞』紙面を借りて、こういう政府批判には最もうってつけの、沈着冷静な記事が書けるわが右腕、小幡篤次郎をわずらわせ、讒謗律に対する反対論を展開してもらった。だが、これが精いっぱいとはなさけない。こうなったら、獄舎につながるも覚悟で、『郵便報知』だけでもこの理不尽を告発せねばならん。もっとも、『東京日日』記者だった塚原渋柿園の体験では、この条例に引っかかって筆をとり上げられるものの、記事を書いた本人は自宅謹慎として家でごろごろしていることが許されるもんらしく、かえって休養になるそうだから、心配はしていない。あとは許しが出るまで休刊していれば済む。

したがって、その日もわれら社中は堂々として卓を囲み、せいぜい日本の言論の頼りなさを内々に批判することで溜飲を下げていた。他人から見れば、優雅なもんだったかもしれない。

　われら結社は、洋行経験をもつ西洋通で占められていたから、たしかに日本政府への評価に手厳しいところがある。しかしそれは、文明開化を促進する「親心」から出たことであって、新政府の立場を危うくする意図はない。その証拠に、明六社は有意の政治家や政府関係者もごまんと会員になっている、じつに開かれた言論結社なのである。簡単にいえば、公開された学術啓蒙団体というべき倶楽部であろう。

　明六社は外務官僚の森有礼が発案し、初代社長の座にも就いた組織である。はじめ社員が支持したのはわがはい福澤諭吉の初代社長就任であったが、わがはいが固辞したために、お鉢が森に回った。集まった同人の構成を示せば、開国の必要を論じた開明派の旧徳川幕臣、または殖産興業をめざす薩摩藩の元密航留学生のような特殊な人々、および国家機関に属する官吏や教員などで占められている。ただし尊攘か佐幕かを問うことはなく、科学、商業、政治、学術の分野を主導する偉い先生方の「ソサエチー」といった集まりであるから、政治的扇動者はあまりいない。

　けれども、この年決められた新政府の言論統制策がどうにもおもしろくないという意見に対しては、このクラブでもめずらしく支持する声が高かった。高かったけれども、有力な新聞・雑誌の記者たちが次々に警察に引っ張られるのを見るに及んで、この社の同人たちも二者択一の岐路に立たされた。すなわち、国人を啓蒙する仕事を今後も継続するために、あえて新政府の意向にさからわぬようにするのか、あるいは法律を無視して新政府のいやがる新知識を説き、挙句に牢獄につながれるのを潔（いさぎよ）しとするか。だが、どちらを選んでも甚（はなは）だおもしろからぬ結果しか想定できないので、とりあえず、社中の会合の席で倶楽部としての基本姿勢を打ち合わせておこうとしたのである。

とはいえ、そこは歴戦の教養人が集まる社中のことだ。言いたいことも言えない雑誌なんざ、いっそのこと廃刊にしてしまえと声を上げたわがはいの提案が、大差で承認された。ただ、そういう方針を発表したところ、明六社は新知識の文化倶楽部として、かえって国人の耳目を集めてしまった。倶楽部の機関誌までが大売れし、商業的に成功してしまったことは予想外であった。西洋通が一堂に会する講演会だって、有料にもかかわらず大入りの盛況となり、その演説内容を掲載した『明六雑誌』も、まだ飛ぶように売れている。各号の実売が九千部にも及んでおるそうだから、これは『東京日日新聞』なんぞより売れ行きがよい。その結果、けっこうな額の保有金が倶楽部の帳簿に残ったので、廃刊後にこれをどうするかという会議もなされた。そこで会計を担当する清水（しみず）卯三郎（うさぶろう）という洒落の利いた粋人が、どうせ自由な発言が許されぬご時世になりそうだから、真面目な演説会なぞを催すこともできなかろう。ゆえに、余剰金は仲間内の会食にでも充てて景気よく使いつくしてしまえ、という提案を出した。

この意見にも、おおかたが賛成した。まことに大らかなものである。雑誌廃刊と大宴会の憂さ晴らしに反対したのは、初代社長を務めた森有礼ほか数人にとどまった。森は言い出しっぺの面子もあってか、せっかくの残金をそんな無駄遣いに充てることはまかりならぬと反対した。けれども、二代目社長箕作秋坪が、森よりもはるかに年長という立場にモノを言わせ、いちばん若僧の森の発言を抑えこんでくれたので、こうして精養軒でうまいメシが食えるのである。

そこで今回の座談であるが、まずは武州の商人である清水卯三郎に腕前を示してもらうこととした。卯三郎は先年、パリーの大博覧会に茶屋を出品し、芸者に接待をさせた人で、ゲイシャ・ガールの名声をパリーで大いに高めた。その博覧会回想記の中にパリーでの猥談を混ぜたもんだから、食卓は爆笑の渦となった。ちょっと下品な話題でも、語る人が語れば新たな見聞録となるものなのだ。もともとが演説という新しい知識獲得法を広める目的の集会だったから、四方山話にも「スピーチェ」や「デベーション（またはデベート）」の裏ワザが盛りこまれ、讒謗律ができる前の演説会よりもかえっておもしろくなったとの評価であった。

このスピーチェとデベーションという西洋の新習慣をわがはいにもたらしてくれたのは、小泉信吉という紀州出身の塾生だった。小泉はのちに慶應義塾長となる。明治六年の春か夏ごろ、その小泉がわがはいの許へやってきて、見慣れぬ英語の原書を示し、「欧米では何事につけ集会する際にはこの二法をもって事を決するというのに、我国ではそれがありません。これだから文明開化の実もあがらないのです。この本を訳して、日本全国に、会議の仕方を知らせてはいかが」と進言した。

さてもその原書を読んでみたところが、スピーチェとデベーションの方法をわかりやすく書いてある。そこでわがはいは、他の本も参考にして抄訳した文章を、数日間で書き上げさせた。『会議弁』という書物がそれである。このときわがはいはスピーチェに当たる訳語を思案し、ふと、中津藩で使われていた書類名のひとつに「演舌書」というものがあったことを思いだし、舌を説の字に変えた「演説」なる漢語を考案した。

ところが、アメリカ型の教育を丸ごと日本に導入しようと考える森有礼は、演説の効能を否定した。演説は英語だから意味を取りやすいが、日本語は漢字などが混じりこんで耳にはいりにくいため、演説の言葉としては有効でない、というバカげた反論をしたので、わがはいはすぐさま一計を案じた。

明六社の会合が開かれた折、わがはいはやおら立ち上がり、これからわがはいが諸君らに演説をお聞かせしたいのでありますが、長机の両側に向かい合いで座ってくれまいか、と要請した。人々が応じると、わがはいは両者の中央に立ち、むずかしい話をわかりやすく説明したそのあと、居並ぶ人々に向かい、「どうですか、今の話を理解いただけましたか」と尋ねた。全員が「よく分かった」と答えたので、わがはいは満面に笑みを浮かべ、こう言った。

「これでお判りでしょう。わがはいはいま、日本語で演説をいたしました。それを聞いてみなさんが、よく分かったと答えられた。これすなわち、日本語であっても演説に有用である証拠ではありませぬか」と。ざまーみたか、森有礼！

奇縁の四人、再会のこと

さて、その日、精養軒に集まった明六社同人は、今宵の主題に女性と男性の問題を選んでいた。要するに四方山話であるから、まず卯三郎の語ったパリーの土産話から始めたのはよかったが、弾みがつきすぎて座が一気に猥談に落ちかかるところを、清廉潔白を信条とするわがはいが、巧みに話の方向を変えにかかったと思ってくだされ。

「……諸君は男女のはなしというとすぐに肉欲のことへ興味が行くようだが、それでは低俗にすぎやせぬか。もっと高尚な、暮らしに役立つような話もあるはずだが」と。

そしたらわがはいの提案は、蹴飛ばし馬のように荒っぽい意見に逆襲された。口火を切ったのは津田仙、のちに娘の梅子を海外留学させる父親である。専攻は農学だが、キリスト者でもある。津田はこう言った。

「福澤君、俗っぽくて何が悪いんだね。俗であることは、すでにして正義じゃよ。あんただって、咸臨丸以来ずっと相性が悪かった機関掛けの小野友五郎にゃ、よく俗っぽいと言われておろうに。あやつに随行して、幕府発注の軍艦を受け取りに渡米したときも、小野さんから、おまえはまるで品位がない、それでも武士か、と怒鳴られてたじゃないか。わしも通詞として同行しておったが、君も十分に俗物であると思えるがどうじゃ」

わがはいはそれを受けて、

「ああ、さようですか。では、その時分は若気の至りがそうさせた、と申しましょう。俗っぽいのが好きで、酒の勢いも借りまくっていましたから。ただ、今のわがはいは分別ある私塾の師匠です」

と言い返すと、津田は笑った。

「じゃ、福澤君のために男女の仲とはどんなもんか、教えて進ぜよう。わしはな、築地ホテル館に雇われて西洋野菜なんぞを植えたり、ウィーン万博にでかけて街路樹になるアカシアの種を初めて持ち帰ったりしたが、本年はメソジスト派教会の信徒となり、妻とともに洗礼を受けた。ただ、不信者と婚姻するは、俗習に陥るきっかけであるとされる。したがって、夫婦ともに神を信ずる者同士睦（むつ）みあったのじゃ。これで高尚なわしは肉欲にも解放された高潔なる夫婦生活が営めておる」

「え？　高尚な結婚は信者同士でなきゃだめなんですか。わがはいは神や仏が苦手ですからね、誰とも結婚できないじゃありませんか。困った、今の家内とも離婚ですか？」

「いや、離婚はメソジストでは許されておらん」

「えぇ〜、じゃ、どうすればいいんです？」

「安心なさい、例外の規定があるのじゃ。相手が不信の輩と判明した場合、妻は夫を離縁することが許される」

「はあ、ずいぶん融通がききますな。結構なことです。いや、わがはいに一言あるのは、まさにその場合ですよ。昨今は不信の輩がまことに多く、妻に隠して妾を囲っています。その場合、メソジストでない一般の日本女性はどうやったら夫を離縁できましょうや。明六社内部でさえ、妻と妾を一緒に住まわせるのを正当と考える古い頭の方たちがいらっしゃる。森君がこれに腹を立て、自分は婦人を尊重して、外国での習慣に結婚契約書を取り交わすことがあるのにならい、婦人と誓約を結んで結婚すると言いだした。浮気をしないとか、妾をつくらないとかを、結婚前に相手の女性に約束するんです。おかげでわがはいは森君の契約結婚の立会人にさせられてしまいましたが、これも結構でしょう。ですが、男が妾を持つについちゃ、わがはいはもっと極端な危惧をいだきます。現在のわが国では、妻には男を罰する力が与えられておりませんゆえに。しかも、男一人が何人も妾や妻を抱えこんでしまったら、結婚したくてもあぶれる男さえ出てしまう。男女数のそろばん勘定が合わなくなるのは、生物的にも一大事じゃないですかな。よって、福澤は、一夫一婦で添い遂げる婚姻形態を、どうしても日本社会の標準にせねばならぬと考えます」

すると、社長の箕作秋坪がくちばしを挟んできた。

「なるほど、男女の問題をそろばんの数合わせで解くとは、いかにも福澤先生らしいですな。それでは、昨今流行だという議院の設立計画とやらに参加する男女の数は、どうあわせればよろしい？　現状、女子が政治に関与することは想定すらされておらぬが？」

箕作秋坪は明治期西洋学問の宗家といわれるほど多方面に血縁の学者を出した名門の出身である。自身は備中岡山の出であるが、津山の洋学者箕作阮甫の養子となり、蕃書調所の首席教授に任ぜられた阮甫を援けた。わがはいとは、文久元年に派遣された遣欧使節で、翻訳方の同僚という関係を結んだ。この人物も、わがはい同様に明治政府への出仕を嫌い、政治から離れたところで学術の研鑽に励む在野の賢人である。なので、わがはいは軽い気持ちで箕作の問いにも答えた。

「箕作さん、むろんわがはいも、その女性に対する理不尽ぶりに一言ある。人倫のもとは夫婦にあります。夫婦は心通じ合い、互いに睦みあい、子孫を育む。しかし日本では、女は内を守り、男は外へ出る、というようなことを天然の道理のごとく言うけれども、それは大きな勘違いです。男女は共に心を通わせながら一緒に暮らすのがよろしい。一緒に外へ出るのがよろしい。議院も同じことですよ。政党を作って選挙に勝って、りっぱな議院を建てて討論の場ができても、男女双方の意見を伝えるルールがないのでは、まるで意味がありませんからな」

「とすると、福澤先生は、いますぐ日本に議院制を布いても益がないと？　日本はまだ半分、野蛮状態じゃといわれますか？」

と、箕作秋坪が尋ねた。わがはいはこれにも答えて、

「そんなことは言っていませんよ。野蛮状態といっても見てくれだけは猿なんかよりもずっと賢い。大仰な機械文明なんぞも構築していますしね。だが、ことは心の成長にかかわる問題です。わがはいが見るところ、猿の方がメスや子らや仲間には、愛情が深い。我々人間のほうがわがまだ。最近の西洋動物学者もそう言ってますよ。イギリスでは、市民に酔っ払いが多く、家族を顧みない風潮があるので、家族をよくまもる犬に倫理道徳を学ぼうとか、整然と暮らして巨大な巣を作り、一心不乱に女王に奉仕するという蜜蜂の社会的共同生活を、人間社会の改革の手本にせよという学者も出てきていて、大変におもしろい」

箕作が思わず口笛を吹いた。

「ひゃ〜、すごいな、欧州は！　国家建設の手本が、昆虫の巣だとは！」

「いや、昆虫は、心の代わりに本能を持っている。この本能がなかなかに理性的なんですよ。つまり、人間の心のありさまはそれほど上等じゃなく、理性的でもないというわけです。自分の欲求に動かされ、公共の利益を忘れやすい。ゆえに、今はまだ心の開化が追いついていないから時期尚早であると言ってるだけです。人倫教育には十年を要するでしょう。今の民権派は蜂の巣みたいにブンブン騒いでいるだけで、まだ心が成熟しておりませんし」

と、結論を口にしたところへ、さっきまで外へ呼ばれていた会計の清水卯三郎が、手揉みしな

から戻ってきた。

「おっと、おもしろいお話になってきましたな。そうなんですよ、あたしらみたいに一年も二年も西洋に出かけていると、帰ってきたとき日本の空気の変わり方にめまいがすることさえあります。だが、そこがコワい。外国でまじめに文明開化の勉強して帰ってみたら、攘夷派に斬り殺されるっていう、ものすごい変貌ですからね。むかし、ローマへ行った少年使節が、織田信長（おだのぶなが）に頼まれてヤソ教のことや教会の音楽やらを学んで帰ったところ、本能寺で信長は死んで、秀吉がヤソ教を禁じていたから大変でした。少年たちは上陸すら許されないありさまでした。結局、密上陸できても、留学の成果は生かされなかった。あたしがパリー万博御用でフランスから帰って来たときだってそうです。なんと、幕府が消滅して、明治政府なんていう見たこともないもんができていた。今度もそうじゃないですか。民権、民権と騒がしいから欧州で民権や議院の制度を学んできても、帰国したとたんに政府に口を封じられるんでしょ。だから身を隠し、外国で民主主義だの民権だのを学んだことすら内緒にしていなさゃならんなんてことになる。いや、まったく、受難ですなあ。江戸時代の隠れキリシタンと同じじゃないですか、我が明六社もそうなっちゃいけないから、大いにこういう公明な議論を続けましょうよ」

商人を軽んずるべからず、役人は信じるべからず

卯三郎は、すっきりとして洒落がきいて、おまけに度胸があって頭も切れる、江戸っ子好みの人物である。今は外国品を扱う瑞穂屋（みずほや）という店を本町通りに構えて、『東京日日新聞』にも活字

印刷器を販売した先進的な商人である。その『東日』の創刊号に、アメリカのモルモン宗が一夫数妻制を実践しているなんて話が載っている。そういう風俗のことも、この男はよく知っていた。だがこの人物についていえば慶応三年の活躍ほどみごとだったものはない。パリー万博に日本産品を売りこむために渡欧し、浅草あたりの水茶屋を再現する和風お茶屋を出店し、新橋芸者三人に西洋の客接待をさせ、三味線や手踊りを見せて人気を博した。だが、それはかれの才覚のほんの一面に過ぎない。ほかにも印刷器、写真機、そのほか文明の利器を日本に初輸入したからだ。なかでも重要なのは、日本語の字母（じぼ）をパリーで鋳造させ、それを組みこんだ活字印刷づくりに挑戦したことだ。帰国後自分でも『六合新聞（りくごう）』というのを発行したが、これはすぐに政府の禁忌に触れて廃刊させられた。それでもまたすぐに歯科医療器具を輸入して、虫歯がおどろくほど多かった日本人の歯を改善する医術を根づかせている。この大活躍に比べると、後発の丸善なんぞはまだまだといえる。

ところがどうも、チトやりすぎたのか、卯三郎よ。そのような稀なる国際感覚を持つにもかかわらず、明六社のお偉方には疎んじられておるのだがね。一介の小商人という先入観から、商人なんぞを啓蒙教育の仲間に加えない、と排除する者もいるから困ったもんだ。名を出したら失礼だが、たとえば明六社の重鎮である西村茂樹（にしむらしげき）君などがその口だ。これに怒ったのが、わがはいだった。学術の世界で職業に貴賤はないという「演説」をおこなって、反対者に納得してもらい、卯三郎を明六社に迎えた。卯三郎はさっそく会計を担当し、金銭の出入りを西洋式の簿記で記録し始めた。また、教育の前提である日本語の改良案を提出したのも、この商人だった。かれは西欧のアルファベットの便利さ、覚えやすさをよく知っていて、日本文もひらがなだけを使う「新日本語」で読み書きせよ、とも提言した。

実際、卯三郎はひらがなを用いる筆記法を話しことばに一致させる意図も持っていて、「である」という口調を自分の演説に多用した。これで演説すると、「この国は民権でなければならないので・あーる」という言い方になるので、妙に説得力が出る。卯三郎は役人などを説得するとき、この「である」調を連発して攻勢に出るので、役人もたじたじとなる。ずっと後の話になるが、日本橋に水道管や瓦斯(ガス)管が敷設される際に、工事費を住民に負担させようとする役人を、この手で言い負かして負担免除を勝ち取ったこともあった。

「清水君、そういえば君は、アメリカの一夫数妻宗(モルモン)はまだいいけれども、日本の衆道はいかん。あれは純愛とは別物じゃ。昔の坊さんや武家の間に流行った陋習(ろうしゅう)を、無知な学生が真似ているだけだ、と言いだしたこともあったね」

と、箕作秋坪氏がすこしいたずらをしかけたが、卯三郎は、ちょっと笑みをうかべて、わがはいの肩をどんと叩いた。

「はは、つい忘れるところでしたが、福澤先生、その衆道に近いといいますか、ちょいとおめずらしい、先生が若い頃に熱を上げたかも知らん御朋友を店の前でお見掛けしましたんで、無理やりこっちの集会に引っ張りこんじまいました。こちらへお連れしようと思うので・あーる、ってんですがね、いかがです」

と、卯三郎は気取りながら言った。それでわがけいが、

「卯三郎さん、いやだよ、また例の嫌がらせかい。なんとかデ・アールってのは、最近過激な民権派も使いだしてるから、気をつけなさいよ。それにさ、あんたは人を引っ張りこみたがるね。この前も、そう言って、勝麟太郎を引っ張りこんだろ？　どうもね、あいつは苦手なんだ。わがはいはあいつと違って、日本をどうこうしようなんて大風呂敷を広げる性質じゃない。あいつは、日本の海軍の旗揚げだとか、南海の領土を死んでも守るだとか言うからね」

「はは、心配ご無用。こんどはそういう御仁じゃないんですから。皆さんと違って今や新政府の重鎮ですよ。ほら、文久の遣欧使節でお二人も一緒だったでしょう……外務卿の寺島宗則さんですよ。使節で御一緒のときは松木弘安と名乗ってた……」

とたんにわがはいの緊張がゆるんだ。

「なんだ、寺島君だったか。脅かすんじゃありませんよ。わがはいはまた、通詞だった福地源一郎あたりかと思った。だが、寺島君なら大歓迎だ、根が学者だからまじめだし。どうぞ、ここへお連れしてくれ」

間もなくして、フロックコートに黒い山高帽の寺島宗則が現れた。卯三郎に引っ張られてきたが、非常に迷惑そうな顔をしていた。

「やあ、外務卿、この近くで参議の集まりでもございましたか、ごくろうなことでございますな」

と、わがはいは皮肉もたっぷりに挨拶したが、寺島外務卿は眉をひそめて言い返した。

「馬鹿言っちゃ困るよ、福澤君。こっちは太政官相手の付き合い宴会だ。ちっとも酒がうまくない。で、築地を出てこの前を通り掛かったら、卯三郎にいきなり引っ張りこまれた。察するところ、君、これは明六社の宴会だろ？　わしは新政府の要職を占める立場上、板垣やら後藤やらが持ちだした議院設立の建白書に賛成する集会には顔出しできぬ。非常に困るのだよ」

「あれ、宴会とはひでえや。これでも明治きっての洋学者が集まる厳粛な会食のつもりですよ。寺島君、いや、もとの松木君、ならばあなたのところの森有礼君はどうなるんです。明六社を創立させた森君は高級官僚じゃないとでも？」

痛いところを突かれた。寺島は少し動揺を見せた。この寺島は、わがはいよりもよほど早い弘化二年に江戸へ出て、蘭方医の伊東玄朴という師匠について蘭学を学んだ。玄朴といえば、お玉ヶ池種痘所を開設して、江戸に種痘をもたらした人物であり、江戸城奥医師となった最初の蘭方医だ。そこでオランダ語を磨いた寺島は、中津藩で一年ほど蘭語教師を務めた後、蕃書調所にも籍を置いたのだが、藩主島津斉彬の侍医となるため、薩摩に帰っている。その寺島が、いまは維新政府の重職だ。遣欧使節に同行した仲間であり、これに箕作秋坪を加えた三人は、そろって翻訳方を務めたのも縁であった。

が、そのとき、箕作が大声をあげて、われわれをおどろかせた。

「福澤さん、寺島外務卿は御一新以後、どうしてわれわれ在野をさけるようになったか、その理由がわかりましたよ！　今は飛ぶ鳥落とす勢いの薩摩出身官僚のお一人だからだってことですよ。薩摩は民間よりも一段上でなきゃいかん。とくに清水卯三郎君に長らく声もかけていないのは、薩英戦争のときに卯三郎君に大きな借りを作ったからじゃないですかな」

と、箕作は言って、卯三郎に目配せした。箕作はさらに続けた。

「そういえば、松木君と一緒にイギリス艦隊に捕まった五代才助（ごだいさいすけ）君も、いまは政治家を辞めて商人になっているのに、商人じゃ大先輩にあたる卯三郎君に季節の挨拶すらなくなったじゃありませんか。そこで、この箕作が案ずるに、あの薩英戦争で松木君と五代君がイギリスの捕虜になったとき、何か重要な取引でも、軍艦内であったのではなかろうか、と勘繰りたくなるわけです。だって、あのとき、イギリス艦隊に雇われてた通訳は、ほかでもない卯三郎君だった。イギリス軍と変な密約でも交わした現場も見られたでしょうから、きっと、頭があがらず、今でもやりにくい相手なんだろうよね」

しかし寺島は厳しい表情を崩さなかった。わがはいはさらに突っこんでみた。

「箕作さん、わがはいもじつは前々から疑っていたんだ。清水卯三郎君は、ノンシャランに見えて、なかなか口が堅いが、なにか薩摩とイギリスとの密なる約束を知ってるんじゃなかろうかってね。だってね、薩英戦争になるほど険悪だった双方が、あのあとすぐに手を結んで、倒幕に舵をきったんだから。その証拠に松木君は、イギリスの捕虜でなくなったときに、急に寺島陶蔵（とうぞう）と名を変え、ご一新の直前には寺島宗則に再改名した。幕末の例でいえば、改名するのは本名じゃ具合が悪くなったときです。この諭吉だってそうだったからね」

と、わがはいが言うと、箕作が言葉を継いだ。

「寺島君の事情は知りませんが、どうにも腑に落ちないのは、洋行帰りが盛んに爵位をもらってる昨今なのに、薩英戦争ばかりかパリー万博で文明の土産をたくさん持ち帰った卯三郎君を、政府が無視し続けていることです。せめて男爵くらいは授けられてしかるべき業績の持ち主だっていうことを、ご存じないのですかな」

箕作が勢いに任せて口走った一言が、清水卯三郎の心を揺るがしたようだった。卯三郎は弁明した。

「あたしは幸運を逃がさないように心がけてきた男です。でも、自分じゃ、運が悪い男だったと思ってますよ。結局、世直しの下働きに終わった。武州羽生村の田舎者が、横浜で商売し、薩英戦争でひょんなことからイギリス海軍に日本語の通詞として雇われ、捕虜になった松木さんと五代さんをかくまったのも、また洋行してパリーで小茶屋を開き、たくさんの文明機械を日本に持ち帰ったのも、やって来た流れに乗る好奇心があっただけなんですよ。でもね、こうして今の明六社の方々を見てますと、そういう人々もやがて時流に棄てられるときがくるはずで、うまいことばかりに恵まれるわけでもないでしょう。やがてはあたしの心持ちもおわかりになりますよ。その第一波が、いま、新政府の言論弾圧ってかたちで押し寄せたと思うんです。だから用心しなきゃいけません。そこへ行くと、五代才助さんは不思議だ。おふたりを薩摩の手から匿ってましたとき、五代さんからイギリス海軍にガバという通詞がいるから何十両だかをもらってきてくれ、と頼まれたんです。驚きましたよ。ついさっきまで戦争してたイギリスを相手にして、捕虜になったにもかかわらず商売を始めてしまう侍がいて、おまけに大金をせしめてしまうんですからね。あたしには魔法に見えました。魔法を使う人を信用しないことにしたのは、そのときからです」

すると、寺島が卯三郎の言葉尻を捉えた。

「それはおもしろか。ならばわしはどうなんじゃ、魔法使いか？」

卯三郎は妙にさみしそうな目をして、外務卿に微笑みかけた。

「偉くなるお方で、魔法を使わなかったという人を、あたしは見たことがありません。それにね、あたしはこう見えましても、じつは薩摩藩の有望な人材を二人も救った人間なんでござんすからね……」

草莽の民がつかった魔法

というわけで、話題は薩摩の昔話にまで広がったのである。ことは文久二年夏に発生した生麦事件にまでさかのぼる。薩摩の黒幕と言われた島津久光の行列が神奈川の生麦村を通りかかったとき、前を横切ろうとした英人三名を無礼討ちにした。イギリスがその蛮行に激怒して、加害者の薩摩藩士を処刑あるいは引き渡しのうえ、賠償金を十万ポンドほどと被害者の家族にあてた詫び金を即刻支払えと要求してきた。しかし久光は支払いにも犯人引き渡しにも応じない。英国は欧州の戦艦にも参加をもとめ、薩摩に戦争を仕掛けてきた。このとき寺島と五代才助は薩摩の軍艦に乗船したが、イギリスに船ごと奪われて、捕虜になったのである。これを皮切りに薩摩側も旧式ながら大砲で敵軍艦へ砲撃し、イギリス側も最新の大砲で迎撃した。薩摩は港湾や街並みを焼かれる損害を受けたが、イギリス側も旗艦の甲板で指揮を執っていたカピタンとコンモドールを失った。損害の大小から言えば、まず互角の勝負だったといえる。

ちょうどその頃、横浜で商店を開いた清水卯三郎は、持ち前の勇気と度胸に加え、ヘボン先生や通詞の人達から英語を習っていた。この英語学習が、卯三郎を魔法使いにしたのである。わがはいもそらだが、歴史に名を遺す機会もなく世を去るだけの草莽の民が使える唯一の魔法は、外国語に通じることだけであった。

そこでまた、わがはいが余計な口をはさんだのである。

「ところで、卯三郎は勝とも昵懇（じっこん）であったろうから、横浜なんぞというド田舎より、長崎で大きな商いをしようというつもりはなかったのかな？」

すると、卯三郎は笑いながら、

「いや、必ずしもなかったとは言いません。あたしは箕作阮甫先生のお弟子にくっついて、勝さんがいた長崎伝習所で西洋軍艦の操縦法や英語を学ぼうと思ったんですが、二か月ほどであきらめました。あたしみたいな町人は相手にしてもらえませんでした。武家の伝でもないと、商売にも首を突っこめませんでした。ですから、急ごしらえの横浜でこそ力が出せたんだと思います。あそこなら、勇気と度胸が利きましたから。ですから、アメリカのハルリスが粘って横浜を開港させてくれたおかげです。もっとも、ハルリスは街道筋にあたる神奈川を開港するよう迫ったらしいのに、幕府が横浜のほうを押し付けましたけれどね。横浜が開港場に選ばれたことは、かえって幸いだったかもしれません。

あ、いやいや、横浜に出店すれば間違いなく儲けが出るとは申しても、最初はみんな怖がって、出店する者がおりませんでした。しかし、為替業の三井などがいやいや大店を出したのを皮切りに、山師の連中が一気呵成（いっきかせい）にこの新開地へ店を出しました。うどん粉には石炭を入れ、生糸には切れ切れの布を紛れこませ、質の悪い品物を外国人に売って、すぐに横浜から遁走する。そういう連中がはびこりました。したがって、不正取引や詐欺をやって牢獄につながれる商人が多く、今日はあの店、明日はこっちの店が入獄だ、といったうわさが朝の日課だったんです。あたしもこの新開地に店を持ちまして、最初はおずおずと、大豆の取引あたりから開業したんですよ。相手は外国人が雇った支那の商人です。さいわい、あたしは漢学を修めたので筆談をもちいて商売ができました。

しかし、そのうちに横浜にも廓ができ、たくさんの女が集められまして、この女たちから始まった疥癬（かいせん）がはびこり、湯あみする人はこれに感染（うつ）されるので困り果てました。あたしは疥癬がうつるのを嫌って、住宅は神奈川に建て、そこから毎日横浜の店に通いましたもの。曲折はありましたが、苦労の果てにやがて横浜での商売が花を咲かせるようになったんです。ただし、その間商売のことで牢獄に入れられ、その後長く町預けの身となって行動の自由を止められた時期があります。しかし、横浜には外国人がたくさんいて、英語を話す通詞も滞在しました。そこで商売が思うに任せないあいだを、英語の学習にあてることにしたんです。ヘボン先生というアメリカの伝道師が医学や薬のことを教えてくれました。通詞のほうも立石徳十郎（たていしとくじゅうろう）という若者を紹介され、朝な夕なにイギリス言葉を習いました。立石の養子には小野次郎（じろう）という童児もいて、この子からもイギリス語を習いました。それから何よりありがたかったのは、ここにおいでの寺島さんと知り合いになり、イギリス言葉を習えたことです。イギリス言葉のほうは、長崎にいるよりもはるかに達者になったと思います。たしか福澤先生も、開港地の横浜外人町に来て、オランダ語がさっぱり通じず、英語を知らないと商売も何もできないという事実を知らされ、さっそく英語に鞍替えなさったんじゃありませんでしたか？　立石徳十郎はご存じでしょう？　ヘボン先生も？」

わがはいはうなずいた。

「そりゃおっしゃるとおりだが、わがはいは英語の勉強をしに行っただけですよ。まさか、卯三郎さんみたいにイギリスの軍艦に乗船して、薩英戦争の通詞まで引き受けるような大冒険はできませんね」

卯三郎も大笑いしだした。

「たしかに！　あのとき横浜で、卯三郎の身に奇跡が起こったんです。なんと、薩摩と一戦を交えることになったイギリスに、急に日本語の分かる通詞が必要になり、誰もが尻ごみする仕事を、度胸のいいあたしが偶然にも引き受けることになった。それであたしはイギリスの旗艦に乗りこみ、薩摩に着く間に郵便や電信のことを知ることができたんです。とほうもない文明の利器でした。しかも、薩摩に到着すると、こんどはすさまじく高性能の大砲が、あっという間に薩摩の港を火の海に変える光景を眺めさせられた。

こいつはとても、攘夷なんてもんで太刀打ちできる相手じゃねえ、と思い知らされた・の・である。

……たしかに、あのときばかりはあたしも、腰を抜かしました。だれだか日本の侍が捕虜になって、旗艦に連行されてきたんですからね。通詞として乗船していたあたしが呼ばれて、捕虜の名を確かめたら、松木さんじゃありませんか。急いで甲板を降りていくと、見るも無残な姿をした捕虜がぐったりしてましてね、それが寺島さんと五代才助に出会った場所でした、あっはは」

と卯三郎がさも晴れやかに笑うので、寺島がどぎまぎしながら笑いを遮った。

「おい、笑いごとじゃなか！　おどろいたのはこっちも同じじゃ。わしらは敵軍艦に拾い上げられたが、こりゃなぶり殺しにされるわと覚悟したわい。ところが通詞じゃといって入ってきたのが、この卯三郎だった。なんで日本人が敵船に乗っておるんじゃと、こっちも度肝を抜かれもしたワ」

松木すなわち寺島宗則外務卿は、もう薩摩言葉を隠さない。ところが卯三郎はわざと事務的な冷たい口調で答える。

「あたしは雇われ通詞ですが、あのときはほんとうに命がけで、わが同胞を助けましたよ。お二人はこの国にとって大事な人だと信じてましたから。じっさい、あんた方はどこでも命を狙われておいででした。イギリス海軍はお二人を捕虜にして生麦事件の犯人の代わりに処刑したかったでしょうし、幕府も薩摩の外交係だから首を飛ばしてやりたかったでしょう。でも変なのは、お二人をいちばん熱心に捜したのが、ほかならぬ薩摩藩だったことですよ。自分ところの藩士だってのに、なぜ隠れ家を捜しださねばいけないのか？　そこがよくわかりませんでした。結局、あたしがお二人を匿っていることを探り当てられて、大久保利通（おおくぼとしみち）さんがやってこられた。しかも殺気が見えてました」

寺島は声を低くして言い訳する。

「それがひどい話でな、薩摩藩には攘夷派がたくさんおったから、外国軍の捕虜になり敵のメシまで食ってきたわしらが生きて戻るのをゆるさず、腹を切らせる気だったらしいんだ」

と、寺島が答えると、わがはいが間髪をいれずに両手を上げた。何か、待ってましたといった合いの手のつもりだった。

「そう、薩摩にみつかったら腹を切らされたでしょうな。ただし、松木君はイギリス艦上で、五代よりももっときわどい交渉を敵としていたはずだと思いますよ、この人のことだからね。ただ、大久保はもっと上手で、二人を殺さないとウソ約束をしてでも卯三郎さんから取り返して、イギリスとの和平交渉と新兵器の買いつけに有利となるよう、手土産代わりに敵へ引き渡そうと企てたんじゃないですか。お二人はどこからも狙われていたので、大久保が身の安全を保証するといえば、秘密任務でもなんでも引き受けるでしょうからね。じつは薩英戦争のとき、薩摩、イギリス、双方の文書を徹夜で翻訳しておったのは、わがはいなんですよ。やり取りされる文書を訳しながら、今が日本の正念場だと身震いしてましたっけ。イギリスやフランスの海軍が横浜の港に二十隻以上も軍艦を結集させていたんですからね。あのまま薩摩が全滅覚悟で攘夷戦争をつづけてたら、薩摩は焼きつくされ、次は幕府がやられたはずですよ。頭のいい大久保だから、そうなったときの裏交渉の手段をそろえていたでしょう。松木と五代を捕まえとけば、裏取引の役に立つんじゃないかとね。ところが薩摩は、まさに卯三郎さんが言ったように魔法を使いました。突然イギリスと和睦し、自分らを様々な目にあわせた敵の新兵器を逆に借り受けて、それで幕府の殲滅に転用しようと考えたらしい。その一件にはあのグラバーも絡んでいたそうです。アメリカで南北戦争が終わり、不要になった鉄砲が市場にごっそり出たんで、グラバーがそれを二束三文で買いたたいて、薩摩や長州に売りつけた。まったくうまい商売ですが、それで長州や薩摩が幕府をやっつける役に立ってしまったんですから、歴史とは奇々怪々なものですよ。ですからね、魔法を使う人たちには用心することです。どっちも信頼しちゃいけません。とくに武器の売買は気をつけませんと。商人からバチもんの武器を押っつけられても、逆にそれで幕府をつぶせたなんぞは、黒魔術にひとしい。ただし、天は幕府を見捨てなかった。あのとき、事件がもう一つ起こりました。腰抜けぞろいと思われた幕閣にも、どっこい、ものすごい魔法を使う男がいたんですからな」

とわがはいが言うとたんに、寺島が尋ねかけてきた。

「誰のことだ。小栗上野介か？」

「いや、小栗さんはまだ誠実だった。小笠原長行という九州唐津の殿様ですけどね。生麦事件の賠償金を全額支払わねば直ちに攻撃するとイギリスに迫られた幕府には、賠償金十万余ポンドという大金をポンと出せる豪胆な幕閣はいませんでした。断ったら国の滅亡、払っても将軍や朝廷の前で切腹だ。ところが小笠原は独断でイギリスに支払ってしまった。わがはいは公文書の翻訳をやってましたから知ってます。それで勝手に御用船を横浜へ乗りつけて、用意した大金をどんと渡しましたよ。文久三年の五月の期限ぎりぎりに。将軍にも朝廷にも無断でやった。つまり、朝廷も幕府もみんな決断が下せなかったときに、まったく自分の責任で無断開国したも同然ですよ。骨抜きだらけの幕閣としては、ものすごい勇気と褒めたいが、普通ならその場で切腹もんですな。幕府を救うには金蔵を空っぽにしても支払うしかないと覚悟した奴が出たってんで、翻訳方も呆然となりましたものね。

　すると、彼の蛮勇のおかげかどうか定かでないが、イギリスが一応矛を収めてくれた。ところがここで、長行はさらにとんでもない呪術を使おうとしたんです。今度はイギリスを幕府の味方に引きこんで、薩長の息の根を止めようとしたんだから、ものすごいもんです。まず、洋船五隻を借りることに成功する。そのあとがもっとすごい。長行は千五百人もの武装兵を率いて大坂まで進撃すると、いったい何をやらかしたと思います？　上洛したまま半ば幽閉状態だった将軍家茂を薩長勢から武力で奪回しようとしたんです。ついでに京を掌握している攘夷派も外国船の大砲を活用して皆殺しにしようとした。ほとんど狂気の沙汰ですよ。それで、家茂が長行の上洛を禁じ、京都攻撃をかろうじて止めたんです。この中でだれか、このとんでもない魔法使いに会ったことのある方はおいでか？」

　と、わがはいは尋ねた。が、誰も声を上げない。

　すると、集会を仕切っている小幡篤次郎がおずおずと手を挙げた。

「え、小幡君は長行を知っていたのかね」

　と念を押されて、小幡はブルブルと頭を振った。

「いえ、存じませんよ。でもあの殿様、最後まで官軍に抵抗して、会津藩や庄内藩と一緒に戦った果てに箱館まで落ちのびたらしく、その後にアメリカの汽船で異国へ逃げたという噂が立ちました」

　小幡がそう答えると、ここでようやく寺島が口を開いた。

「あの小笠原長行は、新政府がなんとかとらえて首を刎ねたかった幕閣の一人じゃった。小栗上野介は捕らえられ処刑されたが、長行は行方をくらました。だが、小栗は徳川譜代の三河武士であってなお、フランス軍事顧問団の支援を受けて横須賀造船所を設け、幕府滅亡後の日本を守る工業の礎を築いたから、以て冥すべしといえる。しかし小笠原長行は違う。彼はあくまでも幕府を守りたかった。二度目の長州征伐がそうだったし、あの武装上洛事件もそうだ。闘いに敗れても自決せず、鳥羽伏見も会津でもだめなら、榎本武揚が率いる軍艦開陽丸に乗船して箱館に後退してまで官軍に抵抗した。ああいう幕府の怨霊みたような男は、新選組の土方歳三あたりと双璧だ。だから政府は血まなこで長行の行方を追った。それがやっと、明治五年春に東京へ戻って、自首した。領国だった唐津の連中からご赦免の嘆願が出され、一か月もしないうちにとりあえず赦免されたが、やつの動向にはまだ警察が目が光らせている。日本がダメなら海外へ逃げのび、アメリカか欧州で日本共和国でも旗揚げするつもりだったとは、油断がならん」

　しかし、わがはいが異を唱えた。

「いや、もしそうであるなら長行は土方歳三とも違う。むしろ榎本武揚のほうに似ている。すくなくとも、土方は幕府に殉じた。殉じた者は、理屈を言わないものだ」

「ならば、長行は榎本とも違うだろう。長行は武装して京都へ出陣したんだぞ。将軍を救いだし、代わりに聖上を幽閉したかもしらん。いわゆるクーデターではないか」

　と、寺島が反論したが、箕作秋坪は、またなにか思いだしたように、別の解釈を口にした。

「諸君。いま小笠原長行の話が出たのですが、われわれ啓蒙家を任じる洋行経験者は、一つ大事なことを論じてこなかったとは思いませんか？　明治の御代が始まって八年も経つのに、まだ何かしっくり来るものがない。はっきり申しましょうか。それは、長行が今もって幕府に固執しているような怨念を、鎮めきれていないからです。いまここにお集まりの諸君は洋行を運よく経験でき、新日本の建設に力を注げた。成功者ともいうべき、非常な幸運児ぞろいです。福澤君もそうじゃありませんか？　新政府に出仕しない、という意味でも別格です。ところがわれわれは、同じ熱さで日本の将来を案じながら、運悪く西洋文明の実態を見ることなく終わった人々の気持ちまでも代弁していない。洋行が叶わず、涙をのんで亡くなった人たちの想いは、救われることなく、まだ士族や平民の心の隅に引っかかっているると思うのです。敢えて、もうします、われわれはこれまで成功者のことしか論じてこなかった」

その問いかけには、箕作の自戒もこめられていた。

ヤマトフという謎の日本人

わがはいは、箕作の話を聞いて、目が覚める思いがした。野に下って、わがはいと同じように塾を開いたと噂される西郷隆盛のすがたが脳裏をよぎったからだ。すると、寺島が雰囲気を察して、西郷の話題にならないように、取って置きの悩澤ばなしを披露し始めた。わがはいは制止しようとしたが、寺島に振り切られた。

「なにやら、わしら薩摩の元老がずいぶん憎まれしるらしいが、あの西郷さんだって、新政府の陰謀によって閣内から追っ払われたわけではない。洋行も出来ずに終わった。人というものは、偉くなれば嫌われる。大久保内務卿もいまは権力を握ってるが、いつどこで失脚するかわからない。陰謀が渦巻いているからね。だいいちね、福澤君、わしも君と条約改定の談判にヨーロッパへ行ったから、知ってるぞ。ロシアで君は、向こうの官吏と密談していたそうじゃないか。欧州に同行した目付から聞いたことがあるよ。ひょっとして、日本の大事な機密文書でも売り渡さなかったか？　そうでなくとも、翻訳方に回ってきた外国文書を、君はひそかに翻訳して諸藩に売りさばいているとの噂があったね？　君の行動も充分に怪しくなかったか？」

わがはいは虚をつかれた。あわてて立ち上がり、みなに弁明した。

「わがはいはいままでも、魔術使いの一味にするつもりかね？　諸君、ちょっと聞いてくれ。いま、寺島卿からご下問があったから、弁明する。要点は二つだ。まず、わがはいが幕府の翻訳方で入手した英語文書を翻訳して、ひそかに諸藩に売り付けていたというご非難だが、断じて事実ではない。たしかに翻訳した文書は売ったが、その大多数は外国新聞の記事であって、機密文書ではない。むろん、役所にも断ってあった。わがはいはこれでも、そうとうに口が堅い。

第二に、もっと重要なのが、ヨーロッパに派遣された際にわがはいがロシアの官吏と何か秘密の面談をしたという嫌疑。これもまったくの誤解だ。わがはいがこの話を秘してきたのは、まさにこのような噂を立てられたくなかったからだ。そういう話が寺島卿の耳にもはいったのは、たぶんロシアの役人が同様のことをほかの日本人にも持ち掛けていたからだと思う。正直に告白する。その密談というのは、わがはいがロシアに残れば、身分を保障され、もっとおもしろくて収入にもなるから、ロシア政府に身をゆだねてみたいか、という誘いだった。あまりにも好条件なので、わがはいはかえって警戒し、話に乗らなかった。

なぜ、ロシアの役人が信用できなかったか？　簡単だ。わがはいはアメリカとヨーロッパの実情を見てまわったが、どこの国でも見知らぬ輩が近づいてきて、儲け話で誘いをかけてきた。アメリカ、フランス、イギリスと、どこでも誘惑があった。だが、大多数は、いくらでも出すから日本へ連れて行ってくれないか、という秘密の来日の手引きを頼む話だった。ところがロシアだけはまるで逆だった。日本に連れて行ってくれ、ではなく、自国に留まってくれ、という要求だった。なぜロシアが日本人を留まらせたいのか？　そう考えたとたん、ぞっとした。

なぜ、ぞっとしたかって？　こっからが本題なんだが、その理由はわれわれが日本の政治交渉団として来訪したことにあった。たとえばアメリカは、遠来の日本人をいわば『珍動物』のように歓待し、親切に扱ってくれた。フランスでは、丁重にあつかいながらも東洋人を蔑視するところがあり、われわれの身分にしたがってその親切ぶりに差があった。たとえばパリーで一流ホテルといわれる〈オテル・ルーヴル〉に使節団が宿泊したとき、正使のお奉行殿は洋式手洗いで大のほうをする方法がわからない。ドアを開け放し　内部がうす暗いからボンボリを明々と照らしている。しかも便器の使い方は日本流にすわって用をたしている。通路から丸見えにして、入り口に控えた家来に刀を持たせ、ウンウン、ブリブリひりだした。フランス人が驚いて覗きに来る。たまたま通りかかったわがはいはあまりのことにすぐ飛びこんで、通路に目隠ししたが、まわりのフランス人があからさまに迷惑がるんだ。この山猿め、という感じで。イギリスのお偉方もそういう差別はあったが、あの国は平等の精神をしっかり持っていたから、うわべだけはまだ見て見ぬふりをしてくれる。だが、日本にやってきたオールコック公使なんかには野蛮な非文明国を脅しつけるような態度が見えた。

　そこへ行くと、ロシアは他の欧州諸国とまるで態度がちがっていた。まずなんといっても、もてなしの仕方だ。どこへ行っても、どこで食事しても、どうして調べたのか、日本風の準備をして迎えてくれる、食卓には箸が出るし、飯も出る。寝室は床にじゅうたんを敷き、座布団みたいなものを置く。寝台のそばには刀掛けまでおいてある。風呂には垢落としの糠袋、寝台には箱枕まで置いてあるじゃないか。おどろいたよ。ちょうど樺太の国境策定の交渉があったから、日本のことを十分に調査していたんだろう。ほんとに、気味が悪くなるほど日本風なんだ。わがはいは、国境問題を有利に運ぶためにこういうもてなしをしているのかと思ったが、それにしてもみごとすぎる。これはきっと、ロシア政府内に日本人が雇われていて、日本流をいちいち教えこんでいるにちがいないと結論づけたわけだ。

　そうしたら、諸君、案のじょうなのだ。あるとき、ロシアの役人がやってきて、わがはいに折り入って話がある、別室で、二人だけの話がしたいと。行ってみると、秘密会議の部屋みたいなところだった。その役人はひそひそ声でこう言ったよ。

『あなたは日本では金持ちか？　そうでないなら、思い切ってこのロシアに留まり、こちらで仕事をしないか。もし承知なら、いますぐどこかへ隠してやる。小さな日本では叶わない大きな仕事を、楽しくできるぞ。金も貯まる。おまえのためになる』と。

それでわがはいはぞっとした。これはおそらく、ロシアのために諜報の役をしてほしいのだろう。間者すなわちスパイをせよとの誘いなのであろう。深みにはまれば命を落とす、と。わがはいを籠絡する目的で日本風のもてなし法を研究したにちがいない。

そう考えたらようやく謎が解けた。じつはロシアには一人、日本人が雇われていたのだ。わがはいはすぐに調査にかかった。この事実は『福翁自傳』にも書いたが、当時は、この男の素性はわからなかった。

だが、諸君、この席だからあえて話す。じつはわがはいは通詞の仕事でしょっちゅうロシアの厨房に出入りして、奉行がたの食事や、宴会のメニューの確認をすることが多かった。ある日、厨房に行ってみると、奥で怒鳴り声が聞こえたんだ。なにか間違いがあったのかと行ってみた。そしたら、その怒鳴り声は、日本語をしゃべっておったんだ！　わがはいはびっくりして、顔を赤くして料理人を叱っている男の貌を見た。着てるものはロシア服だったが、東洋人だった。思わず、『あなたは日本人でありますか』と声をかけてしまった。すると、その男も一瞬凍りついた。そして、奥の戸口へ逃げようとした。わがはいは必死で呼び止めた。『待ってください！わたしは日本使節団の通詞です！』と。

男は立ち止まったまま、わがはいを見つめたよ。この機会は逃せなかった。いきなり相手に飛びついて、外に出ると、人目に触れぬようにして、まだ誰もいない宴会場へ連れて行った。そして、そう、十分ほどの短時間だったが、この日本人がなぜロシアにいるかを問いただした。男は観念したのか、真顔になって、早口に答えてくれた。

『拙者は立花久米蔵ともうす。遠州掛川藩の者です。ゆえあって、伊豆の戸田という港からロシア船に乗った密航者です。いろいろと詮ないいきさつがあり、日本にいられなくなったのです』、と。

『密航って、いつのことです？　密航の理由はなんです？』

　と、わがはいは重ねて訊いた。立花は答えた。

『安政二年の大地震のときです。アメリカの黒船が来航した後を追って、ロシアも外交関係を樹立するためにディアナ号を派遣してきたのですが、たまたまクリミア戦争の関係で敵対していたフランス軍艦を奪取するために下田に入港してきたのです。だが、フランス軍艦に逃げられたので、湾内に停泊しておりましたら、そこへあの地震がおき、下田港は甚大な被害を蒙りました。ディアナ号も大破しましたので、日本で修繕をおこなわねばならなくなったのです。八方手を尽くし、西伊豆の戸田村に修理場をつくるに適する港があると知ったロシア船は、戸田へ入港しました。だがその間にディアナ号が沈没してしまい、戸田で急遽、新造船を製作せねばならぬことになりました。仮の造船所ができ、地元の船大工とロシア人水夫が力を合わせ、我が国初の洋式船建造が開始されたのです。が、そのときたまたま、拙者は戸田の寺で坊主になる修行をしていました。港でときならぬ西洋船の建造が始まりましたので、ロシア人と話がしたい一心で、造船所に通いだしたのです。といいますのも、拙者はそれ以前に緒方洪庵塾で蘭語を学び、西洋文化に大きな関心を持っていましたので。それですっかりロシア人と親しくなり、互いの国語を教え合い、文書なども交換するようになったところ、役人に疑いをかけられて、監禁されました。しかし、新造船が進水し、いよいよロシアに帰還というときに、拙者は夜中を狙って便所から脱走し、ロシア船に助けを求めたという次第でございます』

　そういうわけだったんだ。つまり、密航する日本人を助けたのは、なにか特殊な任務をさせるスパイを何人も必要としたからだったといえる。

　しかし、こやつも大した曲者だった。ロシアに渡っても幅広い才能を発揮した。インドの領事にはなるわ、大学で教鞭をとり東洋事情を講義するわ、しまいには世界初の日露辞書『和魯通言比考』って本まで作っちまった。でも、いちばんの傑作は、こやつが名のったロシア名だ。ヤマトフ、ヤマトノフ、あるいはごくまれにヤマトスキーを使った。わがはいは感心した。しかも、この男は適塾にもいたそうなのだ。ますますわがはいに似ておる。

　いやいや、申しわけないが、わがはいはいまでも、かれが外交的に利害のある文書をロシアに渡していたと思う。その仕事と引き換えにロシアでの居場所を守れたに違いないからだ。もしかすると、幕府目付方がわれわれに目を光らせていたのは、そうした密航者を発生させないためだったかもしらん。政治とは、いうならば、騙し合いだからな。相手の懐に間者を潜入させた方が、勝ちを握るということなのだ。

　そうそう、ヤマトフについては最近のできごとがある。奴が明治七年になって、ヤマト恋しさのあまり帰朝してきたんだ！　しかも信じられぬことに、向こうから姿を現した。ヤマトが恋しくなった理由は、明治六年に岩倉具視の使節団がロシアを訪問したときに、こんどはヤマトフが堂々と顔を出して使節を歓待した。そして、一行から、国外脱出者も今では罪を問われないと知り、急に日本が恋しくなったというんだ。それで帰国後にわがはいに会いにきた。わがはいは塾生が記者をしている『郵便報知新聞』に頼んで、ヤマトフの記事を載せてもらったよ。一時期、日本でもヤマトフの話は世間に知れわたった」

廃人藩主と小笠原の亡霊

わがはいの長い話が済んだ。

会員一同は、どっと緊張を緩めて、笑顔に戻った。

和やかな席に戻ったので、清水卯三郎がまた新しい話題を持ちだした。なんと抽斗（ひきだし）を豊富に持っている男よ、とわがはいはおどろくしかなかった。

「福澤さんの話はいつもおもしろうございますな。それにしても日本人はたくましいもんです。世に知られぬ海外密航者がじつはたくさん存在したに違いないことがわかりました。しかしこうなると、われわれも維新史の内容をもっと広いものにしなけりゃいけません。密航者の情報などもまとまっておりませんし。どうでしょう、世に知られぬ海外渡航者がいるのであれば、その反対に、海外渡航を夢見ながら達成できずに亡くなった開国派の人も、さぞや多いことにも想いを致しませんか。そこで、こんどは維新に功績を残しながら、自身はついに海外の諸国をみることができなかった人物の検証が必要になる。とにかく、日本の政体を一変させた明治維新の記録は、細大を問わず記録しておくのが後世への義務でしょう」

「それはなかなか興味深い。そうなると、幕末の開国派幕閣を取り上げなければならないね。福澤君、どうだ、君ならそのへんの人脈があるであろう」

と、口を開いたのは寺島だった。

わがはいは休む暇もなく、ふたたび立ち上がって聴衆の目を引きつけた。

「いやはや、まことに演説とは疲れる仕事じゃ。すこし休息させてくれぬのか。今度は外国旅行ができなかった開国主義者の話題だって？　たしかに、今の新政府の歴史書には抜け落ちていそうな主題だね。それならまず、卯三郎君の意見をうかがおうじゃないか」

箕作も同意を示した。卯三郎がまた、気恥ずかしそうに話しだす。

「あたしですか？　じゃ、ご指名ですんで。外国へ行きそびれた大物といえば、ずいぶんたくさんおいでですが、あたしは幕閣から選んでみたく思います。幕閣では、なんといいましても割を食ったのが、幕末の動乱にあって幕府側で鬼神のごとき呪術を仕掛けた人物がおります。公武合体派でも攘夷派でもなかった。頑迷な佐幕派で、しかも同時に開国派だった。その名は小笠原長行、ではなく、そこにもう一人、水野忠徳という旗本も加えましょう」

いま名が挙がった二人の外国奉行は、啓蒙を掲げる明六社にとっても、因縁のありすぎる人物だった。

「よろしい、まず、小笠原長行から、どうだ。卯三郎君、せっかくだからさ、まず小笠原について語ってくれんか」

と、寺島が言った。それに応える代わりに、わがはいが小笠原について、これまで語られなかった話を紹介する。

小笠原長行は、肥前唐津藩初代藩主小笠原長昌（ながまさ）の長男として生まれた。二歳にして「廃人」であると幕府に届けられ、藩主に養子が据えられたお人です。跡継ぎはどう考えても長行のはずだが、幼すぎたのだ。もしも幼い後継ぎを藩主に据えれば、転封を食らう危険があったために、実子の長行を庶子扱いとしたのだった。しかし、廃人ということにされた長行だが、幼少から稀に見る聡明な子だったという。江戸へ出て、儒学者で海外事情にも詳しかった朝川善庵（あさかわぜんあん）の門弟となった。

勉学に励み、文武両道を究め、安政四年には藩の養嗣子となる。ペルリ来航の年に建白書を提出したことから水戸の烈公に見いだされ、頭角を現した。開国によって貿易を実行できる体制を構築することが徳川の利になるという意見書がある。さらに唐津藩が長崎警護を担当したので、長行は勝麟太郎とも知り合いになった。その後は藩主ではないにもかかわらず幕閣に加わり、若年寄から老中職に上がったのが文久二年。寺島、福澤、箕作らが遣欧使節として欧州に出かけている時期であるが、ここで発生したのが生麦事件であった。

この時期の将軍職後見は、着任したばかりの一橋慶喜であったので収拾がむずかしかった。翌文久三年の二月には、イギリス軍艦が横浜にやって来て、生麦事件に対する正式要求書を手渡している。期限内に賠償を支払わなければ江戸を火の海にするという脅迫つきである。幕府は横浜周辺の住人に退避命令を出した。ところが老中の小笠原は、なんと病気と称して登城しなくなる。イギリス軍から申し渡された回答期限を必死に先延ばしするための仮病だったらしい。しかしながら、もう一つ、回答期限が手つかずに放りだされてある難問があったのである。それは、島津久光に護衛されて江戸へ下向してきた勅使に約束させられた攘夷実行の期限だった。これがまた、困ったことに五月十日が期限であった。この日までにイギリス人を強制的に日本から排除する約束だった。

幕府の進退は窮まった。しかし朝廷から切られた期限ぎりぎりの朝、病気と偽っていた長行が急に行動を開始した。独断でイギリス海軍が集結する横浜へ船を出し、約束の賠償金十万ポンドをその場で支払ったのだ。また同時に、朝廷への約束も履行するため、国内の港をすべて閉鎖する命令を各藩に通達した。これでどちらへの約束も果たしたのだが、残念ながら実質がともなわなかった。関門海峡において、ここを通過しようとした外国船に対し、長州藩が通達に従って勅命どおりの攘夷行動をおこなってしまう。外国船舶への砲撃である。

これが世にいう馬関(ばかん)戦争の始まりである。欧州勢は協働して下関の砲台を攻撃し、徹底的にこれを破壊した。長州はこの戦争でイギリスはじめ欧州の軍力には太刀打ちできないと思い知り、白藩の戦力を急ぎ西洋式に転換しようとする。この過程で、同じくイギリス艦隊に砲撃を受けた薩摩も、軍備の一新という共通認識を通して長州への接近がおこなわれ、最終的には薩長連合が成立してしまった。

どちらも身をもって列強の強さを知ったので、思いっきり軍備の刷新をおこなえたのである。

長行が列強相手の外交交渉に全精力を傾けているあいだに、長州と薩摩が軍備を一新したうえ

賞作家が描き出す人生の秘密と真実

ブッカー賞最終候補作

ああ、ウィリアム！

エリザベス・ストラウト／小川高義訳

eb12月

71歳にして人生の荒波に翻弄されている。彼の亡母ゆかりの土地を訪ねる旅に同行することになったルーシーは、結婚生活を振り返りながら、これまでの人生に思いをめぐらせる。『私の名前はルーシー・バートン』姉妹篇

四六判上製　定価2970円［絶賛発売中］

消えたホームズを追え！　〝モンスター娘〟たちのヴィクトリアンSFミステリ完結篇！

〈新☆ハヤカワ・SF・シリーズ〉

メアリ・ジキルと囚われのシャーロック・ホームズ

シオドラ・ゴス／鈴木 潤訳

eb12月

メアリ・ジキルと特異能力を持つ〈アテナ・クラブ〉の令嬢たちは何者かに誘拐されたシャーロック・ホームズとメイドのアリスを探し、ヴィクトリア女王を脅かす陰謀に巻き込まれる。その首謀者はモリアーティ教授!? 古典名作をもとにしたSFミステリ完結篇。

ポケット判　定価3080円［20日発売］

二〇二三年度アメリカ探偵作家クラブ（MWA）賞最優秀新人賞受賞作

HPB1998

傷を抱えて闇を走れ

イーライ・クレイナー／唐木田みゆき訳

eb12月

貧困家庭に育ち、義父から虐待を受けている高校生ビリーは、劣悪な環境から逃れるため、プロのアメフト選手になろうともがいていた。だがシーズンが始まるまさにその日、自宅で義父の死体が発見される。容疑は、前日に義父と喧嘩していたビリーに向くが……。

ポケット判　定価2420円［絶賛発売中］

3回アガサ・クリスティー賞大賞受賞の壮大なる歴史ロマン

睡蓮を摘みに

葉山博子

な日本を逃れ、父が綿花交易を営む仏領インドシナで地口鞠は、外務書記生の植田や、暗躍する商社マンの紺野、との関わりにより、非情なる植民地の現実に触れていく。代を生きる、ひとりの日本女性の運命は？

六判並製　定価2090円［20日発売］　eb12月

ハヤカワSFコンテスト大賞受賞作

ライズン・ゲート　事象の狩人

時タイトル『ホライズン・ガール〜地平の少女〜』より改題）

矢野アロウ

ックホール〈ダーク・エイジ〉にあるという、別の宇宙に繋ゲート）〉。その手がかりを求め、意識から分断された右脳を宿すヒルギス人の少女シンイーと、前後に分離した脳で時パメラ人の少年イオは事象の地平面へ……

四六判並製　定価2090円［20日発売］　eb12月

第

時の

936年、旧
学を学ぶ
兵の前島
界大戦の

第11回
ホ

（受

巨大ブラ
る〈門
狩猟の
を見通

いま誰もが身につけるべきAIリテラシー

AIガバナンス入門
——リスクマネジメントから社会設計まで

羽深宏樹

NFT電子書籍付版同時発売

eb12月

ChatGPTをはじめとする現在のAIは、巨大な便益とリスクを持ち合わせている。有効に活用するために何を心がけ、どのような社会を設計すべきか。京大「人工知能と法」ユニット特任教授を務める気鋭の弁護士が、「AIガバナンス」の現状と未来を語る。

新書判　定価1100円[19日発売]

新・大河ドラマ「光る君へ」がもっと楽しめる！

みんなで読む源氏物語

渡辺祐真 編

eb12月

源氏はこんなに新しい！『源氏物語』に通じ愛する面々が多方面から集結、その現代的な魅力を語りつくす。川村裕子、ニシダ、俵万智×安田登、三宅香帆、宮田愛萌、鴻巣友季子、円城塔×毬矢まりえ×森山恵、全卓樹、小川公代、近藤泰弘×山本貴光、角田光代

新書判　定価1078円[19日発売]

NFT電子書籍とは、本篇と同内容の電子書籍をNFT化したものでり。封入のカードより取得でき、スマートフォンの「FanTopアプリ」上のビューアで快適にお読みいただけます。

ハヤカワ文庫の最新刊

SF2426

宇宙英雄ローダン・シリーズ702

未来から来た盗賊

シドウ＆シェール／井口富美子・増田久美子訳

惑星ブガクリスにて人類の末裔"空飛ぶ山の民"と会ったローダンらは彼らの来歴が記された『ログ』から六九五年前の事件の真相を知る。

定価1034円[絶賛発売中]

SF2427

宇宙英雄ローダン・シリーズ703

ポスビの継承者

エーヴェルス＆フェルトホフ／赤坂桃子訳

タルカン連合の船は二百の太陽の星に到着し、グラドと接触した。しかしローダンらは敵対的なハウリ人と見なされ幽閉されてしまう

定価1034円[20日発売]

JA1563

第13回アガサ・クリスティー賞優秀賞受賞作

機工審査官テオ・アルベールと永久機関の夢

eb12月

18世紀、夢の動力、永久機関をめぐり発明詐欺が横行。処刑された父の汚名を雪ぐため、機工審査官テオは真の永久機関を追究するが

に、手を結んだ。軍備の質がいきなり幕府のそれを上回ってしまったのだから、形勢逆転だ。第二次長州征伐も鳥羽伏見の戦も、幕府は完敗を食らう。長州への再征伐を指揮した長行も、途中で戦線から逃亡する始末となった。

後年に長行が詠んだ辞世の句がある。

夢よ夢　夢てふ夢は夢の夢　浮世は夢の　夢ならぬ夢

しかし、かれにはまだ、最後の強力な弾丸が一発残されていた。それが、外国奉行を何度も務めた水野忠徳だったのだ。

咸臨丸渡航の裏側ふたたび

わがはいはここで、水野の話にはいる前に、参集した明六社の面々に語りかけた。

「そう、水野といえば、思いだすのが咸臨丸ですよ。じつはあのとき、本来アメリカとの交渉役には水野忠徳が出向く予定だったといわれているんだ。これは小笠原長行も望んでいたことです。だってね、あの小笠原島はもともと『無人島（ぶにんしま）』と呼ばれてましたんです。それがなぜ小笠原に改名されたかというと、長行の家系でもある信州松本の小笠原藩に生まれた小笠原貞頼なる御船手衆が、あの南海の無人島群を発見した。そして家康から、貞頼は無人島群の領有を許された。

しかも、天の配剤とでもいいますか、その伝説が林子平の『開国兵談』に載せられ、そのことをペルリはじめ米欧の政府は知っていました。そこを利用したのが小笠原長行の盟友だった水野忠徳です。かれは間髪を入れずに小笠原島を回収するべく、米国渡航から帰った咸臨丸を、ふたたび小笠原島に向けて出したんです。操作する船員も元咸臨丸乗船者が多かった。ジョン万次郎もそうです。

勝麟太郎は、長行とは長崎伝習所で顔見知りだったし、水野の考えも承知していた。水野は長行と二人三脚で幕府開国派を引っ張っていましたからね。この二人と知り合いだった勝さんに、小笠原島の状況を探れと密命が出たであろうことは、十分にあり得ます」

うなずかざるを得ぬ意見だった。箕作秋坪はうなずきながら、こう言った。

「たしかにあり得ますな。勝はたしかに、大嵐の中にボートを一艘、海へ下ろせ、と口走った。小笠原に上陸しなきゃならんとも言った。今ならわかる。小笠原をどうしても日本領として安堵したかった、と」

清水卯三郎も同感だったのだろう。

「そうですとも。水野って幕臣は、最も有能な奉行の一人でした。ペルリが下田で開国の最終交渉をおこなったとき、外交の要である長崎奉行を務めていたのも水野です。長崎奉行として日本海軍の設立に腐心し、外国から新鋭船を買いこんだ当事者でもあったわけですから。順当なら水野奉行が咸臨丸に乗りこみ、提督となってアメリカ渡航も成功させるはずだったんです。この話は、水野にかわいがられた福地源一郎からも聞いてますよ。なんと、福地も遣米使節の随員として咸臨丸に乗船するはずだったと。それが出発の段階になってひっくり返りました」

「なぜ、なぜ乗れなかった?」

と、わがはいが問いかけた。卯三郎が答えた。

「失脚ですよ。咸臨丸がアメリカ渡航に出る前年の安政六年だったか、ロシア海軍の士官が横浜で日本人に殺害される事件があって、外国奉行だった水野がその責任を負わされ、西の丸留守居という閑職に飛ばされた。したがって、水野はもちろん、その随行者として同乗する予定だったらしい福地も、アメリカへ行く夢が消えたわけです。

ただし、長行もそうですが、水野や福地も不死身の役人です。水野は文久元年に外国奉行に再任され、文久二年の遣欧使節で渡英することに内定したんだが、またも直前で人選に漏れました。今度は英国公使オールコックに嫌われたせいだと言います。それでも水野は外地視察を一つだけ実現させせました。文久元年十二月、日本の国境確定という大仕事、すなわち小笠原島開拓御用を引き受けて、小笠原島へ渡ったのですから」

ついでにわがはいの方から補足しておこう。この福地源一郎という御仁も、いろいろな面でわがはいと因縁がある。

福地は長崎の医者の息子だったが、学問を好み、外国の事情に大きな関心をもって語学をおさめ、のち江戸へ出た。たまたまわがはいが江戸で蘭学塾を開き、これからは蘭語でなく英語だと思い知らされた安政六年に、福地は外国奉行支配通事御用お雇いとなり、品川に出張して、沖に停泊するイギリス船と陸地との間の諸交渉を担当することになった。折しも、福地が外国方にやとわれた日は、米欧五か国条約に決められた領事館設置期限を十数日後に控えたときであった。

イギリス船に毎日食糧や日用品を運ぶことから文書や情報のやり取りまで、すべての交渉を福地が引き受けたから、さぞや列強の動きもよくわかったことだろう。しかも福地は、この条約で決定した開港場（横浜・長崎・箱館）のうち、横浜関係の実務担当まで兼任することになり、六月四日には江戸を出立し現地に着任している。ということは、横浜が貿易港となったはじめから、その経緯の一部始終を知る立場にあったことにもなる。水野忠徳や川路聖謨といった幕閣の俊英が、切腹覚悟で開港場の一つに押しこんだ横浜なので、後世のために非常に適切な選択であったと、いまは激賞されがちだが、じつは違う。神奈川は街道が整備され邦人との接触も多い場所であったから、いつ生麦事件の二の舞が起こるやもしれない。そこで、外国商人をなるべく辺鄙な場所に押しこめるにしくはない、という考えから、辺境の漁村だった横浜を開港地にしたというのが、真相なのだ。そういうわけで福地は、ここで早々と英語塾を開いていた長崎時代の恩師、森山多吉郎の家に寄宿した。奇縁だが、わがはいも長崎時代には森山の塾に通って英語を学ぼうとしたんだが、多忙な森山に相手にしてもらえなかった。地元の福地源一郎だけが森山にかわいがられている姿を、横浜でもしっかりと見せつけられたのである。わがはいと福地源一郎との因縁は、ここですでに生じていたといえよう。この横浜森山塾には明六社に参加した面々もたくさん入門していたんだ。

　しかし、福地の上司だった水野を直接失脚させたのは、じつはイギリス公使オールコックだったという。全公使代表となって幕閣へ乗りこみ、直ちに水野を罰すべし、なお被害者に対しては盛大なる葬儀を催し、哀悼の墳墓を横浜に建立すべし、と要求した。幕府も反論できず、水野を軍艦奉行に格下げした。

　軍艦奉行とは、咸臨丸などの軍船を扱う役職なんだが、オールコックはそれでも水野を許さなかったらしい。もっとも、水野はオールコックにそこまで嫌がられても、退かなかった。不屈の奉行は、唯一行使できる軍艦の指揮権を盾にして、咸臨丸に小笠原検分の秘密命令を授けて、米国へ送りだしたにちがいない。このおそるべき執念は、おそらく勝麟太郎にも共有されたはずだろう。

　水野はさらに、自身が乗船する気でいた文久二年の遣欧使節渡航に際しても、乗船を許されなかった。オールコックが拒否したからだ。ひとり、福地だけが通詞御用として渡航できたのだが、水野の無念を考えると、この使節団に加わったわがはいや箕作や寺島との交流なんぞは、おもしろかろうはずがなかったわけだ。福地には、ロクに口もきいてもらえなかった。

　が、それでもまだ水野は挫（くじ）けなかった。外国奉行のお役を取り上げられても、依然として元の役所に出入りして事務をとり、閣老応接の際には、謹慎の身であるため屏風（びょうぶ）の陰に姿を隠し、さまざまな説明、提案を、後ろから幕閣たちの耳に囁いたというんだ。おそろしい。毎日のように屏風の陰から外交政策を囁きつづける黒子（くろこ）の水野を見て、世の人はこれを「屏風水野」と呼んだんだそうだよ。

「諸君、その水野忠徳がどのように世を去ったか、ご存じか。福地に訊くと、戊辰戦争において薩長軍の勝利を知らされた際に、水野老は隠居していた自宅で感嘆絶叫し、天を仰いでから、その場で憤死したそうだ」

箕作秋坪がすこし声を詰まらせた。

「憤死ですか……」

「さよう、怨死でしょう」

紀州の傑物、水野と会談すること

わがはいの演説もそこで終わった。それ以上、加えるべき資料がなかったからだ。

そのまま時間だけが過ぎていった。時計を見ると、十時まであと三十分。

そこでわがはいは立ち上がり、寺島の肩に手を置いた。

「寺島さん、文久遣欧使節という幸運を得たわれわれだが、もう一人だけ、ぜひ、記憶しておきたい人がいる。その御仁も水野と同じように海外へ出ることを望んだが、ついにその夢をかなえることができなかった。わがはいに、残った三十分を頂けんかな？」

「ほぉ、その人も維新を呪ったお一人か。どなたのことか？」

「いえ、呪うどころか、明治を寿いだ先覚者です。わがはいが敬愛する方ですが、この人は水野や福地よりも広い目を持っておいでだった。明治になって、開国の夢を新政府に託せる寛大さもお持ちだった。卯三郎さんもよく知ってるお人です。それから勝麟太郎が世に出るのを助けた人でもある。たぶん、福地だって知ってるはずですよ。勝なんぞはこの人に足を向けて寝られないと言っていた。じつは勝は、咸臨丸でアメリカへ渡航するときに、この人に世話を焼いてもらった……したがって、その方に恩返しするつもりで……ぜひにも咸臨丸に同乗してもらおうと工作していた節がある。無断で乗船させる手はずを整えていたらしい」

「ほう、またしてもまぼろしの咸臨丸搭乗者ですか？　で、だれなのかね、そのお方は？」

　わがはいはまっすぐに寺島の目を見ながら、抑えた声で答えた。

「紀州有田郡広村の濱口儀兵衛です。お若い頃は銚子でも家業の醤油屋を営み、家塾を開き、開国を唱えました。その儀兵衛さんが生涯に一度といってよい狂熱に駆られたのが海外渡航だったんです」

「それなら、わしも知っている。銚子の天下一醤油の大将であろうが？」

「ええ、何がなんでも海外へ出かけてみたいと思いつめたのです。最初は国禁を犯す覚悟でした。ちょうどペルリが再訪したとき、嘉永六年だったか七年だかのことで、この二年間は、嘉永という元号にそぐわない大乱の時代でした。黒船は来たし、関西は大地震に襲われたし。それで朝廷も年末近くに、国を安んじるための改元をおこないました。安政元年となったのですが、安政どころか、さらに乱世になっちまった。儀兵衛さんはまだ儀太郎と名乗る二十代半ばでしたが、彼もまた世が変わらなければならぬと一念発起したんです。実際、安政の大地震によって、故郷広村は全滅しかかるのですが、詳しいことはここじゃ飛ばしますよ。

　儀兵衛さんはそういった経緯により、家業の都合で銚子に滞在することとなり、外国船の動向や、米欧の優れた文明に関する知識を聞き集めることに力を入れました。もっとも初めのうちは、攘夷の意図を秘めて外国船監視に傾注したらしいですがね。天保十年に妻をめとり、翌年頃から郷里の広村を出て、銚子で醤油商売の修業をし、その傍ら剣術を学びました。町人でも武術が必要となる時代の来ることを予感したんでしょう。民が幕府を守るという新体制までも意識したそうですよ。儀兵衛さんは槍が得意だったそうです。米俵を槍で突いて持ち上げ、放り投げる荒業ができました。これで異国船を追い払うつもりだと。

そういう御仁でしたから、銚子に移って商売を覚える傍ら、二人の師にも巡り合いました。武術と砲術の達人でもあった佐久間象山と、蘭方医師の三宅艮斎です。佐久間からは海外の新知識を学び、同門の勝麟太郎と知己になる機会を得ました。儀兵衛さんは、勝に最大限の経済支援をおこなった恩人のひとりですよ。ですが、もっと大事なのは、三宅艮斎の門人になったことでしょう。艮斎は天保十二年ごろ江戸へ来ましたが、そのころは蘭方医がひどく嫌われており、すこしも医療ができなかったので、やむなく銚子に引っ越してきました。このとき儀兵衛さんが、艮斎に手を差し伸べたんですよ。その代わり儀兵衛さんの方も、このお医者から、蘭学を教えられました。攘夷派だった儀兵衛さんが開国派に変わったのは、この蘭方医の影響だった。

艮斎は嘉永年間に、江戸で日本初めての睾丸摘出手術をおこないましたし、西洋の薬に精通し、外科の技術でも一流でね。例のお玉ヶ池種痘所もこの人が設立に動いたおかげで開かれた。儀兵衛さんも莫大な寄付をして種痘所に肩入れしている。おかげで銚子は虎列剌の蔓延を防ぐことができた。しかも中浜万次郎と交流があり、長男を横浜のヘボン先生に弟子入りさせたほどの英語通でもあった。根が本草学者だったから、植物、動物、鉱物の収集もおこない、標本をシーボルトに渡した人でもある。日本の開国は自明の理という信念でしたよ。たぶん、艮斎先生は、内心で国禁をおかしてでも外国へ行きたかったお一人じゃないでしょうかな。

だから、吉田松陰だけじゃないんだというわけです。鎖国のさなかに海外へ出ようとした学者は、かなりいた。儀兵衛さんが関係を持ったらしい学者に、阿部櫟斎という御仁もいますよ。江戸本草学の大家だった阿部将翁の子孫で、医師と本草学者の両方を実践していた。さて、天保年間と言いますから、本草学全盛の時代で、儀兵衛さんが本格的に銚子の商売を引き継ぎ、江戸に家も持って、開国の勉強をはじめた頃だ。その櫟斎師匠が毎月自宅で開催していた物産会の折柄、小笠原島が話題になったことがある。その島では香料すなわちスパイスがとれると聞き、幕府の承認をもらって薬種採取調査隊を送りだそうという話になりました。しかし、無人島の開発や探検に使用する名目で鉄砲やらも用意するわけですから、とうとう真剣な密航計画に発展してしまった。この密航計画には渡辺崋山も加わったそうで、この一件を幕府に密告した花井虎一という人物のせいで、崋山は蛮社の獄に引っかかった。わがはいが考えるに、あるいは儀兵衛さんもこの無茶な計画に連座したのではないかと疑っています。若かったですからな。実際は、鹿島にある無量寿寺の住職、順宣という人が無人島渡航計画の中心だったそうで、この坊さんも儀兵衛さんや極楽寺通玄さんと同じように若者を私塾に集め、文武両道を鍛えていたというんだ。単に博物研究ではなく、絶海の小島で極楽のような社会を作ろうといった夢物語も語っていたそうです。

それで、小笠原に渡航する悲願を抱いた櫟斎は、出獄したのちの文久二年、水野奉行の小笠原回収航海に医師として乗船し、ほんとうに小笠原上陸を果たしたんですよ。同地で植物の研究にはげみ、ジョン万次郎からは英語を学んでね。それから櫟斎はパリー万博から出品を依頼された昆虫標本を作るための虫捕御用という仕事を仰せつかり、開成所の物産家、田中芳男と一緒になって伊豆から千葉までの山野を歩き、昆虫採集に励んでもいます。その成果を持ってパリーへ出向いた。博覧会と博物館は、彼が日本にもたらした〈文明〉です」

「なるほど、天保の頃から小笠原は日本人にとっても楽園という想いがあったわけだね。渡辺崋山が海外密航を企てたという虚報も、底では無人島へのあこがれにつながっていた、と」

　わがはいはうなずくと、早口に話を進めた。

「それで、いよいよ濱口儀兵衛翁の登場となるんだが、この人はペルリ艦隊の黒船を見物して、攘夷などは考えるだに愚かしいと実感し、自分も海外へ出たいという熱に取りつかれた。そのときですよ、儀兵衛さんにおどろくべき幸運が訪れたのは。なんと、黒船見物に出かけたおかげで、儀兵衛さんはたまたま、幕府外国方の役人だった田邉蓮舟（たなべれんしゅう）という侍と出会いました。まさに外国事情をつかさどる本拠地に勤めるお役人だ。海外雄飛のことをひそかに話しあううちに、仲間の輪が広がり、それがとうとう、外国奉行だった小笠原壱岐守長行の耳にはいったんだ。きっかけは、この田邉というお役人が儀兵衛さんと計画し始めた海外渡航のことを、小笠原奉行に話したことだった。もともと田邉という人は身体が弱く、三宅艮斎の診療を受けていたので、ひょっとすると、この艮斎グループが一団となって海外渡航を秘密裏に計画していたのではないかと思うけどね。

　で、田邉さんはある日、上司であった老中、小笠原壱岐守の屋敷に招かれ、一献をかたむけたついでに、これからの開国問題につき、こんな話をしたんだそうだ。どちらも開国に向けてひた走る幕府役人だったから、安心して秘密の話もできたのでしょうよ。自分は国を閉ざし外国船を武力で打ち払うという暴言を吐く輩の気持ちが分からない。江戸でさえ、近所の家とは門戸をあけ放って親しく交際しているのに、外国が相手となるとぴしゃりと門戸を閉ざすのはいかがなものであろうか。聞けば、西欧では国々が門戸を開いて仲よくしているという。日本だけが隣と付き合わないという法があるものか、と語った。すると壱岐守は非常におもしろがり、そなたの存念をもっと聞かせてくれと言ってきた。そこで田邉さんが、じつは今の話はみどもの友人の説を御披露しただけのこと、もしご老中がお望みなら、いちどお屋敷に連れてまいりましょう、と返したそうな。すると壱岐守は、ぜひ連れてまいれ、と答えた。あの開国の鬼みたいな老中をおもしろがらせたというんで、田邉さんは大急ぎで儀兵衛さんに報告し、二人が膝突き合わせるという、願ってもない機会を実現させた。老中は儀兵衛さんの開国論を熱心に聞き、その後も何度か座敷に招いたらしい。それからですよ、儀兵衛さんが急に口が堅くなったのは。老中が開国を決意してくれたからには、その先鋒を自分が務めるしかないと覚悟したみたいにね」

この話には、明六社一同も度肝を抜かれた様子だった。寺島も同様だったらしく、いかに幕末の昔話とはいえ、聞き捨てにできないという気持ちを顔にあらわした。

「大変な話になったな、福澤さん。あの濱口儀兵衛が密航を企てていたとは仰天だ。濱口といえば、安政の大地震で紀州一帯に津波が押し寄せたとき、全村が海水に浸されたにもめげず、高台の避難場所へ通じる道の両側に、刈り取った直後の稲むらを並べ、火をつけて村人を誘導したことで、世に名を挙げた義人だろう。村の復興のため、被災した村人に日銭を支払って防波堤を建造させた。村人には銭がはいり、しかも堤防ができるという、一石二鳥の策であったと聞いている。

たしか紀州藩では慶応四年の藩政改革に際し、町人ながら儀兵衛さんを勘定奉行に抜擢したと聞いている。新政府もかれを和歌山県権大参事に任じて、さらに中央に招いて東京藩庁詰めとし、駅逓頭(えきていのかみ)をも命じていた。その人物にして、海外へ密航する計画があったとは」

そこでわがはいは真顔で反論した。

「何をおっしゃる、寺島さん。幕末の話だからこそ、今こうして言えるんじゃありませんか。儀兵衛さんは気の毒に、政治に飽きたのか、あるいは疲れたのか、孫の世話のほうが性に合うらしく、現在は紀州に引っこんだきりのようです。わたしは儀兵衛さんに、和歌山の英語学校を創るから校長をやってくれと頼まれたこともある。やっぱり、教育に回るほうが、政治に首を突っこむより、よほど真っ当だと気づかれたんでしょう。あいにくわたしは多忙で誘いを辞退したが、そのうち小泉信吉ほか紀州出身の若手を派遣して、和歌山を日本一の文明開化県にして見せる自信はあるんだ。そのときまで、儀兵衛さんに元気でいてほしい。すでに勝とも相談してます。勝は、最後まで儀兵衛さんと一緒にアメリカへ行く気でいたようだからね。なので、もし儀兵衛翁が断らず、あの航海に参加していたら、きっとわたしは乗れなかったでしょう。勝は勝で、サンフランシスコに上陸しただけで帰ったりせず、あちらで汽船を雇って、ワシントン、ニューヨークを経て、大西洋まで渡ったにちがいないし」

「ちょっと待ってくれ。ということは、勝もまた密航を計画した一味の仲間だったのか？」

寺島のことばを聞いて、わがはいは怒りをあらたにし、外務卿をなじった。

「仲間どころか、同志といってほしいね。そのどこが悪い？　老中の小笠原はもちろん、おそらく水野筑後守だって、承知の上で行かせたと思う。お上の許可が出なければ、小笠原か水野が外国船と談判して、儀兵衛さんをそっちに乗船させたかもしらんぞ。しかし、儀兵衛さんはあくまで、正規の出国許可を持つ全権使節として、海外に出ていくことを望んだ。だから、まず、密航計画の輩とかいう言い方はやめなさいよ。なぜなら、あれは吉田松陰のような密航ではないのだから。勝もわたしも、そして田邉さんも、最後には儀兵衛さんに、いざとなったら密航しなさいと勧めましたよ。相手は大店の主人ですから、費用なんていくらでも払えるんだから。小笠原島のことと、濱口儀兵衛の海外視察と、この二つこそ咸臨丸渡航の真の目的であるべきだったんです。でも、儀兵衛さんは密航という不法の手段を拒否した。密航したら、死ぬまで逃げ回り、大切なことは何一つ公に提示できない身になる、そんなことはいやだ、自分は堂々と海を渡り、できる限りの文物を持ち帰って、人々に使ってもらいたい、ってね」

「勝安芳を呼べ！　勝のあほうを！」

寺島がいきなり立って絶叫した。しかし、わがはいは無視した。

とっさに清水卯三郎があいだにはいってくれた。

「待った、待った、時間切れです。もう十時だ。これ以上は集会ができませんよ」

「では、どうするんだ。政府としても、今のごときたわごとは讒謗律の違反とせねばならないぞ」

するると、卯三郎が軽薄な口調で言い返した。

「あんたも外務卿になって融通がきかなくなりましたな。なら、店の規則も重んじなさいよ。精養軒は、ここでお開きだと言ってるんだから」

しかし寺島にも、政府高官の面子があった。

「ならば要求がある。この話の内容が事実かどうか明らかにすること、そして、濱口と勝も出席させろ」

すると、箕作秋坪が拍手した。

「寺島君、それは名案。わたしもこの際だから、勝さんの話を聞きたい。あの御仁が幕末にあって、何をなそうとしたのか、本心を知りたかったんだよ」

「で、儀兵衛翁はどうするのか？」

と訊かれて、今度はわがはいがはっきりと答えた。

「来てくれるかどうかは分からない。なにせ老齢で紀州の在だから」

寺島は得心しないらしかった。

「では、次回の集会まで、この話の決着は棚上げとする。逃げるなよ、福澤」

「承知」

とわがはいが答えたとたん、寺島宗則は足早に精養軒を出ていった。


（第三話　了）

第四話　まぼろしの渡航群像（下）

濱口梧陵　　　　　　写真提供＝広川町

貧乏は苦痛なり

あれはたしか、明治十五年のことであったろう。わがはいが塾生のうちでもっとも愛情を注ぎ、もっとも信頼を置いてきた塾生、小泉信吉が、創立したばかりの横浜正金銀行(よこはましょうきん)に望まれて、欧州の経済事情を視察したことがある。その帰朝挨拶に交詢社をわざわざ訪れたときの話である。

わがはいは信吉の顔を見ると、どんなときも実父のような気持ちになるのだ。義塾に因縁ふかい紀州和歌山の産だが、故郷で神童と呼ばれるほど聡明な少年だった。わがはいがだれよりもかれを愛したのは、その高尚な人柄と剛毅な気質のためであった。わがはいはよく、小泉信吉のことを「洋学を修めた大和武士」と評した。決して激高することなく、その言行も温和そのものだったが、心に元禄武士の侠気(きょうき)を宿していた。

わがはいが少し、後の世の話をするなら、小泉信吉には息子がおり、我が大学の塾長を務め、皇太子明仁(あきひと)親王（第百二十五代天皇）の教育係にも召された小泉信三(しんぞう)という者である。じつは、父の信吉も、明治二十年に塾長となり、義塾に大学部を創設するという業績を残している。当時の義塾は綱紀の退廃期に当たっていたといわれ、信吉は教授会議をおこして学年試験の採点を厳格化する改革を強行している。しかし多数の落第生を出したため、普通科生徒がこの改正に反対し同盟休校を打って対抗した。その結果、信吉け不本意にも義塾立て直しのみち半ばで塾長を辞職せざるを得なくなったのである。

しかし明治十五年時点にあっては、そのような事件が将来おこるなどと想像もできなかった。わがはいは帰朝した小泉を心から歓迎し、再会を喜びあった。久しぶりに訪ねてきた愛弟子の肩を抱き、端整な信吉の顔を何度も眺めたのを覚えている。

信吉もかすかな笑みを見せたが、恩師の歓迎ぶりに戸惑って、姿勢をこわばらせ、こう挨拶してくれた。

「福澤先生、お元気で何よりです」

信吉はあいかわらず律儀な弟子である。わがはいは手を両肩に置き、目をまぶしそうに細めて、こう告げた。

「ほう、欧州巡回で、男前にいちだんと磨きがかかったね。どう見ても、シチーあたりの銀行家紳士じゃないか」

信吉は返事に窮し、「はぁ」とだけ答えた。だがわがはいにすれば、百人の味方が帰ってきてくれたも同然である。だから、その喜びが自然にふるまいに出たのだった。

二人して椅子に落ち着くと、今度は信吉のほうがすこし眉をひそめた。

「先生、欧州で伺いました。義塾がいささか窮地に立っているそうですが」

わがはいはなるべく平静をよそおいながら、答えた。

「いやなに、君が心配することではないよ。わがはいがすこし甘かっただけのことだ。幕末以来、苦闘というものがこの諭吉と縁切れしたことはないんだ。ただ、今回だけは腹に据えかねている。わがはいが政府を信用しすぎた。伊藤も井上も、大隈にすらも」

しかし、信吉は眉根を寄せたままだ。

「昨年、明治十四年におきた政変の影響ですか。自分はあいにく洋行中でしたので、大蔵省からも詳しい情報がはいりませんでした」

「いや、ま、いいよ。君に聞かせる話でもないから。ただね、いずれ君の力が必要になる。さっきも交詢社の人たちと噂をしていた。とくに君の出身地、和歌山の塾員諸君に期待している。いずれ塾も体制を一新せねばならぬだろうから」

「そうですか。でも、なにかお困りのことはございませんか」

「正直に言えば、困ることだらけだ。あいも変わらずだが、金欠病がさらに重くなった。大きな輪転機も買ったしね」

「え、輪転機をですか?」

「そうさ。だが、それも買い損になっちまった。だから怒りがおさまらん。政府のお偉方に一矢報いないでは男が立たんよ」

そう言って、自嘲して見せたが、信吉はまだ心配顔で、

「わたしもいま、交詢社の諸君と立ち話してきたところですが、福澤先生が新聞発行に着手されたと聞いておどろきました」

わがはいは隠す必要がないから、ハッキリとうなずいた。

「そうなんだ、政府の御用新聞でもなければ、政党新聞でもない。世の中の文明進歩の方向を伝える、不偏不党の新聞だ」

「まさか、例の……政府直営の政治新聞とやらの発行が？」

「ああ、あの件は秘密だったが君だけには打ち明けたっけね。そう、あの話が水に流れた。伊藤も井上もほっかむりだ。わがはいもかなり疑いがあって、初めは突っぱねるつもりだった。ふだん政府の批判ばかり言ってるわがはいに、政府直営の新聞をつくってくれないかといってきたからね。君にも意見をそっと聞いたわけさ。伊藤たちが議院開設を前提にした啓蒙新聞を政府で出すことにしたから、新聞制作と発行の方を引き受けてくれんか、と頼みこんできた。なにがなんでも一肌脱いでくれんかと頭を下げられたもんだから、ついその気になったんだが、すぐの十四年に政変が起きて反故にされた。君はあのとき、女易に政府と手を組むことに反対だったね」

「はい、先生が政府の片棒を担ぐなんて、似つかわしくありませんから……」

「そうだ。君は若いが直言の士だから、信頼できる。あの『公布日誌』とやらの刊行計画には、むろんわがはいも片棒担ぐ気はなかったから、きっぱりと断った。だが、伊藤や井上が最後の切り札を切ってきたんだよ。近い将来、この国にも議院を開設する、その啓蒙のための新聞だから、その編輯はどうしても福澤君でなければやれぬ、と言うんだ。わがはいもさすがに仰天したが、気心の知れた大隈重信も絡んでいることだし、話だけは聞いてやることにした。そうしたら、こっちの条件をすべて呑んでくれたので、協力する気になった。内密に輪転機やらなにやらを買いそろえ、大金かけて発行準備をすませた。ところがだ、どう話がまちがったのか、大隈が政府から追いだされ、伊藤が約束を反故にした。わがはいが梯子を外されたばかりでなく、役所筋からも義塾出身者がそろって排斥されることになったんだから、ひどいもんさ」

「そうでしたか。結局は伊藤博文が政府の中枢を握りましたから、御用新聞発行の計画も方向が変わったのでしょう。民権派の慶應勢は使いにくいということで」

「まさに、しかり！　だからね、そうならわがはいも泣き寝入りしない。自前の啓蒙新聞を出してやるぞ、と決心した。不偏不党っていうのがわがはいの看板だ。だが本心は政治にかかわらんということだ。それに、わがはいは民権派とは関係ない」

小泉は大きくうなずいて同意を示した。

「福澤先生にはそれがふさわしいですね。現に『郵便報知新聞』がいい事例ですよ。あの新聞は、東京で最初に『東京日日新聞』が出るとすぐ、前島密の考えをもとに両国の有力者が、むかし箱館奉行を務めた西洋通、栗本鋤雲を主筆に立てて発刊したのですね。でも売り上げが伸びないので、慶應に助けを求めてきました。先生は議論や啓蒙記事を新聞に発表することは市民のために役に立つとお考えになり、ふるくさい瓦版仕立てでなく、西洋新聞のような本格的なジャアナリズムを導入しようとされた。投入された人材も慶應の強力な布陣で、藤田茂吉、矢野文雄、犬養毅といった面々でしたからね。しかも最近は矢野さんが、閣僚を追われた大隈重信と協同して新聞を買収し、もうすっかり慶應義塾の新聞だともっぱらの評判です。さらに伊藤・井上さんらの意向もあって各役所の官僚をやめさせられた慶應勢、たとえば尾崎行雄さんなど錚々たる人たちが『郵便報知』に入社しているそうじゃないですか。自分も参加したい気持ちでいますよ」

わがはいも同じ気持ちでいたが、すこし心配も残っているので、ことばをつづけた。

「ただね、最近は矢野君らの勢いが強くなって、すこし政論新聞になりすぎたかもしらん。わがはいは政治色を弱めてもいいと考えているがね」

「しかし、聖上陛下が昨年の政変騒ぎを鎮められるために、議会開設の詔勅を出されましたね。新聞がとたんに政党色を出して政治のことを書きだしたのも、当然ではありませんか」

「それはわかる、十分に。だが、こんど我が義塾で発行する新聞には、もひとつの看板があるんだ」

「なんですか、それは?」

わがはいはすこし照れながら答えた。

「小泉君なら大笑いするだろうが、〈貧乏新聞〉というのだよ。そうだ、ちょうどよい。銀行員の君にうかがうんだが、わがはいには金がない。でも、文明開化にとって貧乏は敵かね? 元手がなければ、なにもできんかね? 欧州じゃあ、貧乏な人がなにか大それた事業をおこそうとするとき、どう資金を調達しているんだ?」

小泉信吉はしばらく沈黙したが、急に背筋を伸ばし、こう答えた。

「このたび欧州の視察に出ましたのも、そのような経済活動の実情を調べるためだったのです。わたしが銀行家として関心を持ちました制度があります。それが市民への融資です。彼の地では、銀行は資産のない貧しい人々にも、あえて融資をすることがあるのです。資産がなくとも、事業計画が有望なら、資金を貸しつけるのです。ちょうど、資産家が、相手の人柄や才覚を見込んで、金を用立ててやるように」

「投資だね。ドネーション（寄付）とかいう制度もあるね。あるいは無利息融資のような制度も」

「はい。まさに投資です。国や市が用意する資金貸し出し制度もあります。たとえば、イギリスでは、資金のない人が事業をおこすにあたり、籤（くじ）を売り出す許可を与えることがあります。これには賞品や特典を用意せねばなりませんが、出版の場合、籤に当たった者には出版物が賞品に使われたりいたします。江戸時代にあった〈富くじ〉に近いものです」

「なるほど」

「また、債券というものを発行・募集する場合もあります。フランスのパリー市で行われた都市改造は、その方式でした。都市建設の企画者が市民に債券を買ってもらい、事業に着手しました。建設した家や道路などを貸間や露店の用地にして利益を出し、債券を買った人々に利子をつけて返却しました。わたしは、いずれそのような、一般の人が活用できる公共の融資制度を日本にも導入したいと思います。市中銀行の役目は、そこになければなりません」

　わがはいも我が意を得た気持ちだった。そして目をあげると、晴れやかな顔を信吉のほうに向けた。

「大いに意を強くしたよ。君から今うかがった制度は、大望を抱く貧乏人には福音だ。さいわい、わが慶應にも篤志家を集めた交詢社という応援団ができた。会員が福澤を信じて、なけなしの金を融資し、寄付し、債権者にもなってくれる」

「はい、わたしも福澤先生に学んで今の自分を造りあげた人間です。貧乏主義も歓迎します。わたしの入塾は慶応二年でした。紀州和歌山から江戸へ出て、鉄砲洲に開かれたばかりの蘭学塾に入門を許されました。そして運よく、それまでどこにもなかった洋学教育を受けることができました。これは、金銭以上の庇護を得たことと同じです。忘れもしません、慶応四年に藩の執政から通達がきて、紀州藩から入塾している学生はただちに学業を停止し帰郷せよ、と命令されたことがあります。帰郷すればおそらく戊辰戦争の尻ぬぐいに駆りだされたでしょう。それも官軍の一員として。しかし、先生は生徒の帰郷を断固として拒否し、藩の執政に談判して江戸に留まる了承をとってくださった。戦争には参加させないと。和歌山出身者だけではありません。どの藩からの帰郷命令に対しても、塾長の名において塾生を江戸に残留させることを宣言なさいました」


わがはいは聞いているうちに、東征する官軍の隊列の姿を思い浮かべた。そのまぼろしは、ずいぶん遠い、色あせた錦絵のようだったが。そこで、ふとつぶやいた。

「あのときは、有為の若者を危険にさらすことはできないと思った。だから、体を張ることができたんだ。世間はね、彰義隊（しょうぎたい）戦争のときに江戸でただ一か所、わが義塾が粛々と授業をつづけていたというが、じつはそんな暢気（のんき）な話じゃなかった。生徒のなかには攘夷派もいたし、賊軍呼ばわりされた藩の子弟もいた。武装して塾に来たのもいる。そういう連中を戦いの場に送りださぬと決心した。塾内ではいっさい、勤皇だの佐幕だの口争いを止めさせた。塾内だけは不偏不党だ。

気の荒い連中がたくさんいたから、必死だったよ。経済書の講読を選んだのも、半分は塾生の頭を冷やすのが目的だったからね、ははは」

「先生、あのときと同じことを今は新聞でおやりなさい。民権派の声がやかましすぎるのを、すこし冷ますような中立の新聞を出すのがいいのではありませんか」

と、信吉は言った。そして、こうつづけた。

「……今の世の中であれば、わたしはかえって、貧乏人がつつましい新聞を出すことに意義がありやしないかと思います。貧しい家に生まれた人ほど、政府や社会の出来不出来をよけい痛切に感じています。したがって、この人たちが本当に政治の批判者たりうるでしょう。豊かな人々は、悪くいえば政治の尻馬に乗れただけだともいえます。ですから、貧乏である人々のほうが政治を切実に批判できるのではないのか、とさえ思います」

信吉がそう言うと、わがはいもようやく愁眉（しゅうび）をひらいた。

「はは、小泉君。だから君は、洋学を修めた大和武士だと言われるんだな。最先端の銀行家になったが、心のうちは儒教で鍛えられた武士そのものだからさ。だが、そこが可愛い。やせ我慢の意地っ張りともいえる。わがはいも昔は君と同じく、貧乏にはどこかいいところもあると信じていた。貧乏人は世間の病理を身をもってあじわっているのだから」

「はい、生きようとする意欲は非常に強いです。その力こそ、ホンモノの民力でしょう」

と、信吉が自信ありげにささやいた。だが、わがはいはふたたび複雑な表情に戻っていた。そして、ふと思いだし、書棚から古めかしい和綴じの冊子を持ちだした。

「だが、今はやっぱり、貧乏はできれば回避したいとも思う。君の帰朝祝いに、良いものを見せてさしあげる。これを御覧じろ、小泉君」

小泉信吉は言われるままに、差しだされた古めかしい冊子を受け取り、ぱらぱらとめくった。題字があらわれた。築城書百爾之記と読めた。

「何かの書き写しですか？　先生のお手のようですね」

「さよう。これはイギリスで書かれた築城書のオランダ語版だ。ペルという著者の本でね。それに、わがはいが翻訳した日本語訳もついている。福澤諭吉二十一歳の筆とあるが、実際は十九歳三か月のときに書き写したものだ」

「ということは、嘉永五年三月ですか」

「ほう、わがはいの生まれた日を憶えてくれていたかね。その通り、まさに赤貧あらうがごとき状態であったが、そこへ奥平壱岐が帰ってきて、土産に一冊の洋書を持ってきたのだよ。なんでも値が二十三両したそうだ。見れば、ペル氏の築城書で、それまで刊行されたどの書物よりも新しい内容が盛られていてね。これだけでも筆写できれば、翻訳して買い手をたくさん見つけられる、と思った。自分の利益になるし、社会には築城術の新しい方法を行き渡らせることもできる。だから、口から手が出るほど欲しかったが、二十三両といえば、中級士族の家十軒分の収入に等しいのだよ。貧乏士族はそんな大金、拝んだことさえない。

それでわがはいは心ならずも、奥平壱岐をだますことにした。これだけの本ですから、全ページ書き写させてくれとは申しませんし、できもしません。せめて目次だけでも書き写させていただきたく、ほんの四、五日お借りできぬでしょうか、と頼みこんでみた。すると、家老の子は、根は気がいい男だったから、まさか全ページを書き盗む魂胆とは気づかず、気やすく原書を貸してくれたのだ。それでわがはいは本を持ち帰り、家を閉ざして毎日毎晩これを書き写した。書き終わると、知り合いを頼んで原書と読み合わせをし、まちがいのなきよう確認した。わずか二十日あまりで原書をまるごと写し終えたわけだ。ほとんど鬼神が憑いたがごときバカ力が出たよ。これが、君も言った貧乏の意欲というやつだろう。常人には出せない力だ。ところが、喜んだのは束の間で、じつに目覚めが悪くなってきた。盗んだも同然だから、その翻訳文をおおっぴらに他人に見せて、それを書き写させることができぬ。自分で複写しても、売ることがままならぬ。結局、せっかくの新知識が数名の友人に伝わっただけで、自分の手元に残した稿本も、帰郷する知り合いへの土産に持たせてやっちまった。

二十三両でその本を買えなかったために、わがはいは姑息な手段を弄して翻訳まで終えながら、人前に出すことすらできない。むろん、出版もできませんよ。安政五年に江戸へ出て、蘭学塾を開いたはよいが、その築城書は机に積んだままだった。たまたま塾に通っていた伊勢津の塾生が帰藩するというから、その人は兵制の勉強が目的であったので、原訳書ごと贈ってやったわけさ。それでわがはいは悟りましたよ。貧は人を不善にみちびき、窮は人を懸命に働かせる、ということを。だから考えを改めざるを得ない。貧乏は人を意欲的に働かせる力になる半面、ややもすると不善の道にもみちびきかねぬのだ。十分に心せよ、とね。

そのせいだろうと思うんだが、最近、他人にくれてやったあの築城書のことが気にかかってきた。できれば返却してもらって、わがはいの記念品にしたくなった。伊勢の友人に探してもらったところ、幸運にも現物がまだその人の家に残っていてね、さっそく送り返してくれた。明治十四年十一月十六日夜、と日付を奥書きした紙がはいっておるだろう。わがはいはこうやって、ときどきこの築城書を眺め、気を引き締めることにしているんだよ」

小泉信吉は、わがはいの告白めいた話を聞き終えると、真顔でこの老顔をみつめた。そして一言、

「御苦労なさいましたね、先生」

とつぶやいたが、わがはいはかぶりを振った。

「いや、苦労はこれからだ。新政府はすっかり福澤嫌いになっておるし、官庁では塾生を登用することも控えるようになった。嫌がらせだと思うが、理屈にあわぬ。だから、今後ははっきりと政府から距離を置く。四面楚歌を、あえて許容する。で、さっき、君にも力を借りたいと言ったのは、これから先の慶應義塾の経営のことなんだ」

「また、困難の波が来ますか？」

「来るとも。とてつもなく大きいのがね」

わがはいはそう言うと、あらためて信吉の表情をうかがった。信吉がその視線を素直に受け止めると、わがはいはわざと視線を窓の外に向けた。

「やがてもう一度、国が二つに割れるやもしれぬ人波だ……」

そうつぶやいたけれど、すぐにその言葉を打ち消したくなって、わがはいは話をすり替えた。

「そうだ、ちょうどよかった。紀州の偉人、濱口梧陵大人（ごりょうたいじん）が久方ぶりに交詢社へお出ましになるよ。和歌山県会の議長を辞めて、いよいよ悠々自適の暮らしに入られるかと思ったが、こんどは木国同友会（もっこくどうゆうかい）とかいう結社を組織されたらしい。梧陵大人に聞いたのだが、最近の政党人気が紀州にも吹き荒れて、自由党の板垣やら改進党の大隈やらが、しきりに政党へはいれと言い寄ってくるそうだ。だが、わがはいはまだ時期尚早と思っている。だいいち、人々は議院だ政党だと言っても、まるで理解ができていない。そこで政治思想の教育や訓練をおこなう組織が先ず必要だと考えた。そうでないと、政党同士の戦いが高じて国の心が分裂しかねない、とおっしゃるのだ。わがはいもまったく共感した。梧陵大人は同友会を組織され、わがはいは新聞を発行する。これで人々がみっちりと民主制を学ぶというふうにしたい。大人にも今回はそういう話をしてもらおうと思う。なんでも子息の擔（になう）というのも連れて来るそうだ。いずれ塾で洋学を学ばせたいとのご希望だ。せっかくの機会なので、交詢社に来ていただき、一席ぶっていただきたいと依頼した。同郷の大先達だから、君も来たほうがよい」

　それを聞いて、信吉はやっと笑顔になった。

「梧陵先生がですか！　紀州の先覚者だ。それはすばらしい。ぜひ伺いますとも」

「ああ、それがいい。この擔という子息がね、君と同じく郷（さと）では神童と呼ばれておるそうじゃぞ。紀州は、賢い子がじつにたくさん生まれる、じつにめでたいよ、あははは」

「それにしても、先生は濱口大人に、いつごろ知り合われたのです？　それが謎でした」

「謎とは恐れ入ったな。別に、二人してアメリカかどこかへ密航しようとしてたわけじゃない。

梧陵さんはお大身の商人だから、そういう姑息なことは嫌いだ。あれは明治元年だったか、わがはいが軍艦買い付けの御用でアメリカを再訪したあとのことだ。なにしろわがはいはあのころ三度の洋行を重ねた時期だったし、梧陵さんも国内を動き回っておられたから、いくら会いたくとも会えなかった。

　ようやく明治元年になってから、これも紀州の同郷で塾員であった医学者の松山棟庵の紹介で会うことができた。たしか築地の料亭『青柳』の奥座敷だった。わがはいはうれしくて大酒をあおりながら上機嫌でアメリカの軍隊を見分したことを話した。梧陵さんのほうは酒はくちになさらずとも、終始気さくな話しぶりであった。このときに肝胆相照らす仲になった。ふたりで、今の東京をロンドンに劣らぬ都市にせねばと、気炎を上げた。で、そのあと明治二年に、梧陵さんが松山と一緒になって和歌山に共立学舎をおこすから、諭吉さん、学校に来て運営をやってくれないか、と懇願された。残念ながら、わがはいも多忙であったから、弟子をかわりに派遣して、わがはい自体が紀州の英語教師にならなかった。ただ、教科書がないので、こちらからどんどん送った。毎回百部を超す分量だったから、こちらも助かった。たしか百五十六部お買い上げで、代金は百二十部だけ請求し、三十六部はおまけに無料で差し上げた、合計三割引きだよ。福澤屋書店はなんと安売りじゃったと思わんかね。わはは。もっとも梧陵さんはこちらに、上等の醤油をどんどん送ってくれたけどね。それから、わがはいは今、自前で慶應から『時事新報』という新聞を出しはじめているが、自由民権を主張するでもなく、議院開設に諸手をあげるでもなく、自由放任経済を主張するのでもなく、断固として時流に乗らず、時事の理解を基礎として殖産興業と教育の普及に資することをモットーとしておる。この主義は、梧陵さんから教えられた。したがって、時流に反しているから、我が新聞も貧乏を我慢せねばならんということだ」

「あはは、確信犯ですか」

「そのとおり。そうでもせんと、伊藤や井上への敵討（かたきう）ちにならんだろう」

「わかりました。わたしも銀行屋の観点から、『時事新報』を支えます。その件はまた日をあらためて」

信吉は高笑いで応えながら席を立ち、ロンドンで仕入れた最新型のソフト帽をかぶり、目で別れの挨拶をすると、部屋を出て行った。これも塾で広めた挨拶法だ。なんでこんな素気のない礼にしたのかって？　わがはいはこう見えて、奇妙といえるほど思い切りがよい気質の人間なんである。あちこち移転を繰り返した義塾が三田の島原藩中屋敷に落ち着いたときのことだ。塾生が大幅に増えるのと同時に、建物も大名屋敷を活用できるから、廊下を幅三メートルにひろげた。しかし、多くの学生とすれ違うことになるから、福澤先生と気づいて深々とお辞儀されては通行の邪魔になる。そこで、教師も生徒も同じ独立の人物という気概を植えつける効果も狙って、大げさな敬礼を廃し、人に出会ったときは目礼だけでいいというルールを定めたのだった。

福澤先生やりこめられる

濱口梧陵歓迎会は予定通り、交詢社の大広間でおこなわれた。銚子の醤油醸造商人でありながら、早くから開国を説き、また故郷である紀州の疲弊を救ってきた経世家としての名声たかく、江戸幕府にも、新政府にも、また地元の政庁にも重く用いられた人物である。

濱口は素封家でもあったので、故郷の広村と、銚子の店の民生には心を配り、窮民を援け、たくさんの若者に修学の機会を与えた。とくに蘭学医の育成には資産を惜しみなく投じ、江戸に生まれた種痘所の経営にも莫大な援助をおこなった。その濱口梧陵が訪れるとあって、紀州勢ばかりでなく幕末以来の旧知、援助を受けた学者や医師が、交詢社に押し掛けてきた。

もっとも、集まった人々の主力は、啓蒙結社である明六社の人々である。明六社自体はもはや存在しないが、『明六雑誌』が大売れしたときにたくわえた利益があったため、同志たちの気軽な会食会だけはまだつづいていた。会員が名士ぞろいのうえに話好きと来ているから、普段忙しい身の方々だろうに、会食会への集まりがたいへんによかった。

もっとも、明六社の主要メンバーだったわがはいが銀座に交詢社を建てると、これを新たな集会所にして、古い明六メンバーが大手を振って出入りするようになった。なので、交詢社を明六社の同志倶楽部と勘違いする向きもあったほどだ。

その日は、あちこちで旧交を温め合う人たちの群れがあった。いっぽうわがはいは、あえて表に出ず、維新の元老クラスに捕まって長話に引きずりこまれぬよう用心した。本日の会の幹事は、仮にもこの論吉なのであるから。老齢の濱口が小さな息子を連れて交詢社に到着したら、玄関で迎えて、みずから会議場へ案内するのがわがはいの仕事であった。

濱口一行は予定の時間に交詢社に到着した。久しぶりに見る濱口梧陵であった。背筋がピンと伸びた痩身に渋い和服をまとっている。すこし日焼けした面長の顔を白髪が蔽(おお)い、あごの下には白いひげが蓄えられていた。

　その風情が、いかにもあか抜けて見えた。梧陵は上等な服を好んで身につけるような趣味はないが、自然な着こなしにえもいわれぬ気品があった。

　濱口が茶色のソフトハットに手をやって挨拶をかわす姿に、わがはいはしばし見とれた。美しい、とすら言える老人であった。どんな動きをしても高尚に見える。濱口の周囲に出席者が殺到し、長い挨拶の列ができた。濱口には、どこか神々しい輝きがあるのだ。わがはいは挨拶の隙を狙って、受付にいた小泉信吉に招待者の出席具合を質した。

「紀州の関係者はおおむね出席です。しかし、政府関係者の集まりがよくありません」

「ああ、そんな連中はいいよ、どうせ義理だから代理でも寄こすだろう。参加料だけもらっておけばいいから。で、寺島はどうだ？　それから肝心の勝安房守は？」

　信吉はその古臭い呼び方にぷっと噴きだしてから、素早く名簿を確認し、こう告げた。

「寺島さんはご出席です。しかし、勝さんが……今のところ来場されておりません」

「勝が来ないのか。お上のお役目があるとかなんとか、下手な口実で逃げる気だろう。梧陵翁といちばん交遊が深かったのはあの男なんだから、来なければ、梧陵翁が悲しまれるのに」

「催促してみましょうか？」

「いや、あいつはへそ曲がりだ。放っておいたほうがよい。それよりも、福地源一郎と清水卯三郎は来ているかね」

「はい、おふたりは、もう。箕作秋坪さんも駆けつけてくれました。それに下総や銚子のお医者方も。徳島の関寛斎さんは貧乏人を無償で治療されておりますから、医院を離れるわけにいかないそうです」

「わかった。では、すぐに始めるが、いいかい」

信吉はうなずき、すぐに会場の外にいる客を中へ入れた。

来客者が席に着いたとみると、わがはいは壇上にのぼり、第一声を上げた。

「諸君、本日の懇親会にようこそ。今日は少し特別な会となりましょう。我が義塾では、これまで様々な分野の碩学にご来駕いただき、貴重な講話を聴かせていただいた。たとえば東大教授エドワルト・モールス氏には、いま日本で知らぬ人はおらぬほどになった進化論をご講演いただいた。しかし本日は、もっと興味深いお話がうかがえるはず。遠く紀州より、濱口梧陵大人をお呼びいたしました。どうぞ、拍手をもってお迎え願いましょう」

会場に大きな拍手が沸きたった。真っ白な顎ひげを蓄えた高齢の紳士が、まだ少年の息子の手を引いて、壇上に現れた。わがはいは主人公の梧陵には軽く目礼し、すぐに少年に手を差し伸べて、こう尋ねた。

「きみが濱口擔君だね。齢はおいくつか？」

「十歳です」

少年は人見知りすることもなく、素直に答えた。

「そうかね。ご両親がご高齢で誕生した子は、賢いという。あの孔子様がそうだった。君のことを、同郷のお医者、松山棟庵さんから聞いている。君は近々、我が慶應義塾に来てくれるそうだね？」

　濱口擔少年は軽くうなずいた。

　わがはいが悪戯っぽく梧陵にツッコミを入れた。

「濱口さん、うちの学校で教授をしてもらっている松山君から聞いた由々しき奇話があります。みなさん聞いてくだされ。このおじいさまは何と、年端もいかぬ息子をば、あろうことか真夜中に大金をもたせて山道を歩かせ、知り合いのところまで支払いに行かせたというのです。この一件は村でも話題になり、なんとまあひどい爺さんパパだ。かわいい息子に、盗賊の出没する山越えをさせたとは、鬼のような爺じゃ、と悪評があがったそうです。日ごろ、高潔な人格者として、神とまで敬愛されている濱口大人が、気でも違ったといわれたそうです。では、擔くんに聞きますが、この話は本当ですか？」

「ほんとうです」

　と、子どもは顔を赤らめて返事した。

「お父さまのご命令で？」

「はい」

「こわかった？」

「はい」

「なるほど、ほんとうのことだったらしい。では、お父さまの濱口大人、なぜそんなあぶない真似をされたのです。正直にいってください」

　すると、濱口梧陵は、かえって胸を張った。

「福澤君、擔を見くびらぬほうがよろしい。この子は賢いだけでなく、胆力もある。いま、そのときのことをはっきり思いだしたが、あれは擔が六つか七つの頃だ。我が一家は和歌山の久賀町というところに住んでいたんだが、ある晩、それも夜更けに、親戚の島村(しまむら)という家に六百円ほど急に届けねばならぬ用事ができたときのことだった。夜は物騒な山道を歩いて、大金をとどけねばならぬというので、わしはこう考えた。もし屈強の男衆(おとこしゅう)を使いに出したりすれば、そら大金を持った使いが山を通るぞと山賊に教えてやるようなものだ。こういう場合は、むしろ、子どもに行かせたほうが、山賊もまさか大金を支払うお使いに子供が行かされたとは夢にも思わぬだろう。それで擔を選んだまでだが、家の者がおどろくまいとか、そんなことをすれば子は夜盗に殺され、大金も盗まれる、と反対するのです。だが何事も起こらなかった。小さな子が平気で夜道を歩いてきたので、先方の伯母どもが腰を抜かしたそうですけれどな」

　梧陵が擔の顔を見ると、子どもはにこりと笑い返した。

「福澤君、わしは我が子をそうやって育ててきた。洋学を学ばせ、体も鍛えさせておる。胆力は、我が家のような大店の主人にいちばん大切なことですからの」

　それを聞いて、わがはいは恐縮してしまった。

「畏れ入った。なおさら擔君を入塾させたくなりましたよ」

　しかし、濱口大人は首を振った。

「そこはこの子に聞いてくださいや。わしの決める話ではない」

悪戯好き同士、この絶妙のやり取りに、会場がさらに沸いた。擔だけは、他人事のように微笑している。

すると、梧陵は言葉の調子を変えて、会場の聴衆に向かい、こう語りかけた。

「会場の諸君。福澤君は日本第一の教育家といわれておりますが、まことはじつに非道い男なのであります。今日はわしの話をのっけから肴にしてくれたから、お返しだ。バラしてしまいましょう。

明治二年、わしは和歌山藩の藩政改革に関与して、大広間席学習館知事という職を拝命したことがありました。ご存じのお方もあろうが、和歌山には藩立学校が二つござる。もっぱら漢学を教える学習館と、国学を教える国学所が。ただし、どちらも、いかんせん古臭い。そこでわしは教育改革の本丸として英学を専門に教える藩校の新設を起案したのであります。

さいわい、和歌山には松山棟庵という英学に通じた士がおられた。わしは英語学校のことを棟庵に諮りました。彼は福澤君の門人であり、自由な教育ができる英学校の開学を切望されていた。そこで校長をえらぶなら福澤君だと意見が一致した。福澤君とは、ロンドンのテームズ川と東京の隅田川を比べて、テームズ河畔のみごとな街づくりを説明され、東京も早いところ都市改造して列強に追いつくのがよい、と語りあった仲です。とくに、台場みたいな大砲台を、経済上からしても重要な隅田川の河口にこしらえる意味がわからぬ、テームズではタワーブリッジなる巨大な砦式の橋をわたし、その塔から川を守っておる。ふだんは橋として民生にも寄与できる。その話からわしは目がさめました。日本を守り、繁栄させる最良の道は、英語を学んで欧州の文明を詳しく知ることである、と。

そういうわけで、わしは学習館知事になるが早いか、福澤君を招聘しようとした。しかし、棟庵が申すには、藩立学校では英学を自由に学ぶことはできない、ここは私学にするべきだ、と福澤君から忠告がはいったというのです。そこでわしは藩立学校の知事である立場を捨て、私人として英語学校を開設する決心をしました。私学校ですから、えらくモノ入りになります。だが藩庁への気兼ねはない。名称も共立学舎と決まり、いよいよ招聘となったら、福澤君は和歌山に第二の英語学校ができ上がることには賛意を示したが、自分は多忙で和歌山に行けないと断ってきた。代わりの教授ならいくらでも派遣するといわれても、われらの落胆は大きかった。やむなく、英国人サンドルスという者を主任教師に推薦してもらい、月給三百円で契約を結びました。棟庵を江戸に行かせて、福澤君からたくさんの英書を買い上げ、また山内提雲(やまのうちていうん)という人を通訳に雇いました。だが、福澤君がわしの願いを拒絶したことには変わりないのであります。それを今になって、擔の教育をさせろというのはまことに虫がよすぎるではありませぬか」

梧陵の言い方は辛辣(しんらつ)だったが、時折りわがはいに流し目を送りながら涼しい顔で語るので、これが半ばジョークであることは分かる。そこでわがはいも話に乗った。

「梧陵大人、それはちと誤解でしょう。福澤の体はひとつしかないから、現地へ行きたくも行けぬのです。これはゴマスリに聞こえるかもしれませんが、こう忠告もさしあげた。穏やかで自由寛大な気質は和歌山が日本一、洋学校も非常にうまく受け入れられる土地だと信じます。ただ、欠点がある。それは、文化文明の基本がまだ理解されておらぬことです。学習に自発性がなく、教えられるまま、他人の真似ばかりすることとです。だって、兵営訓練を取り入れるといえば、すぐに筒袖と段袋で官軍の猿まねをするし、文明開化といえばザンギリ頭になり、飲み物も洋酒ばかり飲み始める。また書生になれば高下駄、大小の刀を帯び、放歌高吟のありさまで、硬派の書生っぽさを気取るのですから。この調子で行くと、人殺しの仲間に入れば、みんな人を殺すでしょう。真似なら真似でもよろしいが、どうか良い真似をしてくださらんか、と」

するると、梧陵も引っこまない。

「これはまた、よくそういう悪口を臆面もなく梧陵の前でおっしゃれますな。和歌山みたいな田舎では、洋学を学ぶなんぞ無理だ、とでも申されるか？」

「いや、そんなことは言っておりません。梧陵大人もいま、言われたじゃありませんか。和歌山にいきなり政党を乱立させても、みんな政党のいいなりになって、しまいには人心が二つに割れるだけだ、と。それがまさに正論なのですよ。洋学の教育もおなじことです。いきなり福澤が和歌山に乗りこんで、難しい英国の経済書を講義しだしたら、どうなります？　誰も講義についてこられず、生徒の方も飽き飽きして来なくなりますよ。和歌山で英学校を始める場合は、最初から本格的な英書を読解させることはおやめになるべきです。まず中国と日本の言葉くらいは下地にないと、西洋文明のいいところとダメなところを選り分けて学ぶことができません。つまり、洋学が身につかないでしょう。だったら、まずは初歩の教科から教えるべきです。語学を学ぶのは困難で時間がかかる。たいていの人は、言語の習得で勉学を投げだすんです。ですが、すでに日本語が身についているのであれば、まずは日本語に訳した英書で学び始めるべきです。わがはいも、初めて英語を学んだときは面食らいましたが、さいわいオランダ語には習熟していた。オランダ語訳と英語の原書を対比しながら読むことで、じつに楽々と英語が頭に入るようになった。だから梧陵大人には、まず初歩的な洋学校をお建てなさい、と。であるなら、わがはいでなくもっとふさわしい教師がたくさんいます。そこで、初等教育ができる教師を推薦したわけです。

それに、和歌山まで英語を教えに来てくれる教師は、大金を払ってもそうそう集まるもんじゃありません。わがはいの考えでは、和歌山に必要なのは横文字を学ぶ前提、すなわち日本語の本をたくさん読ませて、文化のうまみを知らせることのほうでしょう。だったら、翻訳された本からでも英学は始められる。いきなり英語ではじめたら、生徒の大半は挫折する。むかし、わがはいが英語を学ぶことを決意して、一緒に苦労してくれる仲間を集めたことがあります。お互いに励ましあわないと、英語の習得に挫折しそうだったからです。そのとき、大村益次郎という男にも声をかけましたが、逆にどやされました。オレは英語を勉強などする暇がない。第一、英語の本が必要になったら、オランダ語の翻訳で読めばいいんだ。その方がずっと楽に英書の内容を知ることができる、と。そのときわがはいは怒りましたが、今考えると、一理あったわけですな」

　話が熱を帯びると、逆に会場が冷えていった。そのうち本気の喧嘩になることを心配したからだろう。敏感な梧陵は引き際が来たと察して、わがはいにこう言った。

「誠に失礼、感謝いたします。我が故郷に洋学の初等教育をめざす学校ができたのは、物事の是非をはっきりおっしゃる福澤君のおかげです。わしがここに息子を連れてきたのは、なにも自慢するためではない。早くから洋学を学ばせた子が、こんなにたくましく育ったということを諸兄にお見せしたかったからです」

梧陵の境遇と「まぼろしの渡航」

　そのとき、会場からも声が上がった。見れば、最前列に陣取った寺島宗則である。

「おいおい、梧陵翁までが義塾の広告ですか。おもしろくありませんなあ。忘れちゃ困る、そもそも江戸の中津藩奥平屋敷にオランダ語塾ができ、何にもわからぬ生徒たちを最初に教授したのは、何を隠そう、このわしなんですぞ。福澤はわしの後釜として教師になれたんだ。藩は違うが、中津藩から泣きつかれたので、洋学が少しでも日本に広がるのはいいことであると信じて、わがはいは教授を引き受けた。この福澤君が運よくわしの後釜教授にありつけたのは、他藩の教授を雇っていては台所が苦しくてたまらんというので、無料で使える家臣に取り換えたからです。本来なら、義塾はわがはいが開いたとされるべきだ」

　そう捻じこんでくるのを、梧陵がすばやく先手を打って跳ね返した。

「寺島卿、それをおっしゃるなら、あなたも教授をつづけるべきだったのではないですかな。失礼だが、あなたの業績は政治よりもむしろ文明づくりのほうにある。あなたはもともとお医者さまだった。政治家は柄ではないと悟ったほうが、よろしかったのではないですかな」

　辛口の一撃だが、これも梧陵一流のジョークである。しかし寺島がむきになって反論しないうちに、人あつかいのうまい清水卯三郎が、話を講談じみた自慢話に捻じ曲げた。わざとひょうきんな声を出して、こう言った。

「そうだ、そうだ。寺島さん、あんたがイギリス軍と海戦のさなかに拘束され、イギリス軍艦に幽閉されたこと、よもや忘れていませんよね。あのときあんたがなんで捕まったか知りませんが、五代才助と二人して英艦に連行されてきたとき、あたしがたまたま通詞としてそこに乗り込んでいなきゃ、あんたの首は飛んでましたよ。それをなんですか、筆一本で文明開化を説き、政府に尻尾を振ることをしない人を相手にして」

寺島は不愉快そうに席に腰を沈めた。寺島自身も政府高官となって政治に参画する自分に疑問を感じていないわけではなかったからだ。

すると、どこからあらわれたか、福地源一郎が声を上げた。あれ、おまえさん、いつ来た？

「寺島さん、ここは引っこんでおいた方がよかろうよ。集まった名士は、新政府内で出世した御仁もいるが、多くは不満を持った旧士族の連中だ。中には、幕府がつぶれずに新たな国造りをしたほうがよかった、と思っている連中もいるのだからさ」

寺島が半分振り返って、福地の姿を探した。席列の後方に、和服を着流した福地の姿が見えた。さすがに泣く子も黙る大新聞『東京日日新聞』の主筆である。社長として文名を馳せ、新聞の売り上げを大きく伸長させた男だ。今年は春から立憲帝政党を旗揚げし、政府与党の役をわがものとし、壮士どものがなりたてる民権運動を制圧する道に打って出たが、肝心の政府が政党全般に肩入れせぬ方針を曲げないので、政治進出に暗雲が垂れこめだしたところであった。しかし、そのくせ姿は颯爽（さっそう）とした壮士風で、芝居の座付き作家のような俗っぽい色気をも漂わせている。黒くて長い髪をきっちり左右に分けた福地は、あいかわらず茶化すように言葉をつづけた。

「いや、福澤君の言う通りなんだよ。政府なんざ信用しちゃいけないし、そこに取りこまれて勲章や特権をありがたがるのも品のない話だ。寺島さんも吾曹と同じく外国方の役所に勤めたからご承知だろう。幕末明治の醜態のひどかったことをさ。今日の約束は、明日には反故になる。今だから言うが、安政の仮条約批准書交換のため、遣米使節がポウハタン号に乗って太平洋を渡ったことがあったろう。あのころ吾曹も若く、海外を見てやろうと熱をたぎらせていた。実際、あの頃たった一人でも日本の開国を実現してやろうと決意してた神奈川奉行水野忠徳は、吾曹の上司だったんだ。水野は勝にもいろいろな密命を授けたよ。その中に、濱口梧陵を咸臨丸に乗船させるという一件があったと聞いてる。勝をわざわざ紀州まで飛んで行かせ、説得をさせたらしいんだ」

そのとき、梧陵が福地を遮った。

「福地君、古い話はもうよろしいでしょう。しても、詮ないことだ」

ところが、福地は納得しなかった。

「いや、本日はよい機会だから、梧陵大人の痛恨のできごとについても話をさせてくださらんか。水野も吾曹も、あのときアメリカ行きを断念させられたから、よけいに語っておく必要がある。先見の明ある梧陵さんは欧州ばかりでなく支那から中東までの大アジアにいたく関心を持たれ、モハメットやら中東の砂漠やらにも調査を入れておられた。それだけでも幕府攘夷派に目を付けられそうなんだが、さらに自腹で若い衆を集めて軍事訓練をおこなう塾をつくった。それに歩調を合わせるように改革家の津田出って人が紀州藩の兵隊養成をはじめて、フランスから新鋭武器を購入し、大砲を六門ほど横浜に置いてあった。これが薩長から謀反の証拠だとみなされた。また、明治になって榎本武揚が箱館で降伏し、江戸に護送されてきたときも、この海将を奪取して紀州藩の謀反に一役買わせようと梧陵さんが計画したという噂も出まわった。だが、こうした紀州藩の薩長への対抗姿勢は、むしろ弱腰の幕府内から危険視されてしまって、ことごとくがつぶされたっていう話だ。なにしろ紀州だけはいちはやく藩内で徴兵制に切り替えたからね。ひょっとすると、紀州藩が新たな政府の主軸となって日本を再生しようという思いがあったかもしれんな。幕末には三万の兵を訓練していたから。だから当然だが、薩長も幕府も、後ろで動いているのは紀州の濱口じゃないかと感じ取ったんだろう。そうした不安な事情があって、梧陵大人としても海外へは出るに出られなかったんだろう」

寺島がまだ福地に食ってかかった。

「何が言いたいのかね、福地君。あんたが旧幕臣で開国派外交官だったことは承知しているよ。わしだって、君が去ったあとの政府で外交官として頑張ったんだからね。しかし、あのときはポウハタン号に乗った正使も、咸臨丸に乗った木村摂津守や勝海舟も同じ幕臣だったではないか。出る勇気さえあれば、幕臣のよしみで、なんとかなっただろうが?」

しかし福地は、投じられた疑問を巧みに打ち返した。

「いや、そこにも幕臣ゆえの悲劇があったのさ。あの航海を成し遂げた人々は、薩長から冷遇された。あるいは潔い人々だったから、明治維新以後は官に仕えなかった。その結果、多くの人々が歴史から消えた。現に、水野や吾曹に代わって渡米した正使の新見豊前守は、水野失脚後を継いで外国奉行や神奈川奉行を務めたけれども、えらく割を食わされた。さぞや心残りだったと察する。まず帰朝後に免職となり、病気に罹って表舞台から退き、そして何も報われることなく早すぎる死を迎えた。吾曹は花柳界に詳しいから知ってるのだが、新見には美しい娘が三人いた。そのうち二人は柳橋に芸者に売られ、三女のおりょうさんは伊藤博文と柳原前光が落籍争いをしているとか聞いた（作者注：結局柳原前光が囲うこととなり、二人の間に生まれた娘が柳原白蓮である）。その航海で目付を務めた小栗上野介が、そのあと幕府立て直しの大役を引き継ぎ、横須賀製鉄所という明治への遺産も残した。しかし、その小栗も、莫大な御用金を隠し持つとの風聞が立つと官軍に捕らわれ、刑死した。なんと不幸な身の上ではないか。吾曹はそれだけに、いま名高い偉人となった木村摂津守、勝、いや、ちゃっかり潜りこんだ福澤君のことを、よくやってはくれたが、しかし同時に、斬り殺してやりたいほど羨ましく思っておる。だから、その次に欧州に出かけた文久使節団には、吾曹だって是が非でも使節の一員に選ばれたかったわけだ。ようやく通弁に採用され、乗船できた。ところが、ここにもちゃっかり福澤君がはいっていた。寺島君も箕作秋坪君もだ。悔しいものだから、目付に頼んで、福澤や寺島は翻訳方にもかかわらず勝手にあちこち動き回りたがる、不審な者どもであるから厳重に見張りを付けるようにさせたわけだ。今から思えば、吾曹もあの頃は肝っ玉が小さかった」

　福地がそこで福澤を見た。

「福澤君、吾曹だって君には感謝することもあるよ。吾曹が図に乗りすぎて『東京日日新聞』を政府の公報と認めさせ、官報を独占的に掲載できる利権を求めたとき、君は忠告したな。政府と手を組むときは十分に注意することだ、と。その通りだった。政府が不意に、官報を掲載できる自前の広報を作りおって、わしらの新聞を切り捨てた。おかげで吾曹は政府の飼い犬だったとさげすまれ、『東京日日』も御用新聞を狙って失敗した成れの果てであると評判を落としている」

わがはいも苦にがしい表情で福地源一郎を見返した。

「福地君、あのときのわがはいの忠告は忘れてくれ。今のわがはいには君に何か言える資格はないんだ。忠告したわがはい自身が君と同じ過ちを犯したのだから、ザマはないやね。伊藤博文にしてやられた」

すると、濱口梧陵は前かがみになり、客席にいる福地に向かって語りかけた。

「落胆しなさるな、福地君よ。君とわしとは、市川團十郎丈の芝居を愛するタニマチ仲間ではないかね。この世のことは芝居のようにどんでん返しばかりだ。團十郎丈もよく言っていた。この世のほうがよっぽど芝居じみておる、とさ。すくなくともあんたや福澤君は、現社会の花形役者だ。だが、このわしを見なさい。わしがいちばんしたかったことは、老いさらばえて棺桶に片足を突っこんだ今も、実現できてないのじゃから」

その言葉を聞いて、福地源一郎があらためて大人の表情を見せた。

「梧陵大人、素封家で天下に知られた経世家でもあるあなたなら、金を積んで外国船を雇い、欧州でもアメリカでも好きなところへ渡航できたんじゃありませんか？」

この問いは、多くの人が思った疑問だった。梧陵はそれを承知していたのか、表情をやわらげると、ゆっくりと口を開いた。

「いえ、洋行は、言ってみれば、わし個人の夢にすぎませんよ。勝君や福澤君や福地君が外国帰りの花形として活躍しだしたときに、わしはどうしても和歌山の田舎に留まっておらねばならなかった。そこから一歩も出られなかった。個人の夢を優先させることのできない理由があったのだよ……」

梧陵はそう言い終わると、奥歯を強く噛み締めた。今まで沈黙していた清水卯三郎が口を開いた。

「梧陵大人。それはもしかして……大地震のことをおっしゃっておいでじゃありませんか？」

地震という語を耳にした瞬間、梧陵の表情が一変した。神のように穏やかだったその瞳に、鬼神の火が燃えた。

二つの〝tsunami〟

卯三郎は、瞬時のうちに濱口と同じ悪夢を蘇らせた。彼もまた、梧陵が目撃した地獄と同じ光景を目撃した一人だったからだ。ただし、二人は別々の場所にいて大地震を体験している。それは、同規模の大地震がわずか一日を措き、連続して別々の地域にもたらした災害だった（作者註：伊豆地方を襲ったものは「安政東海地震」、紀州を襲ったものは「安政南海地震」と呼ばれる。発生したときの元号は嘉永だったが、すぐに安政に改元されたため、一般に安政の大地震という。しかし、この二地震だけでなく、翌年の江戸大地震を含めて連続して発生したため、総合して安政の大地震とも呼ばれる。両方の地震は連続して発生したので、当時の人々にとっては、まったく同一の大地震が両地域を襲ったと信じられたにちがいない。東海地方の大地震は震源地が駿河湾沖であり、二十世紀の計測に拠ればマグニチュード八・四だった。また翌日発生した南海地震は紀伊半島から四国沖までを襲い、規模も前日の地震とほぼ同じだった）。そのとき、梧陵は和歌山にいて夕食前の黄昏をみつめており、卯三郎のほうはその前日、早朝の伊豆下田にいて、ロシア船ディアナ号で来航を果たしたロシア使節プチャーチンの動静を見守っていたのだった。

そこへ、大地震と津波が襲いかかった。

卯三郎には、対ロシア日本側の交渉役である筒井肥前守と親しい関係にある親戚がいた。その人物を介して、筒井の付き人にしてもらったのである。幕府始まって以来の開国交渉の本舞台をその目で見たかったからだ。しかも、筒井がロシアの豪傑プチャーチンと談判するのに頼りとした相棒は、あの川路聖謨だった。文字通りの剛腕外交官である。世界事情に通じ、外人を相手に対等で交渉できる唯一の日本側知恵者だった。外国公使の厳しい要求をのらりくらりとかわして時間を稼ぐ「ぶらかし戦術」を編みだした達人である。聖謨には豪傑にふさわしい奇癖もあった。毎日湯にはいる際、塩で金玉をよく磨く健康法を実践していたのだ。卯三郎も塩を湯殿に運んだことがあるが、持っていくと聖謨は金玉に湯をかけながら両手で玉袋を揉んでいる。塩をお持ちしましたと声かけしたら、「今日は要らぬ。この湯は潮水のようでしょっぱいゆえにな」と答えて、からから笑った。

その下田では、大地震が嘉永七年十一月四日朝方に発生した。中部地方から静岡にかけて、激震が襲い、震源地は駿河湾沖であった。いっぽうその地震に関連したのか、和歌山の広村では五日の黄昏時から同規模の大地震が発生した。翌六日の夕刻にはさらに強烈な大津波が広村を破壊している。梧陵も津波に呑まれかかり、あやうく命を拾った。ゆえに梧陵は書類の署名に、「津波生き残り　濱口儀兵衛」と認めることさえあった。

　下田でも津波はおきたが、ロシア船との開国交渉のために到着していた筒井肥前守と川路聖謨は、宿舎を山際にとったのが幸いして、いのち拾いできた。川路聖謨ら交渉役はすぐさま日露双方の罹災者の救助に着手し、御救(おすく)い小屋を設置して米二十俵を供出した。国籍を問うことなく救護にあたったことは、のちにロシアとの交渉に利をもたらした。両国の交渉役が親しい間柄になれたからであった。また軍艦が大破したロシア側も、率先して海に流された日本人の救助に協力したことで、地元民に感銘を与えた。しかもディアナ号の損傷が激しかったため、聖謨はこの洋船の修復をすぐに許可してもいる。ロシア人は、地震の原因を地中の火気が暴れることだと信じていたので、九日に伊豆の山から火気が上昇したことを理由として、地震が終息したと連絡してきた。聖謨はこれを受けて、ようやく入浴し、塩で金玉を磨く暇を見つけている。

　なお、大破したディアナ号は修繕のため西伊豆戸田(へだ)港へ向かったが、激しい波風にはばまれ駿河湾の奥まで漂流し、宮島村沖に投錨(とうびょう)して積み荷をすべて降ろした。そのあと地元漁船に曳航され、ふたたび戸田をめざしたけれども、浸水が止まらず沈没した。このとき聖謨はロシア側に新造船を建設する許可を与えたので、戸田の船大工がこの仕事を引き受けた。その結果、戸田の船大工は日本で初めて西洋船の建設法を学ぶ機会を得たのだった。

このとき建設された船は、建造地にちなんでヘダ号と名づけられた。戸田港には現在も、ヘダ号建築場跡と、沈没したディアナ号の錨とが、記念碑とともに保存されている。のちに勝海舟は、このときロシア船建造を通じて伝わった新技術が日本海軍の創設を可能にした、と記している。

この広域地震は揺れも激しかったが、最大の悲劇は激震のあとに大津波が発生したところにあった。下田湾内の家々は八百七十五戸のうち八百四十一戸が流され、死者百二十二人を出した。下田漁港はほぼ壊滅である。たまたまこの港に停泊していた軍艦ディアナ号も津波に翻弄され、その船体を四十二回も回転させたという。そこへ前代未聞の大津波が襲来した。

卯三郎の自伝『わがよのき』によれば、この日は朝から晴天だったが、強烈な地震が下田湾一帯を唐突に襲ったとする。人々がおどろきさわぐ間もなかった。ただならぬ気配とともに「津波なるぞ、津波なるぞ」の叫び、泣き声とともに、女、子どもが、海岸から山へ逃げる姿を目撃している。卯三郎が浜を見ると、潮はすでに二の門まで押し寄せていた。人々は必死で裏山へ登り、そこから広い町を見渡した。すでに無数の家々が水面に浮き上がり、山側のほうへ流されていた。救いを呼ぶ人の声も聞こえたが、どうすることもできない。港の真ん中には「オロシャ」の軍艦が波に翻弄され、船体を傾けていた。人々はオロシャ船が災いを持ちこんだとして、「沈め、沈め」とののしり呪う声を口ぐちに発していたという。

いっぽう、紀州有田郡広村でも、一日措いた次の大地震が未曾有の被害をもたらした。流失家屋百二十五戸、死者三十名に及んだと梧陵は書いている。下田を襲った津波は、偶然にも西洋船の建造技術習得という画期的な出来事をもたらしたが、広村を壊滅させた津波からも、破壊を通じて防災の知恵が生まれている。それは防災工事の事業化と呼ぶべき新方式だった。その中心にいたのが濱口梧陵だった。

梧陵はこのときの体験を「安政元年海嘯（かいしょう）の実況」と題した手記に残している。

それによると、十一月五日四ッ刻に激震が走り、そのあと海面が急速に低下したかと思うと、今度は七尺以上も高くなる異常事態を呈したという。しかし翌日の六日に騒ぎが止んだので人々が帰宅しだしたとき、「井戸の水位が異常に低くなった」という急報が伝わった。果たして七ッ刻にふたたび強烈な揺れが起こり、空には黒と白の雲と金色の光が見えた。揺れが収まり、すぐさま村人を避難させたところ、今度は大砲の轟きに似た鳴動が起きた。この瞬間、梧陵は津波が押し寄せることを確信した。そこで村人の避難を優先させた。そして避難が終わった直後、おぞましい大波が民家を襲ったのだった。梧陵みずからも広川を逆流してきた大波に飲みこまれたが、必死で高台に上り、九死に一生を得た。

そもそも自分がどうやって大波から逃れたのか、記憶がないほどの修羅場であった。見れば、浜の方にはまだ人々が残されている。大急ぎで村人を八幡宮まで避難させなければいけないが、あたりは暗くなりだしている。そのとき梧陵は、思いついて、身を守れる八幡宮への道を示すために、道端に積まれてあった稲むらに火をつけた。刈り取りしたばかりの稲束に火をつけるのは惜しい。だが、躊躇（ちゅうちょ）しなかった。その火が、八幡宮への道を明るく照らしてくれたからだ。この策は咄嗟の機転であったにしては非常な効（しるし）があり、火を頼りに逃げのびた者も多くいた。

つづいて梧陵は八幡宮境内に畳や筵（むしろ）を敷き、隣村の寺に頼んで米の炊きだしをおこなった。握り飯をこしらえて村人に配ったけれども、とても足りないから、真夜中に隣村の村役宅まで走って行き、蔵米五十石を借りて翌日の炊きだしに充てることにした。

その後数日にわたり、ぶきみな余震がつづいた。高台から海岸を見渡しては、被害が大きくなる状況を記録した。何もかも失われ、道端や畑にたくさんの漁船が打ち上がっていた。村の惨状はこの世のものとも思えなかった。
四、五日後、ようやく余震が鎮まると、梧陵は役人に頼んで諸所に見張りを置いた。不正や盗みなどを取り締まるためだったが、強い者が弱い者を虐(しいた)げる行為も戒める必要があった。食糧の調達も緊急を要した。広村でも年貢米や蔵米の備蓄はあったのだが、津波に流されてあちこちに散らばってしまっている。これを回収させる一方、近隣の役所にお救い米の供出を嘆願した。そのときの有様を知る村人は、いまも梧陵の奮闘ぶりを「生き神様のようであった」と回顧し、梧陵大明神と呼ぶ。
安政大地震のおそるべき地獄体験を、清水卯三郎と濱口梧陵は以上のように語った。卯三郎は語り終えるときに、民衆にとって「安政」という時代は、この大災害の復旧に邁進した日々であった、と締めくくった。

その意味で言うなら、黒船来航も安政大地震の前兆とも考えられる。日米和親条約と日露和親条約の両方を通さねば、日本が滅びると思えたからだ。したがって、攘夷を主張する朝廷にも条約締結を認めねばならない非理性的な理由もあったことになる。

こういう途方もない危機の時代が、安政年間だったのだ。したがって、梧陵大人のように地域の安寧を背負って立つ村役には、外国へ行きたいなどという個人的な願いを気軽に口に出せなかった。

梧陵は集会に出席した人々の前で、あの大地震の惨劇を思い浮かべた。問われた疑問に対しては肯定も否定もせず、ただ目を閉じていた。場内に気まずい沈黙が流れるのを察知したので、わがはいがそっと口を開いた。

「諸君、わがはいの知る話も参考までに申しのべる。大地震のあと、梧陵大人がなぜ広村から出られなくなったのか。それは、二度と大津波に負けぬための防災事業に邁進されたからであります。朝廷もこの災難を霊的に断ち切るため、以後の日本が幸いを万年にものばす呪術として、安政のあとの年号をも、『後漢書』馬融伝の、豊千億之子孫、歴万載而永延という一文から万延という語を選んで改元した。しかし、その翌年は干支にいう辛酉に当たっており、人の心が冷めて天命が改まる、すなわち王朝が交代する革命の年であるため、ふつう改元をおこなわねばならない習慣だった。それだと二年連続で改元する必要が出るとして反対もあったそうです。しかし孝明天皇は、何度も譲位をお考えになったほど苦しまれた。幕府が天皇の裁可を得ずに開国をすすめたことを心中ではやむを得ぬとお考えになり、この災厄を断つには公武一和となって国難にあたらねばならぬと決意されたと聞きます。それで攘夷派を抑えて改元を許し、すでにご婚約されていた和宮様をも徳川家に降嫁させることにされた。

しかしながら、改元された万延元年もまた、咸臨丸がアメリカ渡航を果たした慶事を台なしにするような、井伊直弼が桜田門外で攘夷派に暗殺されるという混乱の一年となってしまった。いっぽう、庶民の側では天変地異に対処する防災工事が各地ではじまりました。災害時の救済活動ということ自体は、どこの村役も熱心でしたけれども、広村の場合はその先の復興と地域の発展まで盛りこんだ大仕事となったのですよ。

梧陵大人が身銭を切って実行されたのは、早い話が、大津波に襲われても保ちこたえられる高さ二間半の土堤を、五百間の長さにわたって築くことでした。時間と金がいくらかかりますか？紀州藩の金蔵でさえつぶれかねない出費となったでしょうし、時間もおそろしくかかったでしょう。その間、梧陵大人は紀州で陣頭指揮を執りつづけられた。安政の末にやっと江戸へ戻り、銚子の醬油店の差配に復帰されたが、こんどは江戸がコレラ騒ぎですよ。安政五年から文久二年頃まで、コレラは何度もぶり返しました。梧陵大人は関寛斎という、長崎に留学させた蘭方医を江戸の西洋種痘所に呼び寄せ、種痘に必要な素材とその技術を学ばせ、銚子にコレラが伝染するのを水際で食い止めました。銚子がコレラに襲われるのを免れたこと、これも梧陵大人の力が大きかった。大人はそれでも、江戸の種痘所に莫大な金を援助してもいる。それが今の東京大学医学部の母体の一つになっています。まさに濱口梧陵大明神というほかありません」

しかし、梧陵はわがはいの賛美をきれいに打ち消した。

「いや、買い被りですよ。わしは田舎の醬油屋にすぎませぬ。広村の津波対策にしても、福澤君はお褒めになったけれど、自分ではおのれの無力さにあきれ果てておるのです。嘉永六年に家督を相続いたし、儀兵衛と改名もして故郷に腰を落ち着けました。若い者たちの教育に邁進しようと思いました矢先に、大地震に襲われたのです。できる限りの救済をいたしましたが、もとよりその日の飢えを凌ぐことが精一杯でした。村の復興に全力を注ぐことさえ満足にできませんでしたから、まして村を土堤で防御するといえば、莫大な金が要ります。とても醤油屋ごときにまかなえる額ではない。かといって藩の手当を待っていたら村が滅びましょう。それで、貧乏人の愚案ではありますが、村を救済するのではなく、村に事業を起こしてはどうか、と思いついた苦肉の策なのです」

「事業？　とおっしゃいましたか？」

清水卯三郎が問い返すと、梧陵はうなずいた。

「さよう、築堤や橋普請を事業にするのです。どうするかといえば、被災して仕事をうしなった村人を雇い、橋や土堤の工事を引き受けてもらう。仕事ですから、村人は日銭の給金を手にします。その金で家族をやしない、家を建て、だんだんに漁網だの鋤鍬（すきくわ）だの仕事道具を揃える。すると、昔の仕事ができるようにもなり、橋や土堤ができ上がる頃には元の暮らしが戻るはず。そのあとは津波に耐える防壁ができるので、これまで何度も村を破壊してきた災害と縁を切ることができる」

するると、熱心に聞いていた客の一人から質問が飛んだ。

「じつに理にかなった仕法ですが、不可解な点もございます。村人に支払う日銭や材木などは、だれが支払うのです？　支払ったその人は資産尽きて、破産するのではないですかな？」

この問いにも、梧陵大人は答えた。

「たとえば、この濱口が天井のホコリまで叩いて有り金をかき集めます。足りなければ近隣の村から資金を借り、お上からも借金をします。村人は仕事で手間賃が入りますから、やがて年貢も払えるようになり、家作の借り賃やら、あるいは仕事道具の買い入れや店を出すこともできるようになり、借りた支度金に対する利子も払えるようになるでしょう。その利子が、工事の費用を負担した地主や村役にすこしずつ戻ってくる。これなら、お助け金をばらまいて食いつぶすよりは、はるかに健全な村の復旧になるでしょう。わしはいま、福澤君には来てもらえなかったが、義塾の助けをかりて和歌山に洋学校を建てた。英語を学ばせ、経済を教えております。生徒らが成人し、村を支えるようになったら、もっと効率的な村の経営術を編みだしてもらう投資だと思っていますよ」

和歌山から上京した地元の村人たちが、一斉に拍手し始めた。それが場内に伝染し、やがて大きな喝采に変わった。だが、「待て！」という声が、打ちこみの気合のように鋭く発せられた。

一瞬、静寂が生まれた。

すると会場の後方で一人の痩せた紳士が立ちあがった。銀鼠色の髪が淡い老竹色の羽織とよく合ったいでたちである。

「あ、勝先生だ！」と誰かが叫んだ。わがはいけ目を凝らしてその人物を窺い、顔を確認したあと驚きの表情を浮かべた。

「勝さんか。これはありがたい。梧陵大人といえば、第一の友は勝海舟を措いて他に思い浮かびませぬからな。どうか、お進みいただいて、ひとこと御祝辞を」

勝は返事もせずに通路から舞台に近づき、無言で梧陵に握手をもとめた。梧陵も勝の手を握った。真打ちの登場という雰囲気が生まれた。さすがに福地も清水も、居場所がなくなった。

勝海舟は前に進みでると、振り返り、会衆に向かって口を開いた。

「本日は梧陵大人のご苦労をねぎらう会だと聞いてきたが、これでは大人に教えを乞う会ではないか。諸君、わしは梧陵大人とは銚子の店を相続なさる以前からの友人であり、諸君と同様に何千両とも知れぬ金銭の支援を受けた者である。そのわしが言うべきことではないが、安政年間はさすがの梧陵大人も金銭的な窮状に陥ったことが肌でわかる時期があった。毎年盆暮れに送っていただく季節の届け物が、ある時期から急に質も量も落ちたことがあったのだ。これは変だと思ったわしは、濱口家の台所事情が非常に苦しくなっている事実を知った。大人はなぜ、咸臨丸による海外渡航を断念されたか。おそらく知っているのはわしだけではなかろうか」

勝がそう発言すると、人々が魂を抜かれた木偶（でく）のように椅子に座りこんだ。勝がどういうことを言うか、さらなる発言を待った。勝はゆっくりと壇上にあがり、濱口梧陵の傍らに立って、胸を押さえる仕草とともに発言をつづけた……。

懸命の説得

……安政六年暮れ。勝海舟は翌年早々に咸臨丸を出航させる準備にはいった。しかし、かれが最初に着手したのは、紀州和歌山へ出向くことであった。用向きは、一見すると出港準備とは一切関係がないように見える、濱口梧陵への面会であった。

勝はまず、和歌山の地にはいる前に、近郊にある加太浦（かだのうら）というところに寄って、知己の向笠三之助（むかさみのすけ）という者と打ち合わせした。次に、ここから、広村の濱口家へ早馬を送り、自分が加太浦へ到着したことを知らせた。

向笠三之助は、勝が来訪する件で梧陵からの手紙を受け取っていた。勝の世話をよく焼いてほしいと依頼する内容だったが、合わせて、派手なもてなしのたぐいは不要であるとも書き添えてあった。勝海舟の人柄を十分に承知している梧陵らしい依頼である。三之助は、できれば加太浦に一泊してもらって、翌日に府下へ案内するのがよろしいと応じていた。

いっぽう、勝海舟からの手紙を広村で受け取った梧陵は、ただちに八本櫓（ろ）の大船を出して加太浦へ出向いた。安政二年からこっち、長崎で蒸気船の操船習得に集中していた勝にとっては、大人との久しぶりの対面であった。この席で、勝ははじめて用件を伝えた。用向きはこうである――翌年一月、幕命により咸臨丸が遣米使節を護衛する目的でポウハタン号に随行することになったこと、その船長に勝が選ばれたこと、また失脚はしたが開国交渉に執念を燃やす水野忠徳からの意向を受けて、日ごろ外国視察を熱望していた梧陵に咸臨丸乗船を薦めること、であった。

これを聞いた梧陵は、佐久間象山の塾で知り合って以来海外へ乗りだす夢をともに語った勝の申し出に、涙して喜んだ。二人の師であった佐久間は、吉田松陰とともに外国船に乗りこんで密航を企てた人物である。その夢を受け継ぐという気持ちも、二人は共有していた。

勝海舟は結局三日間、加太に宿泊して梧陵を説得した。勝にしてみれば、何が何でもこの機会を利用して梧陵をアメリカへ連れていく決意だった。手続きもすべて勝が面倒を見るつもりだった。だが、案に相違して、梧陵は最後まで首を縦に振らなかったのである。吉田松陰が密航という手段に訴えて失敗し、入牢した一件を、梧陵は承知していた。密航は成功しても、その成果を世間に伝え広めることができない事態となることも。したがって、濱口梧陵はこのとき、密航を論外であると決めていたのである。だが、「正規の出国」が可能となる唯一の機会を提供するということなら、それを見送らねばならぬ理由があろうはずはない。勝は自信をもって、梧陵を説得した。公用の形をとって渡航できる方策も伝えたけれども、その熱意が梧陵に届くことはついになかったのだ。

勝はそのときのことを思いだしながら、明六社の面々にこう語った。

「そういうわけで、わしは懸命に渡航を承諾させようと大人を説得したんだ。だが、大人はどうしても頷かれなかった、それで最後にはとうとう匙を投げて、大人にこう迫った。なぜに渡航に同意してくださらぬのか、と。

そうしたら、大人は黙って、携えておられた財布を取りだして、わしにこう告げられた。この財布を見よ、と。わしは言われるがまま、財布を開いてみた。なかには書きつけのごとき紙切れがたくさん挟まれていた。それもあけてみると、どれも証文だった。金銭借り受けのな。数枚開いたが、鴻池（こうのいけ）のものには千両という借りだし金額が書いてあった。それでわしは、濱口大人が多額の借財をされていることを知った。なるほど、これでは、盆暮れの付け届けさえも知り合いに配るにこと欠くのは道理だと、得心してしまった。だが、わしはむろん、濱口大人に渡航費を自己負担せよと言うつもりはなかった。すべての経費は水野奉行と相談して幕府の公金を充てる内と請け合った。

諸も取ってあった。それでわしは自信を取り戻し、すべての費用をわしの一存で幕府に出させる

だが、それでもいけないとおっしゃるのだ。未熟者のわしにはまったく合点が行かなかった。

それでいよいよ脅しの真似を始めたのだから、今のわしには思いだすだに恥ずかしい。もし渡航をしてくださらねば、わしはここで腹を掻っさばくと迫った。

しかし、大人は答えられた。切腹したいならおやんなさい。だがわしには膨大な借財がある。全部が広村の若者の教育と学校づくりのためにこしらえた借金だ。もしもわしがこの借金を返済することなく行方知れずになれば、我が家族の未来どころか、青年たちの未来をも闇に墜とすことになる。あんたやわしの命と比べようもない未来の大財産を失わせることになる。わしはすでに、青年たちの未来にこの世を託することに決めた。個人の道楽や夢になど、一厘なりとも費やすつもりはない。わしは商人だ。それゆえ投資をして豊かになることを使命と考える。勝さんに、今わしが全財産を投資しているものをご覧に入れる。それを見たうえで、どうか納得されたい。

そういわれて、わしを加太浦に停泊させている八本艪の船へ連れて行った。そして、中を見せられた、船には数十人におよぶ若者がいた。ちょうど船倉にあつまり、全員で英語を学んでいる最中だった。

ごらんなさい。わしが命を懸けて投資するのは、いま、この若い人たちだ。五十名集めて、西洋知識を学ばせている。三年後には、かれらを米欧に留学させ、七年後には帰国させる。いまわしがのこのこと出かけていく代わりに、五十人が七年目に帰国する。どうだ、勝さん、君だって

そうやって、箱館の渋田利右衛門さんから莫大な金を投資されてここまで出世したんだろう。利右衛門さんも商人だ、商人として大儲けをするために、貧乏ったれだったあんたに、見ず知らずの青年に、惜しまず大金を都合してくれたからこそ、外国渡航できる身分になれたんじゃなかったのか？　同じことだ。わしはとくとそろばんを弾いてみた。老いぼれたわし一人を渡航させるのと、若者を五十人渡航させるのと、どちらが大儲けにつながるかとな。まして、今回の咸臨丸には君が乗るんだ。このうえわしが乗っても、捨て金になるだけだろう。そのような無駄を、わしのような強欲な商人にできるわけがなかろう、と。

わしはそれで目が覚めた。わしは、この濱口大人や、渋田利右衛門、そして伊勢松坂の竹川竹斎と灘の嘉納治郎作といった大商人が、縁もゆかりもない一文無しの勝麟太郎に大金を注いで勉学させてくれたことを思いだした。わしは恥じた。そして、濱口大人をこれ以上悩ませることを止めたのだ」

と、勝は告白した。そして、黙って濱口大人に一礼した。濱口梧陵はきまり悪そうに袖を振るだけだった。

勝はなおも思い出していた。あのとき、大船に乗って広村に帰っていく梧陵を見送りながら、天を仰いだことを。濱口のような裕福で先見の明もある人物でさえも、この奇蹟じみた渡航の誘いに応じられないとは、天もよくよく梧陵に大きな試練を課したものだ、と。

別れるとき、勝は結んであった青色の独鈷の帯を解いて、形見として梧陵に手渡した。

万が一にも命を落とさぬ保証のない航海である。勝にとってもこれが今生の別れとなる会見かもしれなかった。

翌安政七年一月、勝安芳はアメリカ西海岸をめざして、本邦海軍の初航海となる冒険におもむいた。

濱口梧陵、夢の実現を決意す

東京で行われた木国同友会の会合は、結局、議院開設の前提となる政治思想の話にまでは及ばなかった。それは、去る日に精養軒で開かれた明六社の会食会に提示された「幕末海外渡航」の秘話に決着をつけることに、寺島宗則が最後までこだわり抜いたせいだった。

ところが、中途でお開きになった精養軒での議論は、今回開かれた梧陵の歓迎会においても、終結に至らなかった。いや、渡航の夢に破れた人々への同情派が、さらに増えてしまったと言ったほうがよろしい。寺島はますます機嫌を悪くしたが、勝安芳が姿を現した時点で、会の雰囲気は一変した。人や国家の運命は、いわば天の計りごとであって、先の定まらぬ偶然の積み重ねである、と了解されたからだった。その結果、地元紀州の復興に尽力した梧陵へ謝意を述べる会となって、穏便におさまった。

わがはいとしても、それでよかったと思う。わざとへそ曲がりの振りをして人々の注目を集めた勝のやりかたは、見え透いていて気に入らなかったが、江戸無血開城の大恩人である。勝の人望は現在も大変に篤いのだから花を持たせておこうと、肚を括ったわけだ。

この会がお開きになるとき、わがはいは締めの詞をこう結んだ。

「梧陵大人に恩義を受けた者を代表して申しあげる。和歌山県会の初代議長を最後として、数々の公務から去られた今、梧陵大人はようやく自由の身になられたと伺っております。ならば、大人が封印なさった夢を実現できるのは、まさに今ではありませんかな」

この提案に応えて、文明開化の喧伝に尽くして啓蒙家の第一位となった福地源一郎も、賛意をあらわにした。

「ぜひ欧州旅行へお行きなさい。目を見張る文明の粋をご自分の目で見てごらんなさい。今ならば、少しはご自身の夢の実現に投資されてもよろしいのではないですか」と。

最後に濱口梧陵大人が答える番となった。大人は十歳になる息子を呼び寄せ、呼吸を整えたあと、感謝の言葉を述べた。

「諸氏からの励まし、心よりかたじけなく思いました。いかにいったんは封印した夢とはいえ、洋行はたしかに自分がもっとも望んだ大業でありました。万延元年のあのとき、井伊大老が暗殺されたあの年、わしが咸臨丸かポウハタン号にもし乗船できていたら、一生の悔いは残らなかったでありましょう。だが、人には天命というものがある。天はわしに洋行を望まなかった。だが、明治も十五年を経た今は、老人が欧州に出かけても世を害することはすくないでしょう。そのときには土産話をうんと仕こんでまいります。重ねて、諸氏への謝意だけを申し述べて、御礼のことばといたす次第であります」

濱口梧陵はそう言い残して壇を降り、小さな息子と手をつなぎながら交詢社を去った。

だが、一年とすこしの日が過ぎた後、突然に、紀州へ引っこんでいた濱口梧陵から手紙が来た。内密の用件でわがはいに面会を求めてきた。

わがはいは自邸に梧陵を招き、夕食をともにしたあと、静かな書斎でお茶を飲んだ。梧陵大人はしばらく、木国同友会の活動について語ったが、やがて一息入れると、予想もしなかった話を切りだした。

「福澤君。わしはつくづく放蕩者だと思います。ほんとうに家族の者や店の者に迷惑をかける身勝手な男じゃ。当主として、ただただ詫びるほかない」

これはなにか大事な話になるな、とわがはいは直感した。

「何ですね、藪から棒に。頭をお上げください」

しかし梧陵はなかなか頭を上げなかった。わがはいが強く促したので、話はやっと本題にはいった。

「わしはまた、みなに迷惑をかけねばなりません。まことに思いきりの悪い人間です。業の深い人間です」

「ですから一体、何なのですか。さあ、おっしゃってくださいな」

梧陵は一礼してから、とうとう本心を吐露した。

「老齢を引っ提げてでも海外に渡航したいという私欲が抑えられませんのです。いえ、今さら欧州へ時期外れの修学旅行に出かけるというのじゃありません。もはや欧州へ行くことに意味はない。ですが、世界は欧州だけで動いているのでもない。わしは幼少より中国に関心を抱いてきました。あの広大な中国は、今はまだ眠れる獅子にすぎませんが、いずれは世界政治のただなかに躍りだすことでしょう。現実に、チンギス・ハンの王朝はかつてアジア大陸のほぼすべてを支配しました。そのチンギス・ハンが歩んだ道を、踏破してみたいと思ってきました。海外に渡航できるのであれば、欧州を越えて、中国、そしてオリエント諸国をも巡りたく思います。それから、天竺もです。あの謎めいたインドは、やがて目覚めたる虎になる日が来ましょう。ゆえに、インドをもつぶさに見て来たく思います。また、あのマホメットが出たアラビアも、日本では関心が薄い、そのようなアジアの異文化こそが、今わしの心を揺するのです。どうしても、生きているうちに見ておきたい。いや、旅先で死んでもかまわない、と思いつめるようになりました。ついては福澤君、君だけに打ち明けます。わしは来年、明治十七年を期して三年間ほど、世界旅行をすることに決めました。同伴は一人だけ、わしのところの使用人を連れて行きますが、さらにもう一人、外国語をよく知る案内人を、君に推薦してもらいたいのです」

わがはいは狼狽した。世界旅行をしようなどと言いだす日本人が存在することを、まるで想定していなかったからだった。

「ちょ、ちょ、ちょっと待ってくださいよ、梧陵大人。今、なんとおっしゃいました？　世界旅行？　チンギス・ハンやマホメットやブッダのアジアですって？　申し上げておきますが、西は汽車も汽船もあって、ご老体でも旅行可能でしょう。しかし、インドや中国はちがいますよ。まだ、原始の世界も同然です。文明がわたり切っていない。道だってない。しかも三年間というのは途方もなさすぎます」

しかし梧陵は真顔で答える。

「はい、いきなり三年と言ったら、我が家でも大反対されるでしょうから、親族や店の者には、まず一年間の旅に出してほしいと言ってあります。それも、つい最近、旅のことは絶対に他言無用と約束させたところです」

そう聞いて、わがはいはふたたび我が耳を疑った。あまりの計画に、あいた口が塞がらなかった。おどろいたついでに、どういう魔術を使ってか知らぬが、ときどき百年先の時代からツッコミを入れてくる「本書の作者」と言い張る男にも聞いてみた。呼びだされたやっこさんの答えはこうだった。

【いやだなあ、福澤先生に、未来から余計なチャチャを入れるなと叱られて、口出しするのを最近つつしんでたのですがね、今日はいいんですか？　じゃあ、申します。老人が三年間も日本を留守にしてアジアも欧州も観光するのはどうかと？　いいえ、こっちの時代ではそんなことはもうふつうの話です。自分も七十六歳になる後期高齢者ですが、流行病で制限されていた三か月間の世界周航ツアーも、つい最近参加してきましたから、梧陵さんも遠慮は不要です。胸張って、奥さまとでも同伴でいってらっしゃい】

と、返事されたので、わがはいも腰を抜かした。

「おい、おまえさん、七十六だって？　わがはいより高齢だったのか。髪が真っ黒だし、体もたっぷりと肥えているから、若いと勘違いしてたぞ」

【やだなァ、これは黒く染めてるだけですよ。若く見えるでしょう。あとは週に二回、ライザップでダイエットもしてます】

「なにをいってるか分からんが、とにかく将来は老人も地球一周なぞを気楽に楽しめるということだな」

【そのとおりです。買い物でも何でも、自由にできます。どうですか、福澤先生も、わがはいはエジプトの三角石塔を眺めた最初の日本人だと威張っておられますが、ほんとは地中海へ出る前に、ほんのちょっと遠くから眺めただけでしょ？　ピラミッド見るなら一週間くらいはないとだめですよ】

「うるさい、余計なことをいうんじゃない。わがはいも、ピラミッドだけはじっくり眺めたかったんじゃ！」

としかりつけてから、濱口大人の方を見た。

しかし梧陵は真顔のままだ。こう話をつづけた。

「中国も、インドも、わしはずいぶんたくさんの地図で集めております。それも全部、頭の中にしまいこみました。道のほうはなんとかなります。あとは英語を話せる賢い同伴者が欲しいのです。もちろん、長旅ですから、旅先で死するという事態も十分に起き得ます。そのときは、どこでもわしの体を焼いて、骨にしてくださって構いません」

わがはいは思わず歎息した。返す言葉もみつからなかった。

「いずれにしても、思い切られましたなア。梧陵大人でなければ思いつかぬし、実行を口にする人もいないでしょう。わがはいはどう答えていいのかわかりかねます」

「福澤君、理想をいえば、『西洋事情』を刊行した君自身が一緒に旅に出てくれるのがいいんだが、いかがか？」

わがはいは、むっと息を詰めた。

「ブルル、とんでもない、行きたくとも今は無理です。新聞の発行を開始してしまったので、わがはいが長期間ここを留守にできません」

すると、梧陵は軽やかに笑った。

「はは、今のおっしゃりようは昔のわしとそっくりだ。逆転しましたね。こんどは君が、世界旅行の誘いを断る立場になったのだからね。

では、こうしましょう。この世界旅行のことは、わしが横浜を出るまで絶対の秘密にしてください。この計画を打ちあけるのは、福澤君と勝君だけです。よろしいか？」

梧陵はそう言って微笑し、さもうまそうに茶をすすった。

彼岸への旅

濱口梧陵は、明治十七年に家業を嗣子に譲った。すべての公務も辞し、責任ある仕事の一切から身を引いた。また自宅での食事も西洋料理をかならず加えるようにした。横須賀の海軍から西洋料理の得意なコックを、月給二十五円で引き抜いたのだった。

前代未聞の世界旅行は、東京で準備が極秘裏に始まった。家族のうちでこの事実を知るのは、銚子の店を相続した嗣子の梧荘だけである。広村の人々には、ちょっと東京へ行ってくる、とだけしか言わなかったから、誰もがうまく騙された。

世間がまるで想像もしない世界旅行は、明治十七年五月三十日、アメリカ行きの客船シチー・オブ・トーキョー号が横浜を出港したときから始まった。見送りに来たのは秘密を打ち明けられたごく少数の人だけだった。なんとはなしに相性が悪いわがはいと勝安芳も横浜で見送った。二人そろっての見送りは、後にも先にもないことだったが、極秘とは残念だった。

勝は、旅立ちの祝として、紀州の英雄とされた雑賀孫一の所有した槍の穂先を贈った。

そして翌日三十一日の『時事新報』で、濱口梧陵が世界旅行に出発したことが公にされた。それはもしかすると、わがはいが書き綴った記事であったかもしれなかった。なお、旅行中の諸手配と通訳は、義塾の若い学徒だった高島小金治が引き受け、わがはいが案内係に指名した金子彌平とともに随行した。

梧陵は最初の訪問先であるアメリカに、ほぼ一年も滞在した。あまりにも多くの見ものがあったので、好奇心を燃やし尽くせなかったからだった。ナイヤガラの滝で撮った、山高帽姿の梧陵からは、心をたぎらせて見聞を広げるようすが見て取れる。かれは旅の様子もまめに日本に伝えた。わがはいは『時事新報』や『交詢雑誌』に、書簡を掲載している。

梧陵一行はサンフランシスコから上陸し、アメリカ合衆国を越えてカナダまでも足をのばし、年末までニューヨークで見聞を広めた。来年はいよいよ大西洋を渡り、欧州へ向かうことも決まり、船旅の準備があらためて開始された。梧陵は高齢ながら、疲れを見せずに各地を見て回っている模様であった。

しかし、欧州行きの準備が始まった後、梧陵はふとした機会になんらかの病を得たらしいのである。この病は翌明治十八年になっても癒えることなく、次第に梧陵を衰弱させた。だが、様々な治療が試みられたにもかかわらず、回復には向かわなかった。

同行した金子彌平によれば、梧陵自身もそれが「不治」の病になることを想像もしなかったという。体調不良を気に掛けながらも、三十年ものあいだ胸に秘めてきた世界旅行に心を煮えたぎらせていたので、病の深刻さに気づかなかったようだ。

そして、梧陵がアメリカにわたって約十か月後、世界旅行はまだ最初の段階で足踏みしていたにもかかわらず、急激に終わりを告げた。

明治十八年四月二十三日、『時事新報』が掲載した一記事が、日本中の人々を驚かせた。

四月二十一日　ニューヨーク発電報によれば、
濱口氏同日朝死去　遺骸は次の郵船にて送るべし

濱口梧陵が念願した世界旅行は、こうして終了した。いかにも、まぼろしのごとく──。

（第四話　了）

第五話　神出鬼没は政治家の常態

時事新報

明治十五年三月一日　木曜日　第一號　定價金三錢

『時事新報』

鼻っぱしらの強い、小さな女友達

わがはい福澤諭吉にもっとも因縁ふかい同時代人といえば、やはり勝安芳であろう。

万延元年の咸臨丸渡米から始まって、終生、二人の行跡(ぎょうせき)はなんども交わり、また行きちがった。それを、明治の大衆ははなはだ趣ふかい景物とみて、わがはいらが毒づくごとに喝采して慶(よろこ)んだようだ。そもそも、ご意見番という役どころには、それなりの資格が要る。まず第一に、新政府との利害関係が一切ないこと。それから第二に、自分よりも「くに」のことを心配する度量の広さがあること。これがなくちゃ、いけない。

この二点は、勝安芳の生き方ともよく合致する。あるとき、議会と内閣が衝突して、立法も行政も円滑にいかなくなったときがあった。政治好きなら、頭がカッとなって、古臭い大刀か何かを小脇にかかえて国会に乗りこむところだが、勝はそんな野暮な真似はしなかった。さっさと寝床に転がって、病と称して家に閉じこもっていたが、案のじょう、頭に血が上った連中が押しかけてきた。だからたぶん、勝は先手を打って病気を決めこんだのだろう。とにかくそこへ、とんでもなく血の気が多い剣客が乗りこんできて、強引に面会をもとめてきた。

家の者が、当主は病のために臥せっており、お目にかかることがかないません、とことわったのだが、引き下がらない。勝手に座敷に上がってくるので、やむを得ず病床に招いたのだが、無粋な客はいきなり枕元に座りこんで、政治の混乱ぶりを長々と説きあかしたあとで、

「いまや政局は乱れて国家の一大事に発展しつつある。そこでわがはいは座視するに忍びず、憂国の志士とあい謀って一党を組織し、もって立法部と行政部との調停に努むるをはじめとして、おおいに国事に奔走することにいたしした。しかし、一党の総裁を任せ得る人材がおりませぬ。閣下、もし憂国の志あらば、ぜひとも我らのためにひと肌ぬいでいただけまいか」

と要求を突きつけてきた。たぶん、金銭の無心にきたのだろう。こういう大言壮語する輩は、ろくでもない人間に決まっている。勝はわざと慇懃な態度をとって、こう答えた。

「せっかくのご勧誘ながら、謹んでおことわりいたします。それがしが見まするところ、当今の国事はまだ一大事と絶叫するほどではない。国会なんてもんはこの程度の荒れ方でちょうどよろしい。新聞はさかんに政党の離合や大臣の動揺を報じておりますが、国家がどうこうなったというわけでもない。しかも、それがしの門には各政党に属するお歴々が引きもきらず出入りしておりますが、だれも温順な人ばかりです。暴挙をもって国の安寧を害さんとする政党員は一人もおらぬと申せます。要するに、なにもせぬ暇人が、ただ退屈しのぎに騒ぎ立てているだけのこと。もし真に一大事とあらば、それがしは老いたりといえども一身をなげうって国難に馳せ参じる覚悟でありますが、世間で無事に暮らしている暇人と徒党を組んで騒ぎ立てるほど、それがし暇をもてあましておるわけではござらぬ。そうそう、ちょうどここに、支那から届いた煎餅があるか

ら、どうぞおひとつ、いかがかな」

勝安芳は言い終えると、煎餅を差しだし、二つに折った一方を客に渡して、残りをうまそうにぼりぼりとかみ砕いた。政客は唖然とし、こんな横着者とは話ができぬと捨て台詞を吐き、そうそうに立ち去ったそうな。勝もまた、徒党を組んで大騒ぎをする輩の尻馬に乗ることだけは、かたく拒む人であった。いわば「唯我独尊」である。

わがはいの許にも、この手の逆上せあがった客が毎日いやになるほど押しかけてくる。そういう無粋な客がきたことを察知すると、わがはいもわざと悪戯したくなる。むろん、暇人どもと徒党を組むのではない。ただし、無粋な客にも褒めるべきところがないわけではない。じつはわがはいと勝とは、そろってバカがつくくらいの世話好きである。ほんとうに困窮した人を見過ごしにできぬ、情に篤い性格といってよい。無粋な客どもは、その気質をちゃんと読み取って、さかんにわがはいらにむらがってくるのであろう。

その証拠がある。わがはいと勝の双方から手厚い援助を受けた者の一人に、クララ・ホイットニーというアメリカの愛らしい女の子がいる。

彼女の父親が森有礼に頼まれて、今の一橋大学の前身である「商法講習所」の所長を務めることになり、来日する契約がととのった。クララも父母に連れられて、文化風俗がまったく異なる、中世の欧州みたいな日本へやってきた。明治八年八月三日に横浜へ着いたとき、彼女は誕生日を目前にした十四歳であった。西暦でいうなら、一八七五年である。

この少女クララ・ホイットニーには、年少ながらきわめて篤い信仰に裏うちされた博愛平等の精神があり、それに由来する手きびしい批判力もそなわっていた。横浜に到着して「うるわしい日出ずる国」の風景に感動しながらも、漁船に乗っている漁師が素っ裸なのを見て、「どの眺めもすばらしいけど、人間だけは堕落してるわ」と言いはなった強者（つわもの）である。

下船して最初の宿は精養軒ホテルだったが、そのあと森有礼のはからいで料理用ストーブのある家に宿替えし、自炊生活を始めた。その手作り料理をお相伴（しょうばん）にあずかった日本人が精養軒の料理よりもおいしいと喜んだので、そこへも一言、「うちでつくる食事のほうがずっとおいしい、とみんなが言う。当然のことだわ。だって精養軒の食事はイギリス風、フランス風、日本風の混合で、栄養を考えてもないし、だいいち値段が高すぎる」と切り捨てたのだから、剛毅というほかない。

そもそもホイットニー一家を商法講習所の所長兼教師として日本に呼び寄せたのは、森有礼にまちがいないのだが、下の方にはまるで伝わっていなかったらしい。着いてみると所長就任の件ははっきりせず、住む場所も用意されておらず、金銭的な手当てもできていなかった。そこでクラは天下の森有礼をつかまえて、いきなりこう嚙みついた――まったくもう、森さんたら、わたしたちを借金で恥かかせたいのかしら、それとも餓死でもさせるつもりで、日本に呼んだの？

――と。

森先生も形無（かたな）しであったそうな。

たしかに、森は空約束をしていたのだ。所長就任の話なぞは口から出まかせに近いものだった。だからホイットニー一家は当面は教師として雇われたものの、すぐに生活費にこと欠くありさまとなった。だがその一家に、やがて救いの手を差しのべる有徳の紳士が二人も現れる。三田の丘に有名学校をかまえるFukuzawa. Yukichiと、もう一人、これは前世の因縁かどうか知らないが、提督Katsu. Awaであった、というおはなしになる。

最初に断っておくが、勝安芳の家庭は少し複雑であった。正妻とのあいだにもうけた子だけでなく、徳川慶喜の十男を養子に迎えたり、長崎時代に愛人に産ませた子までいた。慶喜の十男、精（くわし）は、長男を若くして亡くした勝のために、慶喜がわざわざ自身の子を養子に出してくれたのである。息子の精の方はいい面の皮で、家臣の娘の婿にされたことが気に入らなかったらしく、妻が先に亡くなると愛人をつくって、その女性と「心中」してしまった。わがはいのことならいいが、勝と、ここにまた、妙な未来の物知りが面（つら）を出してきやがった。勝の素性までも調査してくるから、困った男である。

【福澤先生、失礼ですが、勝安芳のことでしたら、わたしにお任せいただけませんか。勝が愛人に産ませた子のほうは、梅太郎（うめたろう）といって勝の三男にあたります。この子もワケアリです。親切だが頼りないところがあって、のちにクララと恋愛の果てに結婚したんですから。でも複雑な家庭ということもあって、家族全員がそれぞれ一家を構えて不自由なく暮らせるほどの財力はなかったんですね。したがって、父親の勝がことあるごとにクララ一家の面倒を見て、生活力にとぼしい梅太郎の代わりに奮闘しないとおさまりませんでした。ただし、勝には目の青い孫が六人もできました。その孫たちは、梅太郎を見限った母クララとともにアメリカへ戻ってしまいました。

そして太平洋戦争がおわったあと、ヒルダ・イサム・カジ・ワトキンズという末っ子から生まれた孫たちが、勝安芳の縁戚に招かれて再来日を果たしております。このときヒルダは、日本で長く暮らした母クララの書き綴った大小十七冊の日記を、日本にもたらしました。クララが来日した理由、またどういう経緯で勝家と近づきになったかについて、この日記から、くわしい経緯が明らかになったのであります】

って、えらそうに言えるのは、おまえが未来人だからという理由だけだろう。もういいから引っこんだらどうだ、とわがはいが怒鳴ってみせたら、

【ちょっとお待ちください。あと一言。ちなみにいいますと、この日記には、ありえないような「おまけ」が付いていています。彼女が日本で暮らしはじめたのは、ちょうど日本で立憲君主制が論議され始める時期でありました。その経緯を、アメリカ人少女の目で見届けて記録に残しておりまして、ある意味では『福翁自傳』と同じような味わいがあるんです。この日記のおかげで、たとえば諭吉先生と勝安芳さんの日常、その嘘いつわりのない暮らしぶりなんかが明らかになっています。ほら、クララは来日直後の暮らしぶりについて、こんなことを書いています。読み上げますね——。

「……森さんが家具を用意してくれると約束したから、アメリカから何も持ってこなかったのに。来てみたら、何もそろってないじゃない。お風呂だって、窓はあけっぴろげで目隠しもないのよ。それでも日本の女の人は平気で体を洗っている。罪を犯しているのとおんなじだわ。わたしは仕方なくて、ショールやタオルで中が覗けないようにした。仕事の方は、英語や帳簿付けの教師の

口が見つかって、細々と稼げるようになったけれど、来日一か月めに、五人家族の財産はわずか一ドル半にまで減ってしまったわ」と。

ところがです、イエスさまは異国に来て困窮した家族を見捨てなかったのです。父親が教師に雇われた商法講習所の一件を耳にした勝安芳様が、講習所建設のために千円という大金を寄付してくださったからです。クララはヨハネ第一の手紙になぞらえて、「わたしは神の子イスラエル人のようにじっと立って、主の救済を目のあたりにした」などと書いております。

こうして、一家はあてにならない森有礼に頼らずに済むようになったそうですよ。まア、当時のアメリカ公使ビンガム夫妻も、横浜のヘボン先生夫妻も、一家をあたたかく迎えてくれましたけれども。ここで力を発揮したのが、クララの母アンナでした。じつは彼女は、本国にいたときはあまり信仰には関心がなくて、たまたまアメリカで夫の学校に入学してきた富田鉄之助という留学生に英語を教えるようになるんです。ところが、富田から聖書のことも教えてほしいと望まれてアンナみずからも聖書を勉強しはじめたのですよ。そうしたら、あらためて聖書の奥深さに触れて心を動かされ、彼女も本格的な信仰の道にはいりました。日本行きの話を熱心に進めたのも、じつは宗教者になった母アンナのほうでした。日本人にキリスト教の精神を伝えたいという確固たる情熱を抱いたアンナの力であったわけです。その母の気質を受け継いだクララも、すぐに同世代の日本の娘たちと親しみ、交流をひろげていきました。なかでも終生の親友となった勝安芳の娘の逸子は、大切な友人です。一家は勝の計らいで、氷川の勝邸に住まわせてもらえることになりました】

と、未来の調査屋が一息継いだ隙を利用して、わがはいはこやつをたしなめた。

「おい、そこまで勝のことを調べなくてもいいだろう？　だって、これは福澤の回顧録じゃなかったのかい？」

【いえ、まだわたしの未来からの「一言」注釈が終わっていませんので】

「ずいぶん長い一言だな、もうこれくらいで勘弁してくれ」

【だから、まだ「一言」が終わってないんですよ。先をつづけます——そんなわけで、ホイットニー家は親切な日本人たちに出会って、東洋のふしぎな国での暮らしを満喫できるようになりました。勝さんの親切ぶりも半端ではなかったことがよくわかります。それでクララの家族全員がなんらかのかたちで日本人を教化する教育に携わりましたから、一家の住まいは婦人や子どもの集会場所ともなりました。日記を読むと、ほとんど毎日のように、日本の名だたるセレブリティーと家族ぐるみの交流をおこなっているからすごいですよ。クララの父は若い銀行家に会計簿記を教え、母は森家の奥様に聖書を教え、クララも英語の綴り方や世界史を勝家の娘たちに教え、長男は算術の教師を務め、まだ幼い妹までが、近所の子どもを集めてアルファベットを教えたという具合です。日本が好きになったクララは、日本食に慣れ、日本語もすぐに話せるようになりました。

ちなみに、この一家と早々に知り合いになった御仁がもう一人おりまして、それが福澤先生でした。同じ教育者として共感するところもあったでしょうが、先生は何よりも、日本に来て裸のまま放りだされた一家を不憫に思われた。それに、ホイットニー家の奥方と娘たちのふるまいや教養が、先生の理想とした自立する女性像にぴたりと一致してましたから。先生もクララと話をするのを楽しみにしていたようですよね。つまり、この一家については、福澤家と勝家の支援合戦だったといえます。ふたりはこんな具合で、いろんな人をたすけたのです】

　わがはいは面倒くさくなって、調査屋の発言を認めてやった。

「ああ、そうだよ、そのとおり。ことあるごとに一家を自邸に招いた。いきなり一家を『郊外の別荘』に招待したのを皮切りに、日本での生活をいろいろと支援した。家具がないと聞くと、部屋に敷く立派な絨毯を贈っている。妻の錦と娘たち、また勝家からはクララと年齢がおなじ梅太郎が、そろって兄弟姉妹のように親しんだ。クララもわがはいに懐(なつ)いて、『日本人としてはずいぶん変わった、開明的な考え』を持つ日本人だと、あの子から褒められたよ」

　そしたら情報屋から合いの手がはいった。

【偉大なる福澤諭吉先生を褒める子どもですか、それもすごい。たしかに、クララは疑問に思ったことを正直に日記に書き留める女の子でもあったんです。福澤先生のことについても、例外ではないですね。明治十二年の日記では、英語の翻訳方まで務めた諭吉先生の会話力について、ある種の疑いを感じたことが日記に出ていますよ。え～と、ほら、

「一月七日火曜日……そのあと兄のウィリーと東京府知事の楠本(くすもと)さんを訪ねた。でも、ご多忙中で、あした来てくださいとの伝言をもらった。外に出ると、ちょうど、馬に乗ってこられる福澤先生に出会った。先生はすぐに馬から下りられて、『金沢での成功、まことにおめでとう』と祝ってくださった。石川県県令の桐山(きりやま)知事さまから、福澤先生に手紙が届いていたのだ。福澤先生

は英語と日本語をやたらに混ぜて変な話し方をなさるから、何をおっしゃっているのかよくわからない。たとえば桐山知事のことをお話しされるときは、『ミスター・キリヤマ・イズ・ほんとうにカインドマン。けれども、ヒーイズたいへんにビジー、この節、イエス』という具合なのだ」とバラしてしまうんですから、まいりますよ。これでは福澤先生の面目をつぶしてるようなものですよね】

と、わざわざ掘り下げるから、わがはいもあえて平静をよそおって、

「おい、それじゃあブロークン・イングリッシュもいいところじゃないか。そこまでひどくはない。わがはいに対してこんなに畏れ多いことをサラリと書ける女の子なぞ、いるもんか」

と、返事をした。

【でも、クララはアメリカの子ですから。歯に衣きせませんよ。すこしもひるまない。先生の会話はほんとうにちゃんぽんだったと思いますよ。咸臨丸渡航のときも「度胸英語」で通されましたでしょ。これでほんとに通訳が務まったのか、とクララがふしぎがっております】

「ええい、聞く耳もたんわ！」

と恥じ入ったものの、クララと勝安芳家とのおつき合いは、わがはいよりもさらに濃密であったらしい。付きあい自体は福澤家の場合とほぼ同時期に始まったが、勝のほうが一歩進んだ支援をしている。クララは氷川町の勝邸を、自分の家のように思うことができたはずだ。

ついでだが、クララの日記を読んで気づいたことがある。勝安芳は日常、まことに興味ぶかい

行動をとっている。東京のキリスト教伝道会をはじめ、ホイットニー夫人がしばしば開催する集会や祈禱会、それに付随したキリスト教徒の儀式に、足しげく通っているのだ。ミッション系の学校にもまめに顔を出しており、経営面の支援にまで貢献している。

勝がどういうわけでキリスト教の集会に出席していたのか、理由はさだかではない。しかし、当時の論敵のうちには、勝がヤソ教に改宗したと信じる手合いもいたのであるから、関心の深さは生半可なものではなかったのだろう。そこにホイットニー母娘の影響があったかなかったか、少し興味を引かれる部分であるが、話を先にすすめる。ここからは未来の調査屋にも口を出させぬようにしよう。

グラント将軍、コレラ禍の日本上陸

アメリカ南北戦争の英雄にして、リンカーン大統領の奴隷解放政策を実現させた恩人といわれるユリシーズ・グラント前大統領が、明治十二年六月に来日した。大統領職を二期務めあげたのち、休養を兼ねて二年間の世界旅行に出たのだが、インドから東南アジアを通り、中国を経て日本にまで足をのばした。もとより非公式の訪問であったが、明治新政府にとっては最初の外国要人を迎える機会でもあり、国を挙げての歓迎となった。

グラント将軍は奥方と一緒に来日した。この奥方が礼をわきまえた女性で、日光東照宮（にっこうとうしょうぐう）見物の折、皇族しか使用できないとされた神橋に案内されたとき、畏れ多いとして夫とともに橋に踏み入るのを辞退したのだそうな。この振舞いが、外国と結ばされた屈辱的な不平等条約を改正したくてたまらない日本国民を感動させた。実際、グラントは不平等条約の改正に尽力してくれた唯一の外国元首でもあった。それだけに、二か月余の滞在期間、グラント夫妻はどこへ行くにも歓迎の渦に包まれた。東京では、市民主催の歓迎会が上野で開かれ、その民間イベントに、あろうことか帝も列席されるという未曾有のできごとが起きている。

グラント将軍の滞在中、ホイットニー一家はアメリカ公使館の計らいで、数回にわたり夫妻と面談の栄に浴している。このときクララは来日から四年め、アメリカ側ではあるが名士の席に列した。伝道者としても教育家としても敬愛を集めた母アンナの存在が、ここでも大きかったようだ。

グラント夫妻はインド、シャム、香港に寄港し、その延長上に清国まで足をのばしたのち、六月二十一日にとうとう長崎へ到着した。長崎の街は歓迎一色に染まり、夫妻は休む暇なく晩餐会や午餐会に顔を出した。ここで五日を過ごしてから、二十六日に長崎を出港している。この先は瀬戸内海を通って神戸と大阪に寄港する手はずだったのだが、思わぬ災難が待っていた。運の悪いことに神戸から先は感染症コレラがひろがっていたのであり、まさに歴史は繰り返すと言いたくなるような状況になっていた。パンデミック状態に陥っていた神戸と大阪では夫妻は上陸を許されず、そのまま航行をつづけて七月二日にようやく清水港で下船することができた。最終下船港となる横浜へは、翌三日になんとかたどり着いている。

しかしグラント夫妻の旅は横浜で終わらない。本番はむしろこれからであった。まずは横浜駅へまわって特別仕立ての汽車に乗り、新橋駅まで行ったあとは、豪華な馬車で浜離宮内に建てられた延遼館へ向かっている。長旅はここで終わったが、翌日の夕方からさっそく歓迎会攻めにあっている。これを皮切りに、東京でのグラント将軍歓迎会は、ほぼ連日繰りかえされた。明治史家の木村毅は、グラント前大統領への異様な歓迎ぶりに注目し、明治十二年八月二十五日におこなわれた上野公園での歓迎会について、次のように記述しているから、未来の調査屋の向こうを張って引用してみよう——。

「……なにしろ自由民権運動も起こりかけている時代だから、市民は考えた。グラントがそんなエライお客さんなら、その歓迎を宮廷や政府にばかりまかしておくことはない。千載一遇の機会だ。オレたちも歓迎会を開いて、庶民文化もすばらしいというところを知らせようじゃないかと。（中略）、（民間の商法会議所会頭だった）渋沢栄一は一時、大蔵省の役人だったので、大隈とも伊藤とも親しく、グラントの民間歓迎を思いつくと、二人に相談して賛成を得、さらに二人から天皇の臨幸もおねがいしてもらって、これもご承諾された。その費用を捻出するため民間に寄付をつのると、即座に三万円もの大金が寄せられたそうだ。

しかし、民間が開催する賓客歓迎会に天皇陛下が出席されるという『神武以来初の快事』は、惜しいことに、右大臣岩倉具視の耳に届いていなかった。陛下の承諾を得ることは自分の仕事であるのに、それを無視されたので岩倉も黙っていられない。民間歓迎会開催の数日前になって、陛下の行幸を中止すると言ってきた。

この逆捩じには、さすがの渋沢も色をうしなったという。このままだと、主催側の東京府知事楠本正隆も面目が立たない。あわてて八方に手を打ち、なんとか天皇臨幸の中止を取り下げてもらうことに成功する。ただし、最終的に岩倉の横槍を撥ね返したのは東京府民の強烈な後押しであった。いわば初めて世論が宮内官僚の裁量を覆（くつがえ）した記念すべきできごとであった」と木村は書いている。

そしてもちろん、この画期的な歓迎会行事にはクララも招かれていた。彼女は当日の実景をつぶさに記録している。

「当日は月曜にあたり、まれにみる酷暑であったが、街中はお祭り騒ぎで、沿道には提灯の飾りがずらりと並んだ。その下には市民がすわるゴザが敷かれ、たくさんの警官が警備にあたっていた。歓迎会の午後の部は、〈田舎祭り〉と銘うたれ、陛下の御到着は午後三時二十分と予定されていた。上野公園の玄関口には、八十歳以上の東京市民が二千人招かれて整列し、その前を陛下が馬車で通過された。陛下はこのとき老人たちに目を向ける暇がなかったが、あとで拝謁があり、長寿の東京府民におのおの二十五銭ずつの祝を贈られたという。

……陛下が会場にはいられると、東京府知事の挨拶と東京府議会議長福地源一郎の式辞があり、高齢者に記念の品を下賜する〈養老の儀式〉、つづいて東京府の議員などの拝謁があって、ようやく陛下が天幕内の御座につかれた。この間、庶民は身動きせずにかしこまっていなければならない。自分は心のうちでは、この馬鹿げた騒ぎが済むまでいらいらした。

ここでやっとアトラクションが始まった。まず剣と槍の模範演技、次いで流鏑馬（やぶさめ）（この競技はお気に入りだ）、次いで日本式の馬術、第四に犬追物（いぬおうもの）（動物虐待！）とつづいた。午後五時半に陛下はご帰還になり、その後は夕食会場が開いてグラント夫妻の歓迎会が始まった」と。

だがどうやら、クララはこの画期的なできごとの裏の意味を知らなかったらしい。とにかく夏の昼下がりに天皇が庶民と一緒にアトラクションを見物するという行事にも、「お疲れ様」とだけ言いたい気分だったにすぎないらしい。

しかし、グラント夫妻の歓迎会はこのすぐあとにも開かれた。三日後の二十八日には、永田町に新築された森有礼の私邸で、グラント夫妻の歓迎会が繰り返され、クララはここにも出席している。グラント夫妻とも親しく会話を重ねて、顔も覚えてもらったようで、パーティーでの日本人のふるまいを観察する余裕も生まれていた。

クララはここで、新しい発見をする。彼女はすでにすっかりセレブの一員であったから、東京府知事が挨拶に来る、教育家の中村正直（なかむらまさなお）も似合わない燕尾服で近づいてくる、といった具合だった。しかし、洋装の日本紳士がずらりと並ぶなかに、一人だけ、ふしぎによく目立つ、羽織袴に威儀をただした長身の人物がいることに気がついた。

それは日本に洋学をもたらした先駆者、わがはい福澤諭吉だったという。まわりの背の低い人たちの上にそびえたったわがはいは、クララを見つけると、軽い会釈をし、低い声で歓迎のあいさつをした。クララはしばらく陶然としたらしい。というのも、その夜、森邸に集まった日本人客は、すべてが洋装だったからだ。しかし、文明開化の教師でもあったわがはいだけは、けじめをつける和装で出席した。クララはわがはいの意図をしかとは理解できなかったようだが、和服の威厳にうたれて心がふしぎにときめいたそうなのだ。その証拠に、彼女はこう書いている。

「……しかし、りっぱな和服を召された姿は、体に合わない洋服を着て、身ごなしもぎごちない他の紳士たちよりりっぱに見えた。福澤先生は思想の上で完全に革命を遂げられた。なぜなら、洋式の家や暮らし方を完全に棄てられたばかりか、もう洋服も召されないし、わたしたちアメリカ人のような挨拶もなさらない。それでも先生は今まで通りの優しいお方なので、東京で三人の偉大な教師と呼ばれている方の中では、中村正直さんや津田仙さんよりもずっと好きだ。先生は、態――それも、おやさしい態でいらっしゃる」と。

たぶん、この夜のわがはいの和装を見て、アメリカの少女の心に何かが印象深く刻印されたと思われる。正直に言うと、彼女は森有礼や井上馨のような「西洋かぶれ」に少々愛想が尽きていたのだ。それだけに和装のわがはいは、どこか近寄りがたい尊厳にあふれていた。江戸時代の攘夷派とはまったく違う意味で、西洋の文明に追従することを止めた文明人が日本にも生まれていることを、少女ながらも鋭く感じ取ったのだろう。じつはこの指摘に、わがはい本人も度肝を抜かれたんだ。図星だったからな。

そういえば――彼女にとってもう一人の恩人である勝安芳様も、あまり洋服を着ていないな、という疑問もあったようなのだ。渋い和装で暮らしているのは、どういうおつもりなのかしら。それでも、勝様のほうにも、諭吉先生と同じように様々な人々が面会に詰めかける。彼女はしばらく考えたすえに、一つの英語を思いついた――。

「ひょっとして、お二人はcomrade（コムラード）じゃなかったのかしら」と。

コムラードとは、「同志」を意味する英語である。わがはいら二人を犬猿の仲という人は多いが、同志だと見抜いたのは、このアメリカのお嬢ちゃんだけだった。

明治天皇とグラント将軍の対話

　これはもしかしたら、書きすぎかもしれないが、明治の聖上もグラント将軍から多くの有益な示唆を得た一人であったかとも考え得る。というよりも、乱世を治めて新たな国体を示す役割を、この若くてまだ弱々しい新皇が、グラント将軍の後押しを通じてその背に負われたというべきか。そもそも父君である孝明天皇には、中沼了三(なかぬまりょうぞう)という皇道学の師がいて、侍講をつとめていた。この人は儒学者だが、幕末にあって京都で勤皇思想を広めた人でもある。朱子学と神道の両方に通じる山崎闇斎(やまざきあんさい)流の文武両道でもあるから、公家ばかりでなく薩摩藩の武士までが門人に加わった。西郷隆盛に最後までしたがった桐野利秋(きりのとしあき)らを教え、また、京都で攘夷派の活動を繰りひろげた十津川郷士(とつがわごうし)も、中沼の門人だったらしい。

　中沼は、大政奉還のあとにくる天皇親政の政治システムにも心を向けた先達と評価してよい。出身地の隠岐で、徳川幕府からの独立をめざす「早すぎた明治維新」事件が発生する原動力ともなった。この中沼が、まだ若い明治の聖上に皇道学を教えたのだ。どうやらその労は報いられ、聖上は近年、わがはいのいわゆる〈自立するお方〉になられたように思える。もはや公家のいいなりではないらしい。

　そもそも、王政復古をめざした宮廷の青年公家たちや尊攘派の浪士は、幕府を倒したあかつきにどんな政府をつくるかという問題について、まことにテンデンばらばらな、夢みたいなことしか頭になかった。勝安芳に言わせれば、この人ならなんとかするかもしれないと直感できた尊攘派の人材は、横井小楠と西郷隆盛だけだったようなのだ。たしかに政治家というものは、そうとうに大きな器の人間でないと、国家なんていうものの設計図は描けない。薩摩だ長州だと小さなことを言ってる連中はだめなんだ。

そうだとすれば、維新後の文明世界を描くために残された最後のよりどころは、西洋の政治論しかない。それでわがはいは、俄然、西洋の法学や政治学が気になってきて、『西洋事情』に政党政治や議会政治のことを書いた。これが日本の政治家に絶好の参考書と祭り上げられた。西園寺公望なんぞは早々と『西洋事情』を精読したし、薩摩の大山巌も読んで感激し、それを西郷隆盛に贈った。西郷は「とくと拝読、じつに目を覚まし候。諸家の海防策が凡に御座候えども、福澤の右に出ずる者あるまじくと存じ候」と大山に感謝の手紙を送っている。わがはいは西郷びいきであるから、うれしいことであった。

で、上のような事情がもし真実であるなら、明治天皇の身近にも、『西洋事情』はいち早くもたらされてもふしぎはなかったはずだろう。明治天皇が本式の御学習、つまり日本の新政体を決める道の勉学に没入されたのは、明治四年からだといわれる。その時期には、洋学の部分で、福澤贔屓の西園寺公の兄にあたる方がおそばに仕えており、西園寺公自身も幼い時分は明治帝の遊び相手を仰せつかっていた。つまり、帝に『西洋事情』の中身を吹聴するくらいのことはあっておかしくなかったわけだ。

ところがあいにく、わがはいの書物には宮廷にとって危険な毒が含まれていると判断されてしまった。それゆえ、聖上が諭吉の本を読まれたという話も聞かない。わがはいは封建制ばかりでなく公家の制度にも反感をもっていた。それでつい口がすべり、南朝の忠臣楠木正成を指して、「楠公は権助のような者である」という思い切った批判をぶつけたことが、どうも勝手に独り歩きしたらしい。『学問のすゝめ』では、赤穂浪士をさして国法を犯した罪人と呼び、主君のために自らの命を投げだした楠木正成の死についても、「主人の使いに出て一両の金を落としてしまい、ふんどしで首をくくって死んだ権助と同じ犬死に」だとやらかした。このような論述は、痛快な新時代への啓蒙メッセージだと信じたけれども、宮廷や軍部にはわがはいが国家をないがしろにする危険分子とみなす火だねを与えてしまった。はっきりとは公言されなかったが、福澤の本は御所にもちこむなという、とんでもない不文律ができたともいう。

と、そこまで回想したとき、わがはいがしっかりと縛りつけておいたはずの「本書の作者」なる者が、またぞろ、ひょいと割りこんできた。口止めする暇もなかった。

【ちょ、ちょっと待ってください。ここがまさに興味深い問題です。なぜ、福澤本が皇室からは嫌われたのか？　楠木正成が一両失くしてふんどしで首をくくった権助も同然だという、いかにも下品な譬えも毛嫌いされた理由でしょうが、じつはもっと恨みがましい理由がありました。それは憲法です。福澤先生の門下生が交詢社に拠って、皇室も政府もまだ構想段階でしかなかった「日本国憲法」案を、断りなしにこしらえてしまった。天皇陛下も明治政府も面子丸つぶれですよ。本来、日本憲法は「欽定憲法」でなくちゃならんですからね。欽定、すなわち帝みずからお示しになる憲法です。国体がそもそも天皇親政の復活だったんですからね。

ところが、そんな畏れ多い憲法の私案を、あろうことか民間が一足先に作成してしまった。その民間憲法案は、交詢社の人々が集まって、作った。では、どなたが一番早く、慶應式の憲法案を作成しようと決断されたのですか？】

わがはいはそう聞かれて、思いだした。

「あれはたしか明治九年九月七日だった。聖上が元老院議長の有栖川宮熾仁親王を宮中に呼ばれて、日本にも国権を定めた憲法が必要となるから、なんじはよろしく草案を起創せよ、と命じられ、陛下よりアルフィアス・トッドというイギリス人の執筆した『イギリスの議会政治』が有栖川宮親王に参考書として手渡された。イギリス型の議会民主主義を教える参考書だったが、その後はこの憲法書の行方が不明であった。しかし近年になって、その憲法研究書が有栖川宮から参議大隈重信に貸し下げられ、矢野龍渓という慶應義塾門下生があいだにはいって、同じ義塾つながりの尾崎行雄により翻訳が進められたらしい。

そしてその翻訳原稿を見た大隈が、明治十四年三月、議院内閣制による立憲政府を建てよという建白書を出して政府を驚かせた。このとき、やはり立憲君主制を考えていた伊藤博文らは、大隈案がいささかイギリス的でありすぎることを嫌って、急遽、大隈重信を失脚させ、政権から追放した。これが明治十四年の政変の真相だったという者が多い。おかげでわがはいもひどい陰謀に巻きこまれ、いやはや大隈ともどもに政府転覆の陰謀団とみなされる結果になった」

すると、本書の作者は嬉しそうに答えた。

【はい、その通りです。ですから元老の岩倉も病気の身ながら、伊藤に急ぎプロイセンにドイツ型の立憲君主制を学んでこさせて、ドイツ型憲法を制定させることを最後の仕事とした。何でも岩倉さんは死の間際までも、伊藤はまだドイツから戻らんか？　まだ憲法案はできぬか、と待ち続けたというのですから。じゃあ、大隈さんが提出したイギリス型の憲法はどこがきらわれたのか。この点について、福澤先生はどうお考えでしたか？】

「どうもこうもないよ。慶應の案がきらわれたのは、黒幕にわがはいがいて、門下生にあれを書かせたと受け取られたからだ。しかし、我が義塾の『交詢雑誌』から発表されたという憲法案、ちまたで『私擬憲法案』と呼ばれているものについては、わがはいは金輪際かかわっておらんのだ。ましてや、福澤が悪党の親方となって、大隈を操り、政権を奪取しようなどという陰謀をめぐらしたという話は、大ウソだ。まるで知らんことだ。たしかに交詢社には政治を語るさむらいも大勢いたよ。イギリス帰りの馬場辰猪や、『郵便報知』で健筆をふるった矢野龍渓とか、錚々たる面々が。そういう人たちが交詢社で議論して、矢野が取りまとめたのが『私擬憲法案』だとすれば、そりゃあ突っ走ったところもあるさ。だが、わがはいは一切の関与をしていない。大隈参議が提出した憲法案が、交詢社の『私擬憲法案』とよく似ていたのは、おおもとを作ったイギリスの参考文献が、どちらも同じトッドの著作を活用していたからにすぎないだけだったとちがうか」

　と深掘りして、わがはいは「本書の作者」もここでもとっちめてやった。ただし言っとくが、もし私擬憲法案の作成時に尾崎や矢野がわがはいのところへ相談にきていたら、最初の天皇の部分はすこし変えたかったがね。私擬憲法を見ると、まず、天皇は宰相、内閣、そして国民の議会を通して日本を統治するとなっている。だが、それは手本のイギリスの話だ。日本の天皇制には独自の特長がある。歴史を見れば、天皇は統治の主体じゃなかったことがわかるはずだ。あくまで統治の外にいて、国民の結合を象徴する尊厳の源になってきた。つまり、象徴するも統治せず、という形態だった。これについては、おいおい、詳しい事情を語るつもりであるから、今は、我が明治帝の開明さについて説明するに留めたい。じゃから、話題を欽定憲法に戻させてくれないか。

じつは明治帝が憲法制定を口にされたのは、例の大隈重信が憲法樹立を急ぎすぎたせいで起きた明治十四年の政変を収拾するためであったといわれる。しかし実際のところ、陛下はすでに明治九年ごろから憲法制定を口にしておられた。憲法も議会もない国なぞ列強の輪にくわえられるはずがなかったからである。

そうであるなら、帝は欧米の憲法や国体の構造を、どこでどうやって学んだのか。当時、西洋の事情や歴史を書いた参考書といえば、わがはいの『西洋事情』くらいしかなかったが、福澤の本は帝室にまで届いていなかった。その代わりに開明派の公家が持ちだしてきた御進講用の世界地誌があった。旧幕府の組織をそのまま譲り受けた大学南校から刊行された『輿地誌略』と題する、挿絵入りの翻案地理書くらいしかなかった。しかしこのテキストは、西洋の「驚異」の部分を集めたものであって、エジプトのスフィンクスの絵なんかを取り上げたはいいが、政治や議院といった日常の仕組みを語るものではなかった。だから、諭吉の『西洋事情』を危険な書物として遠ざけてしまうと、議会だとか憲法だとかを知るのに頼りとなる教科書なんぞ、どこにもなかった。

それで、明治八年から明治天皇に『輿地誌略』を使って講義する役をおおせつかったのは、ほかでもない、明六社同人でもある西村茂樹なんだ。けれど、明六社グループにも、社をあげて推奨できるような未来国家像があったわけではない。明治帝としても日本の将来を国民に示すための学問がこれだけでは不足だと感じられたにちがいない。

それならば、西洋の政治や立法を学ぶ教科書を、誰が選んで、それを帝にどう講義したのだろうか。明治三年以来、洋書の侍講として召し出されていたのは、加藤弘之(かとうひろゆき)だった。この人も明六社の社員だが、ドイツ語を独学で身につけた学者であるから、イギリス流の理知的議会論、憲法論ではなく、やや理念的な立憲君主制を説いた。

加藤は教科書としてスイスのブルンチュリがあらわした大著『国法汎論』を翻訳し、その大意を天皇に講義している。内容は「憲法、三権分立、市町村自治制」であった。だがここで、わがはいの国会論が思いがけなくも政府の耳に伝わる機会が生まれた。というのも、ブルンチュリの政治・法律学はイギリスでも読まれ、英訳されていたからである。しかし運の悪いことに、慶應義塾でも、英訳されたブルンチュリが講読テキストとして採用されていた。タイトルは『国家学』だが、じつは原本は『国法汎論』そのものだった。ということは、三権分立や憲法の思想は、わがはいも政府も宮中も、同じ種本から学んでいたことになる。おかげで妙な忖度が広まった。福澤は民間人のくせに生意気な奴だから、帝室には入れないようにせよ、というわけだよ。

ほかに明治帝が読まれた可能性がある政治学の書物には、箕作麟祥(りんしょう)閲、大井憲太郎(おおいけんたろう)訳として刊行された『仏国政典』という本がある。この大井という人物は戊辰戦争で官軍と戦ったのち、明治二年にフランス法学を修めた箕作麟祥の門人となって法典の翻訳に従事した。ところが、明六社の会員となった加藤弘之が民選議院開設を時期尚早としたのとは反対に、大井は議院の即時開設を主張したんだ。すると、急進派には風圧が強くなる。現に、大井はわがはいの考えに一番近いやつだという人もいて、どうやら福澤は議院開設を即時実行させようという暴徒の親玉らしい、という誤解が生まれた。

でもなぜ、このような憲法や三権分立が帝に講義されたかといえば、いわゆる立憲民主制をめざすことが現実的だとする漸進派元老たちの老婆心が影響して、帝室としてもいちおう民主制度のあらましだけは帝にお知らせしようという話になったかららしい。ところが、すぐに民選議院設立を即座に断行しても大丈夫だとする意見とぶつかった。じつはわがはいも明治の初期までは急進派に近かったかもしれぬ。日本はほかのアジア諸国と違って、天皇と将軍の二重支配を基礎にした封建制であり、幕藩体制も外見的には中央統治と各藩の地方自治から成り立つ二院制、すなわち西洋の共和制によく似た形式が数百年もつづいた国だった。これは事実上、立憲君主制と議会制度を実践していたも同然じゃないのか。よって西洋の国民議会制に切り替えても、なんら問題はないという考えだった。勝安芳も、それに近い考えのようだった。

しかし、天皇の側には、たとえば民選議院制がほんとうに望ましい制度なのかどうか、あるいは共和制が日本に合う体制なのかどうかを、本気でアドバイスしてくれる相談相手がいなかった。明治帝は、もっと実体験をもつ相談相手を必要としたはずなのだ。そう思っていたところに、なんと、向こうからうってつけの人物がやってきた。これがアメリカの前大統領、ユリシーズ・グラントその人だったわけだよ。

明治帝はこのとき二十八歳、初めて文明国から迎えるグラント前大統領に、ぜひとも民主政治の実情を尋ねたかったにちがいない。この願いをグラントも受け止めた。明治十二年八月十日、帝はグラント前大統領が滞在する浜離宮へ出向き、二時間にわたり対話形式で質問した。これこそがグラント来日にかかわるもっとも重大な事績だったといえるのさ。

【ああ、そのあたりは、未来では『岩倉公実記』第二巻千六百六十ページに収められた文書「車駕浜離宮臨幸米国前大統領御対話ノ事」で、内容をくわしく読めますよ】

と、本書の作者が言ってるが、まあ、気にしなくてよろしい。

対話の冒頭、帝はグラントに向かって、

「朕（ちん）は貴卿と胸襟を開いて面談いたしたいと切に希望していたが、公務多忙のため果たせなかった。しかし今、機会を得て面会が実現し、貴卿がやすらかにおられることを見て、たいへんにうれしく思う」、と挨拶したそうだ。

グラントも応じて、「貴国に到着して二か月を数えるが、いたるところで陛下の政府と人民から親切な接待をうけることができ、光陰の過ぎ去ることを忘れるほどであった。しかし次の火曜日に箱根（はこね）の温泉に赴き、二十日ごろ帰京したのち、数日を経てサンフランシスコへ向けて出発せねばならない。いますこし滞在を延長したく思うけれども、すでに船の都合がつかず、帰国せねばならぬことをまことに遺憾に思う」と答えた。

二人が対等の立場で話したことは、おそらく天皇制下で初めてのできごとだったろう。次にグラントは気合を入れて、本題にはいった。

「日本国の急速なる進歩ぶりを見たが、これは世界の珍事であり、歓びにたえない。けれどもこの進歩をことほぎ、同時に日本に対する友誼の気持ちをほんとうに深くする人間は、自分のほかに見当たらぬと信じる。世界は私利の目をもって貴国を見ている。およそアジア、ヨーロッパ、アメリカを同視して広い視野で物事を論じる力と意志のある新聞は、アジアでは『シンガポール』紙しかなく、また世界が重んじるべき国々がどこであるかを認識でき、敬意をもって日本の進むべき方向を示せる新聞も、『東京タイムス』と『ジャパンメール』あるのみである。外交官を見ても、一、二の例を除けばどれも同類で、自分に利あることとしか主張せず、さらに日本と清国の権利はどうであるかなど眼中になく専横放佚にふるまっている実情を聞くたびに、予ははらわたが煮えくり返るのを覚える」

と発言した。信頼できる外国はアメリカのほかになく、あとは自国の利益だけを考えるハイエナのような国や外交官が多いというのだ。新聞にしても、一部を除けば、世界情勢を公正に論じ報道するところは少ない。当時懸案であった日本と清国との琉球帰属をめぐる問題に触れて、関係各国が身勝手なことばかり主張する状況を叱るものであった。

帝はこの厚意に深謝した。すると、グラントは帝が最も知りたかった国会開設についての意見を語り始めた。

「……およそ文明国といえる国には政党がかならず存在する。政党同士は競いあうので、濫政を防げるが、ときに政府を転覆させせんとする悪政党が出現する危険も存在する。我国にも〈デマゴーグ〉（すなわち詐術を以て国民を籠絡し首領となる者）もあるべし。このような徒党が力を持つためには、政府に抵抗を許すべきと信じさせる口実がなければならぬ。悪意の徒党は、そのような政府の非政をあげつらって誹謗し、国民をてなずけ、ついに一国を簒奪するのである。が、貴国においては昨今新聞および一部の団体が騒ぎ立てるところのものは、〝民選議会の問題〟であるように思える。この問題の帰趨が正しく決せられるならば、貴国にとり大いなる益とならん。これを設置する時期がすでに到来しておるかどうかについて、予はこれを知る立場にないが、時期を逸することなくこれを設置することが国として肝要である。政府というものは立君政体、共和政体を問わず、人民に依拠して立つ政府よりも強固なものはあり得ない。こうした政府が実現していれば、当局者も人民の意向や利益を容易に察知でき、正しき政治をおこなうことが可能となる。貴国も早晩議院を設置すべきであるから、政府の仕事はこの思想を人民に明らかにし、とき来たらば人民のためにこのような議会が設置されるべしという方向に人心を誘導することである。人民もまた、将来かくのごとき政体が実現すると認識し、この責任を負担するだけの識力を蓄えなければならない。しかしながら、陛下が常に記憶しておかねばならぬのは、ひとたび選挙権と参政権を人民に与えた場合は、これを永遠に回収できなくなること、これである。したがって、陛下が人民の識力いまだ乏しい段階で、いきなりこれを与えることは、きわめて危険というほかない。

議院を早く設置しすぎれば乱が発生する。それを防ぐには、じっくりと時間をかけ、改良を重ねながら議院を開くことが良策である。予の意見を言うならば、まず最初に顧問議院を置き国内の有力者を集め、国民を十分に修練せしめたのち議院に加え、これに付与する権利も立法権それ自体でなく、案件を討議する権利のみに留めるのが適当である。立法権をあたえるのは、議員にその識力と信用が付いてからで遅くはない。それには国民に政治教育を施すことが肝要である。この点については、貴国の教育ならびに公論新聞のおどろくべき進歩に驚嘆するばかりである」

帝はこの話に聞き入っていた。グラントはつづける。

「予には今一つ、陛下に忠告すべきことがある。それは外債のことである。一国がぜひとも避けるべきは、外債を背負いすぎることである。他人から気軽に金を借りて返済できなくなった場合は、ヒトはその債主にたいし無力となり、奴隷とならざるを得ない。個人でさえ、借金は身を亡ぼす危険があるのであるから、一国の多大なる外債発行となれば、歴史が示すようにきわめて悲劇的な結末をもたらす。その国の政権が他国に握られることを意味するからである。

したがって、ある国は弱国に金を貸すことをけなはだ好む。弱国を金で籠絡し、政権を掌握することをたくらむからである。貴国日本においても、ゆめゆめ外債は二度と起こさぬことを肝に銘じる必要がある」

すばらしい忠告であった、と信じる。わがはいもグラントに賛同して、議院の即時設立をおこなわないという意見に与（くみ）することにした。このあと、グラントは琉球の所属を巡る日清間の紛争について、まずは平和裡に話し合うことを帝に勧めた。懇切丁寧な忠告であったが、ここでは詳細を省くとしよう。

対話の最後に、ずっと聞き役に回っていた帝が、どれも熟慮に値するありがたき忠告であったと、深い感謝を表している。

グラント夫妻は聖上との対話を終えると、予定通り、箱根の宮ノ下温泉に向かい、いくつかの歓迎会にも出席したのち、予定を超えて二か月以上に及んだ日本の旅を切り上げ、九月三日にサンフランシスコへ向けて出国した。

ちなみに、自国の前大統領とその夫人に親しく面会したクララ・ホイットニーお嬢様の印象も、ちょっとだけ記そう。彼女によれば、前大統領は今の大統領よりいくらかまともだが、もし将軍がふたたび大統領になるつもりなら、あれだけひどい大酒はやめてほしい、と苦言を呈している。同じ大酒飲みだったわがはいも、耳が痛かった。

それよりもおもしろいのは、彼女が八月十八日の日記で、グラント暗殺を予告するかのような脅迫状を出したイギリス人がいたことを報じていることだ。イギリスとアメリカの外交戦の中に、グラントの語った「デマゴーグ」の実例が端なくも露呈したといえる。それは、こんな文面だった――。

「……ビンガム夫人によると、グラント将軍を暗殺するたくらみがあるという噂は、どうもほんとうではないらしい。いろいろ侮辱的な手紙が公使に届いたのはほんとうだ。ある脅迫状には、将軍の滞在費がすでに十五万ドルを超えてアメリカ国民の負担になっており、これ以上の我慢がならない、と書いてあったそうだ。人々が提灯やうちわにアメリカの国旗をいやになるほどたくさん描いているのを見ると、怒りが爆発するとも書かれていた。ビンガム公使はこの危険な手紙をすぐに寺島外務卿にわたした。外務卿はこのような脅迫状の存在をすでに知っていて、警察に命じて犯人を捕らえたという。その犯人がイギリス人だったと、非公式に連絡も来たそうだ」と。

悪魔の甘い誘惑

明治政府は、グラントが帰国した二年後に、親切な前大統領が危惧した通りの大きな政変を経験することとなった。その結果、社会も不安定となり、いよいよ民選議院設立を実現しなければならぬ窮地に立たされた。このときに聖上陛下は、ひそかに検討を進めてきた国体の大改革案を国民に示した。今から十年後に、憲法を制定して議院を開設することを、国民の前に明言してね。これは、グラントの忠告にほぼ従った内容だった。

それで、これから言うことは、そのきっかけとなった歴史的な事件である。一般には政界の権力争いとして理解されていることだが、この事件でもっとも傷ついたのが、遠くから懐手して政界を眺めるだけを心がけていたわがはいだった。まったく悪い籤を引いたもんだ。あまりに福澤らしくない体たらくだったから、わがはい自身もあまり思いだしたくない。しかし、この事件が、わがはいにとって社会的にいちばん益をほどこすことになる大事業を展開させた。見方によっては、慶應義塾の創立と並ぶ大事業をだ。

それは、偶然にも、グラントが一国の政治を安定させる基本的施策として聖上に勧めた、「国民の識力」を高めることに関係していた。その事件が起きたのは、明治十四年、まさに民選議院開設の要求が、自由民権運動を追い風にして、もっとも大きなうねりに高まったときであった。

話はその前年の十二月初め、わがはいが懇意にしている政治家、大隈重信の私邸をひそかに訪れたところから始まった。わがはいと大隈は、初対面の時期こそ古くはなかったけれど、ほとんど兄弟のように密接な間柄にあった。二人そろって、陰々とした肚の探り合いを好まぬ性格であったから、どちらもあけっぴろげに本心を吐き合った。そういうわけで、まだお茶も運びこまれぬうちから、わがはいは口火を切って語りだしたのだった。

「大隈さん、最初におことわりするが、あんた、まさか、こっちの弱みにつけこむつもりじゃありますまいな。それなら、話さずにこのまま帰りますよ」

大隈は空笑いしながら、わがはいをなだめた。

「何のことかね？　敬愛する福澤先生にそのような政略を弄する気などさらさらないが」

「ほらほら、それですよ。福澤先生とかいう呼び方はやめてくださらんか。気色が悪い。たしかにわがはいは、二年前に私塾維持のための資本拝借をお願いしましたよ。恥を忍んでね。卿も親身になってくださり、資金拝借の嘆願書は大蔵省へ出すより文部省へ送った方がいいとか、いろいろと心配してくだすった。拝借したい金額も、しっかり二十五万円と額を切りました。二十万とか三十万とか、丸い数字にはせずにね」

すると、大隈が膝を叩いて笑い出した。失礼な！

「おう、あの件か。いまどき、私塾を経営するのは苦労が大きいことだね。たしか、三田の敷地は政府がお貸ししたのだったね。岩倉卿のところに談判に来られたと聞いておる。そのあと、明治六年にあんたに払い下げて、今の三田が福澤のお城になった。わしの口添えがいくらか役立ったのなら、うれしいかぎりだ」

「大隈卿、わがはいはそこらの悪徳商人と違うんですよ。政府からタダ同然の払い下げを受けて、それをバカ高く転売しようという手合いと一緒にしてもらっては迷惑だ。たしかに敷地は政府の保護を受けたが、塾を維持する資本はすべて私財から出てますよ。それどころか、高い金額であの敷地を売り抜いたりもしなかった。その逆に、新たな建物を、社友と力を合わせて建て増して、今の塾に育て上げた。たしかに、塾生から微々たる授業料をもらう制度にはしましたが、実態はまるで違う。わがはいは塾生を家族と思っておるから、寝場所も食事も、私財を傾けて提供している。いくら本を書いても追いつくもんじゃありません。いまやわがはいの財布には一銭の貯えもありゃしませんよ」

「そこまで経営に窮しておるのか、福澤先生？」

「だから、先生と呼ぶのをやめてくれんかな。ウス気味が悪いんだ。それに、こちらの懐もね、窮しているとかいう問題じゃなくなっている。ご一新のときは、天下に洋学を教えることのできる学校は、我が塾以外になかったから、各藩の若い侍を預かって何とか経営できておったが、英学校といっても緒方塾のように医術の専門家を養成するわけでなし、英語を学んで経済書や文学、科学のごとき基本教養を積ませるのが主眼なんだ。こうして勉学した塾生を、今度は各藩に帰して、地元で新しい知識を持つ若者の育成に当たらせることで、日本の開化を図ろうとしたんです。だが、塾を三田に移した頃から官営の小学校や中学校が出現し、最近は大学校とかいう上級学府までが官営で開校した。東京大学ってやつですよ。それが明治十年に開校したとき、わがはいは開校祝いに講演を頼まれました。ついでに図書館を見物したが、慄然としましたよ。なんだかものすごい。しかもこの大学は、出版もすれば、官吏も養い、学部なんぞという組織を作って専門家を養成するようになっておりましてね。これじゃあね、昔ながらの師弟なかよく教養を積み上げてきた家塾なんて、くらべものにもなりません。実際、それから塾の人気は低まる一方だ。我が塾だってね、つい最近までは政府の各省庁にたくさんの優秀な官吏を送りだしてきたんですよ。その証拠に塾生の数は三百名にもなりましたからね、それだけ金もかかる。しかし、その金は諭吉の負担だ。教員はスズメの涙みたいな薄給で、社友諸君には手弁当で資金集めに奔走してもらっている状況です。だが、もはや金策も尽きかけ、窮余の一策に考えついたのが、官に借金をお願いすることだったわけです。それで、大隈さんに願書を書いたという次第なんだが、間違えないでほしい。金をもらうんじゃない、借りるんだ。これがギリギリの知恵でしたが、官のほうじゃ返事すら寄こさないとは、どういうことですか」

大隈は頭を掻いた。

「ああ、覚えてますよ。先生は、二十五万円なりを無利息で十年間貸してほしい、抵当として諭吉名義の実価二十五万円にあたる公債証書を納める、という条件をもって、願い書を送ってこられた。じゃが、貸してやりたくとも、ダメだった。文部省の側から言わせると、これまで私塾に教育機関の保護という名目で資金を貸し付けた前例はないのですな。そこが突破できないらしい」

と、わがはいはそこで、大隈にかぶりを振って見せた。

「また、それですか。前例は破るためにあるんです。でなきゃ、進歩なんてできやしません。たしかにね、政府も東京府も現在は予算窮乏の折だってことを、わがはいも同情するにやぶさかでない。ですが、何度も言わせないでほしい。国の発展は教育にかかっている。その意味では官も私もないじゃありませんか」

しかし、大隈はちらりと渋面（じゅうめん）をつくっただけだった。

「そこまで言われるなら、先生、わしも先生の友人として内密に談判もうしあげたいことがある。それと交換なら、二十五万円でも二百五十万円でもお貸しできるが、どうですか？　じつを申すと、資金貸付の件を認可して差しあげたい気はある。だが、役所が首を横に振るんだ。世情では先生の本は文明開化の教科書として絶大な人気がある。ところが、文部省やら宮内省では、それをよろこばぬ向きがあるんですな。大蔵省だって、そうかもしらん。大久保利通がこしらえた内務省あたりでは、先生はむしろ危険人物だ。人心を誘導できるデマゴーグになりかねぬと」

わがはいは珍しく、こぶしでテーブルを叩きましたよ。

「またですか。あの楠公権助論の？　あれはモノの譬えですよ。大隈さんも政治家なんだからわかるでしょうが。人を納得させるには弁論の術が要るんです。それを、なんですか？　こんどの仕事を引き受けたら、いくらでも金を貸すって言い草は？　どうせ〈悪魔の誘惑〉でしょ？　ひどい仕事を引き受けさせるつもりなんだ」

「いやいや、とんでもない。こちらは先生を見こんでお願いしたいのだ。ただ、文部省が貸し渋ったのは、そういった流言がまかり通っているせいかもしらん。それを乗り越える方法も考えてあります」

　わがはいはふてくされ、頬を膨らませながら腕組みした。それを見て、大隈は冷淡だった声の音調を変えた。

「そこで相談じゃ、福澤さん。一度、だまされたと思って〈悪魔の誘惑〉に乗ってみる気はありませんかな」

「おや、やっと先生を取って呼びかけましたね。ここからが本気ですか、じゃあ、なにをやれってんです？」

「いえ、別に毒饅頭を食えというんじゃありませんよ。それどころか、こいつは美酒です。爵位をお受けいただくっていうのはいかがです？　爵位はいいですぞ。あれは永遠の所有資産になる。何しろ、子孫が受け継ぐこともできますからな。お子さんたちに最高の遺産となるし、慶應義塾の格も上がる。男爵あたりなら、すぐにでも差し上げられる。男爵になって、あらためて貸付を申請すれば、教育機関の危機救済という貸付け名目も通るでしょう」

　これでわがはいは爆発した。立ち上がって、床を思いっきり踏みつけたのには、大隈もさすがにひるんだ。

「バカいうな！　爵位なんぞ死んでも受けんわ。わしゃ、誰にでも親切に対応するのがモットーだが、こう見えてたいへんな癇癪持ちなんだ。訳の分からんことを言うやつは、このこぶしで殴りますよ。何しろ毎朝、その日に食する米を杵で搗いてるし、毎日千本の抜刀も欠かさないんだ。本気で殴れば、ケガするよ。わが同志と恃む大隈卿でも、そういうつまらんことを言うなら、殴り倒すがよろしいか」

大隈は逃げ腰になって、詫びた。

「ま、待ってくれんか。失礼した。正直に話す、これは伊藤博文と井上馨からの入れ知恵なんだ。先生がそんなケチな条件で動く人ではないことくらい、わしだって知っておる。じゃが、そんな姑息な話を出さねばならぬくらい、途方もないことを頼みたいのじゃ。そのためには、政府や官庁の木っ端どもに口出しさせぬような肩書を用意したいと思案してのことだった」

「肩書？」

「さよう。聞いてくれないかね、ことは民選議会設立の前提となる大事な話だ」

わがはいは、振りあげたこぶしをわれ知らぬ間に下ろした。そして、目を細め、横目で大隈を睨みつけた。わがはいの横目睨みは、塾の生徒の間でも知れ渡っていた。先生に横目でジロリと見つめられたら、それは信用を失くしたしるしだ、と。この目で見られることは、門弟として最もおそれることだ、といわれている。わがはいけ今、その鋭くおそろしい横目で、大隈重信をみつめていた。

「いま……民選議院設立、とか言ったね？」

大隈は大きくうなずいた。

「言った。くわしくは伊藤、井上、そしてわしら、合計四人で、そう……熱海あたりで話さにゃならぬほどの、重大な政治向きの話なんだ」

わがはいは一つ大きく息を継ぐと、椅子にすわりなおした。家の者が煎茶の碗を取り換えに来たが、二人してあまりにも怖い顔を向けあっているのにおじけづき、逃げるように引っこんじまった。大隈はパイプに火をつけ、こっちにも勧めたが、わがはいは首を横に振った。

大隈は低い声で語り始めた。これだけ用心深い大隈を、見たことがなかった。こやつもあんがい気が小さい。

「……今はただ、うん、といってくれればよいのだ。伊藤も井上も、直接君にお願いすることが怖いのだ。だから、わしに説得役を押しつけてきた」

「そうか。だがね、卿とわがはいとは、同じ九州の人間だが、守旧封建主義の権化だった中津と、開明な藩主に恵まれた佐賀とでは、背景が違う。岩倉や伊藤が米欧に視察に出た際、卿は西郷隆盛とともに国政を預かる留守番役となったときなんかは、わがはいはあんたのことを、調子に乗りすぎて海外視察を棒に振った大バカ者と笑って、溜飲を下げたものさ」

「それを言うなら、わしのほうも、在野でキャンキャンわめいておるけしからん学者だと、あんたのことを思っていたから、お合い子だ。けれど、中津藩は江戸の方じゃ洋学志向もあった。けっして守旧の権化というわけではない。君も蘭学を修めたが、わしも蘭学で藩主に引き立てられた。オランダ憲法の精神を藩主に進講し、徳川将軍に大政奉還を勧めたのは、憲法とアメリカ独立宣言と聖書に感化されたからだ。その証拠に、明治七年であったか、我らは初対面の瞬間から意気投合し、肝胆相照らす仲になったじゃないかね。ただ、わしだってあの頃は、開化を急いだ。ほかの連中が避けた急激な変化を一気に進めようとした」

たしかにその通りだった。明治六年の政変で、西郷が野に下ったあと、大隈は急進的な開化政策を託せる仲間を探したときに、お互いに議院開設を急ごうという意見が一致したのが、仲良くなった因縁だ。大隈卿が十四年の政変に敗れて下野したとき、早稲田大学の前身となる東京専門学校を創設したのも、わがはいの勧めであった。

そこまで聞けば、勘のいいわがはいには話の筋が見えた。

「大隈卿。わがはいもちょうど、性急なことがしたい気分になってたところなんだ。幕末以来つづけてきた教育の仕事は、本来的に性急にことをなしえないものだ。だがここへきて、私学校の維持がじつにたいへんだということが身に染みてきた。友に出会えば、つい借金を頼みたくなる。二年ほど前にもな、咸臨丸以来の因縁がある勝安芳と衝突した」

「え、勝さんと？　よほど相性が悪いのだな、君たちは」

と、大隈が笑い声をあげた。わがはいも愛想笑いしたが、直ぐに真顔に戻った。

「そう。しかし、勝とはどうしても反りがあわぬ。西郷隆盛が征韓論に敗れて野に下り、大久保利通の天下になったまではよいが、あの内乱で国家財政がほんとうに窮地に落ちた。おまけに戦争の元を作った大久保が暗殺され、もはや内も外もガタガタだ。三田の塾は士族が多いから、みんな金禄公債というものをもらって食っていたんだが、これが一気に値下がりしたので授業料も納められない。しかも我が塾の支柱だった和歌山出身の生徒たちが、藩からの命令で一斉に故郷へ帰ってしまいそうになった。にっちもさっちも行かなくなったよ。それで、思いあまって勝のところにも借金を頼みに行ったわけだ。

ところが勝ににべもなく断られた。お前が払い下げを受けて取得した三田の土地があるだろう。

他人に借金を申しこむ前に、自分の資産をなぜ売ろうとせぬ。一万四千坪もの土地をだ。あの土地の名義はおまえだろう。あれを売っても追っつかなかったというのなら、わしも貸さんではない。借金を頼みにくるなら、あれを売ってからにしろ、と言われた。まさしく図星だったから、さらに怒りが沸いた」

聞いていた大隈は、しんみりとつぶやいた。

「勝さんも親切心を忘れたか。傷口に塩を塗るような断り方だ。福澤君。わしも悪かった。政府からの貸し出しを餌にしようとした我が身を恥じる。勝さんではないが、ここは辛抱のしどころじゃ。教育は今後、かならず引き合う仕事になる。なぜなら、伊藤や井上が、本気で民選議会を設立する覚悟を固めたからだ」

「やはりそうか。かれらも自由民権運動の圧力に押し切られたのだな」

大隈は首を振った。

「いや、どうもそうじゃないらしい。三条（さんじょう）さんから聞いたところでは、陛下のご意向が最後の後押しになったようなのだな」

「え。聖上が？」

「そうだ。陛下はかねてから立憲政体への移行を検討されていた。じつはわしもそんなことまで知らなかった。神秘的な権威だけを頼りにした天上人というだけの認識だった。実際、明治六年の政変で西郷隆盛が下野する頃までは、天上の若君にすぎなかった。しかし、父君の時代から宮廷に出仕して急進的な勤皇国家論を吹聴しとった中沼了三の薫陶（くんとう）をうけ、西郷隆盛を慕われた陛下は、西郷が下野し薩摩で戦死した頃から天皇の新しい役割に目覚められたらしいのだ。アメリカからやって来たグラント前大統領に立憲政体の意味を教えられて、天皇すら国家の給与を受けてまつりごとをおこなう、国家機能の一部になることも求められた。グラントからは、議院設立は慎重に運ぶこと、外債はけっして起こさぬことが立憲国家を維持する基本じゃといましめられた。だから、急進が信条のわしが、イギリスから誘われた外債の発行に乗っかろうとした際、唯お一人、陛下だけが反対された。外債を起こすことは、政権を海外に売るに等しいことだとグラントに教えられた、といわれてな。おどろくべきご賢帝ぶりであった」

「なるほど、ならば卿はやっぱり悪魔だ。さっき、貸付の金を餌にわがはいを籠絡しにかかった。聖上の言われた、乗ってはいけない外債と同じことだ」

「いや、ほんとうにすまん。聖上のおっしゃったとおり、あれは卑劣な悪魔の誘惑じゃった。許してくれ」

大隈が頭を下げた。わがはいは胸を張った。

「政治家は悪魔の輩だというから、目をつぶってもいい。それよりも、さっきの話だ。民選議院の設立は、聖上のお墨付きを得たというか」

「そう思っていただいて結構だ。ただし、陛下は仰せになられた。ことを性急に進めてはならぬ。議院開設までに、民びとが政治を語り、自発的な討議がおこなえる識力を身につけなければならない、と。そこで、福澤君の出番じゃ。国民の政治識力と理解の程度を鍛え上げるために、世に開かれた公正な新聞を政府が発行するってわけだ。その主筆を誰にしたらいいか。考えるまでもないだろう。あんただ！　このことは、私学校という枠なんか飛びこえた、日本すべてにほどこす教育になりはせんか？」

わがはいは唇をかみしめた。何か大きな変化の大波が打ち寄せる前兆のようなときめきを、胸に感じた。

「公報というより、新聞というべきか？」

大隈はうなずいた。

「かもしらんが、そのへんはあんたの選択におまかせしたい」

わがはいの表情を見て、大隈は安堵したようだったが、急に表情を変えた。その目の光り方が尋常でなくなった。

天皇とは何か、大隈が諭吉に質したこと

大隈はわがはいの腕を鷲づかみにすると、あらためて問いかけた。まるで匕首を喉元に突きつけるような気迫があった。

「福澤さん、ついては一つだけ、確かめておきたいことがある。政府内のボンクラどもがあんたを危険分子と勘違いして、頭から信用しておらんことは承知しているな？　あんたには政府を転覆させる陰謀でもあるのか？　そこだけは本心で答えてくれ。答えによっては、この大隈が君と刺し違える覚悟でいる」

「おい、おい、それは聞き捨てならんな。そんなに疑われては、福澤のメンツが立たん。こっちもあんたの答え次第では刺し違えるぞ。むろん、政府内どころか、帝室内でもそのようなバカげた噂があることは承知だが、それはまったくの誤解だ。たしかに薩長新政府のやり口に不満はある。だが、政府による西洋文明の取りこみ方は最近、常軌を逸したかと思えるほどで、わがはいよりもはるかに過激なところがある。わがはいはむしろ、日本が日本でなくなるのではないかとさえ危惧するほどだ。だからわがはいは、今の政府がしっかりやってくれれば、まぁ、それでよしとしようかと考える。民選議院の設置と憲法の制定、それに帝室の役割を明示することができれば、上出来じゃと思う。だから、民権の名を借りて薩長政府を転覆させたり、全権を握る政党政治の名を借りて帝を飾り物にしようなどという徳川時代の体制を復活させる気もなければ、不平士族や攘夷派をけしかけて世間を混乱させて楽しもうというような悪趣味も、いっさい持っていない」

「しかし、過激な民権派の連中は、王権を倒し、政党が国を統治するという陰謀の黒幕は、慶應の福澤だ、と騒いでおる。あんた、ああいう過激な連中とどんな関係があるんだ？　三田の福澤は我らの指導者だと公言してはばからぬゴロツキもおるぞ」

「さよう、大衆から壮士とか国士とか呼ばれて大喜びしている連中だろう？　あの連中の多くは、民権の意味もろくに知らないものが多い。ただ旧士族にすれば、貧乏生活を強いる政治が憎くて、政府に討ち入りするために自由民権の看板をかかげているという事情もあるから、始末に悪い。つまり、純情なる無智だ。いまのようすじゃあ、現在の政治を引き受ける政党の担い手とするには幼稚すぎる。まずは民主制の理解が必要だろう」

「たしかに、わしも昔は、徳川政治の下で各藩の地方自治を容認してきた歴史が日本にあるから、すぐにでも国民が政治を担えると早合点し、今すぐに民選議院を開けと叫んで、伊藤らに政府から追いだされた。そこで聞くが、では国民を教養人に仕立てるにはどうする？　どうすれば、議会を機能させる国民になる？」

わがはいは答える前に長考したが、言うことが決まると、答えは短かった。

「わがはいの柄ではないが、ここは仏の教えを借りたい。分かりやすいことばがあるんだ」

「どういうことばかね？」

「人間には三毒というものがある。これに毒されているうちは人の世は安心になれない」

「三毒？　それはどういうものだ？」

「そう。仏説では、この世は浄土と地獄の中間にあって、欲望と怒りの池に挟まれている。その真ん中を白い道が走っていて、浄土へ続いている。この白い道とは、つまり、智だ。現世において人間はこの智をおさめて浄土にたどり着こうとするが、欲望と怒りという二つの毒に溺れて道をあやまる。毒にやられればやられるほど、逆の地獄へ突き進んでしまうんだな。そこで、仏にすがり、欲望と怒りから解脱する修行をする。だが、どっこい、毒はまだもう一つあるんだよ。これは絶望的な毒だ。〈無智〉という最強毒だ。これが三つめの毒の正体なんだ。いくら欲望と怒りを鎮めても、無智である限り、この世は変えられない。だからわがはいは、聖人にもならず、政治家にもならず、ましてや元老・重臣にもならず、三田で子弟の教育に励んでいるわけだ」

「なるほど、無智か、まさにそれだ。この世を新しく組み直すには、智が要る。これぱかりは坊さんや神主に頼れない」

「さよう。だからわがはいは、先進国の政治経済の仕組みを学ばせる洋学校を開いた。だが、智には奇妙な〈副作用〉もあって、欲望とか怒りというほかの毒に混じると、その毒性を二倍にも三倍にも強める作用がある。これが極めておそろしいのだ。たとえば戦争に智を流用すれば、爆薬や大砲による近代戦となり、その毒が世界に広がる。怒りに智が加わっても、国を破滅させるような宗教対立が起きる」

「そうか、なるほど。これから日本でも制定される立憲議院制も、あやまれば、今よりもっと悪い制度になりかねないというわけか？」

そこで大隈は表情があかるくなった。

「福澤さん、あんたやっぱり先読みの大将だ。うすうす察しておろうが、今日の相談の本題も、まさにそこにあるんじゃ。いま、われわれの議院開設案は伊藤と井上とわしの三人で、イギリスあたりの立憲民主制を土台に考えてるんだが、最近は別の意見もうるさく出ている。天皇親政をはっきり書け、とかなんとか、いろいろの案がある。どうも、この一件で毒の食らい合いになるやもしらんのだ」

「そうだろう。しかし、毒消しもある。立憲民主制でいえば、ややもすると欲望や怒りに左右されがちな議院や政党、あるいは底知れない欲望にあやつられる経済、怒りに突き動かされる不平不満者の過激化を、唯一解毒できそうな智が」

「なんだね、それは？」

「うん、わがはいが見るところ、西洋でもさまざまな智の仕組みが考えられ、国家が三毒の泥沼にまみれないための方法を模索している。その一例は、イギリス議会と国王の関係だ。あの国もかつては国王が国家統治の全権限を握り、キリスト教会すら支配したことがあったが、あまりに身勝手なので国民が議会という民選の統治機関を作りだし、国王の専横に待ったをかけた。するとこんどは議会を牛耳ろうとする者があらわれ、内戦に近い混乱が生じた。そこで、国王の精神的な統合力を復活させて、議会に智を確立させた。それが憲法だよ。憲法ってのは、上からの命令じゃない。人民から王室と政府と議会に突きつけた智の綱領だ。努力目標だ。法律じゃないから罰則も賠償もないが、いわば三毒を脱する智の手本なのだ。だから、わがはいの慶應でも、交詢社の面々が真っ先に日本憲法のたたき台を作ろうとしたわけなんだ。これも、智の教育につながってるが、世の中には度しがたい欲望と怒りが渦巻いている。だからわがはいは、交詢社の面々に注意している。私的な憲法法案を提出するのはいいが、薩長政府の怒りを買ったら大変だぞ、と。突然そういうものを発表したら、政府の面子をつぶして大きな怨みを持たれる。いやね、政府の考えてたことと中身が大きく違うわけじゃなかったんだ。どうせ、どっちの手本もイギリス議会政治だからな。だが、それでも毒は仕込まれるんだ。さらに、帝室関係からも、天皇親政の国体に反すると批判が来る。天皇は神聖だから世俗の損得にかかわらせちゃいかんという発想を、あっちは悪いほうに誤解するからな。天皇に実際の統治権限を失わせて、お飾りの象徴にしてしまう謀略だという具合に」

「伊藤博文とか岩倉卿もあぶないな。あの二人はドイツのカイゼルの政治方式に関心を持ってるから、対抗策としてドイツの立憲君主制を導入しようとするかもしれないぞ。怨みと怒りの毒を食らえば、わしと袂を分かつことも考えられる」

「そう、その場合はおそらく、日本の憲法はドイツ流になるだろう。だが、日本がドイツ流になると仮定すれば、ここに新たな智を導入しないと、憲法の毒を解毒できないようなことになるかもしれぬぞ」

「それは由々しきことだが、ドイツ流はわれらのイギリス流とどこが違う。どういう毒の危険がある？」

「大隈さん、双方の違いは明確だよ。イギリス流は民定憲法だが、ドイツのは欽定憲法だ。主権は国王にある。国王が決める憲法で、民権ではない」

「そうか、それは重大だ。わしも民定憲法ばかりに注意していたから、欽定憲法に乗り換えられる危険をあまり考えていなかった。それで、欽定憲法になった場合、日本は三毒をどのように解毒できるんだ？」

「欽定憲法となれば、天皇親政をはっきりさせるだろう。内閣も議会も帝室の下にぶら下がる構図になるから、まちがえばこの毒は民権の毒の数倍となり、独裁政治におちいる危険が生じるだろう」

「そうなりそうになったら、こちらはどうしたらいい。そのための智はないのか？」

　大隈が問い詰めた。わがはいは一瞬だけ逡巡したが、ここは本心を明かすしかなかった。わがはいはかすかに語気を強めて、返答した。

「では、本心を言う。その場合の害毒を消す智は、ある。帝室の立ち位置を政治的経済的な利害の外に置くことだ。イギリスもそこは智を働かせた。王権は君臨するが統治をせぬという憲法をつくった。国王はイギリス全体の政治経済の方向が国民のためになるようコントロールする。その方向がまちがってきたら、内閣に変更の指示ができる。で、万が一にもその改善指示がまたまちがったとしても、それは内閣の失政ということで、国王は責任を問われない。こうして国王の尊厳は保たれる。いっぽう、国王は政治経済の利害の闇に巻きこまれぬよう、憲法で神聖な存在を保障されるのだ。そうでないと、過去千年以上も維持されてきたイギリス王国の尊厳や信用は吹っ飛ぶしかないだろう」

「なんだと！　では聖上陛下の親政をやめろというのか？　また、元のように幕府を復活させよというのか」

「ちがう。逆だ。だが、形態は似ている。これまで日本も、政治の失敗は幕府が背負い、皇室は責任を問われなかった。政治や経済のことは俗世にまかせるべきだが、日本の場合、天子にしかない権威が存在するという考えが民衆の間に古くから浸透していた。だから、日本で制定される憲法には、絶対に毒を生まない形式の天皇統治を明記して、三毒の及ばない制度に近づけられるはずだ」

「よくわからんな、聖上にしかできないことって、何だ？」

「聖上は、まず賢明でなければならない。なぜなら智の権化となるのだから。先程まで話題にした聖上とグラント氏の話から、わがはいは内心で膝を打ったよ。帝はまことに賢明であらせられる。が、それだけなら孔子や仏陀やソクラテスにでも天皇の役はつとまるだろう。だが帝には、賢明さ以上に欠かせぬ特質がなければならない」

「なんだ、それは？」

「神聖さだ」

「神聖？　それはどういうことだ？」

「簡単にいえば、政治も経済も超えた力の源だ。対立を越えたところにある権威だ。三毒が及ばぬ神聖な支配権とでもいおうか」

「いよいよわからん。もっと具体的に言ってくれぬか」

「では、実例をひくぞ。往古のことはしばらく擱いて、鎌倉以来、帝室はその神聖であるということを盾にして、人民を敵視したことはない。人民もまた不平をぶつけるために蜂起して、帝室に反旗を翻したこともなかった。そのかわりに民衆は、幕府や地方の豪族に対し、不平あれば躊躇せずに批判し、一揆や革命も起こした。なぜなんだと思う？　答えは、帝室の権威が政治の外にあったからだ。言い換えれば、自分の体や家族や家に手を突っこんでくる不快や強制ではなく、実体はないが心や感情に作用してくる安心だよ。これを神聖という。だから、あの徳川幕府ですら明治維新の折に、自分たちは朝廷の家臣であり、朝敵ではない、と主張した。錦の御旗に敬意を示した。だから、ほんとうは賊軍などどこにもいなかったんだ。徳川三家はもとより、会津藩も庄内藩も、ましてや新選組も新徴組も、朝廷を敵視したことはなかった」

「なるほど、京都でも幕府と薩長の戦争や大火事で街中が被害を受けたとき、京の市民は幕府の役所ではなく御所のまわりを祈りながらめぐったそうだからな」

「うん。天皇がもし政治にかかわって国や民を統べれば、かならず満足する者と不平を感じるものとに別れ、帝室にも反逆する者が出てくる。そうなれば、天子はただの権力者の一員にすぎなくなる。反対者を説得させるには、権力や武力を使うしかなくなる」

「だが、なお、おうかがいしよう、福澤。日本国を富ませる経済・政治を統べ、民の安全を守る軍隊すら統べる権限を天子が持たぬというなら、いったい帝室は何のために近代日本に存在する意味があるのかね？　政治も経済も軍も、天皇が統べるからこそ国民の安心があるのでは？」

「そこが曲者だというんだよ、大隈さん。断っとくが、議院や軍を自由に操ることは、統べる、ということの本質じゃない。現実界で力をふるう場合は、〝あたる〟、というんです。ことにあたる、とか、処理にあたる、といったふうに。でも、統べるというのは違う。じつはね、政治や経済や、天然自然の大災害などもすべて含めて、国民に不幸がおよんだときに、天皇の役割が生まれた。古代の天皇の事績を見ると、わかってもらえるだろう。天皇はまず、未曾有の災害があった場合に、天に許しを請う。そして民のこころに寄り添う。つづいて地霊を鎮め、自然が本来の恵みをもたらすときを図る。幕末もそうだったが、安政地震が連発したとき、朝廷は幾度も改元したろう？　あれは国土回復の秋を招く一種の儀式だ。各地で死者の鎮魂式を行い、現地に行かれて大地の災いを鎮めた。これを、実行力のない空虚な迷信だと思ってはいけない。なぜなら、天子は世直しをするのではないからだ。では、なにをするのか。〈世直り〉をおこなうのだ。世を直すのは政治経済だが、世が直るのは天子の力だ」

その一言を聞いたとき、大隈はしばし呆然とした。それから、つぶやくように言った。

「いや、虚を突かれたよ、福澤さん。世直りかい？　そういえば、幕末以来、われわれは世直しばかりを叫んできたようだ。世が自然に直るものであることは、だれでも経験的に確信していたのにな」

「そう、世直りをおこなうための仕事は、待つことだ。自然を信じることだ。そんな悠長なことは政治家にはできないじゃないか。文明人にはできないよ。ところが、昔の日本には、待てる人がどこにでもいた。明治が始まったとき、新政府のご主旨は、たしかに大政奉還・天皇親政だった。でも、ほんとうを言えば、大政を奉還された陛下は、幕府に代わってすべての責任を引き受けるという、手で触りまくるような仕事をする羽目になられたというべきなんだ。神聖ってのは、待てることとです。ごらんなさい、今は、文明自体が待つことを拒否する。これでは、自然の回復を待つという大切な日本人の心が崩壊するにきまってますよ」

「しかしだね、福澤先生、天皇がただ政治の蚊帳(かや)の外にいらっしゃるだけで、いったいどうやって世の中を改善するんだね？　魔法でも使えというのかね？」

「魔法じゃないが、いま説明した神聖さや待つというのは、かぎりなく魔法に近い力だといっていい。わがはいは古代のことにまったく不案内だが、古代の天子が政(まつりごと)を統べておったというのは、国の統治を一手に引き受けていたという意味ではなかったと思う。あれがつまり、本来の〈まつりごと〉であったんだ。

ちょうどよい実例を思いだした。幕末もとにかく大地震だらけで、ずいぶん悲惨だったろう？

じつは平安時代にも悪疫と戦乱が起こり、その上にかつてなかった巨(おお)きな地震が日本を襲ったことがあった。いまから千二百年かそこら昔の貞観(じょうがん)時代だ。ときの天子は清和(せいわ)帝であらせられた。国中が大騒ぎで、貴族も農民も区別がない災害が続発した。陸奥の拠点たる多賀城も壊滅する地震が起きた。このとき、夜空に光るものが横切り、三陸一帯でも真昼のように明るくなったそうだ。家の倒壊に巻きこまれ、地割れに飲みこまれ、多くの人が死んだ。川が逆流し、沖からは大津波が襲い掛かった。あとには田畑も人家も残らなかった。

　こんな状態をいったい誰がおさめられるだろうな。当時政治を取り仕切っていた朝廷は、遠い陸奥のできごとだったせいで被害状況もわからず、手の打ちようがなかった。とりあえず陸奥国地震使を設置したが、効果がなかった。ただ、窮状をいくらかでも救ったのは、清和帝の詔勅だったんだ。その文面によると――責深存予(せきふかくよにあり)、民と夷を問わず救護に当たり、死者はすべて丁重に葬り、自立できぬ者には便宜を施し、租や調の義務を免除せよと官吏に命じたそうだ。この詔勅の中に、天子のお役目が明記されていると思うんだよ。言うまでもない、責深存予ということばでね。大震災が起きた責任を深くご自身が負うということ。これだけは民や政治家にできませんよ。古代から培われた天帝の信用が、鎮魂と回復のくることを民に信じさせた。中国では、天の運行が不順となり、地に異変や災害がおきると、天帝はその責を負ったものなんだ」

大隈がやって見せた〈世直り〉

　わがはいは、黙りこんでしまった大隈を見かねて、ことばを継いだ。

「はは、大隈さん、あんたの気持ちはわかりますよ。福澤が妙な、非理性的なたわごとをはじめだした、とね。わがはいも若いころ、神とか仏なんて言うもんは合理のかけらもない因習が生みだした迷信と切り捨てていた。ですが、まわりにいくらでもいたわが父と同類の漢学者から教えられました。天変地異がおきると、統治者の首が挿げかわった。それも、自然に挿げかわるというんですよ。これを革命ともいう。革命ってのは、現在のように、反乱分子や民衆が力ずくで為政者を倒すことじゃない。たとえば、暦で干支の〝かのと〟と〝とり〟が重なる年、すなわち辛酉の年に、ごく自然に革命がおきると言われたんです。大地震がおこったあと、自然の回復力と人民の努力が結合して、頑張っているうちに、自然がひとりでに回復するように。世直しじゃないんですよ。やっぱり、東洋は世直りなんだ。

　平田篤胤の弟子だったとかいう国学者の知り合いがいて、それは世直りだ、と教えてくれた。星や日月の運行に異変があると世が連動して悪しくなる。世が悪しくなる原因が天体の異変にあるなら、人民が力で直すのは不可能だ。だから、天体運行の不整合を祈りと占いによって順行に戻すしかない。そのために、漢や唐に天文学がおこなわれ、陰陽の学が用いられた。支那の学者たちは数千年にわたって星の運行ぐあいを観察し、天体の動きと暦とに生じたズレを、細かく調整してきた。すこしでも観測の誤りが出ぬようにと、わざわざ天文台を二ヶ所も設置して、両方の観測結果を照らし合わせたといいますよ」

「そういえば、平田篤胤って学者は、かつて大塩平八郎が世直しの乱を企てたとき、平田学派もそれに同調したとして詮議を受けたと聞いた。棟梁の篤胤は世直しを叫んだり、幕府権限の内にあった改暦に手をのばして、どうやら和暦を廃して西洋の太陽暦を採用しようとした罪で、秋田へ追放されたらしいが」

「いや、平田学派は反乱や転覆のような力での世直しを考えたんじゃない。まさに自然の世直りをめざしたんですよ」

しかし、大隈がまだ食い下がってくる。わがはいは、ばかばかしくなってふたたび笑った。

「大隈さんも疑り深いお人だな。じゃあ、ずばりと言って差しあげる。わがはいが国中から若い衆をあつめて塾をはじめたとき、いちばんの苦労は金がないことだった。でもね、大隈さん、あんたは気づかなかったろうが、じつはあんたがおそろしい魔術を使ってくれたおかげで、わがはいは金をもうけることができ、政府も財政の危機を救われたことがあるんですよ」

「え？　わしがそんな魔術を使ったってか？」

「そう、明治五年の末にですよ。忘れたんですか、あんた？　大隈さんが参議に列していたあのとき、たいへんな財政危機にあって、新政府は公務員の給料も払えなくなった。そこであんたは、ムチャも無茶、それこそ天地をひっくり返すような、暴力を用いない転覆と革命をやってのけた。正直、あの大革命は大魔法だった。もっとも、すこしばかり政治権力を乱用しすぎましたけどね、ははは」

大隈卿は、はっと気づいたらしく、膝を叩いた。

「あ、あれか？　太陽暦への変更！」

わがはいは皮肉笑いで応じた。

「そう、アレですよ。官吏に給料が払えないでは、お役人が怒って政府を転覆させかねませんよね。そこであんたは、とんでもない暴挙に出た。日にちも覚えてます。十一月九日だった。あのときはまだ明治五年が二か月残ってましたが、その日を新暦すなわち太陽暦に直すと、グレゴリオ暦では十二月九日になる。なんと、暦を変えただけで、一か月が勝手に消えてしまう!」

大隈も素っ頓狂な声で叫んだ。

「そうだった! わしもびっくりした。新暦にするだけで十一月が十二月になるんなら、その分は給料の支払いをしなくていい。なにせ旧暦の明治五年は閏月があって十三か月だったから大変だった。給料も十三回分払わねばならん。それが太陽暦に直しただけで閏月がなくなるから、合計二か月分の給料支払いが消える。これで明治五年の財政破綻が回避できたんだよ」

「そうでしょう。おまけに、この改暦はわがはいにもすさまじい恩恵を与えてくれた。もしかすると慶應義塾なんてあのとき一緒に消滅してたかもしれませんからね。わがはいはこの改暦を太政官布告だったかで確認して、ただちに明治六年一月一日付で慶應義塾蔵版の『改暦弁』なる太陽暦解説書を出版した。そしたら、世間のみなさんはほんとうに混乱していたと見えて、この本に殺到した。たちまち十万部売れて、塾の財政も大いに潤いました。感謝しかないですよ」

「アハハハ、そうだったか。あれはたしかに改暦の魔術だ。太陽暦に直して暦があらたまると、政府が助かり、君んとこの学校も救われたとは。いや、まさに世直りだよ、愉快な話だ」

「そういうことです、了解されましたかな。この魔法は他人様の前ではあまり吹聴できませんが、世直りとはそういうものです。自然に改まる。天皇制という国体は、要するに自然の成り立ちに倣うことから始まったんだと、わがはいは思うんだ」

「まさに魔術だ。そうでなければ、高等な詐術だ！　福澤さん。あんたの発想でいうなら、帝室は近代国家の中で魔術を使えた役所になるようだね。そんなことで、だいぶん理性的になりつつある新しい日本の国民が帝室に親しむだろうか？　わしは心配になってきた」

「おいおい、大隈参議、人聞きの悪いことを言わんでくれんか。神聖ということの意味を理解してもらうための方便を語ったつもりなんだから。わがはいには、帝室が現代にも通じる神聖な機関となりうる腹案も、もちろんあるんだ。帝室にもあたらしい役目があってしかるべきでしょう。それは、文化文明の守護者となることです。政治経済の源になっている根本的な智。つまり学芸と文化事業、たとえば芸事、和歌のような、あるいは暦でもよろしいし、馬術や養蚕でもよろしい。古代天皇は毎年、国見ということをおこなっていたそうです。吉日を選んで山に登り、都と鄙を一望して自然の豊かさ、毎年の気候の正しい循環、そして人民の幸を目で確かめ、国を愛でる歌をよんだ。国のいやさかを祈ったというじゃないですか。さらに進んで、日本に存在する学芸や医学、科学の正道を護る役目を担ってほしい。たとえば、内務卿だった大久保利通は、日本の農業や水産業を文明の一分野ととらえ、欧米のような天産物の大博物館を創設し、薬園や動物園を学問の場だけでなく、国見にかかわる国民の歓楽の場にしようと計画した。しかし、そういう文化施設は政治や経済の利欲と結びつかない。それで、内務省に博物局という役所をつくり、もっぱら博覧会開催という文化政策をめざした。だが、博覧会は要するに商売が基準にあるために、どうしても経済の下僕になりさがる。大久保卿が暗殺されて以後は、博物学振興の伝統が薩摩閥の中心からも消えて、博物館構想も文部省やら何やらで押し付け合いになり、そんな機運も消えてしまった。最近やっと、上野にいくらかの博物館と動物園ができるだけとは情けない。それで、わがはいは心ひそかに希望している。博物局や博物館といった文明の施設こそ、帝室の管理下におくべきではないか、と。イギリス国やフランス国でも、博物館や薬園は、王室や王族の庇護のもとに活動している。わがはいは、天子を軍部の総帥者にたてまつるのでなく、学問や自然物や文明という目に見えぬ国民財産の守護者になっていただくべきと考える。すなわち、帝室は利や欲をもとめるところではなく、人心人倫のつどう中心となる。ここでは国民も政治論の軋轢から解放され、海陸軍人の精神からは荒ぶる心が鎮められ、文を尊び、芸術の美に触れ、知を重んじる風潮が生まれて、我が国の文化学術は独立を達成する。それでこそ、帝室の神聖は守られると信じるが、いかがかな?」

うながされて、大隈は納得した。

「あんたの帝室論は興味深い。わしは気に入った。君を信じよう」

そう言われたが、わがはいには誉め言葉に聞こえず、なんとも居心地が悪くなった。

が、大隈には満足してもらえたらしい。だから、椅子から立ち上がって、人を呼んだ。帰りの人力車が手早く用意された。

大隈卿は最後に、わがはいに握手を求めながら、こう言った。

「福澤さん。本日、ここで交わしたことが漏れては困る。正式には、聖上みずから国民に詔勅を出されるそうだからの。それよりも、新聞発行の準備が先だ。ほどなく井上君からも依頼状がくるはず。伊藤さんも交えて、この話の決着をつけてくれ。それまでは絶対の秘密だ」

わがはいもうなずいた。が、そのあと一言も発することなく大隈邸を去った。行きよりも帰りの方が緊張していたらしく、車に揺られながら瞑想するうちに、気がついたら三田に到着していた。

三参議、福澤を売らず

明治十四年一月下旬、わがはいはロシアの軍艦に乗せられて、熱海へ出向いた。グラントが日本を去ってから、まだ二年も経っていない時期である。当時、熱海には汽車も軽便鉄道も通っていない。これだけ辺鄙（へんぴ）な湯治場（とうじば）であったから、絶対の秘密にすべき会談の開催場所に選ばれたのだ。

出席者の主だったところは、わがはいと大隈と、政府の実権を握る伊藤博文と井上馨である。この政治家三人の上に位する人物といえば、岩倉具視が目を光らせているが、まあ、岩倉とて油断のできないじゃじゃ馬政治家ぞろいとあっては、うかつに横槍を入れてこないだろう。

この密会の主題は、非常に単純だった。お上が民選議院開設の詔勅を発する決心を固められたことをうけて、国民に政治教育の材料を与える公報を創刊することにあった。定期刊行物を使って、国民に政治の識力を積ませ、討議の訓練を重ねさせるためだ。こうして、「世論」を形成できる国民に育て上げる。この世論が議院立法の最終的な可否を判断するのだ。

しかし、こんなリベラルな施策を、薩長と公家の合体である明治政府が本気で実行するとは思えなかった。そんな政治的詐術は、政治教育をまだ受けていない町の衆にだって、すぐに見破れる。

わがはいとしても、こんな毒饅頭なら思いきって熱海の熱湯に放りこんでしまうつもりだった。なにせ相手は勢いに乗る政治家だ。今は三人が一致しているが、すぐに政権争いが起きて、三人ともが敵味方に分かれるに決まっている。かれらは俗人なんだから。

そこでわがはいは逆提案を出して、三人の決心を探ることにした。

「諸君らのご意向はよくわかった。しかし、諸君らは政治家だ。政党政治になればかならずおのおのが徒党を組み、政権争いに挺身するに決まっておる。わがはいに、世論を生み出せる国民を教育せよというなら、三参議にはどんなことがあっても一致協力して福澤を支えてもらわねばならぬ。その約束ができなければ、わがはいはこの話を聞かなかったことにする。井上卿、そして伊藤卿、あなたがたは議院が開設されたのち、他の誰かが首相となっても、その政権を支え、公報の継続に協力すると、約束してくださるか」

わがはいがそう切りだすと、井上は表情を固くして答えた。

「現在のわが国は、立憲政体にすることをもって国を統治するほかに道はない。聖上もそうお考えである。我ら三人はその実現を聖上から託された。誓ってたがえることはない。神明にかけてお約束する」

井上はそういうと、伊藤に目配せした。伊藤は目を閉じて表情を隠しながらも、言語明瞭に言いはなった。

「井上君と同意見だ。国民の政治教育といえば、新聞紙と演説を措いてほかにあるまい。しかるに現在巷にあふれる新聞紙と演説は、民心を煽り立てる下劣なものばかりじゃ。世論を形成すべき国民を教化できるのは、福澤君以外にないと考える。よって、わがはいら三人は天地神明にかけて、福澤君を売ることはない」

わがはいはうなずき、最後に盟友の大隈を見つめた。あの鋭い横にらみの目で。だが、大隈はその視線をまっすぐに受け止めた。

「わしも同意じゃ。三人は手を結びあって議院開設に尽力し、聖上のご期待に応える」

「よし、わかった」と、わがはいも三人に向かって言い放った。

「諸君らは、わがはいに政府の発行せる新聞紙の主筆になれと望まれた。わが身にとってはまことに重大な仕事であるゆえ、熟考を重ねた。門人の中上川彦次郎ならびに小泉信吉からも意見を聴いた。わがはいは結論を言うつもりでここへ来たから、もう一つだけ諸氏の決意を確認したい」

そう告げて、三人の顔を一人ずつ見すえた。どの顔も、幕末の若き志士の表情に戻ったかのように真剣だった。わがはいは喉を鳴らしたあとに、こう告げた。

「わがはいはすでに井上卿にもうしあげた。議院を開設し、世論を重視する政治をおこなうとなれば、薩長藩閥の政治は破られる。この案はつまり、薩長政治を終わらせる案である。しかるに、諸氏はその薩長政府に拠って立つ政治家である。もしも、わがはいが発行する新聞紙において薩長を批判する世論が優勢になったとしても、諸氏はそれを甘受できるか。敢えて弾圧をくわえることがないか。その一点を保証するなら、わがはいは真に国民の政治識力を高める新聞紙編輯に生命をかける。否というのであれば、このまま三田へ戻る」

わがはいは本気でこの問いをぶつけた。最初は断る気でいたけれども、途中で心が変わった。三人の真意がわかったとき、自分もこの企てにひとはだ脱いでいい、と思い直したのだった。

まず、大隈が、諾、と答えた。つづいて伊藤もうなずいた。最後に残った井上は、誓約のことばを発した――。

「三参議はけっして福澤を売らず、福澤もまた三参議をあざむくべからず」と。

こうして、明治十四年は激動の幕を開けたのである。新聞による世論形成という計画が緒についた。わがはいは三参議を信じ、その後何度も面会を重ね、井上の口から「議院開設は三年後、それまでに国民の政治教育を達成せねばならぬ」という言質まで引きだした。大隈とは、新聞発行について内容や発行部数、発刊の時期などの相談を重ねた。大隈は編輯と発行を福澤に発注する契約書の中身を何度も訂正した。

そのうちに、大隈参議がこの一件の意見書を奏議する役を担うこととなり、わがはいにもその写しが示された。議院開設は二年後、と記されていた。わがはいでさえ、早すぎると感じた。伊藤もこの意見書を見せられて色青ざめたという。伊藤は憲法草案を作る時間も入れて、十年後の開設と読んでいたからだった。

そして五、六月、塾の矢野文雄（のちに矢野龍渓を名乗る）が来て、大隈がついに議院開設のことをお上に奏したことを報告した。内容は伊藤らの意見書と大同小異だったらしいことも。ただ、この一件については一切他言してくれるなと念押しされたので、まだお上の了解が下りていないのではないかと、多少の疑念が浮かんだ。

しかし、小さな疑念は大きな希望にかき消された。わがはいは国営新聞の発刊に向けて準備にはいった。記者も塾の精鋭をそろえた。さすがにこの仕事は規模がちがった。利益は出ないかもしれないが、長年育ててきた塾生を教育の現場で活用できることだけでも、喜ばしかった。三田で教えてきた演説と新国家形成の術が実際に試せるのだから、これ以上の愉快もない。

しばらくは、厳しい借金問題の解決さえ忘れて、新聞発行の準備に明け暮れた。だが、新聞発行が成功すれば、官の資金を借りだす交渉も楽になるにちがいなかった。

外された梯子

明治十四年十月十三日。わがはいはこの日に起きたできごとを生涯忘れないだろう。青天の霹靂とも、驚天動地とも、いえばいえる。だがわがはいにとっては、すべての夢が消え去るクーデターが発生した絶望の一日であった。

大隈参議が、突然、免職となったのである。

年明けは、議院開設の是非をめぐる対立に異変が生じていた。天皇親政という名目を堅持したい宮内官僚の一部からも、立憲体制と議院開設を止むなしとする人々が現れたからだ。これで、議院の開設は確固たる事実になったと思えた。公家の頭目ともいえる岩倉具視も同調したようだった。

ただ、用心ぶかい岩倉は、政府内の有力者に意見を聴こうと考えた。政府にあっていちばんの有力者といえば、政権を握る大隈重信と、それを支える伊藤博文の両参議である。伊藤はすでに明治十三年末までに意見書を提出している。国政改革の前提として、華族制度をあらため、公家と同様に維新の元老や旧藩主なども華族とする意見に、岩倉は危機感を強くしていた。

だが大隈は意見書の提出を渋った。三月には、左大臣の有栖川宮熾仁親王から意見書の催促が来たので、大隈も天皇に奏上するまで絶対に内密にするという条件を付けたうえで、これを提出した。右大臣の岩倉がこの密奏内容を知らされたのは、五月だった。それがまた、とんでもない。大隈はイギリス流の憲法を制定したうえで民選議院を二年後に開設すると明言していたからだ。激怒した岩倉のもとに、熊本藩出身の法制通で太政大書記官の職にある井上毅(こわし)から、情報がはいった。大隈の背後には自由民権と近しい福澤諭吉がいて、イギリス流の議院内閣制を日本に持ちこもうとしているが、日本にいきなり民選議院を樹(た)てることは不可能である、との忠告であった。

じつは、有栖川宮は大隈と親しかった。その大隈が絶対に内密とした意見書ではあるが、内容が内容なので、右大臣と太政大臣だけには打ち明けたくなったのだろう。岩倉と三条実美(さねとみ)は、その忖度によって大隈の意向を知ることとなった。

後世の噂では、陰謀家の岩倉が大隈による過激な意見書を伊藤に漏らし、薩長派閥体制の危機を煽ったというが、わがはいには信じられない。なぜなら、三参議は自分の前で結束の誓いを結び、「福澤を売らぬ」と約束したからだ。薩長体制が壊されることは、伊藤も覚悟していたはずだった。

ではなぜ、大隈は裏切られたのか。わがはいはその理由を探った。元凶は、やはりどうも、伊藤博文の心変わりにあったらしい。大隈が明治天皇の東北巡幸に随行した七月三十日を期して、聖上が千住に帰還される十月十一日までの間に、大隈追放の陰謀が形づくられたのである。この謀議を推進したのは、おそらく旧薩摩藩出身の政治家連だったと思われる。なぜなら、北海道開拓使の仕事が十年たって計画を満了し、築き上げた資産・諸施設を民間に払い下げたことが露呈したからである。政府が北海道に投資した総額は千四百十万円。これに対し、薩摩の黒田清隆(きよたか)が、政商の五代友厚らに払い下げた金額はたった三十万円。おまけに三十年の無利子分割払いだった。『東京横浜毎日新聞』がこの事件を七月二十六日にすっぱ抜いた。これを知った民間が一斉に政府を追及した。『郵便報知新聞』の藤田茂吉やら慶應義塾の教育家、経済家が口をそろえて払い下げに反対した。福地源一郎と田口卯吉(たぐちうきち)も反対演説会を開いて声をあげた。しかも大隈までが払い下げに反対するに及んで、薩摩閥は大隈が福澤と組み薩長閥の解体をもくろんだと信じるようになった。

しかし、背後に軍部を擁する薩摩の力は、想像以上に強力であった。伊藤もまた、議院開設について二年後と明示した大隈が福澤と組んで策動を開始したと信じこみ、両者を政府から排除する決断を下した。聖上が帰京された十月十一日、今から十年後の議院開設が決定され、それにからめて大隈の罷免が奏上された。大隈はその日のうちに伊藤と西郷従道(つぐみち)に罷免決定を言い渡され、それを受諾した。

　返す刀で伊藤らは、官職にいる慶應出身者の馘を次々に斬っていった。前年にわがはいが発足させた実業家の社交クラブ「交詢社」にも、弾圧の手がのびた。このクラブ員が政府に先立って、イギリス憲法を手本にした「私擬憲法」の試案を執筆したのだが、この内容が大隈の意見書に出てくる憲法案と一致するという嫌疑までかかったのだから、たまらない。わがはいはすぐに政府のお偉方に抗議文を送った。

「すべて政治家のすることですから、今日は味方でも明日は敵ということになったところで、おどろきはしません。しかし、伊藤さん、井上さん、あまりにひどいではないですか。福澤は大隈を操って政体を転覆させる陰謀をめぐらした、と世間が騒いでおる。政府や官界でも、一斉に慶應出身者が免職になっている。これはいったいなにごとですか。迷惑千万、弁明をうかがいたい」と。

　わがはいが官界に送りだした門人、すなわち矢野文雄、犬養毅、尾崎行雄といった慶應の秀才が、一気に役所から追放された事実。これには怒りがおさまらなかった。日本国を転覆させる陰謀の黒幕にされたのでは、塾の評判にも傷がつく。十月十四日、わがはいは自分を裏切った伊藤と井上にあてて、またも厳しい抗議文を送りつけた。

「なおこれ（新聞発行の話が吹っ飛んだこと）よりも迷惑なることあり。世間の噂に、福澤は大隈と連絡を通じて民間を教唆し、政府の主義にもとりてみだりに議院開設論を唱える者なりといい、ついには転覆論におちいるも計るべからず、などという人がおる。これはまったく根も葉もない流言なり。犬の遠吠えに類することだから気にはせぬが、官庁の中にまで流行している由。また井上君もご存じのとおり、外務省に出仕している津田純一という者、一昨日、前記流言により辞表を出してもらいたいと命じられたそうです。わがはいは間違いも甚だしいから、もう一度弁明するように申しつけたが、帰ってきて言うには、大隈との連絡云々は間違いだったが、ただ福澤の門下であり、その福澤は近頃何か訝しき挙動あるがゆえに、君も官よりしりぞけることになった、と明言された。いったいわがはいの訝しき挙動とは何を指すのか。議院開設論のゆえか。もしそうなら、本年一月以降に伊藤、井上とで交わしてきた対話の内容をすべて公表いたすが、よろしいか。これを訝しき事というなら、伊藤、井上らの挙動も訝しいと申せるか、否か。右に陳述する次第なるにつき、今後は朝野の別なく、いやしくも福澤縁故の者とあれば、かならずその人をしりぞけ、その事業をさまたぐるの風潮流行することとならん。今後はかかることなきようご注意ありたし云々」（本書の作者による内容要約）

わがはいは二人の参議に喧嘩を売った。しかし、この抗議文に、伊藤はまったく答えなかった。井上は、「福澤君のおっしゃる通りだが、弁明は直接お目にかかった折にでも」と言って、逃げた。

このできごとにより、議院開設の方向は大きく変化した。最終的に採用された憲法はイギリスでなく、わがはいも予想していたように、伊藤博文が岩倉に命じられて研究に出向いたドイツ国のビスマルク憲法、すなわち欽定憲法だった。国会の開設も、二年といった短期でなく、十年をついやして慎重におこなうことと決した。

だが、わがはい一世一代の仕事になるはずだった新聞発行は、消滅したのではない。すでに記事の執筆要員も印刷機械も、手配はすんでいる。それならば、諭吉自身が自腹で発行を引き受ければよい。それで、政府や政治家に裏切られる心配もなくなる。そう覚悟を決めたからだった。

これは、伊藤や井上に対する、形を変えた逆襲でもあった。十四年の政変が発生してから五か月あまりのち、明治十五年三月一日、慶應義塾出版局からわがはいこと福澤諭吉の新聞が創刊された。政府転覆を目指す陰謀を目的とせず、国民を惑わせる悪魔の誘惑もなく、まして政党の提灯持ちでも政府の宣伝機関でもない、不偏不党の新聞をである。

それが『時事新報』だった。


（第五話　了）

下巻に続く

本書はミステリマガジン二〇一九年九月号から二〇二一年三月号に『夢中伝——福翁余話』のタイトルで連載された作品を大幅に加筆修正し、改題のうえ書籍化したものです。

福翁夢中伝〔上〕

二〇二三年十二月十日　印刷
二〇二三年十二月十五日　発行

著者　荒俣宏
発行者　早川浩
発行所　株式会社早川書房
郵便番号　一〇一 - 〇〇四六
東京都千代田区神田多町二ノ二
電話　〇三 - 三二五二 - 三一一一
振替　〇〇一六〇 - 三 - 四七七九九
https://www.hayakawa-online.co.jp
定価はカバーに表示してあります

印刷・精文堂印刷株式会社　製本・大口製本印刷株式会社

ISBN978-4-15-210287-4 C0093

乱丁・落丁本は小社制作部宛お送り下さい。
送料小社負担にてお取りかえいたします。